POWIEDZ,
ŻE JESTEŚ
JEDNĄ
Z NICH

UWEM AKPAN

POWIEDZ, ŻE JESTEŚ JEDNĄ Z NICH

PRZEKŁAD
JACEK BIELAS
BARBARA ŻAK

WYDAWNICTWO WAM
KRAKÓW 2015

Tytuł oryginału
SAY YOU'RE ONE OF THEM
Copyright © 2008 by Uwem Akpan

© Wydawnictwo WAM, 2015

Opieka redakcyjna: Anna Pasieka-Blycharz
Redakcja: Katarzyna Stokłosa
Korekta: Dariusz Godoś
Projekt okładki wg oryginału: Andrzej Sochacki
Łamanie: Barbara Bodzoń

ISBN 978-83-277-118-3

WYDAWNICTWO WAM
ul. Kopernika 26 • 31-501 Kraków
tel. 12 62 93 200 • faks 12 42 95 003
e-mail: wam@wydawnictwowam.pl
www.wydawnictwowam.pl
DZIAŁ HANDLOWY
tel. 12 62 93 254-255 • faks 12 62 93 496
e-mail: handel@wydawnictwowam.pl
KSIĘGARNIA WYSYŁKOWA
tel. 12 62 93 260, 12 62 93 446-447
faks 12 62 93 261
e.wydawnictwowam.pl
Druk i oprawa: Read Me • Łódź

Dla moich Rodziców,
Linusa i Margaret,
których miłość tworzy świat wspólnych opowieści

oraz dla Wuja George'a,
który był przy mnie

Jeżeli nasz Bóg, któremu służymy, zechce nas wybawić
z rozpalonego pieca, może nas wyratować z twej ręki, królu!
Jeśli zaś nie, wiedz, królu, że nie będziemy czcić twego boga
ani oddawać pokłonu złotemu posągowi, który wzniosłeś.

(Dn 3, 17-18)

Powiedziano ci, człowiecze, co jest dobre.
I czegoż żąda Pan od ciebie,
jeśli nie czynienia sprawiedliwości,
umiłowania wierności
i pokornego obcowania z Bogiem twoim?

(Mi 6, 8)

Spis treści

Świąteczna uczta 9

Gabon obiecany 45

Co to za język? 195

Luksusowe karawany 211

Pokój moich rodziców 361

Posłowie 397

Podziękowania 399

Nota o autorze 401

Rozmowa z Uwemem Akpanem 403

Pytania i tematy do dyskusji 409

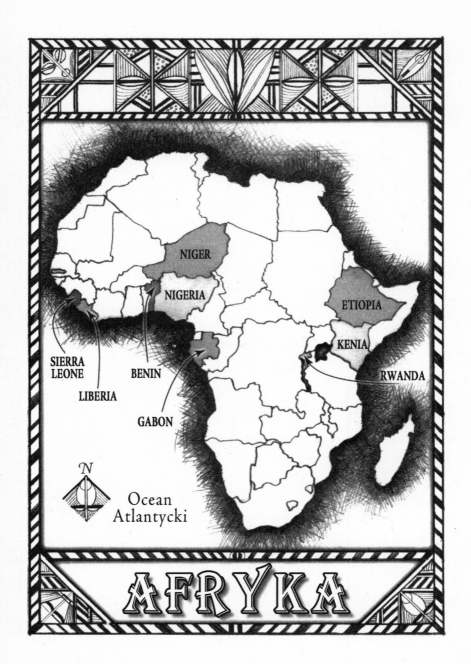

NIGER

NIGERIA

ETIOPIA

KENIA

SIERRA
LEONE

BENIN

RWANDA

LIBERIA

GABON

N

Ocean
Atlantycki

AFRYKA

Świąteczna uczta

Kiedy moja najstarsza siostra, Maisha, skończyła dwanaście lat, nikt z nas nie wiedział, jak się do niej odnosić. Nigdy nie wybaczyła naszym rodzicom, że nie byli na tyle bogaci, by posłać ją do szkoły. Zaczęła zachowywać się jak zdziczała kotka, która coraz rzadziej wraca do domu: wpadała tylko po to, by zmienić ubranie i przekazać mi trochę pieniędzy dla rodziców. W domu unikała ich, jak tylko mogła, jakby ich obecność przypominała jej o zbyt wielu rzeczach, których nam brakowało. Owszem, od czasu do czasu warknęła coś w kierunku Papy, ale w ogóle nie odzywała się do Mamy. Mama czasami zaczepiała ją i prowokowała. „Te, *malaya*! Dziwko jedna! Przecież nawet ci jeszcze cycki nie urosły!" – mówiła. Maisha tylko ją ignorowała.

Więcej niż nam wszystkim razem wziętym Maisha zwierzała się Naemie, naszej dziesięcioletniej siostrze. Rozmawiała z nią głównie na temat zalet i wad pracy na ulicy. Pozwalała Naemie przymierzać swoje buty na wysokim obcasie, pokazywała jej, jak robić makijaż, jak się obchodzić ze szczoteczką i pastą do zębów. Mówiła, żeby trzymała się z daleka od każdego faceta, który ją uderzy, nieważne, ile oferuje pieniędzy, i że będzie się do niej odnosić jak do Mamy, jeśli dochowa się zbyt wielu dzieci. Mówiła Naemie, że lepiej już umrzeć z głodu, niż pójść z facetem bez prezerwatywy.

Jednak kiedy była w pracy, ignorowała Naemę, może dlatego, że przypominała jej o domu, a może dlatego, że nie chciała, by Naema zobaczyła, że jej starsza siostra nie jest wcale taka wyluzowana i elegancka, jaką udaje. Mnie akceptowała bardziej poza domem niż w domu. Mogłem zagadać do niej na chodniku, nieważne, jak byłem ubrany. Ośmioletni chłopiec jej nie przeszkadzał, gdy czekała na klienta. Wiedzieliśmy, w jaki sposób udawać, że się nie znamy – ot, gadają sobie dziecko ulicy i prostytutka.

Ale nasza rodzina *machokosh* i tak miała szczęście. Inaczej niż większość innych rodzin mieszkających na ulicy, my trzymaliśmy się razem – przynajmniej do czasu tego Bożego Narodzenia.

SŁOŃCE JUŻ ZASZŁO i zapadł świąteczny wieczór. Fatalna pogoda wywróciła porządek pór roku do góry nogami i Nairobi zalała niewielka powódź, a lekki grudniowy deszcz stukał o nasz brezentowy dach. Siedziałem na podłodze naszej chaty, która ustawiona była na cementowej płycie przy końcu uliczki i wspierała się o tył sklepu z cegły. Sporadyczne podmuchy wiatru nadymały foliowe ściany. Podłoga otoczona była poduszkami, które wygrzebałem ze śmietnika przy ulicy Biashara. Nocami podwijaliśmy brzegi brezentu, aby wpuścić do środka światło lamp, które zamontowano dla ochrony sklepu. Płyta, która służyła za drzwi, oparta była o sklepową ścianę.

Grzmot pioruna obudził Mamę. Podniosła się ospale, zdejmując ręce z walizki Maishy, którą podczas snu obejmowała. Walizka miała kolor granatowy, mosiężne wykończenie i kółka. Zajmowała sporą część naszej powierzchni mieszkalnej. Mamę zaczęła ogarniać panika. Szła po omacku od ściany do ściany, potrącając przy tym moje dwuletnie bliźniacze rodzeństwo, brata Otieno i siostrę Atieno, oraz Papę; cała trójka spała splątana niczym szczeniaki. Mama szukała Małego. Na przedzie jej białego podkoszulka, który dostała trzy miesiące wcześniej, gdy go urodziła, widniały dwie plamki po mleku. W końcu przypomniała sobie, że Mały był z Maishą i Naemą. Uspokoiła się i przeciągnęła, ziewając i potrącając korkową krokiew. Jeden z kamieni, który przytrzymywał nasz dach, spadł na ziemię.

Mama wsunęła ręce pod *shuka*. Poprawiła sobie sznurki zawiązanej wokół talii saszetki na pieniądze, która przekrzywiła się jej podczas pijackiego snu. Zaczęła się przekopywać przez nasze kartonowe pudło, wyciągając ubrania, buty i mój nowy szkolny mundurek, owinięty w nieprzydatne nam dokumenty, które Papa ukradł ludziom z kieszeni. Mama nie przestawała szperać w pudle, wywalając w końcu jego zawartość na Papę i bliźnięta. Wreszcie odnalazła puszkę kleju do butów New Suntan. Dostaliśmy go w prezencie na Boże Narodzenie od dzieci z rodziny *machokosh*, która mieszkała nieopodal.

Mama uśmiechnęła się na widok kleju i mrugnęła do mnie, wysuwając język przez dziury po zębach. Z wprawą podważyła wieczko puszki i wnętrze naszej chaty wypełniła woń niczym z warsztatu szewskiego. Przyglądałem się, jak przelewa *kabire* do mojej plastikowej „butelki karmicielki". W bladym świetle klej mienił się ciepłą, żółtą barwą. Chociaż po wczorajszej imprezie Mama sprawiała wrażenie nadal pijanej, ręce miała tak pewne, że duże świąteczne bransolety z choinkowego łańcucha, które dostała na bożonarodzeniowym przyjęciu w kościele, nawet się nie poruszyły. Kiedy przelała wystarczającą ilość kleju, przerwała jego strumień, prostując puszkę. Ostatnia porcja gumy, wpadając do butelki, zaczęła rozciągać się i splatać, aż zastygła w powietrzu niczym sopel lodu. Mama zaczopowała plastik dłonią, aby klej nie tracił mocy. Wdychanie go miało zabić mój głód, na wypadek gdyby Maisha nie wróciła do domu ze świąteczną wyżerką.

Mama odwróciła się do Papy, szturchając go stopą.

– Wstawajże, całymi dniami nic nie robisz!

Papa odwrócił się i jęknął. Nogi wystawały mu pod foliową ścianą poza chatę. Palce stóp wydostały się z mokrych tenisówek. Mama znowu go szturchnęła, a on zaczął przebierać nogami, jakby we śnie maszerował.

Na zewnątrz zaskomlił nasz pies. Mama pstryknęła palcami i pies wszedł do środka. To była suka w zaawansowanej ciąży, która kołysała się niczym ciężkie pranie na wietrze. Przez półtora miesiąca Mama, mająca prawdziwy talent dostrzegania ciąży u psów, wabiła sukę czułościami i jedzeniem, aż stała się nasza; Mama miała nadzieję, że sprzeda szczeniaki, by uzbierać pieniądze na moje podręczniki. Pies lizał właśnie po twarzy Atieno. Mama wybadała pokrzywionymi palcami brzuch psa niczym urodzona akuszerka.

– No, Simba, poród tuż-tuż – szepnęła psu do ucha. – Jak szkoła mojego syna.

Wypchnęła psa na zewnątrz. Simba położyła się, otulając stopy Papy ciepłem swojego ciała. Od czasu do czasu szczekała, by odpędzić inne psy od naszej przenośnej kuchni, która oparta była o ścianę sklepu.

– Jigana, jak ci tam poszło z Małym wczoraj wieczorem? – Mama zapytała mnie nieoczekiwanie.

– Trochę zarobiłem – uspokoiłem ją, podając garść monet i banknotów. Wepchnęła je sobie za *shuka*; zamek saszetki wydał z siebie dwa krótkie pierdnięcia.

14

Chociaż ludzie w Święta stawali się dla żebraków hojniejsi, naszą prawdziwą przynętę stanowiło niemowlę. Na zmiany podsuwaliśmy je pod nos przechodniom.

– *Aii*! Synek, takich Świąt jak w tym roku toś jeszcze nie widział. – Jej twarz rozciągnęła się w uśmiechu. – Na przyszły rok zapłacimy ci czesne. Koniec z kombinowaniem. Koniec z wypalaniem ci mózgu klejem, chłopcze. Wracasz do szkoły! Zlało cię z Małym?

– Zmokłem dopiero tutaj – powiedziałem.

– A Mały? Z kim jest teraz?

– Z Naemą – odparłem.

– A Maisha? Gdzie ona się podziewa, zamiast się zajmować dzieckiem?

– Maisha bardzo się gniewa, Mamo.

– Ta dziewucha zatruwa mi życie. Od trzech miesięcy nawet się ze mną nie przywita. Co za robactwo zżera jej mózg? – Czasami, z powodu dziur między zębami, słowa płynęły z ust Mamy niczym ziewanie. – Odkąd sprzedaje się tym dzianym gościom, myśli, że jest ode mnie lepsza, co? Powiedz no, dlaczego nie chce się zajmować Małym?

– Mówi, że to wykorzystywanie nieletnich.

– Wykorzystywanie nieletnich? Zaczęła pracować dla organizacji pozarządowej? Woli być prostytutką niż żebrać z Małym?

– Ja tam nie wiem. Poszła po prostu z tymi *ma-men* na wakacjach. Dzisiaj to byli prawdziwi biali, *musungu*. Z małpą.

Mama splunęła przez otwór wejściowy.

– *Puu*, z tych to nie ma pożytku. Już ja ich znam. Nigdy nie płacą świątecznych stawek, a jeszcze każą się jej pieprzyć z tą małpą. Jigana, porozmawiaj no z tą dziewuchą. Chyba że nie chcesz skończyć szkoły? Niech nie myśli, że wystarczy ci kupić tylko ten mundurek.

Pokiwałem głową. W ciągu ostatnich dwóch dni, nie mogąc się już doczekać szkoły, przymierzałem mundurek z osiem razy. Koszula w zielono-białą kratę i oliwkowe szorty zdążyły się już pognieść. Sięgnąłem teraz do kartonu i pogłaskałem fragment szkolnego stroju, który wystawał ze sterty leżących tam rzeczy.

– Czemu gnieciesz takie piękne ubranie? – powiedziała Mama. – Cierpliwości, chłopcze. Szkoła tuż-tuż. – Przekopała się do dna kartonu i ukryła tam paczkę. – Maisha lubi twoją buzię – szepnęła. – Jigana, ja cię proszę, powiedz jej, że potrzebujesz więcej rzeczy – butów, na wpisowe do szkoły, na czesne. Musimy zaoszczędzić cały świąteczny zarobek na twoją edukację, synu. Powiedz jej, żeby przestała kupować sobie te *fuunny fuunny* modne ciuchy, co to śmierdzą białymi truposzami, i zaczęła dawać nam pieniądze.

Mówiąc to, Mama ze złością waliła pięścią w walizkę. Ta walizka to była prawdziwa zawalidroga, ale też jedyny nasz mebel, który miał trwały i określony kształt. Maisha przyniosła ją do domu rok temu i nigdy jej nie otwierała, dopóki nie wyszliśmy z chaty. Nikt z nas nie wiedział, jakie skrywa sekrety, poza snującym się zapachem perfum. Walizka wywoływała w nas dreszczyk emocji i była źródłem pociechy. Uczucia te wzmagały się za każdym razem, kiedy Maisha przychodziła do domu z nowymi rzeczami. Czasami, kiedy nie wracała przez dłuższy czas i zaczynaliśmy się niepokoić, walizka stanowiła rękojmię jej powrotu.

– To *malaya*! Dziwka jedna! Jak nie wróci, to jeszcze dzisiaj w nocy rozwalę to pudło – syknęła Mama, spluwając na szyfrowy zamek i po-

16

trząsając walizką, aż z wnętrza dobiegł nas odgłos obijającej się o siebie zawartości. Pod nieobecność Maishy Mama zawsze wyładowywała swój gniew na walizce. Chwyciłem ją za ręce.

— Ty alfonsie! — zawyła. — Trzymasz stronę tej dziwki.

— To nie jej wina. To ci turyści *musungu*.

— Lepiej, żebyś zaczął szkołę, zanim da nogę.

— Muszę jej na ciebie naskarżyć.

— A ja muszę zakopać w tej walizce ciebie i ten twój trajkoczący ozór.

Zaczęliśmy się szamotać. Długie paznokcie Mamy podrapały mi czoło. Zaczęła mi płynąć krew. Jednak Mama nadal potrząsała walizką. Obracając się, naparłem na nią i ugryzłem ją w prawe udo. Nie dałem rady przeciąć skóry, bo straciłem swoje przednie mleczne zęby. Mama puściła walizkę i zatoczyła się na śpiącego Papę i bliźniaków. Atieno wydała z siebie jeden krótki, mroczny krzyk, jakby z koszmaru, a potem znowu zasnęła. Papa stęknął i powiedział, że nie podoba mu się, że jego rodzina bije się ze sobą w Boże Narodzenie.

— Gryziesz mi żonę z powodu tej kurewki? — mruknął. — Rano rózga nauczy cię moresu. Będę musiał osobiście poprosić twojego nauczyciela, żeby znalazł na ciebie jakąś dużą rózgę.

Ślad po ugryzieniu na udzie Mamy nabrzmiewał. Podciągnęła sukienkę i zaczęła go masować, przeklinając bezgłośnie pod nosem. Potem, by mnie ukarać, wzięła *kabire*, który dla mnie nalała, i przyłożyła wylot butelki do ugryzienia w nadziei, że opary kleju uśmierzą ból.

Kiedy Mama skończyła się opatrywać, oddała mi butelkę. *Kabire* nie stracił jeszcze swojej mocy, dlatego nie wdychałem go bezpośrednio nosem. Objąłem ustami wylot butelki i wolno wciągałem opary, niczym dym z ogromnego skręta z *bhang*, indyjskich konopi. Najpierw zdało mi się, że brakuje mi w ustach śliny, a potem zdrętwiał mi język. Ciepło miarowo rozpływało się po gardle, łaskocząc w nozdrza, jak podczas przerwanego kichania. Ochłonąłem nieco i wypuściłem z siebie opary kleju. Później znowu przyssałem się do butelki i pociągnąłem. Oczy zaszły mi łzami, zakręciło mi się w głowie i upuściłem butelkę na ziemię.

Gdy podniosłem głowę, zobaczyłem, że Mama nalała sobie trochę *kabire* i zaczęła go wąchać. Ona i Papa rzadko kiedy ćpali *kabire*. „*Kabire* jest tylko dla dzieci" – nieżyjący już ojciec Papy zwykł strofować ich za każdym razem, gdy zauważył, że mają chętkę na nasz klej. W te Święta nie brakowało nam jakoś szczególnie jedzenia. Poza pieniędzmi, które zarobiliśmy na żebraniu z Małym, Papa zdołał ukraść trochę zapakowanych prezentów na przyjęciu dla rodzin *machokosh*. Zostało ono wydane przez organizację pozarządową, której urzędnicy byli tak skąpi, że serwowali sok pomarańczowy w szklaneczkach jak do mocnego alkoholu. Papa popędził potem na kolejne przyjęcie dobroczynne i wymienił bezużyteczne prezenty – plastikowe sztućce, ramki do obrazków, przyciski do papieru, środki owadobójcze – na trzy miski ryżu oraz flaki z zebry, które ufundował jakiś hotel. Zjedliśmy to na kolację wigilijną.

– Wesołych, wesołych Świąt, *tarling*! – wzniosła po chwili toast Mama, głaszcząc mnie po głowie.

– Tobie też, Mamo.

– No, to gdzie te córki? Nie chce się im odmawiać świątecznej modlitwy? – Mama wciągała nosem zawartość butelki, aż jej oczy zrobiły się nieobecne, a twarz nienaturalnie wykrzywiona. – A te z rządu zakazały takiej słodyczy. Podziękuj no sąsiadom, chłopcze. Skąd one mają taki towar?

Od czasu do czasu wypuszczała z ust butelkę, cmokając. W miarę upływającej nocy jej twarz zaczęła obrzmiewać. Wydymała wargi i przygryzała je, by sprawdzić, jak są odrętwiałe. Zrobiły się nabrzmiałe i czerwone jak uszminkowane usta Maishy.

— Mamo? To co możemy dać sąsiadom na Święta? — zapytałem, pamiętając, że nie kupiliśmy niczego dla naszych przyjaciół.

Moje pytanie otrzeźwiło ją.

— Benzynę... kupimy im pół litra benzyny — powiedziała i czknęła. Jej oddech śmierdział karbidem i skwaśniałym winem. Kiedy znowu podniosła wzrok, nasze spojrzenia się spotkały. Opuściłem oczy ze wstydem. W naszej kulturze *machokosh* benzyna nie była tak cenna jak klej. Każde szanujące się dziecko ulicy powinno zawsze mieć własny zapas *kabire*.

— OK, synu, w przyszłym roku... zdobędziemy coś lepszego. Nie chcę teraz zadzierać z policją — a więc żadnych nowych pomysłów.

Usłyszeliśmy kroki dwóch pijanych osób idących chwiejnie w kierunku naszego domu. Mama ukryła butelkę. Przybyli zatrzymali się na zewnątrz, oświadczając, że przyszli życzyć nam wesołych Świąt.

— Męża tu nie ma! — skłamała Mama.

Rozpoznałem ich głosy. To był Bwana Marcos Wako z żoną Cecilią. Już od czterech lat Papa wisiał im pieniądze. Przychodzili, jak tylko zwietrzyli u nas jakąś forsę, wówczas Papa musiał się na kilka dni ulotnić. Kiedy na świat przyszedł Mały, zastawiliśmy trzy czwarte jego becików, by pokryć długi. Na tydzień przed Świętami oboje Wako naszli nas, zabierając robocze ubranie Papy za procenty.

Szybko zakryłem walizkę szmatami i sięgnąłem do kieszeni, zaciskając palce na zardzewiałym scyzoryku, który nosiłem.

Razem z Mamą stanęliśmy w drzwiach. Bwana Wako miał spodnie spięte paskiem wokół głowy; powiewające za nim nogawki, powiązane były w węzły i wypchane mąką *ugali*, którą dostał pewnie na imprezie dla biednych. Cecilia miała na sobie tylko kurtkę i kalosze.

– Aa, Mama Jigana-*ni*! – odezwał się mężczyzna. – Zapomnijmy o pieniądzach. Wesołych Świąt!

– Słyszeliśmy, że Jigana idzie do szkoły – odezwała się kobieta.

– Kto tak powiedział? – odparła podejrzliwie Mama. – Ja tam plotek nie słucham.

Odwrócili się w moją stronę.

– Cieszysz się, że znowu pójdziesz do szkoły, chłopcze?

– Ja tam do żadnej szkoły nie idę – skłamałem, aby ratować pieniądze na moje czesne.

– *Kai*, jaka matka, taki syn! – powiedziała kobieta. – Musisz wiedzieć, że jesteś nadzieją swojej rodziny.

– Słuchajcie, Mama Jigana – odezwał się mężczyzna. – W zeszłym tygodniu była u nas Maisha. To dobra, odpowiedzialna dziewczyna. Błagała nas, żeby nie wracać do tego, co było, żeby Jigana mógł iść do szkoły. To my mówimy – zapomnijmy o pieniądzach i niech to będzie nasz świąteczny prezent dla waszej rodziny.

– Musisz daleko zajść w szkole, Jigana – powiedziała kobieta, wręczając mi nowe pióro i ołówek. – *Mpaka* uniwersytet!

Mama zaczęła się śmiać, wyskakując na zalaną deszczem uliczkę. Uściskała ich i zaprosiła bliżej pod naszą chatę. Ruszyli w kierunku naszych drzwi, zataczając się i chwiejąc jak para przebierańców na szczudłach w czasie karnawału.

– *Asante sana*! – podziękowałem im. Ściągnąłem skuwkę pióra. Zacząłem nim mazać sobie po całych dłoniach i wdychać cierpki zapach ołówka Hero HB. Mama wcisnęła się pomiędzy przybyszów a naszą chatę, by przypadkiem jej nie rozwalili. Papa szepnął do nas ze środka, w gotowości, aby się wymknąć:

– Aha, to samo mówili mi w zeszłym roku. Poczekajcie, to zobaczycie, jutro znowu przyjdą mnie szukać. Tym razem każcie im to podpisać na papierze.

Mama szybko znalazła jakiś papier, a oni go podpisali, wykorzystując moje plecy jako stolik. Potem odeszli, zataczając się, a wypchane nogawki spodni podskakiwały za nimi.

Mama zaczęła wyśpiewywać hymny pochwalne na cześć Maishy i obiecywać, że już nigdy więcej nie będzie się wyżywać na jej walizce. Niedawno Maisha zabrała bliźnięta do fryzjera, a Małego do Kenyatta National Hospital na badania. Teraz dzięki niej umorzono nam dług. Chciałem wybiec na ulice, żeby jej poszukać. Chciałem ją przytulić i śmiać się, dopóki księżyc nie rozpłynie się na niebie. Chciałem kupić jej colę i *chapati*, bo czasami zapominała o jedzeniu. Ale kiedy Mama zobaczyła, jak czeszę sobie włosy, powiedziała, że nikomu nie wolno wychodzić, zanim nie skończymy odmawiać świątecznej modlitwy.

PRZEZ KILKA NOCY wystawałem z Maishą na ulicy i gadaliśmy sobie o fajnych samochodach i pięknych przedmieściach Nairobi. Wyobrażaliśmy sobie, jak by to było odwiedzić Park Narodowy Masai Mara albo jeść grillowanego strusia czy krokodyla w restauracji Carnivore, tak jak turyści.

– Piękna jesteś! – powiedziałem jej pewnej nocy na ulicy Koinange, kilka miesięcy przed tymi pamiętnymi Świętami.

– E tam, nie jestem. – Zaśmiała się, wygładzając sobie dżinsową minispódniczkę. – Nie kłam.

– To może przejrzyj się w lustrze?

– *Kai*, kto cię tu przysłał?

– I bujasz się jak modelki.

– Ta, ta, ta. Taka niska. A nos? Za krótki, za duży. Nie mam pociągłej twarzy ani pełnych ust. Zero nowych designerskich ciuchów. Nie jestem taka pewna siebie i piękna jak Naema. Perfumy i tusz do rzęs to nie wszystko.

– *Haki*, ty? Piękna z ciebie kobieta – powiedziałem, pstrykając palcami. – Niedługo urośniesz.

– Chcesz mnie poderwać? – zażartowała i przybrała wyzywającą pozę. Zrobiła taką minę jak podczas swoich zabaw z bliźniętami. – Bądź facetem, zachowuj się.

Wzruszyłem ramionami i zaśmiałem się.

– Dziewczyno, nie śmierdzę groszem.

– Dam ci zniżkę, gościu.

– Przestań.

– No chodźże – powiedziała i pociągnęła mnie ku sobie, żeby przytulić.

Chichocząc, zaczęliśmy spacerować rozluźnionym od śmiechu krokiem. Wszystko wydawało się nam takie śmieszne. Nie mogliśmy przestać się śmiać z siebie i z ludzi wokół nas. Kiedy zaczęły mnie już boleć boki i na chwilę spoważniałem, Maisha połaskotała mnie pod pachami.

Śmialiśmy się z band bezdomnych dzieciaków zbitych w kupę i pogrążonych we śnie. Niektórzy z nich spali ułożeni według hierarchii ważności. Inni pokładli się w sposób dowolny. Niektóre grupy miały rozciągnięty nad sobą ogromny brezent chroniący przed zjawiskami atmosferycznymi. Inne nie miały nawet tego. Śmialiśmy się ze stłoczonych w ciasną grupkę taksówkarzy, którzy w trakcie oczekiwania na dalekobieżne autobusy firmy Akamba, przywożące pasażerów z Tanzanii i Ugandy, rozgrzewali się, pijąc *chai* i opowiadając sobie pieprzne polityczne dowcipy. Od czasu do czasu widywaliśmy w starych taksówkach zaniepokojone twarze przybyszów, którzy gotowali się na najbardziej niebezpieczne dwadzieścia minut swojej dwunastogodzinnej podróży, pełni obaw, że zostaną obrabowani za każdym razem, gdy taksówka zwalniała.

My nie baliśmy się miasta nocą. Było naszym placem zabaw. W takich chwilach wydawało się, że Maisha zapominała o swojej pracy i chciała tylko śmiać się i wygłupiać.

– Te? Przystojniak – odezwała się.

– Akurat.

Pociągnąłem ją za torebkę.

– Niedługo będzie z ciebie chłop na schwał…

Nagle wyprzedziła mnie i zamachała w kierunku podjeżdżającego volvo. Szofer zatrzymał samochód, opuszczając szybę. Mężczyzna na tylnym siedzeniu zlustrował ją wzrokiem i pokręcił łysą głową. Z gromadki dziewczyn tłoczących się za plecami Maishy i usiłujących wetknąć głowę w okno samochodu wybrał od niej wyższą. Maisha pobiegła w kierunku furgonetki Mercedes-Benz, ale jej kierowca wybrał niższą dziewczynę.

– Kiedyś muszę sobie znaleźć jakąś prawdziwą pracę – powiedziała Maisha, wzdychając po powrocie.

– Dziewczyno, jaką pracę?

– Chciałabym spróbować na pełny etat.

– *Wapi*?

Wzruszyła ramionami.

– Mombasa? Dar?

Pokręciłem głową.

– Przykro to słyszeć, dziewczyno. Na jak długo?

– Nie wiem. *Ni maisha yangu*, facet, to moje życie. Myślę sobie, że pełny etat pozwoli mi opłacić ci czesne, a jednocześnie zaoszczędzić coś dla siebie. Prześlę ci pieniądze przez Kościół. Odejdę z burdelu, jak trochę zaoszczędzę. Nie chcę wystawać przy drodze przez całe życie. Pewnego dnia ja też muszę iść do szkoły…

Słowa uwięzły jej w gardle. Zacisnęła usta, skrzyżowała sobie ręce na piersiach i zaczęła się kiwać na boki. Nie pobiegła już więcej do żadnego samochodu.

– Już cię nie zobaczymy? – odezwałem się. – Nie, dzięki. Jak masz iść do burdelu, to ja nie chcę iść do szkoły.

– To ja zatrzymam pieniądze dla siebie, cha, cha. Bez ciebie w tym domu nie dostaną ode mnie ani grosza. Nigdy. – Zobaczyła wyraz mojej twarzy, przerwała nagle, a potem zaczęła chichotać. – Żartowałam, facet, z tym burdelem. Tylko się z ciebie nabijałam, OK?

Połaskotała mnie, pociągając w kierunku Moi Avenue. Mocno trzymałem ją za rękę. Prostytutki gestykulowały żywo pod latarniami, ubrane jak skrzydlate termity.

– Maisha, nasi rodzice...

Odwróciła się gwałtownie, zaciskając dłonie w pięści.

– Zamknij się! Wstyd mi tylko przynosisz, szczurze. Zostaw mnie w spokoju. Nie jestem twoja. Nie stać cię na mnie!

Inne dziewczyny odwróciły się i przyglądały się nam, chichocząc. Maisha odeszła zamaszystym krokiem. Zrobiłem błąd, wspominając naszych rodziców w obecności innych dziewczyn. W ten sposób dowiedziały się, że jesteśmy spokrewnieni. Nie powinienem był też zwracać się do niej po imieniu. Płakałem przez całą drogę do domu, bo sprawiłem jej ból. Później tygodniami mnie ignorowała.

GDY MAMA SKOŃCZYŁA świętować umorzenie nam długu, wyłowiła z kartonowego pudła dwie plastikowe reklamówki z supermarketu Uchumi i wygładziła je, jakby to były pomięte skarpety. Nałożyła je na swoje tenisówki, zawiązując ucha wokół kostek w małe kokardki. Potem wyszła na zalaną ulicę, a jej skrzydlate kalosze rozgarniały wodę niczym kacze łapy. Zaczęła rozwiązywać nasz worek z naczyniami i jedzeniem, który oparty był o sklep, szukając jednocześnie wzrokiem jakiegoś suchego miejsca na rozłożenie piecyka, by zagrzać coś dla bliźniąt. Ale deszcz padał teraz zbyt mocno i po jakimś czasie dała za wygraną.

– Jigana, widziałeś tych *ma-men* Maishy? – zapytała.

– Trzech białych i kierowca. Wysocy, starsi, w spodniach do kolan i tenisówkach. Podaliśmy sobie ręce. Auto jak marzenie... uszczypnąłem nawet małpę.

– Auto? Mieli auto? I pomyśleć, że auto podjeżdża po moją córkę. – Pochyliła się i z uśmiechem ujęła mnie za ramiona. – Znaczy się, że moja córka jest taka ważna?

Otieno zerwał się ze snu. Stanął niezdarnie na poduszkach, a potem przelazł przez nogi Mamy i wspierając się na mojej głowie, wygramolił się z chaty. Kucnął na zalanej uliczce i zaczął się załatwiać wprost do wody. Ciepłe opary unosiły się w ciemnościach nocy wokół jego zaróżowionych przez chłód pośladków.

Kiedy Otieno wrócił do chaty, usiadł na kolanach Mamy, wyciągnął jej pierś i zaczął głośno ssać. Drugą ręką chwycił zabawkę, którą kupiła mu Maisha, i grzechotał nią o kościstą twarz Mamy. Mama nadal wyglądała na wyczerpaną i wychudzoną, mimo że – kiedy Mały opuścił już inkubator – zostawiono ją w szpitalu, by monitorować jej dietę.

Mama wyjęła naszą rodzinną Biblię, którą odziedziczyliśmy po ojcu Papy, aby rozpocząć świąteczną modlitwę. Okładka Biblii zdążyła już odpaść, odsłaniając brudną kartkę zapisaną imionami naszych krewnych, zmarłych i żywych. Mama czytała je na głos. Nieżyjący ojciec Papy nalegał, aby – ze względu na niepewność życia na ulicy – wpisywano imiona wszystkich członków rodziny. Rozpoczęła od swojego ojca, którego zabili złodzieje bydła, zanim jeszcze uciekła do Nairobi i zamieszkała z Papą. Potem wymieniła imię matki Papy, która przybyła do Nairobi, gdy jej wioska została zrównana z ziemią, ponieważ jacyś politycy postanowili zmienić granice terytoriów plemiennych. Pewnego dnia zniknęła bezpowrotnie gdzieś w mieście razem ze swoją laską. Mama przywołała imiona naszego kuzynostwa Jackie i Solo, którzy osiedli w innej wiosce i przysyłali nam listy przez Kościół, prosząc naszych rodziców, by ci wysłali im pieniądze na szkołę. Nie mogłem się doczekać, kiedy będę mógł im opowiedzieć o rozświetlonych parkach i pięknych autach Nairobi, jak tylko moi nauczyciele nauczą mnie, jak się pisze listy. Następnie Mama wyczytała imię swojego brata, wujka Petera, który pokazał mi, jak brać kąpiel w miejskich fontannach, tak by nie dać się złapać strażnikom. Został zastrzelony przez policję, ponieważ wzięto go za kogoś innego; kostnica przekazała ciało akademii medycznej, bo nie byliśmy w stanie zapłacić rachunku. Mama wypowiedziała imię innej kuzynki Papy – Marcy, jedynej osoby w naszej rodzinie, która skończyła gimnazjum. Przestała do nas pisywać, odkąd zakochała się w jakimś turyście z Honolulu i z nim uciekła. Mama wyczytała imię siostry Papy, która zanim umarła dwa lata temu na atak serca, co wieczór opowiadała nam różne historie i uczyła pieśni o ziemiach naszych przodków, śpiewając je słodkim, nostalgicznym głosem.

Po niebie przetoczył się grzmot.

– *Bwana*, mam nadzieję, że Naema ubrała Małego, zanim go zabrała. – Odezwała się do mnie Mama, zająkując się w połowie zdania, ponieważ Otieno ją ugryzł.

– Włożyła go do nieprzemakalnych toreb i owinęła w sweter.

Otieno, kiedy się już nasycił, obudził Atieno, a ona zabrała się za drugą pierś Mamy, ponieważ wszystkim dzielili się po równo. Atieno ssała, aż ponownie zasnęła. Mama ułożyła ją delikatnie obok Otieno i zaczęła szturchać Papę, aż ten otworzył jedno oko. Jego słaby głos drżał, ponieważ twarz miał przyciśniętą do ściany:

– Jeść.

– Nie ma jedzenia, kochanieńki – odparła Mama. – Musimy skończyć czytać imiona naszych krewnych.

– Będziesz musiała przeczytać moje, jeśli czegoś nie zjem.

– Tu masz jedzenie – *kabire* New Suntan do butów. – Sięgnęła i odebrała mi plastikową butelkę. – Zagłuszy ci brzuch do przyszłego tygodnia.

– Wszystkie dzieci w domu?

– Małego i Naemy jeszcze nie ma. Pracują… i Maisha.

– No, to jest nadzieja. Maisha przyniesie nam jedzenie na Święta.

– Świąteczny zarobek jest na czesne, pamiętasz?

Mama ponownie zaczęła grzebać w pudle. Wyciągnęła brudną świecę, do której przywarły ziarenka piasku. Zapaliła ją i postawiła na walizce, przytwierdzając roztopionym woskiem. Sięgnęła po Biblię i zaczęła czytać psalm w języku suahili, dziękując Bogu za dar urodzenia, po dwóch wcześniejszych poronieniach, bliźniąt i Małego. Wychwalała Boga za obdarzenie Maishy łaską białych klientów przed Świętami. Potem odmówiła modlitwę za Dziwnooką. Tak nazwaliśmy młodą wolontariuszkę z Japonii, która zawsze wrzucała jakieś grosze na naszą żebraczą tacę. Chodziła w zrobionych z opon masajskich sandałach i naszyjniku *ekarawa* owiniętym wokół szyi jak stryczek. Nigdy nie odpowiadała na nasze pozdrowienia i zawsze unikała naszego wzroku. Mama pomodliła się też za naszego poprzedniego gospodarza w slumsach Kibera, który wyrzucił nas, ale niczego nam nie zabrał, gdy nie mogliśmy zapłacić czynszu. Teraz prosiła Boga o łaskę wielu szczeniaków dla Simby.

– Chryste, nowo narodzony Synu Boży, daj Jiganie dobrą i mądrą głowę do nauki w szkole! – zakończyła.

– Zmiłuj się nad nami – powiedziałem.

– Święta Mario, Matko Boża…

– Módl się za nami.

ZNOWU SIĄPIŁO, GDY Naema wróciła z Małym. Dziecko spało. Dżinsy Naemy, jej mokasyny *mutumba* i splecione w warkocze włosy ociekały wodą, a duże oczy były czerwone od płaczu. Zazwyczaj, wracając do domu, nuciła sobie piosenki Brendy Fassie, ale tej nocy wlokła się bez życia.

Dała Mamie pieniądze, a ta szybko zdeponowała je w swojej saszetce. Podała jej też wypełniony do połowy karton pasteryzowanego mleka. Naema wyjaśniła, że musiała je kupić, żeby Mały nie płakał. Mama pokiwała głową. Karton nasiąkł wodą i wyglądał, jakby miał się za chwilę rozpaść. Mama ujęła go delikatnie w dłonie, jakby odbierała jakiś dyplom. Gdy Naema wyciągnęła do połowy zjedzone udko indyka, Mama złapała ją za uszy, myśląc, że kupiła je sobie za pieniądze, które zarobiła na żebraniu. Naema szybko wyjaśniła, że dostała je od swojego nowego chłopaka. Ten chłopak to była ważna, budząca postrach figura w ulicznym gangu, który kontrolował naszą dzielnicę. Maisha i ja nie znosiliśmy go, ale on kochał Naemę jak część siebie.

Naema ułożyła się na podłodze, wsuwając swoje gibkie ciało między śpiących, i zaczęła cicho płakać. Mama ściągnęła z pozostałych koc i okryła nim jej stopy, które zdążyły się już pomarszczyć od deszczu.

– Maisha jutro się wyprowadza – odezwała się Naema. – Na stałe.

Twarz Mamy zamarła. Bez względu na to, jak niepewne i marne jest życie na ulicy, rozstanie zawsze może okazać się rozdzierające. Wyszedłem na zewnątrz, położyłem się na rzędzie puszek po farbie, które poustawialiśmy wzdłuż sklepowej ściany, i wtuliłem twarz w zgięcie ramienia.

W moich trzewiach zaczęło narastać poczucie winy. Może gdybym przyłączył się do ulicznego gangu, Maisha by nie odeszła. Nie potrzebowałbym pieniędzy na czesne i może nie byłoby konfliktu między nią a rodzicami. Mój gniew skierował się jednak na tych *musungu*, bo stanowili uosobienie pokus mojej siostry. Żałowałem, że nie jestem tak potężny jak chłopak Naemy albo że nie mogę go wynająć. Moglibyśmy spalić im tego jaguara. Moglibyśmy ich związać, sprać na kwaśne jabłko i pozabierać im wszystkie papiery. Moglibyśmy rozebrać tych *musungu* do naga. Widziałem, jak przyjaciel Naemy zrobił tak kiedyś komuś, kto zranił członka jego gangu. Albo moglibyśmy zabić i zjeść tego małpiszona, albo przynajmniej odciąć mu *mboro*, żeby już nigdy nie mógł pieprzyć czyjejś siostry. Wyjąłem z kieszeni nóż i uważnie zbadałem jego ostrze. Nie martwiło mnie to, że było bardzo tępe i poszczerbione. Wiedziałem, że gdybym pchnął z całej siły, potrafiłbym zranić do krwi.

Po jakimś czasie zaczęło do mnie docierać, jak nierealny jest mój plan. Zdałem sobie sprawę, że nigdy nie byłbym w stanie wynająć chłopaka Naemy. Sama Naema by na to nie pozwoliła. Właściwie, aż do tamtej nocy, to ona sama prowokowała Maishę do wyprowadzki, mówiąc, że gdyby była w jej wieku, już dawno opuściłaby dom. Poza tym, nawet gdybym później uciekł do slumsów Kibera, jak tylko tknęlibyśmy tych turystów, przyjechałaby policja, aresztowała moich rodziców i rozebrała naszą chatę. Zabraliby walizkę Maishy i ukradli jej skarby.

PAPA ZERWAŁ SIĘ ze snu, jakby zbudził go jakiś hałas.

– Czy to Maisha? – zapytał, na powrót zamykając oczy.

– Nie, Maisha jest w pracy – powiedziała Mama. – Moja Maisha wozi się teraz z *musungu*, autami! – powiedziała, odzyskując dobry humor.

– Co? Z jakimi *musungu*, kochanieńka? – zapytał Papa, natychmiast siadając i trąc dłońmi zaspane i wygłodniałe oczy.

– Biali turyści – powiedziała Mama.

– Mm? To muszą płacić *ma*-dolar albo euro. Ja tu jest głowa rodziny. Słyszysz, kobieto?

– Tak.

– I żadnych tam Honolulu. Jakim autem jeżdżą?

– Jaguarem – odpowiedziałem. – Z kierowcą. Papo, nie pozwólmy odejść Maishy...

– Nikt od nikogo nie będzie odchodził. A ty się zamknij. Ugryzłeś mi żonę! Zanim nie powybijam ci zębów, nie chcę słuchać twoich uwag. Ani słowa. Podziękowałeś tym *ma-men* w moim imieniu?

– Nie – odparłem.

– *Aiiee*! Jigana, gdzie twoje maniery? Zapytałeś, gdzie jadą? Widziałeś numer rejestracyjny wozu?

– Nie, Papo.

– To co ja zrobię, jak ją zabiorą do Honolulu? Może powinniśmy cię wysłać do gangu. Nie nauczyłeś się jeszcze wykorzystywać okazji, chłopaku? To tak będziesz marnował w styczniu pieniądze na szkołę? Biedna Maisha.

Patrzył z niedowierzaniem spod przymrużonych powiek, a jego potężne czoło zmarszczyło się pod wpływem wątpliwości. Zacisnął wargi i gniew przyśpieszył mu oddech. Ale tamtej nocy postanowiłem, że nie ustąpię.

– Nie chcę już iść do szkoły, Papo – powiedziałem.

– Zamknij się, tchórzu. Ta sprawa jest zamknięta.

– Właśnie że nie.

– Co to znaczy nie? Chcesz zostać złodziejem kieszonkowym jak ja… mój synu? Mój pierworodny synu? Musi być z ciebie jakiś pożytek, a nie jak z tych dziewuch. *Wallai*!

– A ja nie chcę tej szkoły.

– Masz jeszcze za mały rozum, żeby myśleć. Jak to mawiamy: „Zęby, które pojawiają się pierwsze, nie są do gryzienia". Dopóki tu mieszkasz, twój Papa każe ci iść do szkoły.

– *La hasha.*

– Ty mi tu będziesz mówił *nigdy*? Jigana! – Spojrzał na Mamę. – On nie chce iść do szkoły? Święty Judo Tadeuszu!

– *Bwana*, ten chłopak się zrobił hardy – powiedziała Mama. – Widzisz, jak się nam patrzy prosto w oczy. To zniewaga!

Nagle Papa wstał, a ręce zaczęły mu się trząść. Nie zasłoniłem sobie twarzy przed policzkiem albo splunięciem, jak miałem w zwyczaju, kiedy był zły. Byłem gotowy na śmierć z jego ręki. Moja rodzina rozpadała się z mojego powodu. Papa stał tak, trzęsąc się z gniewu i nie wiedząc, co począć.

Mama poklepała go po ramieniu, żeby się uspokoił. Odsunął ją na bok i wyszedł na zewnątrz, żeby ochłonąć. Obserwowałem go przez dziurę w ścianie. Wkrótce zaczął głośno przeklinać siebie za to, że za dużo wypił i przespał Boże Narodzenie, marnując szansę na spotkanie z tymi turystami. Gdy znowu pomyślał o szczęściu, które spotkało Maishę, zaczął podśpiewywać sobie w ciemnościach „Jaguar to jaguar, to jaguar", przeskakując z miejsca na miejsce po ścieżce z obluzowanych kamieni, które wystawały z wody niczym łby żerujących w rzece krokodyli. Na tle nieba rysowało się kilka miejskich wieżowców ze światłami, których nie wyłączyli w biurach zapominalscy pracownicy, oraz kilka centrów handlowych udekorowanych świątecznymi lampkami. Migoczące światełka wznosiły się i opadały jak anioły na drabinie Jakubowej. Przegubowe autobusy miejskie, teren łowiecki Papy, zjechały na noc do zajezdni. Kiedy ulice opustoszały, samochody zaczęły jeździć szybciej zalanymi deszczem jezdniami, wzniecając ściany wody, które opadały na naszą chatę.

Po powrocie do środka Papa wyciągnął zza belki stropowej niedojedzoną gałązkę *miraa* i zaczął żuć. Utkwił spojrzenie w walizce. Z kącików jego ust sączył się tajemniczy uśmieszek. W końcu długa gałązka z listkami *miraa* zamieniła się w bezkształtną papkę. Papa zaczął nią pluć wysokim łukiem, precyzyjnie trafiając w otwór drzwiowy. Nagle jego twarz pojaśniała. „*Hakuna matata!*" – odezwał się, a potem zagłębił w kartonowe pudło, z którego wyciągnął rolkę drutu. Zaczął przywiązywać kółka walizki do belek podtrzymujących chatę. Przez chwilę wydawało się, że może uda mu się powstrzymać Maishę przed odejściem.

Mama próbowała zniechęcić go do przywiązywania walizki.

– *Bwanaaa*… przestań! Odejdzie, jak zobaczy, żeś się dobierał do jej rzeczy.

– Kobieto, zostaw to mnie – odparł, strofując ją. – Nie będę tak siedział bezczynnie, nie pozwolę, żeby jakieś tam z Honolulu uciekły mi z moją córką. Muszą się z nią ożenić, jak należy.

– Gadanie – powiedziała Mama. – A ty żeś przyszedł do mojego ojca prosić o moją rękę?

– Nikt nie płaci za kłopoty – odparł Papa. – A ty to same kłopoty. Tylko cię tknę, a już jesteś w ciąży. Tylko na ciebie spojrzę – bliźnięta, ot tak. Płodna jak nie wiem co.

– To ja zawsze jestem problemem – powiedziała Mama, unosząc nieco głos.

– Ja tylko mówię, że musimy tych turystów potraktować dobrze.

Atieno dygotała z zimna; jej ręka wystawała poza chatę. Papa wciągnął ją z powrotem do środka i wsunął głowę Atieno przez największą dziurę na środku koca. To był nasz sposób, żeby zapewnić miejsce w środku koca temu z nas, komu najbardziej zimno. Papa chwycił stopy Otieno i przełożył je przez dwie dziury przy krawędziach.

– Dzieci jaguara – szepnął im do ucha. – Świąteczny *ya* jaguar.

Próbował szczelnie otulić Atieno i Otieno kocem, obracając ich i tak, i tak, ale bez powodzenia. W końcu stracił cierpliwość. Odwrócił ich ku sobie niczym byle jak zwiniętą roladkę z mięsa, ze stopkami przyłożonymi wzajemnie do twarzy, z podkurczonymi kolanami wtulonymi nawzajem w swoje ciałka – w łonie z koca.

Mama przypomniała mu, by zastawił otwór wejściowy, ale on odmówił. Chciał, byśmy zaczekali na Maishę. Mrugnął do mnie jak do swojego kolegi strażnika pilnującego rodzinnej fortuny. Mama podała mi Małego i położyła się. Siedziałem tak, wdychając *kabire*, aż odpłynąłem. Pulsowało mi w głowie, a dach nade mną rozciągnął się, zatrząsł, a potem rozpłynął na tle nieba.

Unosiłem się w powietrzu. Moje kości stały się łatwopalne. Moje myśli płynęły przez mrok niczym prąd elektryczny, który napotykając opór, wzniecał iskry, a w ich błyskach widziałem siebie uczepionego drzwi miejskiego autobusu, jadącego do szkoły. Schowałem szkolny mundurek do torby, żebym mógł jechać za darmo, jak inne dzieci ulicy. Cyfry i litery alfabetu skakały na mnie po przebiegnięciu przez kartkę, jakby chciały mi coś powiedzieć. Błyski stawały się coraz szybsze, szkolna tablica świeciła coraz jaśniej. W promieniach słońca prześwitującego przez szczeliny w szkolnym dachu zobaczyłem nauczyciela piszącego pomiędzy pęknięciami i plamami na tablicy niczym zręczny kierowca *matatu*, który lawiruje po naszych wyboistych drogach. Później biegłem przez pozbawione trawy, nierówne boisko szkolne z pomarańczą zamiast piłki do rugby, przeskakując przez zawodników i przedzierając się przez obrońców. Byłem już wtedy najstarszym dzieciakiem w mojej klasie.

Mama dotknęła mnie w ramię i uwolniła od niemowlęcia. Zdjęła z Małego plastikowe śpioszki, obmyła go i założyła mu na noc pieluchę. Układając na górze kartonowego pudła poduszkę wyciągniętą spod śpiącej Naemy, Mama zamieniła je w łóżeczko. Po ułożeniu Małego do snu wyprostowała cztery rogi pudła, a potem rozwinęła siatkę przeciw moskitom i zawiesiła ją nad nim. Siatkę przekazała nam organizacja pozarządowa i Papa nie miał jeszcze okazji, by ją zastawić. Potem Mama zwinęła się wokół kartonu i zasnęła.

OBUDZIŁEM PAPĘ, GDY przed świtem wróciła Maisha. Zanim zasnął, przesuwał w palcach paciorki swojego różańca, przysypiając i przechylając się, aż głową zaczynał ściągać siatkę przeciwko moskitom. Mama musiała stale szturchać go łokciem albo nogą. Za każdym razem otwierał oczy z wyuczonym uśmiechem, myśląc, że nadeszła już godzina jaguara. Deszcz ustał, ale noc nadal zasnuwały ciemne chmury. Miasto tak opiło się wodami powodzi, że jego powłoka nabrzmiała i miejscami popękała. Krajobraz zaśmiecały prowizoryczne stoły i stragany ulicznego bazaru, popękane i połamane jak po bójce w barze. Po całej ulicy walały się śmieci: suszone ryby, papiery, świecidełka, zwiędła zielenina, plastikowe talerzyki, rzeźby z drewna, bielizna. Bez kłębiącego się tu zazwyczaj tłumu słabo oświetlone ulice wydawały się opustoszałe, a każdy najmniejszy dźwięk stawał się wielokrotnie wzmocniony. Jeszcze długo po tym, jak przejechał policyjny radiowóz, słychać było, jak lawiruje pomiędzy dziurami w jezdni, a policjanci wymuszają łapówki – swoje bożonarodzeniowe *kitu kidogo* – od ludzi, których nie było stać na świąteczny wyjazd do rodzinnych wiosek położonych w głębi kraju.

Maisha wróciła taksówką – starym renault 16. Czekała, siedząc przygarbiona na tylnym siedzeniu, aż wysiądzie kierowca. Ten, przyklękając, za pomocą cęgów otworzył drzwi i wypuścił ją z auta. Westchnienie zawodu, które wydał Papa, było głośne niczym głos muezina wzywającego Nairobi do modlitwy. Moja siostra wysiadła, następnie wyczerpana oparła się o auto. Na siedzeniu leżały torby z jedzeniem.

Dała znać Papie, żeby nie podchodził, ale on to zignorował.

– To gdzie ten nasz jaguar i ci *musungu*? – zapytał taksówkarza, zaglądając do rozklekotanego auta, jakby w każdym momencie mogło zamienić się w coś innego.

– Jaki jaguar? Co za *musungu*? – zapytał taksówkarz, obserwując ruchy Maishy.

– *Nini* jaguar... To skąd wraca moja córka? – zapytał go Papa.

– Ja tam nic nie wiem – odparł i wskazał na swoją pasażerkę.

Maisha pochyliła się przy jedynej działającej w aucie lampie, aby odliczyć należność. Jej spodnie były tak obcisłe, że marszczyły się na udach i kieszeniach; usiłowała wyciągnąć banknoty, tak aby nie połamać sobie sztucznych paznokci, które zakrzywiały się niczym szpony. Jeszcze wczoraj jej włosy były krótko przycięte, złociste, pofalowane i sztywne od trwałej. Dziś w niektórych miejscach stały dęba, w innych leżały płasko, odsłaniając placki skóry zniszczonej środkami chemicznymi. Trudno było odróżnić, czy z jej twarzy łuszczy się puder, czy uszkodzona skóra. Żeby pozbyć się pierwszych oznak młodzieńczego trądziku, rozjaśniła sobie twarz nierówno działającym środkiem. Najbardziej podrażnione używanymi przez nią kremami były powieki i skóra pod oczami. Tej nocy podrażnienia te jakby naciągnęły zmęczeniem, tworząc opuchliznę wokół oczu.

Kierowca miał problemy z zasunięciem szyby. Wyciągnął rękę w kierunku toreb z jedzeniem, które stanowiły jego zabezpieczenie. Papa wyjął dziesięciocentymetrowy gwóźdź i podszedł do zużytych opon.

– Jakim *dawa* naszprycowałeś moją córkę? Zawsze wraca do domu w dobrym stanie.

Kierowca natychmiast się skulił, błagając przerażonym głosem.

– *Mzee*, nazywam się Karume. Paul Kinyanjui wa Karume… Ze mnie jest prawy Kenijczyk. Bogobojny.

– I chcesz ukraść mojej córce jej siatki?

– Nie. Proszę zabrać sobie torby. Proszę – błagał mężczyzna, próbując powstrzymać Papę przed przebiciem mu opon.

– *Aiie*, Papa. Wstyd mi przynosisz. Zamknij się – odezwała się Maisha słabym głosem, wciskając kierowcy pieniądze.

Papa zabrał torby i zszedł z drogi, wdychając nosem smakowite zapachy. Nagle rzucił się do biegu, żeby odwiązać walizkę, zanim Maisha dotrze do chaty.

Kierowca wsiadł do auta i już miał wsunąć pieniądze do górnej kieszeni, gdy nagle zaczął się obszukiwać. Papa stał, przyglądając się temu z progu chaty. Wkrótce taksówkarz zachowywał się, jakby oblazły go czerwone mrówki. To odsuwał, to znowu zasuwał pośpiesznie zamki w kieszeniach, jakby złodziej nadal na niego czyhał. Zdjął płaszcz, potem koszulę i przeszukał je. Podniósł głowę ku niebu i z zamkniętymi oczami zaczął odtwarzać trasy poprzednich kursów, grożąc palcem niewidocznym gwiazdom. Przeszukał sobie skarpetki, potem na czworakach zlustrował mokry grunt. Ocierał sobie pot albo łzy spływające mu z twarzy.

– Gdzie są moje pieniądze? – zwrócił się do Maishy, odzyskując w końcu głos. – *Haki*, no chwilę temu miałem je w kieszeni.

Maisha ruszyła przed siebie, wrzeszcząc na Papę, dopóki na jego surowej twarzy nie pojawił się uśmieszek zakłopotania. Oddał gruby zwitek banknotów, chichocząc jak nasze bliźnięta. Kierowca podziękował jej oschle, wygładzając sobie ubranie drżącymi rękami. Zetknął druciki zapłonu, żeby uruchomić auto, i odjechał z piskiem, trąbiąc klaksonem, z przednią lampą skierowaną w górę i nieco w lewo jak niewidzące oko.

MAISHA WESZŁA DO CHATY chwiejnym krokiem, z przewieszonymi przez ramię butami na tak wysokich obcasach, że chodzenie w nich mogło się źle skończyć. Mama zrobiła miejsce dla niej i jej siatek. Rozpyliła też po chacie spray przeciwko owadom, żeby odpędzić moskity. Śpiące w środku rodzeństwo zaczęło pokasływać. Kiedy Maisha wchodziła do środka, Mama stała z boku niczym służąca, załamując ręce. Nie potrafiłem spojrzeć Maishy w oczy i nie wiedziałem, co powiedzieć.

– Dobry wieczór, Maisha – bąknąłem.

Zatrzymała się. Jej zmęczone ciało przeszył dreszcz. Przyjrzała się uważnie twarzom moich rodziców, zanim zwróciła się do mnie.

– Prosił cię ktoś, żebyś się odzywał? – powiedziała.

– Jak odejdziesz na zawsze, to ja ucieknę. Nie ma mowy o żadnej szkole.

– Idziesz do szkoły – powiedziała Maisha. – Są już pieniądze na czesne.

– Ucieczek ci się zachciewa? Zamilcz, Jigana – odezwał się Papa. – Myślisz, że to ty jesteś teraz głową rodziny? Jak za dużo wodzów, to robi się anarchia. Głupku, *mtu dufu*! Nikt nie odejdzie.

Maisha spojrzała na nas gniewnym wzrokiem i wszyscy odwróciliśmy się do niej tyłem. Kiedy otworzyła walizkę, żeby wyciągnąć z niej kocyk, chatę wypełniła słodka woń jej przygód w jaguarze, która zdominowała ciężki zapach środka owadobójczego. Chociaż jej powroty zawsze przypominały nam o tym, że życie może być lepsze, tamtej nocy nienawidziłem tych perfum.

– Ja i twoja matka nie chcemy, żebyś nas opuszczała na dobre, Maisha – powiedział Papa, wyskrobując sobie brud zza paznokci. – Nie zgadzamy się.

– Sprawy się jakoś ułożą, córko – powiedziała Mama. – Dzięki za pomoc w umorzeniu długu!

– Nie ma za co, Mamo – odezwała się Maisha.

Twarz Mamy pojaśniała ze zdziwienia; tak bardzo przywykła już do bycia ignorowaną. Otworzyła usta, aby coś powiedzieć, ale nie mogła wydusić ani słowa. W końcu załkała:

– *Asante*, Maisha, *asante* za wszystko! – i skłoniła się kilka razy, z rękami złożonymi jak do modlitwy.

Nigdy wcześniej nie widziałem, aby patrzyły sobie w oczy w taki sposób. Przytuliły się do siebie i trzymały w objęciach, jakby ich ręce były linami opasającymi oba ciała. Pomimo chłodu na czole Mamy pojawiły się kropelki potu, a jej palce drżały, kiedy pomagała Maishy zdejmować kolczyki i naszyjnik. Potem delikatnie ułożyła ją do snu.

Wierzyłem, że Mama przekona Maishę, aby została, ale Papa gestem nakazał Mamie siedzieć cicho, żeby to on mógł pełnić rolę negocjatora.

– Córko – odezwał się – musisz odpocząć i porządnie się zastanowić. Jak mawia nasz lud, na północy *ama* na południu, na wschodzie *ama* na zachodzie, najlepiej we własnej zagrodzie…

– Maisha, nie idę do żadnej szkoły! – odezwałem się. – Powiedziałem już Mamie i Papie. Oddadzą ci pieniądze na czesne.

– Jigana, proszę cię, proszę, nie dyskutuj – odrzekła. – Nawet ty, nawet ty nie możesz się nade mną zlitować tej nocy? Przynajmniej przez parę godzin?

MOI RODZICE SIEDZIELI na zewnątrz, na puszkach po farbie. Ja stałem pod ścianą, z dala od nich. Chciałem zobaczyć Maishę jeszcze ten jeden raz, zanim zniknie.

Mgła osadziła rosę, pogłębiła mrok i rozmyła światło sklepowych lamp, zamieniając je w niewyraźne aureole. Słyszeliśmy, jak Maisha wierci się na podłodze, przeklinając ręce i nogi rodzeństwa i opędzając się od moskitów. Mieliśmy wrażenie, jakbyśmy czuwali przy niej ostatnią noc. Byliśmy niespokojni, nie mogliśmy znieść panującej ciszy. Papa mamrotał, obwiniając się za to, że nie chodził częściej zamiatać teren przy kościele. Zgodził się z Mamą, że gdyby zamiatał codziennie, zamiast co drugi dzień, może święty Józef Robotnik polepszyłby nasz byt. Mama warknęła na niego, bo Papa zawsze jej mówił, że nie obchodzi go przychylność świętego Józefa, tylko to, żeby ludzie mogli modlić się w schludnych warunkach. Potem Papa zaczął obwiniać Mamę, że przestała brać udział w wiecach partii KANU dla mieszkańców slumsów, by zarobić parę groszy.

Noc przerodziła się w serię pomruków i syków. Wolałem już słuchać odgłosów kłótni niż niespokojnego oddechu Maishy. Kiedy jeszcze raz pacnęła moskita i odwróciła się na drugi bok, Mama miała już tego dość. Wbiegła do środka, zdjęła siatkę na moskity z kartonowego pudła i zawiesiła ją pod krokwiami tak, aby objęła moją siostrę. Ponownie spryskała wnętrze chaty środkiem owadobójczym i wyniosła Małego, aby nakarmić go piersią. Rozległ się silniejszy kaszel. Papa zerwał część foliowych ścian, aby wpuścić do środka powietrze, ale ponieważ wiatr ustał, nic to nie dało. Podniósł drzwi i użył ich w charakterze wielkiego wachlarza, by napędzić powietrza do środka chaty.

NAD RANEM PIERWSI z chaty wyszli Atieno i Otieno. Wyglądali na zmęczonych i przez środek owadobójczy pociągali nosem. Stanęli przed nami i spryskali poranek żółtą uryną, kichając przy tym i kwiląc.

Na ulicach powoli zaczynał się ruch. Dzieciaki z sąsiedztwa już powstawały i rozpierzchły się w świetle dnia jak kurczęta w poszukiwaniu paszy. Niektóre z nich ledwo trzymały się na nogach, odurzone *kabire*. Jedno podniesionym głosem zdawało innym sprawę ze swoich snów, żywo gestykulując. Inne klęczało i trzęsło się, modląc z zamkniętymi oczami, jakby miało ich już nigdy więcej nie otworzyć. Jakiś mężczyzna krzyknął i wskazał na dwoje dzieci, które trzymały jego portfel. Nikt się tym nie zainteresował. Kieszeń miał rozdartą aż do rozporka, a z przodu spodni ziała kwadratowa dziura. Mężczyzna wyciągnął koszulę ze spodni, by zakryć nagie ciało, potem oddalił się pośpiesznie z uśmieszkiem zakłopotania na twarzy. Słońce jeszcze nie wzeszło, tylko niebo wolno nabierało blasku.

Bliźnięta zaczęły zawodzić i atakować piersi Mamy. Papa porozdawał im mocne klapsy. Usiadły na ziemi z oczami nabrzmiałymi od łez, których bały się uronić. Scenę przerwało pojawienie się Naemy. Wyszła z chaty, usiadła ze mną na puszkach po farbie i chwyciła mnie za ręce, żeby rozweselić.

– Nie bądź taki smutny, Jigana – powiedziała. – Chcesz się z nią ożenić? Pamiętaj, teraz twoja kolej, żeby zabrać Małego.

– Zostaw mnie w spokoju.

– To ożeń się ze mną, ja tu zostaję. – Pokazała mi język. – Ja też jestem twoją siostrą – i to piękniejszą. Facet, zrób dla mnie sztuczkę jak u fotografa… uśmiechnij się.

Była wypoczęta i odespała już początkowy szok, jaki wywołała wieść o odejściu Maishy. Teraz znowu była sobą, prześmiewcza i gadatliwa, z głębokimi, idealnymi dołeczkami.

– Wszyscy musicie pozwolić jej odejść.

– A ty? – powiedziałem. – Słuchasz tylko jej.

– Ja jestem już duża, facet. Żywiciel rodziny. Jak chcesz iść do szkoły, to za ciebie zapłacę!

Posłała mi całusa. Kremy Maishy zaczynały rozjaśniać jej hebanową twarz.

Zanim zdołałem cokolwiek powiedzieć, Naema wybuchła histerycznym śmiechem i wbiegła do chaty. Prawie staranowała Papę, wypadając z powrotem z torbami pełnymi jedzenia, o których zapomnieliśmy. Położyła je na ziemi i zaczęła rozdzierać, wypełniając poranek nadzieją. Przywołała nas wszystkich skinieniem. Papa wgryzł się w skrzydełko kurczaka. Mama chwyciła za udko. Pozostali wzięli się za ryż na kwaśno, ziemniaki purée, sałatkę, hamburgery, pizzę, spaghetti i kiełbaski. Piliśmy colę, z której zdążył już ulotnić się gaz, i roztopione lody, wszystko wymieszane razem. Naema pootwierała zębami butelki piwa Tusker i Castle. Początkowo ucztowaliśmy w ciszy, na kolanach, często unosząc wzrok jak wiewiórki, aby kontrolować nawzajem swój przerób. Nikomu z nas nie przyszło do głowy, żeby nadmuchać balony albo otworzyć kartki świąteczne, które przyniosła Maisha.

W końcu bliźnięta przewróciły się na plecy, śmiejąc się i wymiotując. Jak tylko skończyły, natychmiast powróciły do jedzenia. Buzie miały umazane lodami i piwem na różowo, biało i zielono. Nie mogliśmy ich uciszyć. Podjechała taksówka i Maisha wyszła z chaty, ciągnąc za sobą swoją walizkę. Kiedy kierowca pomagał jej włożyć walizkę do środka, nasi rodzice znieruchomieli. Mama rozpłakała się. Krzyk Papy niósł się po ulicach.

Wśliznąłem się do chaty, nalałem sobie świeżego *kabire* i zacząłem wdychać. Wyjąłem z kartonowego pudła swój zeszyt do ćwiczeń i podarłem go na strzępy. Potem wyciągnąłem pióro i ołówek, łamiąc je jednym ruchem. Atrament, który rozlał mi się po dłoniach, wyglądał jak niebieska krew. Wyciągnąłem moją jedyną parę spodni oraz dwie koszule i nałożyłem sobie na ubranie.

Zostawiłem paczkę ze szkolnym mundurkiem. Usiadłem na miejscu, na którym wcześniej leżała walizka, i rozpłakałem się. Wyglądało jak świeżo wykopany grób. Wdychałem *kabire* łapczywie, obracając butelkę w górę i w dół, żeby zapach zbliżył się do moich nozdrzy.

Kiedy taksówka odjechała, nasz lament zwrócił uwagę dzieciaków z gangu. Otoczyły jedzenie, a ja rzuciłem butelkę i dołączyłem do mojej rodziny. Na gwałt zaczęliśmy wpychać sobie do ust resztki potraw, a torby zanosić z powrotem do chaty, ale udało się im porwać balony i kartki świąteczne.

Ukryłem się w grupie uciekających dzieci i wymknąłem. Przebiegłem pomiędzy samochodami, przeskoczyłem przez betonową zaporę oddzielającą jezdnie i rozpłynąłem się w Nairobi. Ostatnim wspomnieniem mojej rodziny był obraz czkających i chichoczących bliźniaków.

Gabon obiecany

Sprzedaż własnego dziecka albo dzieci brata może okazać się trudniejsza niż handel cudzymi. Trzeba trzymać emocje na wodzy albo być tak bezwzględnym jak urzędnicy imigracyjni na granicy w Badagri i Seme. W przeciwnym razie można ściągnąć na rodzinę kłopoty. Podczas tych trzech miesięcy, kiedy Fofo Kpee planował nas sprzedać, nasza rodzinna tajemnica nigdy nie wyszła na jaw dzięki jego poczuciu humoru i instynktowi szmuglera, który w sobie rozwinął jako *agbero* – przemytnik na granicy. Moja siostra Yewa miała pięć, a ja dziesięć lat.

Fofo Kpee był niskawym, pracowitym człowiekiem. Zanim zaczął robić interesy z Gabonem, zarabiał na życie jako prosty *agbero*, przeprowadzając nielegalnie ludzi przez granicę albo po prostu ograbiając ich z pieniędzy. Wynajmował się także w porze harmattanu do zbierania kokosów na plantacjach, których wiele rozciągało się wzdłuż wybrzeża. W ciągu tych lat przydarzyło mu się niejedno nieszczęście: upadki z drzew i bójki na granicy. Jednak nie tracił życiowego optymizmu. Zdawał się śmiać ze wszystkiego, częściowo z powodu blizny na twarzy, pamiątce po bójce z czasów, kiedy szkolił się na *agbero*. Błyszcząca szrama o wyraźnie zarysowanych krawędziach biegła przez policzek od lewego oka aż do górnej wargi, która z tego powodu była podciągnięta i jego usta nigdy całkowicie się nie zamykały. Chociaż próbował zakryć ją obfitymi wąsami, świeciła niczym świąteczna żarówka na choince. Jego lewe oko wydawało się większe od prawego, ponieważ blizna ściągała w dół dolną powiekę. Wszystko to sprawiało, że ludzie czasami nazywali go Uśmiechniętym Kpee.

Dwukolorowy, niebiesko-srebrny motocykl marki Nanfang 125cc stanowił ostatni poważny zakup, którego Fofo Kpee dokonał w tym miesiącu, kiedy nasza stopa życiowa znacząco się podniosła, a sprawa z Gabonem zaczęła nabierać rozpędu. Planował wykorzystać motor do przewożenia ludzi przez granicę pomiędzy Beninem a Nigerią, żeby zwiększyć rodzinne dochody.

Nigdy nie zapomnę tego wietrznego wtorku, kiedy jakiś żylasty mężczyzna przywiózł Fofo na tym nowym motorze pod nasz dwuizbowy dom zwrócony frontem do morza. Wybiegłem z podwórka na tyłach domu, gdzie gotowałem ryż Abakaliki, żeby przywitać się z Fofo Kpee. Jego śmiech niósł się głośniej niż łagodny pomruk nowego motoru. Nasz dom stał z dala od ruchliwej, pokrytej kurzem drogi; łączyła go z nią tylko wąska, piaszczysta ścieżka. Po jednej stronie ścieżki oraz wokoło domu rozciągały się uprawy manioku, wysokie, bujne krzaki, kępy bananowców i platanów. Najbliżsi sąsiedzi mieszkali jakieś pół kilometra dalej.

Nie miałem na sobie koszulki ani butów, tylko kupione przez Fofo szorty w kolorze mieszanki morskiej zieleni i khaki, a moje stopy pokryte były kurzem od gry w piłkę. Yewa budowała zamki z piasku pod mangowcem, który rósł przed naszym domem. I wtedy właśnie pojawił się motocykl.

– Uśmiechnięty Kpee, tylko dwoje? – odezwał się z rozczarowaniem w głosie mężczyzna, który przywiózł Fofo. – To nie przejdzie, *iro o*! Dzie reszta?

– Ach *non*, Big Guy, bedzie i reszta... *beaucoup* – powiedział Fofo, a z jego wykrzywionych ust wydobył się chichot. Odwrócił się do nas: – *Mes enfants*, no, *una* nie przywitacie się z Big Guyem?

– Dobry wieczór, *monsieur*! – powiedzieliśmy, kładąc się plackiem na ziemi.

Mężczyzna zignorował nas, odwracając wzrok. Swoimi dużymi oczami spoglądał na drogę, marszcząc niskie czoło i niewielki, spiczasty nos. Chociaż miał dokładnie wygoloną głowę, jego wystające kości policzkowe pokrywała rzadka bródka. Ubrany był w obcisłe dżinsy, sandały oraz w jasną, za dużą sztruksową koszulę, która wisiała na jego drobnej sylwetce jak zwinięty mimo wiejącego wiatru żagiel. Gdyby nie jego imponujący wzrost i prezencja, niczym nie różniłby się od przeciętnego przygranicznego *agbero*.

– Przyjacielu, wejdźmy do środka, *abeg* – Fofo Kpee płaszczył się przed nim. – Usiądź i napij się czegoś. Heineken, star, guinness? – Odwrócił się do mnie. – Kotchikpa, *va acheter* mu co do picia.

– *Rien*... nie bede niczego pił! – odezwał się wolno i stanowczo Big Guy, głosem ledwo słyszalnym pośród szumu morza dobiegającego z oddali.

Poza propozycją czegoś do picia nie mieliśmy pojęcia, o czym oni mówią. Ale nie przejmowaliśmy się tym. Mając wujka *agbero*, przywykliśmy już do ludzi, którzy pojawiali się o każdej porze dnia, żeby go nękać z różnych powodów. Wiedzieliśmy, że zdoła się wykpić także z tej sytuacji.

– Nie mówiliśmy o dwóch, tylko o pięciu – powiedział Big Guy, machając przed Fofo palcami, których część kończyła się sczerniałymi paznokciami. – Dzie reszta dzieci?

Fofo cofnął się przed nim o krok, mówiąc:

– Znasz moją umowę z ludźmi od ciebie?

– *Quel peuple?* – odezwał się Big Guy wyzywająco.

– Z twoim szefem – powiedział Fofo Kpee.

– Masz załatwiać sprawy ze mną – *directement*!

– Ależ *non*, prosze, najpierw to oblejmy. *Gbòjé*... wyluzuj.

– Nie, mówię poważnie. *Just moi.*

– Z tobą? Chcesz mnie podkablować?

– Nie chcę cię straszyć ani oszukać. My tak załatwiamy takie sprawy... ostrzegam cię, nie? Chyba że chcesz igrać z ogniem.

– Zrobimy ten biznes razem – błagał go Fofo. – Nie ma obawy. Wszystko bedzie jak trza.

Big Guy wzruszył ramionami i czujnym wzrokiem rozejrzał się po okolicy, niczym podróżny, którego oszukano na granicy. Obrzucił zdegustowanym spojrzeniem mnie oraz moją siostrę i odwrócił wzrok. W oddali złota kula słońca przeświecała przez zieleń plantacji kokosów, która broniła dostępu do Atlantyku. Wody oceanu, który miał być naszą drogą za granicę, opierały się złotym muśnięciom słońca i pokryte były obfitą, szarą pianą, a odbicia kokosowych palm tworzyły na ich powierzchni kołyszącą się sieć. Bryza znad oceanu dmuchała w głąb lądu łagodnym, jednolitym oddechem.

– Big Guy, spokojnie, przyjacielu... za dużo się martwisz.

Big Guy wzruszył ramionami i powiedział:

– Nie, Big Guy się nie martwi. Lepiej ty się martw.

Big Guy był wyraźnie zawiedziony. Zacisnął wargi tak mocno, że zobaczyliśmy fragment czerwonego wnętrza jego nosa, jakby zarzewie tlącego się w nim gniewu. Jak powiedziałem, nie zmartwiło mnie to, ponieważ widywałem już Fofo w trudniejszych sytuacjach. Byłem pewien, że zdoła udobruchać gościa.

— A jak dom? — odezwał się Fofo Kpee, wskazując na naszą siedzibę.

— Co z nim? — powiedział Big Guy, nie spoglądając nawet na budynek, chociaż Fofo nadal próbował go nim zainteresować.

Cynkowy dach cały pokryty był rdzą, a dwa pokoje nie miały sufitów. Ściany ulepione były z błota i pospajane cementem, a na wąskiej werandzie, po obu stronach drzwi, zostały usypane dwa kopce do siedzenia i tam Fofo chciał zaprosić Big Guya, gdyby ten nie zechciał wejść do środka. Okap wspierał się na słupach wykonanych z pnia palmy kokosowej.

— Podoba ci się? — zapytał Fofo.

— Na biznes na razie jest OK — powiedział Big Guy. — Muszę już lecieć.

— A widzisz, widzisz — zwrócił się do niego Fofo z uśmieszkiem. — Przynajmniej to zrobiłem dobrze.

— No, później trzeba będzie zbudować dużo lepszy niż ten… większy.

— *Ca ira, ça ira…* Wszystko będzie dobrze.

Big Guy odszedł z wyrazem zawodu, który nadal widać było na jego twarzy.

— Jasne, tylko martwi są nam coś winni! — powiedział. — Tylko martwi.

– Na pewno nikt nie zginie… Cóż, jak mawia lud Annang, martwi nikomu nie przeszkadzają, a zabójcy nie żyją wiecznie – zawołał za nim Fofo Kpee, śmiejąc się. – Do zobaczenia jutro, *á demain o*. I pozdrów ode mnie *ta famille*!

KIEDY BIG GUY już sobie poszedł, nie wiedzieliśmy, co myśleć o tym motocyklu. Staliśmy przy nim bez słowa, jakby powrócił dawno zaginiony członek rodziny. Fofo Kpee wpatrywał się w nasze twarze, jakby zadał nam zagadkę i oczekiwał pierwszych oznak, że zaczynamy się domyślać.

– Nanfang! – odezwała się Yewa, przełamując ciszę. – *Zokękę… zokękę*!

– Czyj jest ten motor? – wydusiłem z siebie.

– Nasz! – odparł Fofo i zachichotał. – *Finalament*, mamy *zokękę*!

– Nasz? *Zokękę*? – powiedziałem.

– *Oui*, Kotchikpa, mój synu.

Yewa zaczęła obchodzić w milczeniu motocykl – niczym kapłan voodoo swój ołtarzyk – z wyciągniętymi rączkami, ale bojąc się go dotknąć. Miała wielkie brązowe oczy, które teraz błyszczały w jej wychudzonej buzi, szeroko otwarte, jakby magia motoru trzymała je na uwięzi. Nosiła krótkie włosy jak chłopak i miała na sobie tylko różowe majteczki, znad których wystawał jej wydęty brzuszek. Stawiała lekkie kroki stopami okrytymi kurzem niczym skarpetkami. Moje dłonie, brudne od dokładania do ognia i przytrzymywania garnka z ryżem, żeby nie spadł z ustawionego na tyłach domu trójnogu, zaczęły się pocić. Trzymałem ręce z dala od motocykla i swoich szortów, pocierając palcami o dłonie.

52

– My należymy do ciebie – Yewa nuciła sobie cicho w kierunku motoru. – Ty należysz do nas, my należymy do ciebie...

– Tak, córko – powiedział Fofo, napawając się naszym zachwytem. – Bóg wyrychtował nam nagrodę za naszą wierność... Bedziemy bogaci, cha, cha!

Nieoczekiwana wesołość w jego głosie sprawiła, że Yewa się zatrzymała. Spojrzała na moją twarz, następnie na twarz Fofo, jakbyśmy się zmówili, żeby zrobić jej jakiś kawał. Fofo Kpee otworzył walizkę, którą zabierał ze sobą każdego dnia na granicę, i wyciągnął z niej rachunek za motocykl wystawiony w mieście Kotonu. Tego już było dla nas za wiele. Zacząłem klaskać, ale Fofo mnie powstrzymał, mówiąc, że nie ma w tym momencie wystarczającej ilości napojów, by poczęstować ludzi, których mógł przywołać hałas. Reprymenda Fofo zdusiła we mnie pragnienie klaskania, stałem więc z rozłożonymi rękami, trzymając dłonie naprzeciwko siebie jak dwa przeciwne bieguny magnetyczne. Potem wezbrała we mnie fala szczęścia, wbiegłem do domu, umyłem ręce i założyłem na siebie koszulę oraz klapki, jakby nawiedził nas jakiś ważny gość. Kiedy wyszedłem, Fofo otworzył drzwi i wprowadził nabytek do pokoju, który był jednocześnie naszym salonem i sypialnią. Zapalił lampę naftową i ustawił ją na stojaku przy drzwiach do następnego pokoju. Światło lampy igrało na powierzchni baku nanfanga, oświetlając dwukolorowy wzór jak blask zachodzącego słońca fale Atlantyku.

By zabarykadować frontowe drzwi, Fofo wyciągnął spod naszego łóżka deskę i podparł nią metalowe zasuwy. Tego wieczora przetestował siłę zamknięcia, opierając się o sztabę lewym ramieniem i ostrożnie dozując nacisk. Westchnął i pokiwał głową odwrócony w stronę motocykla, promieniując zadowoleniem.

– Musimy kupić nowe drzwi do chałupy – powiedział.

– I okna też – wymamrotała Yewa, nadal skupiona na nanfangu, jakby okna stanowiły jego część.

– Ta, *pas du problem* – powiedział Fofo Kpee i zaczął zamykać dwa małe drewniane okienka po obu stronach domu. – Powymieniamy *les choses lǫpa lǫpa*, dużo rzeczy, mówię wam.

Pod przeciwległymi ścianami pomieszczenia stały dwa sześciosprężynowe łóżka, a pomiędzy nimi niski drewniany stolik. Ja i Yewa spaliśmy w jednym łóżku, a Fofo miał dla siebie drugie. W kartonach pod łóżkami znajdowały się nasze ubrania, ale najlepsze ciuchy Fofo wisiały w kącie na bambusowym kiju podtrzymywanym przez dwie liny przymocowane do stropowych belek. Pokój był mały, dlatego motocykl miał kierownicę i przednią oponę wstawione do szafy. Wyglądał jak pasąca się krowa, której łeb ginie w wysokiej trawie. Wieczorami, kiedy wpatrywaliśmy się w dach, jego rdzawa powierzchnia wyglądała jak nieruchome brązowe chmury, bez względu na blask padający z lampy. W bardzo gorące dni słyszeliśmy, jak dach pracuje, wydając z siebie ciche stuki.

W końcu podeszliśmy do nanfanga, badając jego kształt, wąchając i dotykając części konstrukcji. Fofo musiał dwa razy na mnie krzyknąć, żebym nie zbliżał się zbytnio z lampą do motocykla. Zapach nowości wziął górę nad panującą w pomieszczeniu duchotą. Yewa pociągała za folię, która pokrywała siedzenia, lampy i błotniki, aż Fofo ostrzegł ją, by ich nie urwała.

– Mam coś dla *vous* – powiedział Fofo Kpee, żeby nas uspokoić. Zanurkował pod łóżko i wyciągnął ze swojej walizki małe batony z orzeszkami ziemnymi, a z kieszeni na wpół roztopione toffi, które włożyliśmy sobie do ust w papierkach. Tamtej nocy Fofo nie opowiadał nam historii, z których śmiał się głośniej niż my. Wyciągnął butelkę soku z guajawy i nalał każdemu z nas.

– Hej, *temps de celebration* – powiedział Fofo Kpee. – Bogu niech bedom dzięki!

– Błogosławmy Pana! – odparliśmy.

Uniósł swój kubek.

– Ach, żebyśmy nie klepali bidy... Za nanfanga!

– Za nanfanga! – odpowiedzieliśmy, przechylając kubki.

Już dawno nie piliśmy soku owocowego. Yewa wypiła swój od razu, jednym bardzo długim haustem, przechylając kubek tak mocno, że sok spływał jej po obu stronach buzi i skapywał na brzuch gęstymi czerwonymi kroplami niczym łzy. Ja upiłem łyk i przerwałem. Pomyślałem, że będzie dobrze zostawić sobie trochę soku do kolacji. Poszedłem odstawić kubek w bezpieczne miejsce między stojakiem na lampę a ścianą.

Nasze podniecenie tamtego wieczora było tak duże, że kiedy w końcu zabraliśmy się do ryżu Abakaliki i potrawki z cebuli, *kpomo* oraz oleju palmowego, nie przeszkadzało nam, że znajdujemy w ryżu drobne kamyki. Nieważne, jak dokładnie przebiera się ryż, nie można pozbyć się ich całkowicie. Od czasu do czasu rozgryzaliśmy więc kamyczek, łapaliśmy się za szczęki i przepłukiwaliśmy na wpół przeżute jedzenie sokiem. Chociaż Fofo Kpee zwykł rugać mnie za każdym razem, kiedy rozgryzał kamyk, ponieważ przebieranie ryżu należało do moich obowiązków, tamtej nocy tego nie robił. Świętowaliśmy pojawienie się u nas nanfanga. Pijąc oszczędnie swój sok, tamtej nocy byłem w stanie znieść w swoim ryżu każdą ilość piasku.

Kiedy został mi ostatni łyk, powstrzymałem się i zostawiłem go sobie na później. Zamiast soku sięgnąłem po wodę. Jadłem i piłem, aż napełniłem sobie brzuch, a moje wargi zrobiły się żółte od oleju palmowego z potrawki. Dopiero potem wypiłem resztę soku, aby jego smak pozostał mi w ustach do czasu, gdy pójdę spać.

– KOTCHIKPA, CHŁOPCZE, SZYBO, szybo, przygotuj drugi pokój na nanfanga! – powiedział Fofo Kpee po kolacji.

– Tak, Fofo Kpee – odparłem.

– Niech nanfang tu zostanie! – Yewa zaczęła go usilnie prosić. Nadal podskakiwała ze szczęścia.

– O, *non*, moje dziecko – powiedział Fofo. – Dla nanfanga jest drugi pokój.

– To ja też będę tam spała – powiedziała moja siostra, spuszczając głowę i robiąc smutną minkę. – Z nanfangiem.

– *Je dis non*, Yewa – nie ustąpił Fofo, próbując zmienić temat: – Kupie ci trzy nowe książki. Zobaczysz, jak bardzo się ucieszy twój nauczyciel, tak?

– Nie chcę książek – powiedziała Yewa.

– Hmmm, mówisz, że nie chcesz książek? – zapytał. – *D'accord*, nowe *crayons*? Ołówki?

Pokręciła głową.

– Ja chcę spać *avec* nanfangiem…

– *Haba*! – Fofo Kpee uciął dyskusję.

W akcie protestu Yewa usiadła na podłodze zwrócona w stronę motocykla, a tyłem do nas. Fofo podszedł, przykucnął za nią i pogłaskał ją po plecach, ale ona wzruszyła ramionami, żeby dał jej spokój.

– Ach, *mon* Yewa, *mon* Yewa – mówił do niej czule – nauczysz się pisać. I bedziesz kiedyś nauczycielkom!

– Nie – powiedziała Yewa, potrząsając energicznie głową, jakby jakiś robak właśnie wszedł jej do nosa. Yewa, jeśli coś przyszło jej do głowy, była uparta i małomówna.

– Och, *non*, nie chcesz być *agbero* jak ja, *qui?*

– Daj mi spokój.

– Dlaczego nie chcesz być dzisiaj grzecznom dziewczynkom? – powiedział. – Cóż, Kotchikpa nie bedzie za ciebie pisał. Każdy musi umić pisać. Wykształcenie *est* „jedna osoba to jeden głos".

Yewa milczała.

– Yewa, *tu es toujours un bébé*! – odezwałem się, próbując wymóc na niej, żeby przestała się upierać. – Beksa!

– Daj mi spokój.

– *Oya*, to kupie ci sandały do szkoły – chciał udobruchać ją Fofo Kpee. Ona jednak nadal nie wstawała. Fofo podniósł się więc, wzruszył ramionami, podszedł do swojego łóżka, usiadł na nim i zwrócił się w moją stronę:

– Kotchikpa, *je t'acheterai* dwa podręczniki plus zeszyt do ćwiczeń, *d'accord*?

– Książki dla mnie? – zapytałem podekscytowany. – Kiedy?

– Jutro. Nie bedziesz już pożyczał książek do szkoły. Jak lubisz czytać, to se bedziesz czytał co wieczór.

– Dzięki, Fofo Kpee – powiedziałem i spojrzałem przelotnie na nowy motocykl, jakby przyznając w ten sposób, że bez jego pojawienia się w naszym życiu nie dostałbym tego, czego potrzebowałem do szkoły.

– Bez wykształcenia, dzieciaki, *comme moi*, tobyście tylko zgniły w tym mieście, gdzie wszędzie pełno niebezpieczeństw. Nie, postaram się, żebyście były bogate. A nawet *say una* jak te dzieciaki polityków i przywódców. *Una* pojedziecie do szkoły *sef* za granicę.

Przerwał, a potem ostro zwrócił się do Yewy:

– Hej, *mon bébé*, nie ma problemu, jeśli nie chcesz być nauczycielkom. *Abi*, chcesz zostać międzynarodową bizneswoman, tak? Nie przejmuj się, popłyniesz przez ten ocean do Gabonu, o – powiedział, pstrykając palcami i wskazując w kierunku oceanu.

– Przewieź nas na nanfangu – odezwała się nagle Yewa nadąsanym głosem. Poczułem, że chciała przynajmniej uzyskać tyle, jeżeli nie mogła spać w tym samym pokoju, w którym znajdował się nanfang.

– Spokojnie, *pourquoi pas*? – powiedział nasz wujek, podchodząc, żeby nalać jej jeszcze soku. – *C'est tout*?

– Tak, zabierz nas, Fofo, proszę – powiedziała Yewa, obracając się. Walczyła ze sobą, żeby się nie uśmiechnąć, próbując wyglądać nadal na rozgniewaną, jak gdyby wciąż to ona była ważna.

– O nie, ja jestem odpowiedzialny gość – powiedział Fofo Kpee uspokajającym tonem i uśmiechnął się szeroko. Jego twarz zmarszczyła się, rozluźniając napięcie wokół jego lewego oka i powodując, że blizna na twarzy zaczęła wyglądać jak sztuczna. – Jak ja mam ryzykować wasze życie, kiedy ja nigdy *sabi*, jak kierować *zokękę*? Dajta mi czasu… Przewioze was, gdzie tam bedziecie chciały… *Bois… bois*. Pij… pij.

– *Allons* Braffe! Zobaczyć papę i mamę! – powiedziałem.

Moja siostrzyczka natychmiast oderwała buzię od kubka, przełknęła i powiedziała zdyszanym głosem:

– Tak, tak, do Braffe… do Braffe!

– *Absolutement* – powiedział Fofo.

– Jutro – powiedziała Yewa.

– Nie… nie da rady.

– Pan Big Guy nas zawiezie – powiedziałem.

Fofo pokręcił głową.

– O *non*, chcecie mi narobić wstydu, *mes enfants*? Jak ja mam się wybrać na wieś do Braffe, kiedym nigdy się nie uczył jeździć na moim *zokękę*? Nie, poczekajmy trochę. Wezme i szybko się nucze… A poza tym teraz nie dam rady, żeby zebrać kasę na wyjazd do Braffe.

– Papa i mama by się ucieszyli, widząc nas i nanfanga – powiedziała Yewa, wstała i podeszła, aby usiąść obok mnie na łóżku.

– Dziadzio cię wyściska. Babcia zatańczy – powiedziałem. – Hej, pojedźmy w poniedziałek.

– W poniedziałek, Kotchikpa? – zapytał Fofo Kpee z niedowierzaniem w głosie. – Nie, najpierw to ja się w poniedziałek przejdę do waszej szkoły, żeby zapłacić czesne… Najpierw szkoła, potem przyjemności, tak, *mon peuple*, tak?

– Tak, Fofo – powiedziałem. Kiedy spojrzałem na buzię mojej siostry, zobaczyłem na niej radość. Zaczęła trajkotać na temat naszej rodziny na wsi.

Nie widzieliśmy bliskich od dwóch i pół roku, odkąd do wioski przybył Fofo, żeby zabrać nas do swojego domu. Papę, niskiego, pucołowatego mężczyznę o surowym wyrazie twarzy, przykutego do łóżka, pielęgnowała nasza sumienna i skora do wzruszeń babcia. Mama, kobieta postawna, z nieprzemijającym uśmiechem i niespożytą energią, zdążyła już zatracić swoją krzepkość, wychudła i nie była w stanie dojść na pole, nie odpoczywając dwa czy trzy razy pod drzewami *ore* na poboczu drogi. Nieważne, jak często pytaliśmy, nikt nie chciał niczego nam powiedzieć na temat choroby naszych rodziców. Bliscy o tym wielkim sekrecie naszej rodziny rozmawiali ściszonymi głosami. Jednak podsłuchałem kiedyś, że moi rodzice mieli AIDS, chociaż wtedy nie wiedziałem, co by to miało znaczyć.

Zanim opuściliśmy dom, członkowie naszej rodziny zebrali się w pokoju rodziców. Papa oraz mama kazali się nam słuchać Fofo Kpee i nie przynosić im wstydu przez brak wdzięczności dla niego w tym przygranicznym mieście, do którego nas zabierał. Powiedzieli, że od tej pory to on będzie naszym ojcem i matką i że mam dawać siostrze dobry przykład oraz za wszelką cenę bronić dobrego imienia rodziny. Obiecałem wszystkim, że będę grzeczny. Fofo powiedział, że bardzo się cieszy, mogąc zaopiekować się dziećmi swojego brata, i dodał, że będzie nas przywoził do wioski, abyśmy odwiedzali naszych rodziców oraz starsze rodzeństwo, Ezina i Essego oraz Idossou, gdy tylko czas i środki pozwolą. Dziadek, łagodny przywódca całej rodziny, modlił się za nas tamtego ranka, zanim wyruszyliśmy drogą Glazoué – Kotonu. Babcia szlochała cicho obok papy, który odwrócił twarz do ściany, także płacząc. Pamiętam, jak nasze rodzeństwo oraz orszak krewnych machał nam na pożegnanie, aż nasz autobus zniknął za zakrętem, kierując się na południe.

Za każdym razem, kiedy pytaliśmy Fofo o rodziców, zawsze mówił, że wracają do zdrowia. Mówił, że nie mogą się doczekać, by się z nami spotkać, i że wkrótce pojedziemy tam z wizytą, ale teraz ważniejsze było to, byśmy przyzwyczaili się do naszego nowego domu i pilnie uczyli się w szkole. Tamtej nocy, gdy pojawił się nanfang, w swoim podnieceniu myślałem już o radości, która ogarnia naszą rodzinę, kiedy wjeżdżamy do wioski na motorze i wszyscy widzą, że ktoś z naszych sprowadził do domu coś lepszego niż rower marki Raleigh. Mogłem sobie wyobrazić, że jak tylko zsiądziemy z motoru, Ezin i Esse oraz Idossou będą pierwsi do przejażdżki. Widziałem mamę i nasze ciotki przygotowujące *obe aossin*, zupę melonową, *iketi*, pieczywo z mąki kukurydzianej oraz całe sterty *egun*, tłuczonych bulw ignamu, a także papę oraz jego braci dbających o to, by nie zabrakło *chapalo*, miejscowego piwa. Nie mogłem się doczekać spotkania ze wszystkimi naszymi przyjaciółmi oraz kuzynostwem, aby opowiedzieć im o pięknie oceanu i uciążliwościach życia w pobliżu granicy. Moglibyśmy nawet zorganizować mecz piłkarski pomiędzy wszystkimi chłopcami z naszej wielopokoleniowej rodziny a jakąś inną rodziną z wioski.

FOFO KPEE WYSUNĄŁ torbę spod swojego łóżka i położył ją sobie na kolanach jak dziecko. Nie zaglądając do niej, zaczął grzebać w środku, aż chwycił i wyciągnął z niej starą, zieloną, prostokątną butelkę z alkoholem. Była wypełniona do połowy *payó*. Potrząsnął nią i otworzył, a gryzący odór lokalnego dżinu zdołał nieco zagłuszyć zapach nowości motocykla. Pił wolno z butelki, a jego oczy zaświeciły się od siły trunku, lewe bardziej, ponieważ było większe. Jego blizna wyglądała jak wielka łza spływająca po policzku.

– *S'il vous plaît* – zajęczała Yewa, wpatrując się w butelkę. – Chcę dzisiaj spać z moim nanfangiem. Tylko dzisiaj.

Jej mała koścista buzia zadarta była do góry, a żółty blask lampy oświetlał tylko jedną jej stronę, tak że wyglądała jak półksiężyc. W tej oświetlonej połowie błyszczały łzy.

– Jak chcesz trochę *payó*, to powiedz – odezwał się Fofo Kpee. Ale Yewa udała, że nie usłyszała, co powiedział. – Dziecko, z ciebie to bedzie w Gabonie wielka bizneswoman. Targujesz się jak stara!

– Proszę – powiedziała Yewa.

Fofo Kpee poddał się i nalał trochę dżinu do srebrnej zakrętki od butelki, a potem do buzi Yewy. Przełknęła, odchrząknęła i z zadowoleniem oblizała wargi. Nie powiedziała już nic więcej, tylko pogłaskała delikatnie szprychy motocykla, jakby to były struny ukochanego instrumentu.

– Wyrychtuj pokój na *zokękę*, to ci potem dam się napić – zwrócił się do mnie Fofo. – Głowa po *payó* nie jest dobra na motór!

Wszedłem do drugiego pokoju, który był mniejszy od pierwszego, i zacząłem porządkować rzeczy, aby zrobić miejsce dla maszyny. Pokój stał się magazynem naszych skarbów, zapełnianym ostatnio w związku z nagłą zmianą naszego poziomu życia. Podniosłem kilka paczek gwoździ do dachu oraz uszczelek i położyłem na stercie używanych arkuszy blachy falistej leżących pod przeciwną ścianą, obok tylnych drzwi. Znajdowały się tam dwie wielkie beczki na wodę z czarnego plastiku, ustawione w przeciwległych kątach pomieszczenia, ale żadnej nie trzeba było przesuwać. Pod jednym z okien leżało pięć worków cementu Dangote, z których wysypywał się drobny, szary pył. Kiedy zacząłem przesuwać rzeczy, powietrze wypełniła duszna zawiesina. Zaczęło mnie swędzieć w nosie i kichnąłem trzy razy. Gdy zamiataliśmy pokój, nawet przy obu otwartych oknach kurz wirował i pokrywał wszystko niczym pył niesiony przez harmattan. Zacząłem zmagać się z zasuwką przy jednym z okien, aby wpuścić do środka wilgotne powietrze znad oceanu.

– Nie otwierajże okna! – odezwał się w salonie Fofo, głosem ochrypłym od dżinu. – Nie chcesz chyba wystawić mojego *zokękę* na pastwę złodziei, hm? *A yón* kosztuje nanfang?

– Przepraszam – powiedziałem.

– No myślę – *nulunọ*!

Zacząłem porządkować kąt pomieszczenia, w którym znajdowało się nasze jedzenie oraz naczynia. Na odwróconym do góry dnem drewnianym moździerzu postawiłem wiklinowy kosz z talerzami i sztućcami. Długi, biały tłuczek stał w kącie oparty o ścianę, jego głowica zbielała i popękała od używania. Położyłem jeden na drugim trzy puste garnki, uważając, by nie dotknąć zgromadzonej na nich sadzy oraz garnka z zupą *egusi*, którą już wcześniej przygrzałem na noc. Jej wstrząśnięcie mogłoby sprawić, że do rana by skwaśniała. Wkrótce Fofo, w uroczystej procesji, wprowadził motocykl i postawił go na środku pokoju jak giganta górującego nad wszystkim, jak sportowca zastygłego w bezruchu na linii startu.

Tamtej nocy motocykl podążył za mną do krainy moich snów. Nie wybrałem suzuki, hondy ani kawasaki, tylko nanfanga i już zawsze byłem bogaty. Wspinałem się na motorze po kokosy, nauczyłem się parkować na palmach i używałem mleka kokosowego jako paliwa. Jeździłem na nanfangu przez ocean, tworząc za sobą wielką falę. Latałem nim jak helikopterem do odległych miejsc i wiele razy lądowałem na farmie ojca w Braffe. W szkole wszyscy moi koledzy mieli nanfangi i graliśmy w futbol, jeżdżąc na nich, jak się jeździ na koniach podczas gry w polo. Jeździłem na swoim nanfangu do starości, ale motocykl się nie zestarzał i nigdy nie wymagał napraw. Po śmierci moi bliscy pochowali mnie na nanfangu i pojechałem nim prosto do bram nieba, gdzie święty Piotr automatycznie mnie przepuścił.

PRZEZ CZTERY DNI przyglądaliśmy się, jak Big Guy uczy Fofo Kpee jeździć na motorze po skrawkach trawy na plantacji kokosów. Z naszego domu widzieliśmy Fofo usadowionego na nanfangu, z twarzą podzieloną na dwie części za sprawą jego firmowego uśmiechu. Wyglądał jak mim, ponieważ przez szum oceanu nie słyszeliśmy ani jego głosu, ani warkotu motocykla. Wygolona głowa Big Guya była tak natłuszczona, że odbijała promienie słońca. Wydawało się, że obaj dobrze się bawią. Na horyzoncie jakiś statek płynący do Porto Novo lub go opuszczający ciągnął za sobą po niebie czarny warkocz dymu.

Następnej niedzieli przygotowaliśmy się do kościoła. Fofo poinformował pastora, że będzie to nasze pierwsze rodzinne dziękczynienie, jakie niektóre zamożniejsze rodziny celebrowały w każdą niedzielę.

O świcie Fofo Kpee obudził się, wyprowadził nanfanga za dom i postawił go na naszym kamiennym podeście do kąpieli. Pościągał z niego foliowe osłony tak ostrożnie jak ktoś, kto ściąga szwy z rany. Wsypał do wiadra z wodą proszek do prania Omo. Potem zaczął energicznie mieszać w wiadrze, aż woda się spieniła. Delikatnie przemył gąbką motor i wyskrobał brud z opon, jakby już nigdy nie miały zetknąć się z ziemią. Po spłukaniu nanfanga wytarł go ręcznikiem, którego wszyscy używaliśmy. Podczas kąpieli nas samych kucnął, namoczył nam stopy i wyszorował je nową *kankan* – gąbką używaną tylko na ważne okazje. Trzymał *kankan* jak szczotkę do butów i szorował nią nasze podeszwy, aż zniknęły spękania i stopy odzyskały swój naturalny kolor.

Potem Fofo Kpee zawiózł nas do kościoła. Miał na sobie nową *agbadę* i wielkie okulary przeciwsłoneczne, w których wyglądał jak owad. Wiatr nadymał boki jego *agbady* i sprawiał, że wyglądały jak zniekształcone skrzydła. To była nasza pierwsza przejażdżka: Yewa siedziała na baku, trzymając kurczowo naszą rodzinną Biblię, wystrojona w sukienkę w kwiaty oraz nową czapkę z daszkiem. Ja, w sztruksach i zielonym podkoszulku, wciśnięty byłem pomiędzy Fofo a dwoje jego znajomych. Kobieta siedząca za mną machała wielkim, skrzeczącym, czerwonym kogutem, trzymając go za związane nogi po jednej stronie motocykla. Była osobą o sporych gabarytach i jej duże nakrycie głowy unosiło się nade mną jak wielokolorowa parasolka. Na głowie mężczyzny, siedzącego na końcu, spoczywał kosz z trzema bulwami ignamu, ananasami, pomarańczami, workiem mąki *amala* oraz pięcioma rolkami papieru toaletowego.

Dzień wypełniło tryumfalne przedpołudniowe słońce, a bezchmurne błękitne niebo zapraszało nas do podróży. Droga zapełniona była ludźmi udającymi się do kościoła. Fofo Kpee zwolnił, bez przerwy trąbiąc klaksonem i mrugając światłami, aby utorować przed nami drogę. Tłum rozstępował się przed nami jak Morze Czerwone przed laską Mojżesza. Niektórzy machali i pozdrawiali nas. Pierś przepełniała mi duma, a oczy zachodziły łzami, które wiatr wdmuchiwał mi do uszu.

Kiedy przybyliśmy pod zielonoświątkowy kościół Chrystusa Odkupiciela, Big Guy czekał przy wejściu, uśmiechając się do nas niczym odźwierny. Zgolił sobie bródkę i w swoim szarym garniturze oraz mokasynach wyglądał na wyższego i groźniejszego. Stał wyprostowany jak jeden z cienkich filarów zdobiących wejście do kościoła. Niedokończony jeszcze budynek miał kształt prostokąta. Nowy dach błyszczał w jasnym słońcu, nie było natomiast jeszcze drzwi oraz okien, a ściany nie zostały otynkowane. Słychać było setki butów szurających po – jak mówiliśmy – „betonowej podłodze", kiedy wierni wchodzili do środka i zajmowali swoje miejsca w ławkach – na razie były to deski położone na pustakach.

Fofo zaparkował motor pod drzewem guawy dopiero wtedy, gdy prawą stopą wymacał, że podłoże do tego się nadaje. Rozłożył spory brezent i przykrył nim nanfanga na wypadek, gdyby padało. Nieważne, że raczej się na to nie zanosiło.

Kiedy dotarliśmy do wejścia, Fofo przywitał się z Big Guyem, chwytając go za rękę.

– O, *mon ami*, dzień dobry!

– Przecie ci mówiłem, że przyjde – powiedział Big Guy i odciągnął nas na bok, z dala od wejścia. – Myślałem, że przyprowadzisz do kościoła pozostałe dzieciaki.

Fofo Kpee zamarł.

– *Wetin*? Jakie dzieciaki, Big Guy? – zapytał.

Big Guy odwrócił wzrok.

– Ty wiesz, *wetin* ja mówię, Uśmiechnięty Kpee, ty wiesz.

Big Guy nie był tak wzburzony ani zły jak wtedy, kiedy przyprowadził nanfanga i mówił, że spodziewał się zobaczyć *pięcioro* dzieci. Teraz pomiędzy mężczyznami zapanowała niezręczna cisza. Nasza czwórka wyglądała jak wysepka na rzece ludzi wchodzących do kościoła.

– OK, niech cię Bóg błogosławi – odezwał się Fofo Kpee i szturchnął go w bok. – Pogadamy o tym *oṣọ*.

– Jutro bedzie futro – powiedział Big Guy, a ton jego głosu stawał się coraz poważniejszy.

– Ty cieniasie! Kto cię tu przysłał, żebyś mi psuł rodzinne dzięk-czynienie?

Z powodu tonu głosu Fofo kilka osób odwróciło się i utkwiło wzrok w Big Guyu. Dwóch odźwiernych zaczęło przeciskać się przez tłum w naszym kierunku, jakby spodziewali się awantury.

– Tylko tak se żartuję – powiedział Big Guy, uśmiechając się ner-wowo.

– No, lepi, żebyś żartował – powiedział Fofo, parskając śmiechem, a przechodzący ludzie znowu zajęli się sobą.

Big Guy natychmiast odwrócił się w naszym kierunku i przykucnął przed Yewą, dotykając jej czapki i chwytając nas za ręce. Nie licząc jego wstrętnych paznokci, dłonie miał miękkie i delikatne. – Och, jakie piękne te nasze dzieci! – powiedział.

– Dziękujemy, *monsieur* – powiedzieliśmy.

– No, Fofo dobrze was traktuje.

– Tak, *monsieur*.

– *Abeg o! Appellez-moi* Big Guy. Po prostu Big Guy, OK?

– Dobrze, Big Guy – powiedziała moja siostra, kiwając głową.

– A ty? – zapytał Big Guy, zwracając się do mnie.

– Tak, Big Guy… *monsieur* – powiedziałem.

– Och, nie, nie – powiedział, cmokając językiem z dezaprobatą. – *N'est pas* trudne. Big Guy, po prostu Big Guy. Twoja siostrzyczka się nauczyła.

Ponownie odwrócił się do Yewy:

– Musi ci dobrze iść w szkole, *abi*?

– Tak, Big Guy – powiedziała Yewa, nerwowo oblizując wargi.

– Bez obawy, Kotchikpa też się nauczy – odezwał się Fofo, przychodząc mi z pomocą, kiedy Big Guy wstał. – Daj chłopakowi trochę czasu, człowieku… prawda Kotchikpa?

– Tak, Fofo – powiedziałem.

– No i dobrze – Fofo Kpee zwrócił się do Big Guya i ponownie uścisnął mu dłoń, zakładając sobie szerokie rękawy *agbady* na ramiona. Jego uśmiech był tak szeroki, że napięcie pomiędzy wargą a lewą powieką osłabło i jego oczy zaczęły wyglądać, jakby były tej samej wielkości.

– *Etę n'gan dǫ*? *Na* całą rodziną idziemy na dziękczynienie. *Abeg*, przyłącz się do nas w pokoju.

– *Pourquoi pas?* – powiedział Big Guy, wzruszając ramionami. – Wiesz, że nasz Bóg nie jest taki zły… Zetknął nas razem dla lepszych rzeczy.

– Ta, wiesz, jak to się u nas mówi, „człowiek jest Bogiem dla człowieka" – powiedział Fofo. – Głód, choroby, pech, puste kieszenie – nasz *baba* w niebie oszczędzi nam dzisiaj tego wszystkiego. Bóg już dał radę szatanowi.

– Jakżeś jest bidny, to wiedz, że to dlatego, żeś grzesznik. Coś jest z tobą nie tak. I Bóg cię pokara – powiedział Big Guy.

W KOŚCIELE CAŁA nasza czwórka usiadła w pierwszym rzędzie. Kiedy nadszedł czas na właściwe dziękczynienie, przeszliśmy do tyłu. Fofo wyszedł i podprowadził nanfanga pod kościół. Dwóch odźwiernych pomogło mu go unieść i przenieść przez trzy frontowe schody.

Niczym para ministrantów Yewa i ja stanęliśmy na czele procesji, idąc tanecznym krokiem nieśmiało i ze wzruszeniem, nie całkiem w rytmie melodii wybijanej przez bębny i śpiewanej przez zgromadzonych.

Potem wkroczył Fofo z nanfangiem. Prowadził motocykl uroczyście jak pannę młodą. Mimo to od czasu do czasu zatrzymywał się, pochylał nisko i obracał wokół własnej osi, trzepocząc fałdami swojej *agbady*. Trąbki grały tak głośno, że nawet jeśli przywieziony przez nas kogut, którego ktoś niósł z tyłu procesji, nadal skrzeczał, to i tak nikt go nie słyszał.

Gdy trąbki na chwilę umilkły, kościół wypełniło głośne jodłowanie kogoś idącego za nami. Obracając się, zobaczyłem, że to Big Guy. Górował nad nami niczym słup obłoku. Jego taniec był elegancki i specyficzny: nie pochylał się jak Fofo, lecz pozostawał sztywno wyprostowany, jakby jego garnitur nie pozwalał mu się schylić ani rozstawić długich nóg. Zamiast tego po prostu potrząsał i wyciągał nogi oraz ręce ostrożnie niczym pająk.

Za jego plecami tłum życzliwych nam wiernych wypełniał przejście między ławkami, tańcząc i składając dary w postaci bulw ignamu, owoców, mąki *amala* oraz papieru toaletowego, który przywieźliśmy z domu. Pośród tego strumienia ludzi odźwierni stali niczym posągi, wystawiając koszyki, do których wrzucaliśmy banknoty naira i afrykańskich franków. Kiedy zebraliśmy się przed prezbiterium, pastor Concord Adeyemi, niski, chudy i z bródką, stanął przed nami. Był ubrany w ciemnografitowy garnitur, a sporej wielkości krzyż zwisał mu z szyi na łańcuchu zawieszonym ponad krawatem. Włosy miał ułożone w modne loki.

– A teraz wyjmijcie swoją ofiarę i wznieście ją ku Panu, aby ją pobłogosławił… Amen! – zagrzmiał do mikrofonu.

– Amen – odpowiedzieli wierni.

Ludzie zaczęli szukać w kieszeniach pieniędzy. Yewa i ja wyciągnęliśmy banknoty o nominale dwudziestu naira, które Fofo dał nam specjalnie na tę okazję. Powiedział, że ważne jest, abyśmy dzisiaj pokazali banknoty dwudziestu naira zamiast monet o nominale jednego naira, które mieliśmy podczas uroczystości dziękczynienia innych osób. Powiedział, że dzisiaj nie możemy się wstydzić. Kiedy się odwróciłem, Fofo trzymał w ręku banknot o nominale stu naira. Z dołu wyglądało to, jakby sufit kościoła cały zaśmiecony był banknotami naira i franków, uniesionymi w powietrze przez setki rąk.

– Unieście je wyżej do Pana – powiedział pastor. – I bądźcie błogosławieni w imię Jezusa!

– Amen.

– Wyżej, mówię… Otrzymacie od Pana to, co ofiarujecie. Musimy dokończyć budowę kościoła, amen.

– Amen.

– Nie ściągnijcie na siebie dzisiaj przekleństwa… Ofiarujcie więcej Panu. To jest niedziela waszego zbawienia, niedziela przemiany. Ty tam, do ciebie mówię, nie psuj tego, ofiarowując Panu tak mało.

Wskazał na kogoś z tyłu i wszyscy obrócili się, aby spojrzeć w tamtym kierunku.

– Jeżeli się odmienisz, jutro i ciebie może spotkać Boże błogosławieństwo w postaci nanfanga. Ubóstwo to klątwa rzucona przez szatana… Pan jest gotów ją przełamać. Wierzycie w to?

– Wierzymy.

Niektórzy zamienili swoją ofiarę na banknoty o wyższym nominale.

– Nie psujcie tego również Uśmiechniętemu Kpee. Przez lata był z niego oddany chrześcijanin, nie ma co. Nie ściągajcie nieszczęścia na jego nanfanga.

– Boże broń, Boże broń! – w kościele rozległo się wołanie.

– Nie psujcie tego jego dwójce dzieciaków! – Wyciągnął rękę i dotknął Yewy, a potem mnie. – Niech Pan błogosławi wam niezmierzoną dobrocią. Niech zawsze sprzyja wam szczęście. Amen?

– Amen.

– I możecie też pobłogosławić waszego sąsiada – zwrócił się do zgromadzonych w kościele. – Co trzyma w ręku wasz sąsiad?

Rozległ się cichy pomruk, gdy ludzie zaczęli szeptać do osób stojących obok nich, niektórzy żartując, by tamci wyjęli więcej pieniędzy. Big Guy szepnął coś do ucha Fofo Kpee, dał mu banknot o nominale dziesięciu tysięcy franków, zabrał sto naira i obaj się uśmiechnęli. Fofo był tak szczęśliwy, że w jego oczach ukazały się łzy.

– Nasz Bóg jest bogaczem, a nie jakimś biedakiem – powiedział pastor.

– Amen.

– I upewnijcie się, że wasz sąsiad nie ulega pokusie, by schować z powrotem do kieszeni to, co pokazał Panu. Amen?

– Amen.

Dał znak chórowi, który zaintonował pieśń *Pan komuś dzisiaj pobłogosławi*.

Pan komuś dzisiaj pobłogosławi
Pan komuś dzisiaj pobłogosławi
Pan komuś dzisiaj pobłogosławi
Pan komuś dzisiaj pobłogosławi

To mogę być ja
To mogę być ja
To może być ktoś obok ciebie

Pan komuś dzisiaj pobłogosławi
Pan komuś dzisiaj pobłogosławi

Podczas gdy tak śpiewaliśmy, koszyki z darami podawano ponad balustradą przed ołtarzem do rąk pastorów pomocniczych, dwóch żon pastora Adeyemi. Kiedy kobiety skończyły składać dary za ołtarzem, wyszły stamtąd i przyłączyły się do ceremonii błogosławieństwa – dwie wysokie, elegancko wyglądające postaci kroczyły pomiędzy modlącym się tłumem, przykładając dłonie do brzuchów kobiet ciężarnych i szepcząc:

– *Omo ni iyin oluwa...* Dzieci to wielkość naszego Boga.

Pastor zszedł, aby pobłogosławić nanfanga. Jeszcze raz kazał nam podnieść wyżej nasze pieniądze. Modlił się, aby Bóg zawsze błogosławił naszemu domostwu i bronił Fofo przed szatanem. Potem jego postawa straciła nieco na powadze, kiedy schylił się, chwycił motocykl za kierownicę i wypalił z błogosławieństwem: „Duchu Święty, ognia!". Jego loki pofrunęły we wszystkie strony, a krzyż zabrzęczał o bak. Dla odczynienia uroku potrząsał motocyklem tak mocno, aż na twarzach Fofo Kpee i Big Guya pojawiło się przerażenie. Pragnąc chronić motocykl, wyciągnęli ręce i chwycili go z całych sił, podczas gdy pastor wylewał nań swoje błogosławieństwa. Wkrótce położył dłonie na naszych głowach. Później ludzie powrzucali pieniądze do koszyka na ofiarę, przyglądając się sobie nawzajem, by komuś nie przyszło do głowy podmienić banknot na mniejszy nominał albo wepchnąć go z powrotem do kieszeni.

PO POŁUDNIU, PO POWROCIE do domu, Fofo ustawił wypożyczone białe, plastikowe krzesełka i kolorowy brezentowy parasol na przyjęcie. Kobiety, które Fofo wynajął do gotowania, wyniosły jedzenie w *coolas* i podawały je gościom. Chociaż nie było ich wielu, Fofo zablokował gruntową drogę przed naszym domem, aby stworzyć wrażenie wielkiej, pękającej w szwach imprezy. W naszej części świata, jeżeli przyjęcie nie utrudnia ruchu drogowego, to nie jest przyjęcie.

Fofo Kpee podniósł się i odezwał swoim komediowym głosem:

— Moi drodzy, sąsiedzi, *honton se lé*, bliscy, oto jest dzień, który dał nam Pan…

— Weselmy się i radujmy się w nim! — odparliśmy wszyscy ze śmiechem.

Odchrząknął i krzyknął:

— Alleluuu…

— Alleluuuuja! — zawołał tłum.

— Bo widzicie, mój brachu oraz jego żona, którzy mieszkają za granicom, przysłali mi ten *zokękę*! — Wskazał na nanfanga, który stał pod mangowcem samotnie jak na wystawie. — Widzicie, nie umrę bidny — kontynuował. — Nie bede przez całe życie *agberował* na granicy. Musze coś zrobić, żeby być bogaty. Jak wożenie *una* dobrych ludzi na moim *zokękę* i zarabianie piniendzy. Musicie mnie wspierać. Nie bedziecie tylko tu przychodzić, żeby jeść mój ryż za darmo!

— Będziesz nas woził, aż się zmęczysz! — odezwał się ktoś. — Uśmiechnięty Kpee, dobrze gadasz!

— No, patrzcie na moją twarz.

Dotknął swojej blizny i pociągnął za wargę, a ludzie zaczęli się śmiać.

— Strach na wróble! — krzyknęła jakaś kobieta z ustami pełnymi ryżu.

– Nic się nie bój, jak zarobie bardzo dużo kasy, to se zrobie operacje… nie bede się już tak cały czas uśmiechał. *N'dǫ na diǫ* twarz *se*, twarz żołnierza. Wtedy znowu *una* nie bedziecie wiedzieli, czy jestem wściekły, smutny czy kłamie… Znaczy się, nawet teraz, kto zgadnie, czy się ciesze na jego widok?

Rozległy się jeszcze głośniejsze śmiechy.

– *Agbero! Nanfangagbero!*

Zamilkł i wskazał bezpośrednio na Big Guya, następnie pokiwał palcem.

– Uważaj, żeby tobie się coś takiego nie przydarzyło, mój nowy przyjacielu, który chciałeś narobić mi wstydu przed dziękczynieniem!

Ludzie zaśmiali się, a Big Guy pokręcił głową z wyrazem rozbawienia, podniósł się i przemówił do zgromadzonych:

– *Mon peuple*, nie tańczyłem dziś dobrze w kościele?

– Bardzo dobrze – odpowiedział tłum, popierając go.

– *Mais, il est un bon homme.* Bardzo dobry człowiek – powiedział Fofo Kpee. – *Na* mój nowy przyjaciel… Właśnie go tutej przysłali. Poznacie go lepij jeszcze później. Na razie ciesta się razem ze mną, *dugbe se to ayawhenume se.* Jak zostane bogaty, to moje psy nie pozwolą nawet *una* podejść do mojego płota, *comme* Lazarus.

– To lepij, żebyś został *agbero* aż do nadejścia królestwa Bożego! – powiedział ktoś.

Odczekał, aż śmiechy ucichną, a następnie odezwał się:

– *Kai*, ty to lepij zacznij se szukać jakiejś innej małpy, żeby ci kokosy zbierała… A tak poważnie: dzisiaj przepełnia mnie radość, bo mój brat i jego żona wynagrodzili mnie, że bardzo dobrze się zajmuje ich dziećmi.

– Niech im Bóg błogosławi! – powiedział ktoś.

Fofo Kpee wskazał nas i uwaga wszystkich skupiła się na mnie i na Yewie.

Przestaliśmy napychać się ryżem i spojrzeliśmy po sobie. Poczułem się skołowany, ponieważ wiedziałem, że moi rodzice przebywali w wiosce, a nie za granicą. Pomyślałem, że nie usłyszałem dobrze, co powiedział Fofo. Czyżby Big Guy przyprowadził motor od moich rodziców w Braffe? Nie, to nie mogło być prawdą. Moi rodzice nie byli tak bogaci, nawet kiedy cieszyli się dobrym zdrowiem. Pomyślałem, że może powiedział, iż wyzdrowieli, i to przyjęcie było także na ich cześć. Tym bardziej opychałem się jedzeniem. Za pomocą samych rąk zjadłem całą górę potrawki z ryżem; wynajęte kucharki użyły ryżu Uncle Ben's, który mogliśmy jeść szybko, nie obawiając się drobnych kamyków. Zachowałem sobie na koniec kawałek smażonej ryby *zebra*, pociętej tak cienko jak bananowe chipsy. Nie zajmowałem się już więcej tym, co powiedział Fofo.

– Kiedy mój brat z żoną i pozostałymi dziećmi przyjadą nas odwiedzić – kontynuował Fofo Kpee – bedziecie jedli jeszcze lepsze rzeczy… Alleluuu…!

– Alleluuuja! – zakończyli ludzie, a Fofo usiadł.

Wieczorem goście tańczyli do muzyki dobiegającej z kupionego niedawno, używanego radiomagnetofonu marki Sony. Big Guy wstał i zdjął marynarkę, ukazując nieskazitelnie białą koszulę. Podciągnął sobie wysoko spodnie, żeby mu nie przeszkadzały, i pokazał nam, jak się tańczy *makossa*. Poruszał rękami i nogami, jakby w końcu pozwolił mu na to jego garnitur. Kręcił biodrami i wirował do dźwięków gitary elektrycznej i głośnej perkusji. Od jego miękkich ruchów trudno było oderwać wzrok. Zaczynaliśmy go lubić. Powtarzał Yewie, jaka inteligentna z niej dziewczynka. Podniósł ją, zaczął podrzucać w powietrze i łapać. Zebrało się wokół niego wiele dzieciaków, prosząc, by ich także podrzucił. Spocił się, jego koszula zrobiła się brudna, a mokasyny pokryły się kurzem. Nie przejmował się tym jednak. Tak się ubawiliśmy, że następnego dnia dostaliśmy biegunki i gorączki. Nie poszliśmy do szkoły.

TYDZIEŃ PÓŹNIEJ FOFO Kpee wrócił z pracy wcześniej i usiadł na swoim łóżku, załamując dłonie. Był tak pochłonięty tym, co chciał powiedzieć, że zapomniał się przebrać i umyć przed snem. Potem pochylił się do przodu i powiedział:

— Podoba się wam teraz w szkole, gdy macie nowe książki?

— Podobają mi się moje książki! — odezwała się Yewa.

— Teraz nauczyciele nas lubią — powiedziałem. — Dzielimy się książkami z kolegami.

— To dobrze — powiedział, wiercąc się na łóżku, aż dotknął plecami ściany.

Nad jego głową wisiał wielki, stary kalendarz piłkarski z mistrzostw świata w 1994 roku, przedstawiający zdjęcia trzydziestu dwóch drużyn, które dostały się do finałów. Promienie z lampy tworzyły na jego powierzchni mapę światła i cieni, ponieważ ściana była nierówna.

Posadził sobie Yewę między nogami i zaczął żartobliwie szczypać ją w policzek. Sprężyny łóżka zaskrzypiały, wypłaszając spod kalendarza jaszczurkę, która przemknęła po ścianie i zatrzymała się w szerokiej szczelinie pomiędzy ścianą a dachem, opierając ogon na łańcuchu od roweru, który trzymał wszystko razem.

– Wasi rodzice chrzestni się cieszą, że podoba wam się w szkole – odezwał się nagle Fofo. – Bądźcie im wdzięczni! *E ję dǫ mi ni d'ope na yé.*

– Rodzice chrzestni? – zapytałem, prostując się na naszym łóżku. Spojrzał na mnie uważnie i pokiwał głową.

– O tak, wiecie, wasza dwójka ma szczęście, że macie rodziców chrzestnych.

– Z Braffe? – zapytała Yewa. – Kiedy przyjechali?

– *Non, pas comme ça* – zachichotał Fofo. – O, nie, nie znacie ich.

– A Big Guy ich zna? – pytała dalej. – Chciałabym zatańczyć z Big Guyem. Mógłby pojechać z nami do Braffe i nauczyć Ezina, Essego i Idossou, jak się tańczy *makossa*. Obiecałeś, że zabierzesz nas do Braffe.

– Pojedziemy tam… na pewno. Ale najpierw chce was przedstawić waszym rodzicom chrzestnym. Ten pan i pani dali nam już dużo rzeczy. Nanfanga. Radiomagnetofon. Lekarstwa dla waszych rodziców. Aż się nie da policzyć. *Onú lǫpa lǫpa lé.* Wasi rodzice lubiom ich *beaucoup.* Wasi rodzice chrzestni chcom pomóc całej naszej rodzinie, zaczynając od waszego wykształcenia… Wezmom i nas adoptujom. *Comprenez*, co znaczy adoptujom?

– Nie – odpowiedzieliśmy.

– Kiedy ktoś obcy przyjeżdża, żeby wziońć dziecko jak swoje własne… *Mais*, posłuchajcie, musimy powiedzieć ludziom, że ci rodzice chrzestni to naprawdę nasza rodzina.

– Nasza rodzina? – zapytałem.

– Kłamiesz, Fofo – odezwała się Yewa. – Pójdziesz do piekła. Bo kłamiesz.

— Ach, dzieci, nie rozumiecie Biblii! – powiedział. – Wiem, że trudno to wytłumaczyć. Dlatego żem się nie wymył ani *na yi changer nú se lé* przed rozmową z wami. Jak się mówi dobre kłamstwa, to się nie idzie do piekła. Tylko przez złe kłamstwa idzie się do piekła, *mes enfants*. Jak uczy *una* wasz nauczyciel w szkółce niedzielnej, w Księdze Rodzaju, rozdział dwunasty, werset dziesięć do szesnaście, Abraham, *meme-lui* ojciec wiary, żeby przeżyć, powiedział Egipcjanom dobre kłamstwo, że jego żona Sara to jego siostra. Także Jakub i Rebeka oszukali Izaaka, żeby zagarnąć dziedzictwo Ezawa w Księdze Rodzaju, rozdział dwudziesty siódmy, wersety jeden do trzydzieści trzy, pamiętacie?

— Prosimy cię, Fofo, opowiedz nam jeszcze raz tę historię – poprosiła go Yewa i obydwoje przysunęliśmy się do niego bliżej. – Opowiedz nam o Abrahamie…

— Cicho! Nie przerywajcie mi! – uciął. – Słuchajcie mie, kiedy nauczam.

— Tak, Fofo – odpowiedziała.

— I *dans la Nouvelle Testament* – kontynuował po odzyskaniu wigoru – nie zapominajcie, jak trzech mędrców oszukało Heroda, żeby ocalić Dzieciątko Jezus w Ewangelii według świętego Mateusza, rozdział drugi, wersety trzy do szesnaście. Tak jak ci ludzie w Biblii, my też musimy zadbać o swój los. Musimy mówić, że wasi rodzice chrzestni to nasza rodzina; bo inaczej ludzie zacznom przynosić do nich swoje własne dzieci albo zrobiom się zazdrośni… *Vous comprenez un peu, oui*?

— Tak, rozumiemy – odpowiedzieliśmy.

— W każdym razie wasi rodzice chrzestni chcom, żeby tak było. Zrozumiecie to bardzo dobrze, jak dorośniecie. Moje dzieci, ten świat *est dangereux.* Nikomu nie ufajcie. Nikomu nie mówcie o naszym szczęściu, *d'accord*? Bo inaczy to przez was przyjdom tu uzbrojone złodzieje z Lagos. Nie chcecie, żeby nam wszystko zepsuli?

— Nie, nie, Fofo.

Pokręciliśmy głowami.

— No, to bardzo dobrze, moje dzieci… To z powodu tego rodzinnego spotkania tak szybko przyszedłem z pracy. Chciałem wam powiedzieć całom prawde, *d'accord*?

— OK.

— Wasi rodzice chrzestni som z NGO.

— NGO? – zapytałem.

— Tak, NGO – powtórzył. – Z organizacji pozarządowej… powtórzcie za mną…

— Organizacji pozarządowej – powiedzieliśmy.

— *Encore*?

— Organizacji pozarządowej.

— *Bon! Très bien! C'est une groupe* ludzi, którzy pomagajom biednym dzieciom na całym świecie. Ludzie z NGO są dobrzy i podróżują *partout.*

Spojrzał na nas z ulgą jak ktoś, kto zdołał przekazać trudną wiadomość. Podniósł się i zaczął ściągać ubranie, rozpoczynając od swoich kowbojskich butów, a potem niebieskiego garnituru. Nałożył szorty.

Był najlepiej ubranym motocyklistą, jakiego kiedykolwiek widziałem. Odkąd się wzbogaciliśmy, chodził do pracy w garniturach *okrika* i butach z Europy, które kupił na bazarze rozciągającym się wokół ziemi niczyjej. Wyglądał na nieco zaniedbanego, ponieważ ubrania były pogniecione, a nie mieliśmy jeszcze żelazka ani elektryczności.

My otrzymaliśmy nowe szkolne mundurki i kiedy zawoził nas rano do szkoły, wyglądaliśmy elegancko i syto. Inne dzieci w naszej klasie prosiły nas, żeby im opowiedzieć o naszych rodzicach „z zagranicy".

– Czy to dlatego powiedziałeś na przyjęciu, że nasi rodzice przysłali ci nanfanga? – zapytałem.

– Tak, mój chłopcze… *ça c'est très correcte*!

– Teraz rozumiem.

– Mądrom masz główke jak na *ton âge. A nọ flin nú ganji*. Dobrze to pamiętasz. *Non*, wiesz, nie możesz tak po prostu opowiadać wszystkim o swoich planach. Księga Jeremiasza, rozdział dziewiąty, wers czwarty mówi: „Nie ufaj swojemu przyjacielowi… każdy przyjaciel *na* oszczerca". A winc nie mówcie o tym kolegom w szkole ani w kościele, *d'accord*?

– OK.

Tylko ja pokiwałem głową.

– Yewa? – zwrócił się do niej Fofo.

– Wiem, jak się dotrzymuje tajemnicy – odparła.

Foto podszedł do swojego łóżka, sięgnął po butelkę *payó* i nalał sobie drinka. Wlał do ust całą zawartość, jakby wlewał ją do wiadra. Wypił jeszcze dwa głębsze, odchrząknął i wyciągnął się na łóżku.

– Chodźcie no. Wiecie, jak się zwracać do waszych chrzestnych?

– Nie – odparła moja siostra.

– Ojcze chrzestny? Matko chrzestna? – powiedziałem, próbując zgadnąć.

– Nie – powiedział. – Matka chrzestna, ojciec chrzestny to brzmi za bardzo *okrika*! Spróbujcie raz jeszcze.

– Matko… ojcze? – powiedziałem.

— Nie, *juste* papa i mama… *efó*!

— Papa? Mama? Nie! – zaprotestowała Yewa.

— *Hén* – powiedział Fofo, przeciągając słowo *tak*.

— Mój papa i mama są w Braffe – powiedziała Yewa.

— My to wiemy – powiedział.

— Nazywajmy ich więc matką i ojcem, aby uniknąć zamieszania – zasugerowałem.

— Nie, lepij zwracać się do nich dokładnie tak, jak zwracacie się do waszych rodziców. *Ils sont* waszymi rodzicami chrzestnymi. Rodzicami chrzestnymi. Rodzicami chrzestnymi, wiecie?

Wzruszyłem ramionami, poddałem się i spojrzałem na Yewę, która z uporem wpatrywała się w podłogę.

— Czy Big Guy zna naszych rodziców chrzestnych? – zapytałem.

— *Absolutement* – powiedział Fofo.

— Ale powiedziałeś, że nie możemy o tym mówić naszym przyjaciołom – zauważyłem. – Powiedziałeś o tym Big Guyowi?

Yewa uniosła zdecydowanie wzrok, wyczuwając sprzeczność. Fofo nie odpowiedział natychmiast. Zamiast tego jego twarz przeszył długi, figlarny uśmieszek, kiedy tak kiwał głową i popijał swoje *payó*.

— Kotchikpa – odezwał się w końcu – bedzie z ciebie bardzo bystry *garçon*.

— Dziękuję, Fofo – powiedziałem.

— Ale musimy zrobić tak, żeby inteligencja nie wyprowadziła cię na manowce! Pamiętaj, tylko mucha, która lata bez pojęcia, wlatuje za trupem do grobu. Rozumisz?

— Nie, Fofo – powiedziałem.

– To ruszże głowom jak trzeba… Big Guy został moim zaufanym przyjacielem – jedynom osobom, którom żem zaprosił, żeby siedziała obok nas podczas dziękczynienia, pamiętasz?

Zaśmiał się krótko i mrugnął do nas, jakby mówiąc: „W końcu was pokonałem". Zaśmiałem się razem z nim, bo po pierwsze śmiesznie się zachowywał, a po drugie pomyślałem, że sam powinienem był na to wpaść. Potem zaśmiała się także Yewa.

Kiedy przestaliśmy się śmiać, zaczął nas łaskotać. Śmialiśmy się jeszcze bardziej, ale on śmiał się najmocniej, jakby jakieś niewidzialne ręce łaskotały jego samego. Yewa rzuciła we mnie swoją poduszką, rozpoczynając wojnę na poduszki. Fofo, który zazwyczaj nie pozwalał nam na takie walki, teraz nas nie powstrzymywał. Wydawało się, że go to bawi. Siedział tak, kibicując nam, machając rękami, udając, że się uchyla, za każdym razem, kiedy któremuś z nas udało się trafić w drugiego. Poradził Yewie, żeby wdrapała się na łóżko i w ten sposób zyskała nade mną przewagę. Yewa była podekscytowana, sprężyny w łóżku skrzypiały przy każdym jej celnym rzucie. Ja także chciałem wspiąć się na łóżko, ale Fofo mi zabronił. Poprosił mnie nawet, abym pozwolił mojej małej siostrzyczce wygrać bitwę na poduszki. Nagle, jak ktoś niezrównoważony, podniósł się i zaczął się bawić knotem od lampy. Płomień zamigotał. Bardzo się ekscytowaliśmy, śmiejąc się do rozpuku i próbując zrozumieć, do czego zmierza.

Przykręcił knot i zaczęliśmy bitwę w ciemnościach. Kiedy któreś z nas się przewróciło, zwiększał płomień, aby się upewnić, czy nikt nie zrobił sobie krzywdy. Kiedy któreś z nas krzyknęło w mroku, śmiał się, zanim na powrót nie rozświetlił ciemności. Mieliśmy radochę i bawiliśmy się tak, że wszystko porozrzucaliśmy. Obydwa materace znalazły się na podłodze; z szafy powypadała większość ubrań Fofo. Rama od łóżka stała pod jakimś dziwnym kątem. Pudła z naszymi ubraniami powyciągane zostały spod łóżek, a ich zawartość walała się wszędzie. W końcu padliśmy wyczerpani nie tyle z powodu wysiłku włożonego w zabawę, ile bolących od nieprzerwanego śmiechu brzuchów.

– W KAŻDYM RAZIE, tata i mama, wasi rodzice chrzestni, wkrótce was odwiedzom – powiedział później Fofo Kpee, kiedy już wszystko posprzątaliśmy. – Przywiozom inne dzieci, żebyście mogły się wszystkie spotkać. Może zabiorom was wszystkie za granice do szkoły. Za morze.

Serce zabiło mi mocniej i usiadłem prosto.

– Nas? Za granicę? – powiedziałem.

– No pewnie, dzieci, które się uczom za granicom, nie majom przecież dwóch głów.

– A ja? – zapytała moja siostra. – Nie lubisz mnie?

– Ano co ty, mojom dziewuszke? Chcesz zostawić swojego *fofo*, *bébé*?

– Tak, Fofo jest już duży. Jeżeli Kotchikpa pojedzie, to ja też muszę…

– *Kai*, z ciebie to jest prawdziwy negocjator… prawnik! Bedziecie *voyager* razem, *d'accord*? Inne szczęśliwe dzieci pojadom nawet razem z wami. Niech Bóg ma w opiece waszych chrzestnych.

Po naszej wieczornej modlitwie, kiedy Fofo dziękował gorąco Bogu za to, że zesłał nam naszych darczyńców, i zaczął mówić językami jak pastor Adeyemi, położyłem się na łóżku i zacząłem myśleć o naszych rodzicach chrzestnych. Jak wyglądali? Gdzie mieszkali? Może po prostu podróżowali z jednego kraju do drugiego, żeby ratować dzieci?

Próbowałem sobie wyobrazić twarze osób o takiej dobroci. Chciałem spotkać się z nimi najszybciej, jak to było możliwe. Nieważne, jak bardzo starałem się ich sobie wyobrazić, zawsze przed oczami pojawiały mi się postacie moich rodziców.

Zacząłem przywoływać w pamięci obraz rodziców, kiedy byli jeszcze zdrowi – moją mamę idącą rano na pola, ojca jadącego na rowerze do Korofo Market. Pomyślałem, jaką ulgę musieli teraz odczuwać moi dziadkowie; spośród naszych trzynastu *fofos* i ciotek, moi rodzice byli ich ulubionymi, a ich choroba stanowiła dla nich ciężki cios. Zaopiekowali się naszymi rodzicami i zanim wyjechaliśmy z domu, tak bardzo pościli, że wychudli prawie jak chorzy. Dziękowałem Bogu, że choroba moich rodziców już minęła. Dziękowałem Bogu, że zesłał rodziców chrzestnych, aby kupili rodzicom lekarstwa. Za to wszystko, co już dla nas zrobili, nazywanie ich mamą i papą nie było wygórowaną prośbą. Byłem pewien, że moi rodzice nie mieliby nic przeciwko, aby zwracać się do tego dobrego pana i pani w ten właśnie sposób. Tamtej nocy zacząłem bardzo tęsknić za moimi rodzicami i nie mogłem się doczekać, kiedy pojedziemy do domu i spędzimy z nimi trochę czasu. Zacząłem także tęsknić za rodzicami chrzestnymi, których jeszcze nie spotkałem, ale już czułem dla nich wdzięczność za ich dobro; byli jakby drugą parą rodziców w świecie, w którym choroba nieomal zabrała mi pierwszych. Zaczynałem już nawet tęsknić za innymi dziećmi, którym nasi rodzice chrzestni pomagali. Tamtej nocy, kiedy słuchałem chrapania Fofo i delikatnego oddechu Yewy obok mnie, nasza rodzina powiększyła się i rozrosła, a więzi poszerzyły się i wzmocniły.

Błagałem Boga, żeby obdarzył nas zdolnościami w szkole, byśmy nie zawiedli naszych rodziców chrzestnych, Fofo i rodziców. Dziękowałem Bogu, że chociaż przez całe życie posługiwaliśmy się francuskim i idaatcha, w ciągu tego półtora roku spędzonego na granicy pomógł nam bardzo dobrze nauczyć się angielskiego i sprawił, że zaczynaliśmy nawet rozumieć nieco egun. Miałem nadzieję, że gdziekolwiek zabiorą nas nasi rodzice chrzestni, wykażemy się takim samym polotem. Pamiętając swoją obietnicę złożoną rodzicom i dziadkom, tamtej nocy jeszcze raz obiecałem Bogu, jak robiłem to co wieczór, że zawsze będę posłuszny Fofo. Powiedziałem Bogu, że zrobię wszystko, żeby go wspierać. Prosiłem też Boga, aby kierował myślami Yewy tak, by nie przyniosła wstydu ani nie sprawiała kłopotów naszym rodzicom chrzestnym, gdy nas odwiedzą.

PIERWSZE ODWIEDZINY NASZYCH rodziców chrzestnych oraz naszego nowego rodzeństwa odbyły się dyskretnie i cicho. Zanim przybyli, całą trójką usiedliśmy na naszych kopcach na werandzie, z twarzami zwróconymi ku morzu.

Fofo wyniósł lampę i ustawił ją na podłodze obok nas. Jej pojedynczy płomyk migotał na wietrze. Yewa i ja rozmawialiśmy sobie i zastanawialiśmy się, co może znajdować się po drugiej stronie wody. Oboje ubrani byliśmy w zielone podkoszulki i czarne szorty. Tego samego wieczora wykąpaliśmy się, a nasze twarze błyszczały nasmarowane wazeliną. Ciągle kichaliśmy, ponieważ wujek wtarł w nasze ubrania za dużo kamfory, którą nazywał „perfumami dla ubogich".

Fofo był zdenerwowany. Stale zakładał sobie nogę na nogę, to znowu je prostował, krzyżował na piersiach ręce, to znowu je rozkładał.

— Yewa, *wetin* zwrócisz się do swoich rodziców chrzestnych? — wyrwał ją nagle do odpowiedzi.

– Papa i mama – powiedziała.

– Dobra dziewuszka. *Gbòjé poun*, wszystko bedzie naprawdę w porządku.

– Fofo, ja jestem spokojna – odezwała się Yewa.

– I żebyście nie zapomnieli podziękować im za opłacenie szkoły.
Nawet Bogu podobają się wyrazy wdzięczności.

– Nie zapomnimy, Fofo – powiedziałem.

– Jestem głodna – powiedziała Yewa. – Będziemy jeszcze wieczorem coś jedli?

– Głodna? – Fofo odwrócił się i przeszył ją wzrokiem. – Mówiłem
wam, że oni przywiozom jedzenie! Jak na piknik. Cierpliwości, *ole*.
Uważaj na tę swoją jadaczkę. Teraz chcesz pić *garri*? Ty i ten twój brat
nie słuchacie się mnie w tym domu. Pamiętacie, *wetin* wasz ojciec
powiedział, kiedym was tu przywoził? Pamiętacie, *wetin* powiedzieli
wasi dziadkowie? Jeszcze jedno wasze *wahala* i wycofuje się z moich
planów względem waszych rodziców chrzestnych… i nawet zawioze
was z powrotem do Braffe!

– Przepraszam, Fofo Kpee – powiedziała Yewa.

– Zamknij się, ty *onu ylankan*… brzydulo. Nie wiem, skąd wasza
matka poprzynosiła takie bękarty do domu mojego brata! Usłysze jeszcze jedno słowo i…

Siedzieliśmy w milczeniu do zapadnięcia zmroku. Fofo stawał się
coraz bardziej niespokojny, przygryzając i wydymając wargi. Siedział
wyprostowany, z plecami przyciśniętymi do ściany i głową opartą o zamknięte okno.

Morze usiane było światełkami rybackich latarni jak gwiazdami.
Nie było widać ani wody, ani nieba, ani ziemi, tylko punkciki światła

kołyszące się na tle czarnej otchłani. Noc pochłonęła również plantację palm kokosowych i tylko światło płynących łodzi pojawiało się i znikało za drzewami. Morze słało ku nam moc ciepłej i niesłabnącej bryzy, a z targu na ziemi niczyjej dobiegał nas coraz cichszy pomruk. Słyszeliśmy również tiry i ciężarówki jadące w kierunku granicy i z powrotem, cofające lub parkujące. Czasami, z miejsca, gdzie siedzieliśmy, mogliśmy zobaczyć światła ich reflektorów przeczesujące niebo nad sąsiednimi wioskami, niczym szperacze. Fofo powiedział nam, że ciężarówki przewoziły różne towary z jednej części Afryki Zachodniej do drugiej.

Nagle usłyszeliśmy warkot auta przemierzającego naszą gruntową drogę. Gdy tylko skręciło na podwórko, jego silnik oraz światła zgasły. Samochód potoczył się bezgłośnie piaszczystą ścieżką w kierunku naszego domu. Najpierw wysiadła z niego kobieta. Podbiegła do werandy, na której siedzieliśmy, kucnęła, objęła nas w ciszy i przytuliła, jak gdyby chwila była zbyt wzruszająca na słowa.

– Jestem mama! – odezwała się łagodnym głosem.

Yewa wydawała się obojętna na jej obecność, koncentrując uwagę na samochodzie, ale ja chciałem przytulać ją w nieskończoność.

– Mamo… witamy cię, m-mamo – wyjąkałem.

– Dziękuję, dzieciaki – powiedziała, przytulając nas jeszcze bardziej. – Jak miło z waszej strony!

Po chwili przysunęła lampę bliżej naszych twarzy. Była to wysoka, piękna Murzynka, o głębokich, czułych oczach, pełnych ustach i łagodnej twarzy. Miała na sobie dżinsy, podkoszulek i tenisówki, a włosy zebrane pod kolorowym kapeluszem od słońca, jakby wybierała się na piknik. Była pełna gracji, a jej perfumy miały słodki zapach, jak świeże kwiaty plumerii. Kiedy nas przytulała, uważała, aby jej długie pomalowane paznokcie nie wbijały się nam w skórę. Uśmiechała się z równą łatwością, jak oddychała.

– Big Guy! – krzyknęła Yewa głosem, który przeszył zapadającą w okolicy ciszę. Klepnęła mnie w ramię, a potem zaczęła wyrywać się z objęć mamy, pokazując sylwetkę mężczyzny, który właśnie wysiadł z auta po stronie kierowcy. – Patrz... Big Guy.

– Big Guy? – mruknąłem. – Nie. Gdzie? To nie on.

– To on! – upierała się Yewa, nadal walcząc, by się uwolnić. – Kieruje autem...

– Cii... cii... cicho, cicho! – odezwała się mama, przytulając nas mocniej.

Kiedy nas już uciszyła, uśmiechnęła się pięknie, rozluźniając uścisk. Następnie wypuściła mnie z objęć i podniosła Yewę, której wzrok nadal spoczywał na aucie oraz mężczyźnie stojącym obok samochodu. Przytuliła ją do policzka, potem pocałowała i pogłaskała po głowie.

– Nie trzeba krzyczeć, kochanie – szepnęła. – Na razie nie myśl o Big Guyu. Będziesz jeszcze miała możliwość się z nim przywitać, OK?

– Tak, mama – powiedziała Yewa, powoli koncentrując na kobiecie swoją uwagę.

– Nie mogłam się doczekać, żeby się z tobą zobaczyć, córeczko. Słyszałam o was obojgu tyle dobrego. Big Guy powiedział mi, że świetni z was tancerze. Chcesz później zatańczyć z Big Guyem?

– Tak, mama – odpowiedziała Yewa z błyskiem w oku.

– I chciałabym również zobaczyć twoją piękną czapkę baseballówkę.

Yewa pokiwała głową. Pomyślałem, że fakt, iż mama wiedziała o naszych lekcjach tańca z Big Guyem, zrobił na mojej siostrze duże wrażenie. Zaczęła zwracać na kobietę większą uwagę, najwyraźniej czuła się już lepiej w jej towarzystwie.

– A zatem znakomicie, moja droga. Zajmiemy się tym. Ja także nieźle tańczę. – Odwróciła się w kierunku Fofo Kpee, który przyglądał się nam ze strachem. – Jakie cudne aniołki... Idź i przyprowadź do domu resztę dzieci. Wszystko w porządku.

– *Merci, madame* – powiedział i lekko się ukłonił. – *Merci beaucoup.*

Podszedł do samochodu. Kiedy Big Guy otwierał tylne drzwi dla papy oraz dwójki dzieci, mama zaprowadziła nas do domu, wnosząc do środka lampę. Po zamknięciu drzwi usiadła na naszym łóżku z Yewą na kolanach, przytuloną do jej piersi. Wyglądało to tak, jakby była naszą prawdziwą mamą. Nie wiadomo, kiedy zjednała sobie Yewę. Zacząłem odczuwać ulgę, widząc, że moja siostra nie popsuje wszystkim wieczora swoim uporem.

Ja także byłem pod wrażeniem delikatności mamy. Pomyślałem, jak miła musi być dla własnych dzieci, skoro potrafi zachowywać się wobec nas tak po matczynemu podczas pierwszego spotkania. Mimo że wyglądała na znacznie bogatszą od naszej mamy, zachowywała się zupełnie jak ona i chociaż wiedzieliśmy już, że jej dom musiał być znacznie piękniejszy od naszego, wydawało się, że jest jej u nas wygodnie. Rozejrzała się, jakby wiedziała, co znajduje się w następnym pokoju. Była pierwszym gościem w naszym domu, przy którym nie czułem się zawstydzony czy nie na miejscu.

Była też pierwszą osobą z organizacji pozarządowej, jaką w życiu poznałem. Stanowiła dla mnie potwierdzenie tego, co mówił Fofo, że to grupa uśmiechniętych, troskliwych ludzi podróżujących po świecie i pomagających dzieciom. W sercu nie mogłem przestać dziękować Bogu za sprowadzenie do nas takiej pani. Przyglądałem się jej uważnie, temu, jak hołubiła moją siostrę, jak ją trzymała i szeptała jej czule do ucha, jak odrzucała do tyłu głowę, kiedy milkła na chwilę, jak mówiąc, gestykulowała prawą ręką ozdobioną bransoletami. Tak dobrze było mi w jej towarzystwie, że przestałem czuć zapach kamfory na swoim ubraniu; w pomieszczeniu zapanowała niepodzielnie woń jej perfum, tak samo jak zapach nanfanga dominował w pokoju w dniu, kiedy się pojawił.

– Słyszałam, że świetnie tańczyłaś w kościele – zwróciła się przede wszystkim do Yewy, co wzbudziło we mnie zazdrość.

– Tak, mama – powiedziała, wtulając się w nią mocniej.

– Ja także tańczę – powiedziałem.

– Pięknie – powiedziała mama i odwróciła się do mojej siostry. – To pewnie lubisz chodzić do kościoła?

– Tak.

– Ja również – powiedziała kobieta. – Lubię śpiewać i tańczyć, i modlić się razem z innymi. Wiecie, ja i mój mąż doświadczamy tego, jak dobry jest dla nas Bóg, i my także powinniśmy być dobrzy dla innych, zwłaszcza dla dzieci.

Mama po prostu objęła moją siostrę i zamknęła oczy niczym w akcie wdzięczności Bogu. Ja także chciałem, by mnie przytuliła, ale nie wiedziałem, co powiedzieć ani jak się zachować. Odwróciłem od nich wzrok i wpatrywałem się w podłogę.

POZOSTALI PRZYSZLI W KOŃCU na werandę, ale nie weszli do środka. Nie potrafiłem powiedzieć, ile osób tam było, ale rozpoznałem głosy Big Guya i Fofo Kpee. Podejrzewałem, że trzeci głos, niski, należał do papy.

– Ładne te dzieci, bardzo ładne… te dzieci Kpee – powiedział Big Guy, jak gdyby patrzył na kurczaki na bazarze w Badagry. – Monsieur Ahouagnivo, niechże pan wejdzie i zobaczy.

– Piękne – powiedział papa.

– Dzięki Bogu – powiedział nasz wujek.

– Niestety, monsieur Ahouagnivo, jak już żem panu mówił, Kpee nie dostarczył wszystkich – powiedział Big Guy. – Gdzie reszta, Kpee?

– We wiosce – odburknął Fofo Kpee. – Przywieze ci.

– Kiedy… *quand*? – zapytał Big Guy. – Utrudniasz mi robote! Była umowa na pięć dzieci. Dawaj reszte.

– Zaniedługo, zaniedługo – powiedział wujek. – Niedługo jade do Braffe. We wiosce som jeszcze inne dzieci moich braci i sióstr.

– To je po prostu przywieź i przestań marnować nasz czas…

– Przeszkadzacie nam tu wszystkim! – zawołała mama do mężczyzn na werandzie.

– Panowie, przestańcie, przestańcie! – powiedział papa. – To nie miejsce ani czas na takie rozmowy! Jesteśmy tutaj, aby świętować, a nie nękać Kpee i dzieci… Kolejne dzieciaki od Kpee otrzymają szansę wyjazdu do Gabonu i korzystania tam z uroków życia, tak? A ty, Big Guy, nigdy nie zapominaj, że to ty pracujesz dla nas, a nie na odwrót. Daj mu czas na porządne przygotowanie wszystkiego. Zobaczysz, że się uda.

– *Monsieur*, przepraszam, *monsieur* – powiedział Big Guy i zakończyli dyskusję.

Przed oczami przebiegły mi twarze Ezina, Essego oraz Idossou. Pomysł, aby pojechali z nami do Gabonu, spodobał mi się, jak nie wiem co. Byłem pewien, że w Braffe już się szykują, aby dołączyć do nas tu, na granicy, i wyruszyć dalej razem. Zrozumiałem, dlaczego Big Guy tak się zdenerwował tamtego dnia, kiedy przyprowadzili nanfanga, i co miało znaczyć to „pięcioro", kiedy przywitał nas przed kościołem w tamtą niedzielę dziękczynienia. Z tego, co Fofo mówił na temat naszych rodziców chrzestnych, wiedziałem, że ich szczodrość objęła również innych członków mojej rodziny, włączając w to rodziców. I chociaż przypuszczałem, że pewnego dnia mogą także pomóc mojemu starszemu rodzeństwu, które zostało w domu, nigdy bym nie przypuszczał, że pomoc przybierze taką formę. Żeby tylko Big Guy wykazał się cierpliwością, byśmy mogli pojechać do domu i przywieźć moje rodzeństwo. Nie podobało mi się to, że nieomal nastawił przeciwko Fofo naszych rodziców chrzestnych.

Chciało mi się wykrzyczeć do ucha Yewy to, co właśnie udało mi się poskładać do kupy na temat naszego rodzeństwa, ale opanowałem się. Odczuwałem zazdrość, że skoncentrowała na sobie całą uwagę mamy, powstrzymałem się więc przed dzieleniem się z nią moimi myślami.

Przez moje serce przepływał strumień sprzecznych uczuć. Wszędzie czuło się obecność mamy, a mimo to nie mogłem się nią nasycić. Byłem wdzięczny Big Guyowi za sprowadzenie do nas rodziców chrzestnych, ale zły na niego za to, że próbował przedstawić Fofo przed papą w złym świetle.

Co takiego dobrego uczyniliśmy Bogu, że mogliśmy doświadczyć dobroci ze strony tej pozarządowej organizacji? Nie byliśmy najbiedniejszymi dziećmi w tej przygranicznej wiosce. A mimo to czułem, że ze wszystkich dzieci w naszej szkole oraz okolicy Bóg wybrał właśnie nas. Przypomniałem sobie rozmowę Fofo z Big Guyem przed zielonoświątkowym kościołem Chrystusa Odkupiciela tamtej radosnej niedzieli i późniejsze słowa pastora Adeyemi w trakcie udzielania błogosławieństwa. Dla nich sprawa była prosta: jesteś biedny, ponieważ twoje postępowanie w oczach Pana nie jest w porządku; jeżeli będziesz czynił dobro, wtedy Ojciec Niebieski, który jest bogaty, uczyni cię bogatym.

Ale tamtej nocy, siedząc naprzeciwko tej wspaniałej pani, nie wiedziałem, co takiego dobrego uczyniłem. Co gorsza, Yewa zrobiła się właściwie jeszcze bardziej uparta i złośliwa, niż była półtora roku temu w Braffe. Zacząłem myśleć, że to, co my, dzieci, zrobiłyśmy lub czego nie zrobiłyśmy, dla Pana nie ma znaczenia. Swoją wiarę pokładałem więc w Fofo: on musiał uczynić coś wielkiego, coś cudownego dla Pana, że sprowadził na nas takie powodzenie. Może Fofo przestał się już zajmować przygranicznym szmuglem; może nie grabił już obcych z pieniędzy. Może wspinał się ludziom na palmy kokosowe za darmo. Gdy tak patrzyłem, jak mama tuli Yewę, w głębi duszy zacząłem śpiewać pieśń *Pan komuś dzisiaj pobłogosławi*.

WKRÓTCE YEWA GŁĘBOKO zasnęła w objęciach mamy. Nie robiła tego, odkąd zachorowała nasza mama w wiosce. Nawet nasi dziadkowie wiedzieli, że Yewa sprawia kłopoty, i pozwolili jej pojechać ze mną, dopiero kiedy Fofo zapewnił ich, że dołoży wszelkich starań, aby zatroszczyć się o swoją bratanicę.

— Hej, Pascal, jak było dzisiaj w szkole? — powiedziała mama, spoglądając w dół na śpiącą Yewę niczym Madonna na Dzieciątko.

To imię mnie zastanowiło. Rozejrzałem się po pokoju w poszukiwaniu innej osoby. Nikogo nie było. Kto to był ten Pascal? Frontowe drzwi oraz okna były pozamykane.

W milczeniu mama uniosła w moim kierunku głowę z szerokim uśmiechem na twarzy i znowu poczułem się jak w domu, chociaż nie wiedziałem, co powiedzieć. Wydawało się, że pytanie skierowane było do kogoś na werandzie. Na zewnątrz słyszałem Big Guya, Fofo Kpee i papę chichoczących, jakby właśnie wygrali na loterii. Najwyraźniej nie mieli ochoty wejść do środka.

– Pascal...? – odezwała się ponownie i wyciągnęła rękę nad stojącym pośrodku stołem, żeby ująć moją dłoń.

– Jestem Kotchikpa – poprawiłem ją grzecznie ze spuszczonym wzrokiem.

– A tak, zgadza się, kochanie. Big Guy nam powiedział... Kotchikpa?

– Tak, mama.

– Czy możemy zwracać się do ciebie Pascal, proszę? Z czasem przywykniemy do Kotchikpa. Bo wiesz, z powodu wszystkich dzieci pod naszą opieką, z różnych plemion i państw, na początku to dość trudne. Pascal to takie słodkie imię. Łatwo je zapamiętać. Proszę? Pascalu?

– Tak, mama.

Pokiwałem głową.

– Na pewno?

Znowu pokiwałem.

– Tak, tak. W porządku.

Nadal na mnie patrzyła. Czułem, że powinienem jeszcze coś powiedzieć, ale nie wiedziałem co. Poprawił mi się nastrój, ponieważ mama obdarzyła mnie odrobiną uwagi i miałem nadzieję, że moja siostra będzie spała przez całą noc.

– Dzięki, mamo, za opłacenie nam szkoły – wybąkałem.

– Och, proszę bardzo, kochanie. – Posłała mi całusa. – Co za zrozumienie i wdzięczność. Słyszeliśmy, że świetnie sobie radzisz w szkole. Jesteś najlepszy. Och, podejdź tu i usiądź z nami. Nie trzymaj się tak z boku.

Wyciągnęła rękę w moim kierunku, dzwoniąc bransoletami. Ująłem jej dłoń i obszedłem stół. Objęła mnie, aby przytulić, i pocałowała w głowę, przez cały czas wydając pieszczotliwe dźwięki, jakbym był jej ukochanym, delikatnym domowym zwierzątkiem. Kiedy zauważyła, że Yewa się spociła, zdjęła swój kolorowy kapelusz i zaczęła ją wachlować.

– DOBRY WIECZÓR, BIG GUY! – powiedziałem radosnym tonem, kiedy wszedł do domu, wnosząc jedzenie z samochodu i kłaniając się przed mamą. Ale nie odpowiedział. Zachowywał się tak, jakby mnie nawet nie zauważył. Mama spojrzała na niego, a następnie na mnie. Uścisnęła mi dłoń w taki sposób, jakby dawała mi do zrozumienia, żebym nie zwracał na niego uwagi.

Tego wieczora Big Guy zachowywał się jak ktoś zupełnie inny. Widzieliśmy go wtedy po raz trzeci i wydawało się, że za każdym razem się zmieniał. Tym razem miał na sobie mundur straży granicznej. W blasku naszej lampy beret na jego wygolonej głowie wyglądał jak zaczesane w czub włosy, a na długich rękawach bluzy widniały służbowe belki. Wydawał się większy niż zazwyczaj, ponieważ jego koszula sterczała sztywno wykrochmalona w mące z manioku, a spodnie wyprasowane były na kant niczym dwa ostrza. Buty miał wypolerowane na wysoki połysk, a kiedy się poruszał żołnierskim krokiem, nogawki spodni szeleściły jedna o drugą. Nosił się sztywno, jak ochroniarz rodziny królewskiej za granicą.

Kiedy wszedł ponownie, mama skarciła go.

– Pascal właśnie się z tobą przywitał! *Jamais*, nigdy nie ignoruj moich dzieci!

Zatrzymał się i stanął wyprężony jak przed państwową flagą.

– Ach, przepraszam, madame Ahouagnivo. *Je suis très desolé…*

– To odpowiadajże chłopcu, *jo*! Nie chodzi o mnie.

– Proszę przyjąć moje przeprosiny… *Bon soir*, Kotchikpa…

– Nie, Pascal – poprawiła go mama.

Skłonił się i powiedział:

– Piękne imię, hm.

– Dobry wieczór – przywitałem się ponownie.

Wkrótce zastawił nasz stół rozmaitymi potrawami: zupą krabową, stertami *akasa* zawiniętej w świeże liście, makaronami, kuskusem i mięsem duszonym z jarzynami. Garnek zupy paprykowej pełen był roladek mięsnych, z których każda związana była białą nicią, a w niektórych wciąż tkwiły śruciny, od których zginęło zwierzę. To ostatnie danie bardzo lubili członkowie naszego plemienia. Je się je ostrożnie i wolno, częściowo z powodu papryki, częściowo, by nie przegryźć śrutu.

Big Guy wtoczył się do środka z dwiema *coolas* i kiedy je otworzył, ciąg lodowatego powietrza przeszył pomieszczenie. Wyjął z nich colę, napój słodowy Maltina, piwo La Place oraz sok pomarańczowy Chivita i postawił wszystko na stole. Za każdym razem, kiedy wchodził, oczekiwałem, że zobaczę innych pasażerów auta. Od czasu do czasu, kiedy przestawałem zwracać uwagę na mamę i jedzenie, zastanawiałem się, co porabiał Fofo Kpee z resztą osób na zewnątrz.

Kiedy stojący na środku pokoju stół był już cały zapełniony, Big Guy wyciągnął z auta dwa rozkładane stoliki. Nigdy w życiu nie widziałem tyle jedzenia, poza surowymi produktami na bazarze. Pomimo to Big Guy przynosił go coraz więcej. Smakowity zapach jedzenia zagłuszył perfumy mamy, a ja poczułem się tym wszystkim tak przytłoczony, że przestałem odczuwać głód.

Chociaż nie zasnąłem jak moja siostrzyczka, przebywałem we własnym świecie, który stanowił w mojej wyobraźni przedsmak tego, jak mogło być w Gabonie. Pamiętałem, jak Fofo mówił, że będziemy bogaci i zaczniemy dobrze się odżywiać. Sprawy naszej rodziny zaczęły toczyć się bardzo szybko, pokrzepiony troską okazywaną tego wieczora przez mamę, nie miałem powodów, aby wątpić, że nadchodzą dla nas lepsze czasy. Nietrudno było mi dojść do wniosku, że nasi rodzice chrzestni są ważnymi ludźmi, skoro Big Guy, oficer imigracyjny, wozi ich i służy im nie tylko jako kierowca. Myślenie o Gabonie w kategoriach kraju nowych możliwości stało się dla mnie naturalne i w duszy zacząłem za nim tęsknić. Wyobraziłem sobie, że wożą mnie z siostrą do szkoły samochodem. Teraz nawet myśl o jeżdżeniu do szkoły naszym nanfangiem wydawała mi się niegodna.

– KOCHANIE, BĘDĘ MÓWIŁA do ciebie poprostu Mary, OK? – powiedziała mama do mojej siostry, budząc ją delikatnym ruchem. – Dzień dobry, Mary, śpioszku…

Yewa przetarła oczy, a jej wzrok przeniósł się ze mnie na mamę, zanim nie spoczął na zgromadzonym jedzeniu. Jej oczy powoli rozszerzyły się, w szoku prawie wyskakując z orbit.

– Chciałabyś, żeby zwracać się do ciebie Mary, czy wolisz może jakieś inne imię, słonko? – zwróciła się do niej mama.

– Obudź się, Yewa! – powiedziałem.

Nie odezwała się ani słowem, tylko podrapała się w głowę i ziewnęła. Potem wyciągnęła rękę, żeby dotknąć coli, która stała najbliżej.

– Wiesz, twojemu braciszkowi podoba się imię Pascal – mama podjęła kolejną próbę, puszczając do mnie oko. – Teraz ma na imię Pascal.

Yewa spojrzała na mnie, wyraz zrozumienia przebiegł jej po twarzy.

– Pascal? – odezwała się.

– Tak, moje nowe imię to Pascal – powiedziałem, wzruszając ramionami i uśmiechając się nieśmiało. – To nic złego, Yewa.

Pokręciła głową.

– Ja nazywam się Yewa Mandabou!

– Gdy mama nadaje ci imię – powiedziałem szybko – pamięta cię, bo ma mnóstwo dzieci, którymi się opiekuje. Nadal jesteś Yewa, a ja nadal jestem Kotchikpa…

– I tak, i nie, Pascal – wtrąciła się mama swoim najmilszym tonem. – Lepiej, żebyśmy posługiwali się tylko jednym imieniem, aby uniknąć zamieszania. Jestem pewna, że twoja siostra to zrozumie.

– Tak, mama – pokiwałem głową.

Zrozumiałem, że przesadziłem, śpiesząc z pomocą. Poczułem w żołądku ukłucie wyrzutów sumienia, obróciłem się na łóżku i chwyciłem za wezgłowie, żeby ukryć zmieszanie.

– Mary? – zwróciła się do Yewy mama, testując imię z szerokim uśmiechem.

Yewa przytaknęła zakłopotana, nadal wpatrując się we mnie. Pokiwałem zdecydowanie głową, częściowo, by zatrzeć swoje wcześniejsze
niefortunne wyjaśnienie, a częściowo, żeby utwierdzić Yewę w przeko-
naniu, że nie ma w tym niczego złego.

– Mary to piękne imię – powiedziałem. – Piękne.

– Jesteś taka urocza – zwróciła się do niej mama. – Ach, taka po-
słuszna, szanująca swojego starszego brata... Przepraszam, że musia-
łam cię obudzić na kolację. W porządku, Mary?

– Nie wiem – powiedziała Yewa i przeniosła uwagę na jedzenie.

– Może być nieco uparta – powiedziałem do mamy. – Potrzebuje
trochę czasu.

– Nie sądzę, żeby była uparta – odrzekła. – To dobra dziewczynka,
a czasu nam nie brakuje.

Yewa powiodła palcem wskazującym po logo Coca-Coli na puszce.
Miała już oblizać palec, kiedy mama chwyciła ją za rękę.

– Ach, nie, Mary! – powiedziała, kręcąc głową. – Możesz dostać
cokolwiek chcesz...

– Tak, mama – powiedziała.

– To wszystko dla ciebie, kochanie, OK, Mary?

– Tak, mama... Czy mogę napić się coli, proszę?

Mama natychmiast otworzyła puszkę, jakby się bała, że Yewa od-
rzuci swoje nowe imię, jeżeli się nie pośpieszy, i zaczęła wlewać jej płyn
do ust. Głowa Yewy uniosła się jak u ssącego jagnięcia. Gazowany napój wolno wypełniał jej usta, a ona przełykała głośno duże hausty.

Mama nagle przerwała.

– Chcesz jeszcze, Mary? – zapytała.

Yewa dyszała.

– Tak, mama.

KIEDY W KOŃCU także pozostali weszli do pokoju, siadając na łóżkach, w pomieszczeniu zapanował tłok. Poza trzema mężczyznami był też chłopiec i dziewczynka. Mama nałożyła pełen talerz kuskusu oraz potrawki i zaczęła podawać Yewie łyżką prosto do ust. Yewa jadła jak wygłodniały pies, podążając wzrokiem za każdym ruchem łyżki. Wewnątrz panował upał i chociaż Big Guy poprosił Fofo Kpee, by ten pootwierał wszystkie okna, w pomieszczeniu nadal unosiły się smakowite opary.

– No więc, jak się macie, moje dzieci? – rozległ się głos papy, a mama z dumą poinformowała go o naszych nowych imionach i popchnęła mnie lekko w jego kierunku, żebym uścisnął jego wyciągniętą dłoń.

– Witaj, Pascalu – powiedział, ujmując mnie za rękę.

– Witam, proszę pana – odezwałem się.

– Jestem monsieur Ahouagnivo.

– Miło mi pana poznać, *monsieur*.

Papa wyglądał na znacznie starszego od mamy, jakby był jej ojcem. Był potężnym mężczyzną, wysokim jak Big Guy. Miał bardzo ciemną skórę, ciemniejszą od włosów, a jego dolna szczęka nikła w gęstej, szczeciniastej brodzie. W nozdrzach widniały siwe włoski. Gdyby nie biały podkoszulek, który odbijał światło lampy, trudno byłoby w ogóle dostrzec resztę jego ciała z powodu głębokiej czerni skóry. Często się uśmiechał, ukazując w półmroku rząd nieskazitelnych zębów. Miał na sobie szorty i klapki, jakby znajdował się w drodze na jakąś nocną plażę.

– Hej tam, witaj, Mary! – powiedział, machając do Yewy. Ona była jednak zbyt zajęta jedzeniem, żeby zareagować.

Fofo Kpee, który opierał się o drzwi prowadzące do drugiego pokoju, otworzył usta, jakby chciał zachęcić Yewę do odpowiedzi. Na jego twarzy rysowało się zakłopotanie.

– Ani słowa! – syknął do niego Big Guy. – Daj dzieciakowi spokój.

Fofo pokiwał głową i założył sobie ręce z tyłu niczym służący.

Miałem nadzieję, że będzie rzucał dowcipami i wybuchał śmiechem przez cały wieczór, by wszystkich rozbawić. Chociaż kiedy czekaliśmy na przybycie naszych rodziców chrzestnych, wydawał się spięty, miałem nadzieję, że zacznie się w końcu wygłupiać, jak to robił podczas przyjęcia po uroczystości dziękczynienia za motocykl. Ale tak się nie stało. Byliśmy w jego domu, a on nawet nie powitał gości ani nam ich nie przedstawił. Teraz stał tam jak nowy służący, który musi postępować zgodnie ze wskazówkami starszego, Big Guya, żeby nauczyć się swojej roli. Nie podobało mi się, kiedy Fofo tracił swoje poczucie humoru. Ale tamtego wieczora pomyślałem, że może czuł się oszołomiony szczodrością naszych rodziców chrzestnych albo wystraszony, że możemy go zawieść, nie robiąc dobrego wrażenia.

Papa wstał i wskazał na pozostałe dzieci.

– Ach, zanim zapomnimy, Pascal, Mary, proszę, oto wasze rodzeństwo... Antoinette z Togo i Paul z północnej Nigerii.

Uśmiechnąłem się i zwróciłem do Antoinette, która znajdowała się bliżej. Ale zignorowała mnie, podniosła się i zaczęła nalewać sobie do miski zupę paprykową. Była niska, miała mocne kości, okrągłą twarz, mały, płaski nos i duże usta, które później zaczęły pochłaniać wszystko, nie zważając na kombinacje łączonych ze sobą potraw. Jej małe oczka były ruchliwe. Swoim spojrzeniem obrzucała ze wstrętem nasze biedne otoczenie.

– Antoinette, przestań i przywitaj się ze swoim bratem! – prychnęła na nią mama.

– Mama, nie podoba mi się ta nora! – odparła i wgryzła się w kawałek mięsa.

Mama przeszyła ją wzrokiem.

– Co ty powiedziałaś?

– Dobrze, mama, już dobrze – powiedziała Antoinette, odwróciła się do mnie i cmoknęła mnie w obydwa policzki, dmuchając mi w oczy paprykowym oddechem.

– Grzeczna dziewczynka – powiedziała mama, a jej twarz ponownie rozpromienił uśmiech. – My, damy, właśnie tak zwykłyśmy witać się w Gabonie! – zwróciła się do mnie. – Jestem przekonana, że ona tylko tak się z tobą droczy. No, dalej, przywitaj się z Paulem.

– Witaj, Paul – powiedziałem, wyciągając rękę.

– Cześć – odparł, podając mi bezwładnie dłoń.

Oczy Paula były zaczerwienione i załzawione. Wysoki, rachityczny, siedział na brzegu łóżka Fofo Kpee, milczący i nieruchomy niczym rzeźba. Jego skóra miejscami pokryta była trądzikiem i tonik, którego używał, wydzielał ostrą woń. Miał szerokie czoło i wąską brodę, co nadawało jego twarzy wygląd dużego stożka. Przez cały wieczór siedział ze spuszczoną głową, jakby była zbyt ciężka, by ją unieść.

– A ty co byś chciał zjeść, Paul? – zapytał papa.

– Nic – odpowiedział.

– Nic? W ogóle nic? – kontynuował papa proszącym tonem.

– Chcę do domu – powiedział Paul.

– Mój synu, to nic złego tęsknić za domem – odparł papa. – Przyzwyczaisz się do życia na wybrzeżu. Wszystkie nasze dzieci przez jakiś czas tęsknią za domem. Ale to dla twojego dobra. Zrobimy wszystko, żeby ci pomóc.

– Hej, kochanie, musisz coś zjeść – powiedziała mama, podając papie Yewę i przesuwając się w stronę Paula. – Potrzebujesz energii, proszę. Wiemy, że to niełatwe, ale wszystko będzie OK. Co byś chciał zjeść, mój drogi?

Chłopiec wskazał na fasolę i *dodo*, a mama nałożyła je na talerz i zaczęła go karmić. Paul zaczął płakać, chociaż był starszy ode mnie. Mama odłożyła jedzenie na bok, objęła go mocno i zaczęła tulić i kołysać.

Antoinette rozejrzała się, przysunęła do mnie i szepnęła mi do ucha:

– Przywieźli ich bardzo dużo w ciężarówce na ryby z północnej Nigerii... przez pustynię, sześć dni temu. Nie lubię go. Wolałabym, żeby nie jechał z nami do Gabonu! Ja przyjechałam cztery dni temu. Jestem od niego lepsza...

– Milcz, Antoinette! – odezwał się papa, rzucając jej surowe spojrzenie. – Zachowuj się. W Gabonie nie mówimy o nikim szeptem w jego obecności.

Antoinette natychmiast się wyprostowała, po raz pierwszy okazując strach.

– Przepraszam, papa.

– No, ja myślę! – powiedział mężczyzna. – Właściwe zachowanie jest ważne, bardzo ważne.

– Już dobrze, kochanie – zwróciła się do papy mama, podając mu butelkę piwa La Place i miskę zupy paprykowej. – Uspokój się. Nie wydaje ci się, że przesadzasz? Ty też coś zjedz, bo inaczej te dzieci do-

prowadzą cię do szału. Dzieci już takie są. W końcu się przystosują…
Kpee, proszę, zjedz coś. Big Guy, chodź. Niech wszyscy poczują się jak
w domu.

Nasz wujek rozpoczął jedzenie od zupy paprykowej i ryżu, ale ruchy jego szczęk były bardzo ostrożne, jakby spodziewał się, że może
trafić na jakąś śrucinę. Big Guy rozwinął sobie na talerzu dwie porcje
akasa, zalał wszystko zupą krabową, a potem przyssał się do butelki piwa Gulder jak dziecko do butelki z mlekiem. Ja sięgnąłem po maltinę
oraz mieszankę fasoli, ryżu i potrawki. Wszyscy śmiali się z Antoinette,
która wymieszała razem sok ananasowy, maltinę i colę i pytała teraz
papę, czy może dolać jej do tego nieco swojego piwa. Yewa skubała
pierś kurczaka w sposób, który sugerował, że czuje się już syta. Wyglądała na zmęczoną jedzeniem, ale nie potrafiła odmówić sobie niczego,
co podsuwano w jej kierunku.

ZNAD OCEANU ZERWAŁ SIĘ nagły podmuch wiatru i słychać było,
jak napiera na drzwi. Zatrzasnął okna. Paulowi, który siedział teraz
osobno, zrobiło się niedobrze, pochylił się i zwymiotował. Papa rzucił się do przodu i chwycił go. Mama i pozostali mężczyźni otoczyli
chłopca.

— Ach, znowu ta choroba morska — mruknęła mama i spojrzała
bezradnie na papę.

— Mam nadzieję, że nie będzie tak źle jak wczoraj — powiedział
papa. — Nie mamy ze sobą żadnego mocniejszego alkoholu, kochanie,
prawda?

— Obawiam się, że o tym zapomniałam — powiedziała, po raz
pierwszy wyglądając na pokonaną.

– Nie ma problemu – odezwał się Fofo Kpee i wymienił z Big Guyem znaczące spojrzenia. – Żaden *wahala*, żaden *wahala*.

Szybko wyciągnął spod łóżka butelkę *payó*, otworzył ją i nalał zawartość do miski. Umoczył w dżinie kawałek szmatki, wycisnął i przyłożył Paulowi do twarzy. Mama, która w międzyczasie wzięła chłopca na ręce, przytrzymała kompres na miejscu. Fofo zebrał wymiociny. Paul był tak osłabiony, że jakkolwiek mama starała się utrzymywać go w pionie, przechylał się i leciał jej z rąk, powodując, że ich ciała, w luźnym uścisku, wyglądały jak dwa węże – matka i jej młode – tarzające się po piasku.

– Teraz widzisz, co mówiłam o Paulu? – szepnęła do mnie Antoinette.

– Nic mu nie będzie – powiedziałem, żeby ją uciszyć.

– Taki z niego dzieciak… – zaczęła, ale przerwała, kiedy Big Guy przeszył ją groźnym spojrzeniem.

Wszyscy wrócili na swoje miejsca i na chwilę zapadła krępująca cisza. Potem Big Guy włączył cicho nasz radiomagnetofon i pokój wypełniły dyskretne dźwięki nucone przez Alpha Blondy'ego. Antoinette zostawiła jedzenie, zachichotała i zaczęła tańczyć w pobliżu prowizorycznej garderoby Fofo. Z powodu zbyt małej ilości miejsca jej ręce uderzały o ubrania. Potem pociągnęła mnie, poprosiła, żebym z nią zatańczył, i wszyscy zaczęli nas dopingować. Po sugestii mamy dołączyła do nas Yewa. Stanęła jednak tylko, nie będąc w stanie kręcić swoimi małymi biodrami, jak uczył nas tego Big Guy, z powodu zbyt dużej ilości jedzenia. Mama powiedziała, że zatańczyłaby z nami, gdyby nie Paul, który nadal się słaniał. Big Guy siedział, poruszając jedynie głową, zgodnie z mocnym rytmem melodii, jakby w naszym domu było zbyt mało miejsca, by pomieścić jego wzrost i taneczną maestrię. Fofo przyglądał się tylko w milczeniu, nadal nie czując się swobodnie w tak licznym towarzystwie.

Później, w świetle lampy, papa przejrzał nasze szkolne zeszyty i pochwalił za to, że jesteśmy dobrymi uczniami. Fofo nigdy nie przeglądał naszych zeszytów, dlatego się ucieszyliśmy.

— Wasza dwójka zasługuje na najlepsze wykształcenie, jakie można na tym świecie uzyskać! — podsumował papa, obejmując Yewę i po męsku ściskając moją dłoń.

— My też jesteśmy inteligentni — oświadczyła Antoinette z nadąsaną miną.

— Tak, powinienem był powiedzieć, że jesteście tak inteligentni jak Paul i Antoinette. Prawda, Paul?

Paul nadal wpatrywał się w podłogę i milczał. Szmatka zakrywała mu połowę twarzy jak maska chirurgiczna.

Kiedy papa skończył przeglądanie naszych zeszytów, powiedziałem:

— Dziękujemy, monsieur Ahouagnivo!

— Nie, nie... Papa, po prostu papa! — odezwał się nagle Big Guy, potrząsając głową, wzdychając i spoglądając ze złością na Fofo. — Jak nie umisz się tego nauczyć, to siedź cicho jak tyn rozpuszczony chłopak. — Wskazał na Paula.

— Dziękuję, papa — poprawiłem się. — Przepraszam, papa.

— W porządku, Pascal — powiedział mężczyzna.

— *N ma plón wé ya*? — warknął na mnie Fofo. — Dlaczego *ta soeur dey* zachować lepi od ciebie *egbé*, Kotchikpa...?

— Ach, nie, on ma na imię Pascal — mama poprawiła Fofo, który zesztywniał jak ktoś, kto dotknął przewodu pod napięciem. — Pascal

106

– powtórzyła. – Widzisz, jak łatwo o takie błędy? Wymagamy od tych dzieci zbyt dużo jak na jeden wieczór?

– Przepraszam, *madame, je voulais dire* Pascal – powiedział Fofo Kpee, uśmiechając się z miną winowajcy.

Papa i mama zaczęli pokazywać nam zdjęcia przedstawiające Gabon, niektóre z ich tamtejszych posiadłości, a także posiadłości w Nigerii, Beninie i na Wybrzeżu Kości Słoniowej. Pokazali nam wnętrza kilku statków, które codziennie widywaliśmy na morzu, jak wysyłają nad horyzont obłoki dymu. Wszystkie były bardzo piękne. Pokazali nam też zdjęcia dzieci, którym pomogli – jak się uczą, bawią, jedzą, śpiewają, a nawet śpią. Niektóre były jeszcze tak małe jak Yewa. Zdjęcia te pokazywano nam w pośpiechu, a Antoinette komentowała każde z nich podekscytowana, jakby już wcześniej była w Gabonie i znała wszystkie te dzieci. Wydawało się, że wiele z nich zna po imieniu.

– A tak przy okazji – powiedziała mama – zadbaj, żeby dzieci były w dobrej kondycji przed podróżą, OK?

– Oczywiście, *madame* – odpowiedział Fofo Kpee.

– Kup im moskitierę, słyszysz? Żeby mi były dobrze przygotowane!

– Proszę się nie martwić, *madame*. Wszystko będzie jak trzeba.

– A ty, Big Guy, nie przejmuj się już tymi pozostałymi dziećmi, OK? – powiedział papa, podnosząc się do wyjścia.

– Dzienkuje, *monsieur*! – powiedział nasz wujek, kłaniając się.

– Nic ci nie zabierzemy – kontynuował papa. – Tylko się postaraj. Ale jak się tej dwójce coś stanie, to cię pociągniemy do odpowiedzialności.

Wszyscy zaczęli się śmiać. Fofo przekazał mu swoje zapewnienie, mrugnął do mnie i pogłaskał Yewę po głowie. Rzucił kilka ze swoich dowcipów, pociągnął za wargę i wszyscy się roześmieli, nawet Paul. Wydawało mi się, że po raz pierwszy w trakcie tego długiego wieczora wróciła mu jego typowa pewność siebie. Musiał wyczuwać, że wizyta, której tak się obawiał, zmierza do pozytywnego końca.

– Dobrze więc – odezwał się nagle papa, odkładając zdjęcia. – Big Guy, zacznij pakowanie. Mamy jeszcze dwa miejsca do odwiedzenia. To będzie długa noc.

– Nie, cztery miejsca… siedmioro dzieci – poprawił go Big Guy i zaczął pakować jedzenie oraz zabierać wszystko z powrotem do auta.

Kiedy przed wyjazdem zaczęli pakować jedzenie, poczułem ukłucie w sercu. Miałem cichą nadzieję, że zostawią nam cały bufet. Pomyślałem już o wylaniu zupy *ogbono*, którą trzymaliśmy w naszym największym garnku, by zrobić w nim miejsce na nowe potrawy. Pomyślałem również o wykorzystaniu naszego aluminiowego wiadra jako tymczasowego garnka. Zamiast pozwolić, aby cokolwiek się zmarnowało, moglibyśmy wlać wszystko do tych dwóch naczyń i wymieszać. Jak Fofo zwykł zawsze mawiać, gdy ktoś jadł zbyt dużo różnych rzeczy naraz: „Przecie wszystko wlatuje do tego samego brzucha". Mógłbym podgrzewać jedzenie ze dwa, trzy razy na dzień.

Uspokoiłem się jednak, gdy mama przytuliła mnie i powiedziała, że będzie za nami tęsknić, a papa poradził nam, żebyśmy się pilnie uczyli, i powiedział, że dzisiejszy wieczór to początek zmian na lepsze. Kiedy odjeżdżali autem, którym kierował Big Guy, pomyślałem, jak dużo dobrego robią nasi chrzestni w całej Afryce.

Zacząłem odczuwać wyrzuty sumienia z powodu swojej chciwości i tego, że chciałem zatrzymać całe jedzenie, gdy oni potrzebowali go, aby nakarmić inne dzieci. Byłem gotów współpracować z papą i ma-

mą, by cieszyć się z naszych perspektyw tak jak Antoinette. Nie podobało mi się, że Paul sprawia naszym dobroczyńcom tyle kłopotów,
i miałem nadzieję, że nie będzie wymiotował na następnym postoju.
Nie rozumiałem, że dla kogoś z pustyni czymś naturalnym było reagować w ten sposób na morski klimat, i denerwowałem się, że wprawił
naszych chrzestnych w zakłopotanie. Pomyślałem, że nawet Yewa, naj-
młodsza z nas, potrafi się lepiej zachować niż on.

Tamtej nocy nie wydało mi się zbyt dziwne to, że Fofo Kpee zaczął
zwracać się do nas Pascal i Mary. Następnego dnia pojawił się w naszej
szkole i zmienił nasze dane w dzienniku na Pascal i Mary Ahouagnivo.
Pamiętając o tym, jak bardzo imiona te podobały się mamie, zaczęliśmy denerwować się na inne dzieci, które zwracały się do nas jak daw-
niej. Yewa ugryzła w ucho pewną dziewczynkę, która przezywała ją jej
poprzednim imieniem, i chociaż nauczyciel wychłostał moją siostrę
koboko, był to jasny przekaz.

NASTĘPNEGO DNIA, PO TYM jak Big Guy przyjechał z fotografem,
żeby zrobił nam zdjęcia do paszportów, Fofo sprowadził ludzi do wy-
miany naszych drewnianych drzwi i okien na metalowe. Powiedział,
że z powodu zmiany naszego stylu życia oraz nanfanga konieczne jest
jak najlepsze zabezpieczenie domu.

Robotnicy pomalowali metalowe drzwi oraz okna czarną jak smoła
farbą i teraz na tle naszych szarych, otynkowanych cementem ścian
wyglądały jak plamki na czarno nakrapianej fasoli. Fofo kupił wielkie kłódki oraz łańcuchy dla psów, a klucze do tych kłódek dołączył
do pęku kluczyków od nanfanga. Nowe klucze okazały się jednak za
długie, co wiązało się z ryzykiem podziurawienia mu kieszeni w spod-

niach. Nawlókł je więc na łańcuszek i nosił zawieszone na szyi niczym metalowy talizman.

W jedną z sobót, zamiast przewozić ludzi przez granicę, został w domu i wykopał za naszą chatą dół, odsłaniając gliniasty piasek. Wymieszaliśmy go z wodą i odrobiną cementu, przełożyliśmy na kuwetę i zaczęliśmy wypełniać szczeliny pomiędzy dachem a ścianami dużego pokoju. Fofo stanął na krześle w środku domu, ja podawałem mu kuwetę z mieszanką, a Yewa bawiła się przed domem, lepiąc sobie gliniane ludziki. Nasze działania wystraszyły jaszczurki, gekony i szczury, które zaczęły wypełzać ze swoich legowisk i uciekać na zewnątrz, aż przestałem się już temu dziwić. Fofo przez cały czas pogwizdywał i nucił piosenki. Po każdej turze wychodziliśmy na dwór, Fofo wchodził na krzesło i zaczynał pracę po zewnętrznej stronie ściany, ugniatając zaprawę pięściami i wygładzając ją mokrymi dłońmi.

– Fofo, dlaczego zostawiasz te otwory? – zapytałem go, kiedy zobaczyłem, że na każdej ścianie zostało po jednej niewypełnionej szczelinie.

– Bo nie chce, żeby ktoś kopnął w kalendarz, kiedy bedzie za gorąco – odparł. – *E hun miawo hugan.*

– Gorąco? A okna?

– Jak som dziury, to nie trzeba otwierać okien. Zadajesz *beaucoup de questions*, synu… ale te dziury som za duże. *Abeg*, daj no mi jeszcze zaprawy.

Podałem mu zaprawę, a on zmniejszył otwory do rozmiarów ludzkiej stopy. Stojąc w środku na podłodze, nie byliśmy w stanie wyglądać przez owe dziury na zewnątrz, nie dlatego że były zbyt wysoko, lecz dlatego że znajdowały się blisko dachu. Promienie słońca też nie mogły wpadać przez nie do środka.

— Ale Fofo, kiedy w końcu użyjemy tej blachy? Zamierzasz wkrótce wymienić dach?

Yewa weszła do pokoju i stanęła za nami w milczeniu, ale nie zwróciliśmy na nią uwagi. Postępy w pracy dyktowało szaleńcze tempo mojego wujka, a nasza rozmowa najwyraźniej tylko wzmagała jego pragnienie szybkości.

— Nic się nie bój, blacha jest na nasz *ohò yóyó* — powiedział Fofo Kpee.

— Nowy dom? — zapytałem.

— Papa i mama chcom nam wybudować nowy dom... z cementu. Prawdziwy *ohò dagbe*.

— Kiedy zobaczymy się z papą i mamą? — wtrąciła się Yewa.

Przerwaliśmy rozmowę i odwróciliśmy się na chwilę w jej stronę. Przyszła pochwalić się swoim fugurkami, które upadły na ziemię i się rozpadły. Trzymała szczątki przy piersi, na otwartych dłoniach, jak okruchy roztrzaskanych klejnotów. Powiedziała, że to miał być motocyklista i pasażer na nanfangu.

— Za pare dni pojedziem do Braffe... — powiedział Fofo Kpee.

— Nie, miałam na myśli papę i mamę z Gabonu — nalegała Yewa. — Chciałam to dać mamie, kiedy przyjedzie.

— Nie przejmuj się, Mary — powiedział Fofo Kpee. — *Yi bayi dogó* i uważaj, żeby ich znowu nie popsuć... Mama i papa z Gabonu *reviennent* niedługo.

KIEDY SKOŃCZYLIŚMY, FOFO pozamiatał duży pokój i pozbierał mokrą zaprawę, która pospadała pod ścianami. Ja pozamiatałem wszystko na zewnątrz. Następnie Fofo wysłał mnie na bazar, żebym kupił dużą ilość *amala* i *ewedu*. Ale kiedy wróciłem i usiedliśmy do posiłku, Yewa nie chciała się do nas przyłączyć.

– Ja chcę jedzenie z Gabonu! – oznajmiła i podniosła się z łóżka z wyrazem buntu na twarzy. Zanim zdążyliśmy zareagować, podążyła w kierunku drzwi i ze złością osunęła się na ziemię. Rozpłakała się, ponieważ uderzyła głową o nową metalową framugę. Siedziała tak w otwartych drzwiach, tyłem do nas, z buzią zwróconą w stronę oceanu.

– Jedzenie z Gabonu? – odezwał się Fofo, spoglądając na mnie i drapiąc się po głowie małym palcem, ponieważ reszta palców umazana była *ewedu*. – Co za gabońskie jedzenie, Mary?

– Które przywiozła mama – krzyknęła Yewa. – Ja chcę mamę, ja chcę colę, chcę makaron. Mam już dość *ewedu* i *amala*.

– Ale ona przywiozła też zupę paprykową, *akasa* i zupę krabową – polemizował z nią Fofo. – To też gabońskie jedzenie?

– To kupiła dla ciebie i Big Guya – powiedziała Yewa.

– Nieprawda… Antoinette również je jadła – powiedziałem. – I ja jadłem.

– *Kai*, tera mamy problemy jak te bogate – powiedział Fofo. – *Auparavant*, przedtem to żeś jadła wszystko, com wam dawał, jak porządna koza. Tera bedziesz wydziwiała?

– Ona nie jest głodna, Fofo Kpee – powiedziałem, nabierając palcami *amala*.

– Chcę gabońskie jedzenie – powiedziała Yewa, szurając nogami po ziemi.

Jadłem dalej, nie zwracając na nią uwagi. Ale kiedy podniosłem wzrok, zauważyłem, że Fofo jej słucha.

– Nie ma mowy! – powiedziałem, wsuwając się głębiej na łóżko. – Nigdzie nie idę!

Powiedziałem tak, ponieważ wiedziałem, że jeżeli Fofo się z nią zgodzi, będę musiał wracać biegiem na bazar, żeby kupić dla niej jedzenie.

– Ty rozpuszczona dziewucho, wstawaj! – krzyknąłem. – Gabońskie jedzenie to ty masz zamiast głowy!

– A ty jesteś głupi! – powiedziała Yewa.

– Kto jest głupi? Ja? – warknąłem.

Yewa odwróciła się i wyszczerzyła zęby gotowa mnie ugryźć, co robiła za każdym razem, kiedy dostawała ode mnie za to, że była niegrzeczna. Nawet patrząc pod padające z zewnątrz światło, mogłem dostrzec jej uśmieszek. Ruszyłem w jej kierunku, ale Fofo zatrzymał mnie, łapiąc palcami za brzeg moich szortów i przyciągając z powrotem. Wiłem się i wierzgałem w jego uścisku. Yewa nie ustępowała i nie przestawała mnie przezywać, aż Fofo kazał jej przestać, bo inaczej nie pojedzie do Gabonu.

Yewa nie chciała ani wejść do środka, ani wyjść na zewnątrz. Jej oczy nabrzmiały od hamowanych łez, które wkrótce strumieniem popłynęły po jej policzkach. Połączenie pragnienia tego, co w jej mniemaniu było potrawami z Gabonu, oraz strachu, że może nie pojechać do Gabonu, wyprowadziło ją z równowagi. Zaczęła płakać jak wtedy, gdy zachorowała na malarię i przybył znachor, by dać jej zastrzyk w pupę. Fofo zaczął mnie błagać, żebym jej nie bił, i kiedy zobaczył, że się uspokoiłem, uwolnił moje szorty. Podniósł Yewę, wniósł ją do dużego pokoju i zaczął nosić ją na rękach, kołysząc, jak robiła to mama poprzedniego wieczora.

– Nie chcę znowu iść na bazar – powiedziałem cicho. – Dlaczego ta małpa nic nie mówiła przed moim wyjściem?

– A kto cię wysyła na bazar, *sef*? – powiedział Fofo. – Nie unoś się więcej na swoją siostrę. Przecie wiesz, że jest za chuda. Musimy ją podtuczyć przed podróżą. Bo inaczy to przyniesie wstyd mamie i papie. I, Pascal, powinieneś się cieszyć, że dziewucha już lubi gabońskie żarcie, zanim żeśta się tam znaleźli.

– Powinna się bardziej liczyć z innymi, Fofo Kpee – powiedziałem i wyszedłem nadąsany, żeby usiąść sobie na kopcu.

– W każdym razie nie ma *wahala* – powiedział Fofo. – Sam się kopsnę na rynek.

Wziął Yewę na barana, wszedł do drugiego pokoju i wyprowadził nanfanga. Postawił go na zewnątrz i uśmiechnął się na widok motocykla. W tych trudnych miesiącach motor wydawał się dla niego źródłem stabilizacji, czymś, z czego zawsze mógł być dumny, czymś, co mu zostanie, kiedy pojedziemy do Gabonu. Wiele razy przyglądał się sobie w bocznych lusterkach, uśmiechając się i mrucząc do motoru, jakby ten mógł go usłyszeć i odpowiedzieć. Potem przełożył Yewę ze swoich pleców na bak, wsiadł na motocykl i pojechał na bazar. Nie wrócił od razu, bo – jak później powiedział – chciał zabrać Yewę na dłuższą przejażdżkę. Kiedy wrócił, wprowadził nanfanga z powrotem równie majestatycznie, jak go wyprowadził. Mieliśmy jeść i pić w środku, jak zwykle, ale Yewa powiedziała, że przez zapach mokrej zaprawy jest jej niedobrze. Wyszliśmy więc na zewnątrz i zjedliśmy pod mangowcem, jakbyśmy byli na pikniku.

Później, tego samego popołudnia, wróciliśmy do pracy, tym razem próbując uszczelnić drugi pokój. Praca tam była trudniejsza, ponieważ w środku pełno było różnych rzeczy. Fofo nie chciał pozwolić, by jego nanfang stał w słońcu czy w dużym pokoju. Poświęcił więc trochę czasu i przesunął nanfanga na środek pokoju, potem przykrył go kapą i brezentem. Wyglądało to, jakby ubierał jakieś duże zwierzę domowe. Chciałem wynieść z pokoju resztę rzeczy albo usunąć je z drogi.

– A ty dzie z tymi rzeczami? – zapytał mnie.

– Na zewnątrz – odparłem.

– Nie... Dzie ty masz głowę, chłopaku? Chcesz wystawić moje bogactwa na pastwę innych?

– To może do dużego pokoju? – zapytałem, pochylając się, żeby pozakrywać stojące w kącie garnki z zupą i rozłożyć na nich stare gazety.

– A jak kto przyjdzie, to *wetin* my zrobimy? Prosiłem kogo o pomoc? Żadnego przenoszenia rzeczy! – powiedział, odsuwając zaprawę od ściany, żeby zrobić miejsce na krzesełko, z którego mógłby pracować.

PRACOWALIŚMY CIĘŻKO I SZYBKO. Fofo nie odzywał się, nie gwizdał ani nie nucił, jak podczas pracy w dużym pokoju. W tym pokoju nie zostawił żadnych otworów w ścianach. Wydawał się bardzo skoncentrowany na swojej pracy. Miałem wrażenie, że czuje się nieswojo z tym, co robi. Nie było już czasu na finezję. I chociaż zaprawa pryskała na wszystkie oznaki lepszego życia, które stało się naszym udziałem, nie dbał o to. Kiedy chciałem przerwać, żeby je powycierać, przeszył mnie wzrokiem.

– Fofo, a w tym pokoju to nie zostawiasz żadnych dziur? – zapytałem, podsuwając mu kuwetę z wymieszaną zaprawą.

– No to co? – powiedział.

– Potrzebujemy tu powietrza.

– *Dis moi*, a spałżeś już tu kiedyś?

– Nie.

– A twoja siostra *nko*?

– Nie.

– Boisz się, że nanfang nie bedzie miał czym oddychać, *abi*? Weź się do roboty i przestań mi ciągle zadawać pytania.

W miarę jak wypełnialiśmy szczeliny pomiędzy ścianami a dachem, w pokoju robiło się coraz ciemniej, ponieważ Fofo nie otworzył nawet okna. Widziałem tylko jego profil. Ponieważ nie usunęliśmy stamtąd niczego, w pokoju było nie tylko ciemno, lecz także znajdowało się tam mnóstwo rzeczy. Chociaż na zewnątrz było popołudnie, w naszym domu panowała noc. Chciałem zapalić lampę, ale Fofo ostrzegł mnie, że jeżeli nanfang zajmie się ogniem, stracimy wszystko. Zaczęliśmy się pocić, a Yewa nie chciała wejść do środka, mówiąc, że robi się za gorąco. Przy braku powietrza zapach cementowej zaprawy wisiał ciężko w powietrzu.

– Na co mi to, *un ma jlo ehe*! – zaklął nagle Fofo Kpee i uderzył otwartą dłonią o ścianę. – Nic z tego nie bedzie.

– Mówisz do mnie? – zapytałem.

– Do ciebie? A po co miałbym z tobą gadać? Człowiek nie może se już pogadać o tych wszystkich zbytkach? Zawsze musisz się odzywać, hm? Koniec pytań!

Wtedy po raz pierwszy widziałem, jak okazuje frustrację lub wątpliwości co do naszego nowego życia. Przestałem się odzywać, widząc, jaki jest spięty, i słysząc jego ciągłe westchnienia. To, co go niepokoiło, rozpraszało go tak bardzo, że daliśmy sobie spokój ze ścianami na zewnątrz. Po jakimś czasie tak się zdenerwował, że za jednym podejściem dokończył całą pozostałą robotę. W pokoju zapanował mrok.

Modliłem się, żeby jego wybuch nie miał nic wspólnego z naszym wyjazdem do Gabonu. Z powodu jego oporu przed otwarciem drzwi do drugiego pokoju nie byłem w stanie posprzątać zbyt dokładnie. W ciemności zdołałem jedynie z grubsza tam powycierać. Nanfang stanowił jedyną rzecz, która uniknęła zabrudzenia podczas naszej pracy.

Wieczorem Fofo pojechał spotkać się z Big Guyem, wciąż mrucząc coś do siebie. Wrócił jeszcze bardziej poruszony niż poprzednio, z trzema srebrnymi kłódkami i czarnymi zasuwami. Zostawił nanfanga na zewnątrz, a mnie kazał wnieść do drugiego pokoju lampę, żeby mógł widzieć, co robi. Za pomocą młotka i gwoździ przybił skoble do okien oraz tylnych drzwi. Zapiął na kłódki oba okna oraz drzwi od wewnątrz i przypiął klucze do pęku pozostałych. Zostały mu zapasowe.

– Kupiłem trzy komplety, ale jeden dałem Big Guyowi – mruknął pod nosem, rozglądając się za jakimś miejscem do ukrycia pozostałych.

– Czy Big Guy przyjedzie z nami zamieszkać? – zapytała Yewa.

– Nie bardzo – powiedział Fofo. – Tera to mój najlepszy przyjaciel.

– To także nasz przyjaciel! – ciągnęła moja siostra z zadowoleniem. – Będziemy się z nim codziennie bawić.

Nie mogąc znaleźć odpowiedniego miejsca, Fofo Kpee zabrał klucze do dużego pokoju i włożył je do górnej kieszeni oliwkowego sztruksowego płaszcza, wiszącego w jego garderobie. Zakładał go tylko na ważne okazje.

TAMTEJ NOCY W NASZYM domu zrobiło się jak w piecu. Nie mogliśmy spać, mimo że zdjęliśmy z siebie ubrania.

Gdy wszystko pozamykaliśmy, oba pokoje wypełnił gęsty zaduch, a ściany zrobiły się gorące. Yewa, która zawsze spała od ściany, zaczęła płakać i Fofo kazał mi się z nią zamienić miejscami. Tak się pociliśmy, że nasze łóżko zaczęło wyglądać, jakby któreś z nas się do niego zsikało. Chociaż słyszeliśmy wiejący znad oceanu wiatr, szumiący pomiędzy bananowcami i platanami, nie czuliśmy go. To tak, jakby stać przy strumieniu i umierać z pragnienia. Było duszno i cała nasza trójka rzucała się i wierciła. Wstaliśmy i próbowaliśmy spać na cementowej podłodze, ale czuliśmy się, jakbyśmy leżeli na papierze ściernym. Piasek i kurz przyklejały się do naszych spoconych ciał. Nic to nie dało. A kiedy z wyczerpania w końcu pogrążyliśmy się we śnie, pojawiły się moskity, które musiały przetrwać od czasu poprzednich nocy, i polując na nie, zaczęliśmy się nawzajem budzić. Fofo Kpee przeklinał i obwiniał potencjalnych złodziei, przez których zmuszeni byliśmy pozatykać szczeliny pod stropem.

Kilka razy wychodził, żeby zaczerpnąć świeżego powietrza. Kiedy zapytaliśmy, czy możemy wyjść razem z nim, powiedział, że nie i że powinniśmy przywyknąć do odrobiny niewygody, aby jeżeli podróż do Gabonu okaże się nieco uciążliwa, nasi darczyńcy nie obwiniali go, że nas nie przygotował.

– Moje dzieci, musicie po prostu wytrzymać – powiedział następnej nocy, przykładając nam do ciał mokry ręcznik. – Czasami na statkach do Gabonu jest gorącej *pass* tutej... wytrzymajcie.

Lampa w rogu migotała słabym płomieniem. Oświetlała nasze spocone ciała, a w powietrzu unosiła się odrobina dymu, który gryzł nas w oczy.

– Goręcej? Ale te statki, które pokazywali nam rodzice chrzestni, były piękne i przewiewne – powiedziałem.

– Bardzo piękne – dodała Yewa.

– Nie dyskutujcie. *Attention, mì preparez mide dayi na la plus mauvaise situation.* Mi tyż się to nie podoba. I nie myśl se, że robie to dla zabawy. Musicie być gotowi. Pamiętaj, że nawet Izraelici, naród wybrany, cierpieli na pustyni, a tych, które były leniwe, gryzły węże. Więc przestań mnie przesłuchiwać w moim własnym domu. Kiedy byłem w twoim wieku, to żem tak nie męczył rodziców pytaniami!... I zapamiętaj: ciągle mielesz tym ozorem, ale nikomu ani słowa o naszych planach! Żadnego plotkowania, nic.

– My nie plotkujemy – powiedziałem.

Jednym ruchem Fofo ściągnął z łóżka nasze prześcieradło i podał mi je. Podniósł stojący na środku pokoju stolik i postawił go na naszym łóżku, robiąc w ten sposób miejsce. Rozłożył prześcieradło na podłodze i powiedział, żebyśmy się na nim położyli, że tak będzie wygodniej. Nie czuliśmy już piasku, a więc w tym sensie było wygodniej i chłodniej niż w łóżku. Nadal jednak nie mogliśmy zasnąć z powodu twardej podłogi.

– Dobra, dzieciaki... to tera poopowiadajmy se wesołe historie – powiedział, siadając na brzegu swojego łóżka. – Jak nie możemy spać, to poróbmy coś innego. Musimy być szczęśliwe, choćby nie wiem co. To, *wetin* kupicie mi w Gabonie? Nawet jak bedziecie już bogate, to nie zapominajcie o mnie!

– Ja ci kupię mleko w proszku Nido i ryż Uncle Ben's, i nanfanga, Fofo Kpee – odezwała się Yewa cichym, sennym głosem. – Dam ci pieniądze i będziesz mógł ożenić się z wieloma żonami.

119

Zaczęliśmy się z niej śmiać.

– Ta… naprawdę? – zapytał Fofo.

– Tak – powiedziała.

– Ile żon chcesz mi dać?

– Dwie, jak pastor Adeyemi… Muszą pracować dla organizacji pozarządowej!

– Tylko dwie? – zapytał.

– OK, pięć? Będziesz miał więcej dzieci.

– Dzieci? Pomożesz mi je wykształcić?

– Mama z Gabonu je wyuczy – wtrąciłem.

Fofo zaśmiał się i wyprostował, delektując się rozmową.

– *Kai*, dziękuje Bogu, że już myślicie jak bogate ludzie z Gabonu.

Chociaż wszyscy śmialiśmy się tamtej nocy, było nam ciężko. Nasz śmiech był słaby jak zabawka, której kończy się bateria. Lampa dawała niewiele światła, ale z powodu panującego w pokoju gorąca wydawało się, że jej płomień to źródło naszego piekła.

Fofo Kpee otworzył drzwi, żeby wyjść i zaczerpnąć świeżego powietrza. Chłodny powiew z zewnątrz zdołał nas owionąć, zanim zamknął za sobą drzwi. Wziąłem jego ręcznik i zacząłem przykładać go Yewie i sobie, ale Fofo nagle wszedł z powrotem do środka, jakby gonił go jakiś demon. Był niespokojny: nie mógł zostać w środku, nie był w stanie przebywać na zewnątrz. Wziął ode mnie ręcznik i sam zaczął się nim wycierać, jakby na chłodnym powietrzu zrobiło mu się jeszcze goręcej.

– CZAS NA LEKCJE – ogłosił nagle Fofo Kpee jak dyrektor szkoły i podszedł, żeby podkręcić knot lampy. Nie miał na sobie niczego oprócz *wrappa* przewiązanej wokół bioder. Jego spocony tors błyszczał w świetle lampy. Nie był już tym malutkim człowieczkiem, którego znaliśmy. Przybrał na wadze, a jego mięśnie brzucha stawały się coraz słabsze, przez co brzuch zaczynał wystawać mu jak u kobiety w pierwszych miesiącach ciąży. Wątpiłem, by był jeszcze w stanie wspinać się na palmy kokosowe.

– Musimy się czegoś nauczyć, *mes enfants…* Usiądźcie! – powiedział, rozkładając starannie złożoną kartkę.

– Czego będziemy się uczyć? – zapytała moja siostra.

– Widzicie, jak się chce jechać do Ameryki, na przykład, to przydają się wskazówki na *owhèntiton…*

– Ach, Fofo, chcesz nas pouczyć o Gabonie? – powiedziałem pośpiesznie.

– *Mówe…* musicie się paru spraw nauczyć na wypadek, jakby ludzie z *l'immigration* albo marynarki wojennej chcieli niepokoić wasz statek, rozumiecie. Nasz rząd jest skorumpowany. Nie chcemy, żeby nam wszystko popsuli.

Potem obniżył głos do niepokojącego szeptu i wskazał na nas ostrzegawczo palcem, mówiąc:

– Te złe ludzie mogą porwać takie dzieci jak wy na otwarte morze!

– Naprawdę? – szepnęliśmy.

– Ta, ale, *mes enfants*, nie bójcie się. Pokonacie ich… macie szczęście, bo Big Guy jest *na* waszym przyjacielem. Dlatego daje mu klucze. On jest *na* dobry urzędnik imigracyjny. Zna swoich kolegów.

Na wzmiankę o Big Guyu znowu się odprężyliśmy. Moja siostra pokiwała głową i uśmiechnęła się do siebie.

– Czy on wobec tego jedzie z nami? – zapytałem.

– Ta, Big Guy nauczy nas wszystkich ich sztuczek – powiedziała moja siostra z przekonaniem w głosie.

Nie myśleliśmy już o upale. Fofo z ręcznikiem owiniętym wokół szyi przez jakiś czas milczał.

– To co, gotowi?

– Tak – powiedzieliśmy, prostując się i z uwagą spoglądając na jego usta.

– No, to powtarzajcie za mną – powiedział, mrużąc oczy w słabym świetle, i zaczął czytać, dukając: – Mama jest młodsza od papy, ponieważ papa późno się ożenił.

– Mama jest młodsza od papy, ponieważ papa późno się ożenił – powtórzyliśmy.

– *D'accord*… pojedynczo… Mary?

– Mama jest młodsza od papy, ponieważ papa późno się ożenił – powiedziała.

– *Bon*… Pascal?

– Mama jest młodsza od papy, ponieważ późno się ożenił – powiedziałem.

– Niczego nie zmieniać, głupi chłopaku!

– Mama jest młodsza od papy, ponieważ *papa* późno się ożenił – powiedziałem.

– Jeszcze nie tak. Masz się uśmiechać, jak to mówisz… tak jak to robi Mary.

Podszedł do Yewy, otarł jej z czoła pot i powachlował trochę ręcznikiem, zanim wrócił w krąg lampy.

– Grzeczna dziewczynka, grzeczna dziewczynka – pochwalił ją.

– Po prostu rób tak jak ja – powiedziała Yewa i klepnęła mnie w ramię. Powtórzyłem zdanie i uśmiechnąłem się ku zadowoleniu ich obojga. Fofo pomajstrował przy knocie od lampy, próbując zwiększyć płomień. Poszedłem do drugiego pokoju i przyniosłem kanister z naftą.

– O, *merci beaucoup*, mój synu – powiedział. – Kto nas nauczy, jak się zapomina bide?

Mówił o czasach sprzed ery nanfanga, kiedy udzielaliśmy sobie nafty po troszku z butelki po lucozadzie i śpieszyliśmy się z zadaniem domowym, żeby zdążyć, zanim płomień przestał świecić. Teraz Fofo nalał nafty do zbiornika w lampie, aż płomień zamrugał, zatrzepotał i urósł do właściwego rozmiaru. Kiedy nalewał naftę, Yewa i ja trzymaliśmy ręce pod lampą, chwytając kilka kropel, żeby ich chwilowy chłód podziałał jak balsam na upał.

– OK, no, to jadymy dalej – powiedział Fofo Kpee. – Mieszkamy przy Rue de Franceville, *nombre douze*, Port-Gentil, w Gabonie.

– Mieszkamy przy Rue de Franceville, *nombre douze*, Port-Gentil, w Gabonie – powiedzieliśmy, a potem powtórzyliśmy jedno za drugim.

– Nasi rodzice prowadzą niewielką organizację pozarządową, Wspaniała Ziemia.

– Nasi rodzice prowadzą niewielką organizację pozarządową, Wspaniała Ziemia – powiedzieliśmy.

– Jak się nazywa organizacja, *mes enfants*?

– Wspaniała Ziemia – powiedzieliśmy.

– Jest nas w rodzinie czworo dzieci... Wszyscy urodziliśmy się w Port-Gentil... Niektórzy nasi *fofos* mieszkają w Beninie oraz w Nigerii… Pojechaliśmy ich odwiedzić… To były miłe spotkania. Jeździmy tam co roku.

Powtarzaliśmy te zdania po kilka razy, aż mimo upału zaczęliśmy przysypiać. Fofo był usatysfakcjonowany i ogłosił koniec lekcji. To było jak lekarstwo, którego potrzebowaliśmy na sen.

Następnego ranka w szkole czuliśmy się sennie i ospale. Ciekło nam z nosów, jakbyśmy mieli katar. Nawet podczas gry w piłkę byłem tak powolny i spięty, że Monsieur Abraham, nasz nauczyciel WF-u, odesłał mnie, ofensywnego pomocnika, na ławkę, a koledzy zaczęli grozić, że przestaną wołać na mnie Jay Jay Okocha. Po meczu Monsieur Abraham, wysoki, wesoły, atletycznie zbudowany mężczyzna, wypytał mnie z powagą o przyczyny braku kondycji. Chciał wiedzieć, czy Fofo Kpee traktuje mnie w domu dobrze i czy wystarczająco długo śpię i dobrze jem. Odmówiłem odpowiedzi, ale on nalegał. Przyglądał mi się, utrzymując, że jestem bardzo ważną częścią jego zespołu, i po jakimś czasie dodał, że to samo zauważył u mojej siostry. Często się do nas uśmiechał i z czasem mojej siostrze zaczęły się podobać jego zęby. W każde popołudnie wołał nas i podawał glukozę, żeby dodać nam energii. Zastanawialiśmy się, czym sobie zasłużyliśmy na tak specjalne traktowanie.

NOCAMI FOFO KPEE żuł orzeszki koli, by nie zasnąć i móc nadzorować nasze postępy. Nie przestawał zadawać nam pytań na temat Gabonu i byliśmy już biegli w odpowiedziach. Czasami zasypiał, a rano wyglądał na sennego i poirytowanego. Wargi miał poplamione czerwienią, a w kącikach ust widać było resztki koli.

Nieraz rano nie musieliśmy się kąpać przed szkołą, ponieważ bezustannie ocierał nas mokrym ręcznikiem. Pewnego dnia nie mogliśmy nawet pójść do szkoły z powodu wysypki, która pokryła nas od stóp do głów niczym drobna gęsia skórka. Fofo Kpee przyniósł nam *efun*, proszek galmanowy, który rozpuścił w wodzie i polał nam nim całe ciało. Poruszaliśmy się po domu jak mali przebierańcy. W ciągu dnia Fofo zachęcał nas do zabawy przed domem, mówiąc, że w ten sposób szybciej pozbędziemy się infekcji. Ale nocą, kiedy najbardziej brakowało nam powietrza, wzdychał, zamykał nas w środku i mówił, że ci, którzy odnieśli w życiu sukces, wiedzą, jak znosić ból.

— Papa ma trzech młodszych braci — zaczął czytać nam pewnej nocy. — Vincenta, Markusa i Pierre'a oraz dwie siostry, Cecilę i Michellę... Powtarzajcie za mną.

— Papa ma trzech młodszych braci, Vincenta, Markusa i Pierre'a, oraz dwie siostry, Cecilę i Michellę — powiedziałem.

— Papa ma trzech młodszych braci, Vincenta, Markusa i Pierre'a, oraz dwie siostry, Cecilę i Michellę — powiedziała Yewa.

— Hej, a czym się zajmują twoi rodzice? — odezwał się nagle, wskazując na moją siostrę.

— Nasi rodzice prowadzą małą organizację pozarządową — powiedziała.

— *Bon*. Nazwa organizacji?

— Wspaniała Ziemia! — odpowiedziała.

— Grzeczna dziewczynka... Powtarzajcie oboje za mną... Ojciec naszego ojca, Matthew, zmarł dwa lata temu.

— Ojciec naszego ojca, Matthew, zmarł dwa lata temu — powiedzieliśmy.

— Kiedy umarł, Tantine Cecile płakała całe dwa dni... Nasza babcia, Martha, z nikim nie chciała rozmawiać.

– Kiedy umarł, Tantine Cecile płakała całe dwa dni – powiedzieliśmy. – Nasza babcia, Martha, z nikim nie chciała rozmawiać.

– Babcia Martha zmarła w tym roku i została pochowana obok dziadka Matthew.

– Babcia Martha zmarła w tym roku i została pochowana obok dziadka Metthew.

– Gdzie mieszkacie w Gabonie, Pascal?

– Rue du Franceville, *nombre douze*, Port-Gentil, Gabon – powiedziałem.

– Dobry chłopak.

– *Fofos* mieszkają w Libreville, Makokou i Bitam… powtórzcie.

– *Fofos* mieszkają w Libreville, Makokou i Bitam – powiedzieliśmy.

– Tantine Cecile jest żoną Fofo Davida i mają dwoje dzieci, Yves'a i Jules'a.

– Tantine Cecile jest żoną Fofo Davida i mają dwoje dzieci, Yves'a i Jules'a.

– OK, przerwa – powiedział.

– Nie – zaprotestowała Yewa.

– Ja żem się już zmęczył – powiedział Fofo, siadając i rzucając kartkę na stół. – Jak mawia nasza starszyzna, nawet kobziarz robi se przerwę.

Chwyciliśmy kartkę i spojrzeliśmy na nią, jakbyśmy przeglądali pytania egzaminacyjne tuż przed testem. To nie był charakter pisma Fofo. Chciałem przeczytać siostrze to, co zobaczyłem, ale ona chciała zobaczyć litery, z których składało się każde słowo. Przepychaliśmy się i wyrywaliśmy sobie papier, aż prawie go rozdarliśmy. Fofo, widząc, jak blisko rozgrzanego klosza od lampy znajdują się nasze twarze, wyciągnął rękę i zabrał nam kartkę.

– Idź no tam i przynieś garnek fasoli – zwrócił się do mnie.

– Ale mieliśmy ją zjeść z *ogi* rano na śniadanie – powiedziałem.

– Pan sęp zajada stale coś – moja siostra zaczęła śpiewać rymowankę – powodem tego jest, że łysą głowę, długą szyję...

– *Na*, tyś jest jak sęp, nie ja – powiedział Fofo Kpee i zaśmiał się. – OK, jak przyniesie gabońskie *núdùdú*, to ty nie bedziesz jadła. Mam nadzieję, że fasola to nie gabońskie jedzenie! Pascal, po prostu ją przynieś.

Poszedłem do drugiego pokoju i wziąłem fasolę, trzymając garnek przez papier, żeby nie pobrudzić się sadzą. Jedzenie było zimne, a olej palmowy skrzepł na powierzchni fasoli niczym brązowa polewa. Fofo powiedział, że wychodzenie teraz na zewnątrz i rozpalanie ognia jest zbyt ryzykowne. Na każdy z trzech talerzy nałożyłem porcję, która była twarda jak kawałek tortu. Odcedziliśmy *garri* i rozlaliśmy do trzech misek. Fofo Kpee dodał do swojej soli. Ja dodałem cukru, mleka w proszku Nido oraz mleka smakowego Ovaltine. Fofo żartował, że staliśmy się już dziećmi z rozpieszczonego pokolenia, które pije *garri* z mlekiem i cukrem. Jadł szybko, żeby jego *garri* nie wchłonęło całej wody i nie stężało. Ale Yewa i ja specjalnie piliśmy nasze powoli. Za każdym razem, kiedy *garri* wchłaniało całą wodę, dolewaliśmy więcej i doprawialiśmy do smaku.

– Patrzcie no na te gabońskie sępy! – żartował z nas Fofo Kpee i robił do nas miny.

Jedliśmy, śmialiśmy się i żartowaliśmy, tak jak przez wiele następnych nocy.

Kiedy wróciliśmy do ćwiczeń, byliśmy zbyt najedzeni, by siedzieć prosto. Yewa próbowała dla ochłody położyć się na cementowej podłodze, ale była za twarda dla jej pełnego żołądka. Weszliśmy na łóżko. Ja położyłem się na boku, ona na plecach. Myślami byłem w Gabonie. Widziałem się w posiadłości moich rodziców chrzestnych. Myślałem sobie, że mam własny pokój i że codziennie podwożą mnie do szkoły. Wyobrażałem sobie, jak wkładam do szkoły buty i wracam do domu na przygotowywany przez mamę obiad. Im więcej o tym wszystkim myślałem, tym bardziej się uśmiechałem i tym więcej śmiesznych min robił Fofo Kpee. Tamtej nocy przeszło mi zmęczenie i przez jakiś czas wydawało mi się, że mogę obejść się bez świeżego powietrza i znosić wszystko bez złości.

– *NON*, NA TO MNIE nie weźmiecie! – krzyknął Fofo Kpee pewnego wieczora przez sen w czasie drzemki, na którą się uparł, chcąc odpocząć przed lekcją z nami. – *Mes enfants* nigdzie nie jadom! *Pas du tout*.

Yewa i ja unieśliśmy wzrok znad naszych książek i wymieniliśmy spojrzenia.

– *N'dọ ye ma jeyi ofidé*! – powtórzył Fofo Kpee w języku egun, tym razem rzucając się z siłą odpowiadającą natężeniu głosu. Yewa przywarła do mnie i otworzyła usta, ale zasłoniłem je ręką i przesunąłem ją sobie za plecy. Nasz wujek rzucał się i wił, jakby walczył z lwem. Kiedy już prawie spadał z łóżka, obudził się i usiadł, w pośpiechu poprawiając sobie przepaskę na biodrach. Co prawda wszyscy się pociliśmy, ale on był wręcz zalany potem. Nigdy wcześniej nie mówił przez sen, byliśmy więc zupełnie zaskoczeni. Chociaż nic nie mówiłem, byłem zdezorientowany i przestraszony, z nerwów splatając przed sobą dłonie.

– Wszystko OK, *pas de problem* – powiedział, kiedy przyszedł do siebie i zauważył, że się mu przyglądamy. – Co się tak na mnie patrzycie?

– Mówiłeś przez sen – odezwałem się.

– E tam – zaprzeczył. W jego głosie pobrzmiewał gniew. – Trza się zabierać do lekcji, *d'accord*? Mary, co ty się tak za nim chowasz i patrzysz na mnie, jakbym gadał w języku wolof?

– Nie wiem – powiedziała Yewa, wzruszając ramionami.

– Na pewno? A może nie chcesz sie dzisiej uczyć?

– Chcemy się uczyć – powiedziałem. – Być może przestraszył ją twój sen.

Fofo wstał i przeciągnął się.

– Mój sen? Jaki sen? – zaśmiał się sztucznie i westchnął. – Nie bój nic.

Nie potrafiłem stwierdzić, czy wiedział, co mówił przez sen, czy nie. A z powodu gniewu, który słychać było teraz w jego głosie, nie pytałem. Starał się zachowywać normalnie, ale nie mógł otrząsnąć się z przerażenia, które wyrwało go ze snu. To zaciskał mocno powieki, to otwierał je szeroko, jakby w ten sposób mógł pozbyć się strachu. Potem zaczął skubać swoją bliznę i potrząsać głową. Wyglądał na bardziej zdenerwowanego i niespokojnego niż tamtej nocy, kiedy nasi rodzice chrzestni przybyli, żeby nas zobaczyć. Bałem się, ale udawałem, że jestem silny, by nie przestraszyć siostry. Ten koszmar powinien był mnie ostrzec, że nasze marzenie może obrócić się wniwecz.

– Nic jeszcze nie jadłeś – odezwałem się z troską, stawiając przed Fofo miskę z jedzeniem.

– Kto ci powiedział, że chce *manger*? – zapytał, odsuwając naczynie na bok. Wyciągnął spod łóżka swój dżin, pociągnął dwa głębokie łyki prosto z butelki i odchrząknął. – *Peutêtre*, może *je veux* jechać do Gabonu *aussi*. – Zaśmiał się pustym śmiechem. – Może powinienem pojechać, żeby się wami opiekować... Och, *non, il faut que* facet był silny!

– Będziesz za nami tęsknił? – odezwała się moja siostra głosem zdecydowanym jak u miejskiego herolda.

– *Oui, c'est ça* – przyznał i wzruszył ramionami, nie patrząc nam w oczy. Alkohol wypłukał z jego głosu gniew. Teraz im więcej pił, tym spokojniejsze stawało się jego zachowanie, chociaż nie przestawał się pocić. – Taa, chyba nie mam się czym martwić.

Yewa podeszła i wcisnęła się mu między kolana.

– My też będziemy za tobą tęsknić. Prawda, Pascal? – odezwała się.

– Będziemy – powiedziałem. – Nie martw się, Fofo. Będzie nam dobrze z mamą.

Nie odezwał się, tylko siedział ze spuszczonym wzrokiem, przytulając Yewę i głaszcząc ją po włosach jak mama. Moja siostra wdrapała mu się na kolana, a panująca w pokoju cisza wydawała się trwać w nieskończoność. Pot kapał z twarzy Fofo na Yewę, ale nie miało to znaczenia. Zaczęliśmy już przyzwyczajać się do upału i potu, który mu towarzyszył. Myślałem tylko o tym, jak bardzo Fofo będzie za nami tęsknił. Po raz pierwszy na poważnie uświadomiłem sobie, że my także będziemy za nim tęsknić. Już zaczynało mi brakować jego dowcipów i troski o nas.

Zrodziło się we mnie jakieś nieokreślone poczucie winy i zacząłem uważać się za niewdzięcznika, który chce odejść. Nie mogłem spojrzeć Fofo w twarz, a on nie mógł spojrzeć w twarz nam. Chciałem, żeby Yewa powiedziała albo zrobiła coś głupiego, by przerwać tę ciszę. Ale ona tylko siedziała ze smutną miną, a fakt, że niczego nie zrobiła, tylko pogłębiał moje poczucie winy. Z kim Fofo będzie rozmawiał, kiedy wróci z pracy? Kto mu będzie gotował i zmywał naczynia? Jak powinniśmy się mu odwdzięczyć za jego opiekę i znalezienie rodziców chrzestnych, którzy pomogli naszym rodzicom w Braffe i mieli zabrać do Gabonu nasze pozostałe rodzeństwo? Postanowiłem, że opowiem rodzicom o wszystkim, co Fofo dla nas zrobił, odkąd tu przybyliśmy. A gdy będzie miał swoje dzieci, obiecałem sobie, że zrobię wszystko, co w mojej mocy, aby okazywać moim kuzynom miłość. Pomyślałem, że będziemy nalegać, aby rodzice chrzestni pozwolili nam przyjechać do niego w odwiedziny. Postanowiłem też co tydzień pisać do niego listy, opisując mu nasze życie. Może i on mógłby kiedyś nas odwiedzić.

– Ale przecież możesz jechać z nami – zasugerowała Yewa, uwalniając mnie od poczucia winy. – Mama nie będzie miała nic przeciwko temu. Może będziesz mógł zamieszkać z Fofo Vincentem albo Fofo Marcusem, albo Fofo Pierre'em.

– Albo z Fofo Davidem i Tantine Cecile – dodałem skwapliwie.

– Możemy zabrać ze sobą nanfanga – powiedziała moja siostra. – Jak już kupisz sobie w Gabonie samochód, to będziesz mógł go sprzedać.

– Nie, ja nauczę się tam na nim jeździć – powiedziałem.

– Ale jak z nami nie pojedziesz – powiedziała – to nic. Kupię ci lexusa i mercedesa… Przyślę ci też pieniądze.

Fofo Kpee spojrzał na nią ze smutkiem, zamoczył sobie palec w stojącym przy jego łóżku wiadrze z wodą i prysnął mi w twarz.

– Bedziesz za mną tęsknił, Pascal? – zapytał mnie prowokacyjnie.

– Tak, Fofo Kpee, tak – powiedziałem, kiwając głową. – Wybuduję ci takie duże domy jak te na zdjęciach naszych chrzestnych.

– *Non*, pojade do Gabonu! Razem z wami.

Nikt nie odezwał się ani słowem. Wszyscy troje spojrzeliśmy na siebie, a potem zaczęliśmy się śmiać aż do łez. Chociaż tak sobie tylko gadaliśmy, wydawało się to bardzo surrealistyczne i patetyczne. Fofo otworzył usta, jakby chciał coś powiedzieć, ale się rozmyślił. Wziął ze stołu swoją butelkę i nalał sobie dżinu do ust, jak gdyby potrzebował dużego haustu, aby zatopić w żołądku to, co chciał powiedzieć.

Potem nalał spore porcje dżinu do naszych miseczek i powiedział, że musimy uczcić jego wyjazd do Gabonu. Zaczęliśmy pić z radością, aż oczy się nam zaiskrzyły, a *payó* rozgrzało nam żołądki. Moje ciało zalała fala ciepła, Yewa zrobiła się gadatliwa, a sen uleciał bardzo daleko.

KIEDY MYŚLELIŚMY, ŻE FOFO zamierza rozpocząć kolejną lekcję, podniósł się powoli jakby pod wpływem zaklęcia voodoo i podszedł do lampy, gdzie stawał zawsze, przygotowując nas do podróży. Rozwiązał sobie *wrappa* i rzucił ją przez stół na podłogę. Był teraz zupełnie nagi jak my. Początkowo zastanawialiśmy się, czy to po prostu przez przypadek. Potem pomyśleliśmy, że może jest pijany, chociaż nigdy wcześniej nie widzieliśmy go pijanego. Ale gdy nie podnosił swojej opaski biodrowej, zaczęliśmy się niepokoić. Wyglądał jak ktoś, kto ukradł coś na targu i zaraz zostanie ukamienowany. Moja siostra zakryła sobie usta obiema rękami, by nie wydać z siebie żadnego dźwięku. Miała szeroko otwarte, nieobecne oczy. Ja w zakłopotaniu wbiłem wzrok w dach.

Fofo Kpee nalał wody do wiadra i zaczął przecierać się mokrym ręcznikiem. Widok Fofo chłodzącego się niewielką ilością wody, jak poganiacze wielbłądów na Saharze, był nie do zniesienia. Jego wesołość minęła, a w pokoju zrobiło się bardzo cicho, poza dochodzącym z zewnątrz szumem wiatru oraz dźwiękami zanurzania w wiadrze ręcznika i wykręcania go. Mruczał coś i przestał zwracać na nas uwagę.

Byliśmy przerażeni. Yewa przysunęła się do mnie. Fofo wyglądał jak człowiek cierpiący, jak ktoś, kto nie może już dłużej znieść upału. Zacząłem się zastanawiać, dlaczego nie może wyjść na zewnątrz, na świeże powietrze. Czy mieszkańcy Gabonu paradują nago i sypiają w pokojach, w których brakuje powietrza? Czy tam jest tak gorąco, że musimy się uczyć zachowywać w ten sposób? Ale kiedy przypomniałem sobie piękne plaże oraz domy na zdjęciach, które pokazali nam rodzice chrzestni, uzmysłowiłem sobie, że to nie to. Czy odkąd postanowił pojechać z nami do Gabonu, musiał zachowywać się tak dramatycznie, by nadrobić zaległości w przygotowaniach? Wszystko to było jak zły sen, z którego musieliśmy się szybko obudzić.

– Hej, dzieci – odezwał się znowu z wesołością w głosie, spoglądając na nas w końcu – *j'espère que* nie wstydzicie się patrzeć na Fofo *comme çi*.

Wyszedł z kręgu światła lampy i skierował w naszą stronę.

– Kiedy *una* byliście małe, nie kąpaliście się z rodzicami w Braffe?

– Tak – powiedzieliśmy, nadal starając się odwracać wzrok.

– To dlaczego zachowujecie się jak małe kurczaki? Jak kto chce płynąć przez morze, to musi być twardy!... Na statku *il faut que* wszyscy mieszali się ze wszystkimi, *vous comprenez*? Nawet ta wasza siostra, Antoinette, jak zdejmie sukienkę, to żebyście się nie zdziwiły!

– Ona będzie goła? – zapytała moja siostra zaniepokojona.

– Niemożliwe! – powiedziałem.

– No, niezupełnie – powiedział Fofo. – Ale jak zobaczycie, że się przebiera, *na* coś w tym rodzaju.

– Nie – powiedziała moja siostra.

– Jak się ma siostrę w rodzinie, *na* tak jest… a my jesteśmy rodzinom, *oui*?

W milczeniu pokiwaliśmy głowami bez przekonania.

– I nie wstydzić się, jak *una* zobaczycie waszych rodziców chrzestnych nago. Nie ma większy różnicy między *omęnnọtọ lę*. Nadzy ludzie *nulopo lọ wé yé yin… partout*. Wasi rodzice prowadzom światowom organizacje. W Gabonie spotkacie różnych ludzi. Białych, kolorowych, turystów, którzy wspierajom prace waszych chrzestnych. Róbcie wszystko, co zechcom – idźcie z nimi na plaże, do hotelu… jak zechcom zabrać *una* do Europy, to jedźcie. Nawet jak się nie bedom *una* podobali, *soiyez patience*, nic nie jest wieczne…

– Ale ty jedziesz z nami – wtrąciłem, zaniepokojony tym, co mówił. Yewa kręciła głowom z dezaprobatą.

– W każdym razie – powiedział Fofo – skorzystajcie z *l'opportunité*. Nie martwcie się. To nic takiego… *gbòjé*!

Przerażenie, które widzieliśmy u Fofo, kiedy się obudził ze swojego koszmaru, teraz odeszło. Nie licząc braku ubrania, wyglądał normalnie. Całe jego ciało świeciło się od potu z wyjątkiem gęstych włosów łonowych, z których zwisał wiotki penis, o żołędzi gładkiej jak skórka mango i trzonie pokrytym rzędem drobnych fałdów skórnych, jak szyja *oba* ozdobiona *odigba*.

Nagle Fofo Kpee rozsunął nogi i chwycił się za swoje genitalia, jakby chciał wepchnąć je między owłosienie.

– Wy nagie, ja nagi, czego tu się bać? – powiedział, jakby recytował wiersz. – Wy to macie, ja to mam. Moje jest duże, wasze małe, tak? No, powiedzcie „hén, Fofo", *s'il vous plaît*!

– Tak, Fofo – wybąkaliśmy, kiwając głowami.

– „Let talk about sex", *mes bébés* – zaczął śpiewać i wić się jak oszalały. – „Let talk about" *vous* i *moi*. – Zacisnął jedną dłoń na wyimaginowanym mikrofonie, drugą nadal trzymając się za genitalia. Pląsał po całym pokoju jak po scenie; wskoczył na stół, potem z niego zeskoczył. Wykonywał *moonwalking*, aż jego plecy otarły się o ubrania w prowizorycznej szafie. Zatrzymał się nagle z uniesioną jedną nogą, zamierając w pół ruchu.

– Znacie te piosenke?

– Nie – powiedzieliśmy.

– Chcecie dotknąć mojego? No, dalej, *allez, touchez moi*.

Ruszył w naszym kierunku.

– Nie, nie! – powiedziałem i cofnęliśmy się.

Moja siostra milczała. Tamtej nocy już się nie odezwała. Zakryła swoje intymne części ciała rękami i stanęła za mną.

– Ach, chcecie dotknąć swoich, *mes enfants*?

– Nie – powiedziałem.

Czułem odrętwienie w pachwinach, a serce zaczęło mi mocno walić. Nie czułem już upału, chociaż zauważyłem, że pociłem się jeszcze bardziej. Mój członek wydawał się kurczyć zupełnie, a jądra zrobiły się twarde jak orzechy. Od razu rozpoznałem, że tym razem to było coś innego niż zwykłe wygłupy mojego *fofo*. Bałem się.

– Albo może chcesz dotknąć białego, Mary, hm? – powiedział.

Yewa pokręciła głową. Kiedy skierował wzrok na mnie, odezwałem się:

– Może nie powinniśmy jechać do Gabonu…

– Zamknij się, bękarcie! – eksplodował, pokręcił głową i wychylił kolejny łyk *payó*. – Chcesz się napić, *abi*?

– Nie.

– Chcesz kobiety?

– Nie.

– Tylko nie przynieście mi wstydu za granicom… słyszycie?

– Nie.

– *Non*?

– Tak, Fofo.

Przez chwilę wpatrywaliśmy się w siebie.

– Dobrze – powiedział – przynajmniej nie spuszczajcie już głowy. *Gbòjé, gbòjé!*

Chwycił palcami napletek i ściągnął go sobie z żołędzi, aż pierścienie skóry wyprostowały się. Przekręcił go i puścił, a on z wolna zsunął się z powrotem ku nasadzie jak ze stożka spoczywającego na worku mosznowym. Powtarzał czynność, aż jego członek zaczął stawać się coraz większy. Zachichotał, zawiązał sobie *wrappa* wokół bioder i usiadł na łóżku.

– Chcecie coś zjeść? – zapytał.

– Nie – powiedziałem.

– Na pewno, Mary? Jakieś gabońskie jedzenie, płatki kukurydziane, nido, hm?

– Chcę iść spać – szepnęła.

Tamtej nocy starałem się przekonać samego siebie, że jestem pijany, że tak naprawdę nic z tego wszystkiego się nie wydarzyło. Pomimo upału nałożyłem szorty, odwróciłem się tyłem do Fofo i położyłem z rękami wsuniętymi między nogi, starając się ochronić nawet podczas snu. Moja siostra po prostu owinęła się w prześcieradło. Myśli o podróży do Gabonu stały się dla mnie odstręczające. Nie czułem się już w tym domu jak u siebie. Wydawało mi się, że wszystkie meble zostały zbrukane nocnym występem Fofo. Coraz głębiej pogrążałem się we wstydzie i strachu w miarę przypominania sobie wszystkich tych rzeczy, które zakupiliśmy, odkąd zaczęliśmy myśleć o wyjeździe do Gabonu. Na przykład nienawidziłem właśnie tych szortów, które miałem na sobie, i pomyślałem, czyby ich nie zdjąć, ale tamtej nocy nie byłem w stanie zmusić się do spania nago. Nienawidziłem nanfanga i przysiągłem sobie, że już nigdy na niego nie wsiądę.

Zacząłem rozumieć Paula. Żałowałem, że nie mogę zwymiotować tak jak on całego tego dobrego jedzenia, które zjadłem w ciągu minionych kilku miesięcy. Zastanawiałem się, jak on i Antoinette sobie teraz radzili. Czy wiedzieli coś, czego my jeszcze nie wiedzieliśmy? Czy przeszli przez to samo, przez co my przechodziliśmy? Kto udzielał im *tej* lekcji? Big Guy?

Nie byłem już zainteresowany podróżowaniem, chociaż w jakiś sposób mój umysł nie chciał wiązać naszych rodziców chrzestnych z tym, co stało się tej nocy. Czułem się lepiej, myśląc, że nic o tym nie wiedzieli, i znajdowałem pocieszenie we wspomnieniach ich wizyty. Chociaż nie miałem już ochoty z nimi jechać, nie sądziłem, by mieli nas w jakikolwiek sposób skrzywdzić. I mimo że następnego ranka Fofo przeprosił nas, mówiąc, że trochę przesadził, chcąc przygotować nas na trudy życia za granicą, zacząłem się zastanawiać nad ucieczką z moją siostrą z powrotem do Braffe.

PEWNEGO DNIA FOFO nieoczekiwanie przyjechał wcześniej z pracy, jak w czasach przed nanfangiem, kiedy wykiwał kogoś na granicy i potrzebował się gdzieś ukryć. Zeskoczył ze swojego motocykla i wpadł do dużego pokoju. Z pośpiechem zamknął za sobą drzwi i oparł się o nie, dysząc jak ktoś, kto właśnie uciekł przed lwem. Inaczej niż zazwyczaj, zostawił swojego nanfanga na zewnątrz. Nie odpowiedział na nasze pozdrowienia. Wymruczał coś o chronieniu nas przed złem i zaczął otwierać zasuwy przy oknach. Do wnętrza wpłynął wilgotny powiew wiatru i oczyścił pomieszczenie z duchoty, która wypełniła dom, odkąd uszczelniliśmy go trzy tygodnie wcześniej.

– Taa, jak chcom mnie zabić, *ye ni hù mì* – odezwał się nie wiadomo do kogo. Podparł się pod boki i wydawał się bardzo dumny z faktu, że zdobył się na pootwieranie okien. Potem zdjął płaszcz i usiadł ciężko na łóżku.

– Fofo, kto chce cię zabić? – zapytała cicho Yewa, nie podchodząc do niego bliżej.

Od tamtej nocy, kiedy paradował przed nami nago, baliśmy się do niego zbliżać i nie odzywaliśmy się do niego zbyt często. On także niewiele się do nas odzywał. Cisza wyrosła pomiędzy nami niczym drożdżowe ciasto i pokój zaczął wydawać się mniejszy, podczas gdy jego obecność rozrosła się. Czekaliśmy, by wyszedł z domu, a kiedy był na miejscu, czasami udawaliśmy, że śpimy.

Zwróciłem się do niego z naszego łóżka:

– Fofo, jesteś…?

– Daj mi spokój! – ostrzegł, zakrywając sobie twarz dłońmi. – *Vous pensez que* ja *dey* szalony, hm?

– Nie, nie, Fofo – powiedziałem proszącym tonem.

– Ja *dey* OK… wszystko ze mną w porządku.

Yewa nie odezwała się. Chowała się za mną jak tamtej złej nocy. Wsłuchiwaliśmy się w orzeźwiający wiatr, który wypełnił pokój, oraz w odległy szum fal oceanu obmywających plażę. Po chwili szepnęła mi do ucha, że powinniśmy wyjść na zewnątrz, ale kiedy chwyciłem ją za rękę, żeby wyjść z pokoju, wujek kazał nam siadać na łóżku. Moja siostra zaczęła płakać.

Fofo Kpee wyszedł na zewnątrz, żeby wprowadzić nanfanga do drugiego pokoju. Z siłą naparł na motor jak policjant aresztujący stawiającego opór złoczyńcę.

– Jak bede cię musiał sprzedać, żeby się uwolnić – powiedział do nanfanga, poklepując jego siedzenie – to sprzedam!

Kiedy zobaczyliśmy, że klepie motor, zrozumieliśmy, że w każdej chwili może się na nas wyładować. Potem usłyszeliśmy, jak tłucze się po pomieszczeniu, wyraźnie rozgniewany, na co wskazywał sposób, w jaki rzucał przedmiotami, które stanęły mu na drodze. Czegoś szukał. Wyszedł z żelaznym prętem, którego już dawno nie widzieliśmy.

Z całą swoją energią, niesiony wściekłością, której nie rozumieliśmy, zabrał się do pracy, wspinając na krzesło w naszej salono-sypialni i odkuwając po kawałku zaprawę, którą położyliśmy kilka tygodni wcześniej. Nie przejmował się rzeczami, które miał pod nogami, ani nie prosił mnie o pomoc. Okruchy zaprawy o różnych rozmiarach i kształtach leciały na dół. Wydawało się, że cały dom może się zawalić. Świeże powietrze przeniknęła woń kurzu. A kiedy zakasłałem, kazał nam zejść mu z oczu.

Wyszliśmy przed dom. Późne popołudniowe słońce, nachylone nad horyzontem, z czystego nieba zalewało mocnym światłem całą ziemię. Patrząc wzdłuż długiej ścieżki prowadzącej do drogi, widzieliśmy ludzi podążających w różnych sprawach i kierunkach, na piechotę i na motocyklach. Usiedliśmy cicho pod mangowcem, twarzami zwróconymi w stronę domu. Siedziałem na ziemi, opierając się plecami o drzewo, z wyciągniętymi przed siebie nogami, na których usiadła Yewa, opierając sobie głowę na mojej piersi. Korona mangowca rzucającego rozłożysty i chłodny cień była dwukolorowa jak nanfang. Część drzewa była obsypana kwiatami, a młode owoce i jasnozielone liście kontrastowały ze starymi. Woń owoców, świeżych i ogrzanych słońcem, wypełniała powietrze, a ziemia wokół nas pokryta była drobnym jasnozielonym pyłkiem.

– Zdenerwował się na nanfanga? – szepnęła Yewa, kiedy już przestaliśmy słyszeć odgłosy pracującego wewnątrz Fofo.

– Nie wiem – odparłem.

– Kiedy kupimy mu auto, to już nie będzie się denerwował.

– Nie jedziemy do Gabonu!

– Nie? – powiedziała, odwracając się do mnie twarzą. – A dlaczego, hm?

– Podobało ci się to, co powiedział Fofo Kpee tej nocy, kiedy tańczył nago? Podobało ci się to, co robił?

– Nie. Ale następnego dnia nas przeprosił.

W geście sprzeciwu zamknęła oczy i odwróciła się do mnie tyłem.

– Dobrze, to ja pojadę sama z mamą i papą!

Nie było sensu z nią dyskutować.

Tamtego popołudnia pod mangowcem wróciłem do myśli o ucieczce. Chociaż nie miałem żadnych konkretnych planów i nie wiedziałem, czy będzie to możliwe, już sam pomysł opuszczenia tego miejsca podniósł mnie na duchu.

Nie byłem natomiast przekonany co do ucieczki do Braffe. Co będzie, jeśli tam dotrę i okaże się, że moja wielopokoleniowa rodzina zafiksowana jest na Gabonie tak samo jak Yewa i nikt nie będzie w stanie zrozumieć mojej zmiany decyzji? Kto by mi uwierzył, gdybym im opowiedział, co Fofo Kpee zrobił tamtej złej nocy? Lub gdyby nasze rodzeństwo już przez to wszystko przeszło, nie narzekając? Martwiłem się również tym, jak miałbym uciec razem z Yewą. Jak miałbym ją przekonać do przyłączenia się do mnie, kiedy wciąż tak się cieszyła na tę podróż?

Przez chwilę pomyślałem, czy nie powiedzieć Monsieur Abrahamowi, że nasz wujek zwariował, o lekcjach do późna i o moim planie ucieczki. Ale zbytnio się tego wstydziłem. Co by o mnie pomyślał? A gdyby szkolni koledzy dowiedzieli się o szaleństwie mojego wujka?

Znienawidziłem nasz dom i poczułem, że moglibyśmy tak siedzieć pod tym drzewem w nieskończoność, nie mając ochoty na powrót do środka. Drzwi frontowe i okna były pootwierane niczym ramiona pułapki, które mogą się zatrzasnąć, gdy tylko ofiara wkroczy do środka. Ukośne promienie słońca wypłoszyły część cienia z werandy, oświetlając jedno z otwartych okien, którego metalowa konstrukcja błyszczała niczym przynęta.

– Nie odzywajmy się do niego, żeby się na nas nie zdenerwował – powiedziałem do siostry. – Chodźmy do środka.

– Chcę do mamy.

– Wstawaj! – powiedziałem i zepchnąłem ją sobie z nóg.

Podeszliśmy na palcach do drzwi i zajrzeliśmy do środka. Fofo leżał rozłożony na łóżku jak jakiś potwór wyciągnięty na brzeg przez rybaków. Oczy miał przymknięte. Blizna na jego twarzy wyglądała jak robak pełzający od strony oka ku ustom, lub na odwrót, i pożerający jego dobry humor. Wsunęliśmy się cicho do łóżka i położyliśmy, wpatrując w dach. Chociaż przez całe popołudnie ciężko pracował, udało mu się zaledwie powybijać na wylot dziury tuż przy dachu. Było ich wiele i wyglądały brzydko, nierówne i okropne jak niedokończone strzyżenie. Prezentowało się to gorzej niż szpary, które tam były, zanim je pozatykaliśmy. Na powierzchni ścian pojawiły się teraz pęknięcia, jakby Fofo Kpee wykonał na nich mural przedstawiający błyskawice. W niektórych miejscach tynk pokrywający wykonane z mułu ściany poodpadał, ukazując zgrzybiałe wnętrze. W domu unosił się zapach potłuczonych kamieni.

Po sposobie, w jaki teraz spał, wiedzieliśmy, że nie ma mowy, aby znalazł jeszcze energię na zmierzenie się z drugim pokojem. Nie odezwał się do nas, kiedy się obudził, i miał przygaszony wyraz twarzy. Wydawał się nawet niezdolny do bełkotania pod nosem, które ostatnio było dla niego typowe.

Przygotowałem kolację dla siebie i mojej siostry, ponieważ Fofo nie chciał ani jeść, ani pić. Zjedliśmy szybko w milczeniu. On tylko leżał na łóżku i wpatrywał się w wykonane przez siebie dziury, jakby to, co go niepokoiło, mogło przez nie przejść i zrobić nam krzywdę. Leżał na wznak z rękami splecionymi pod głową, łokciami skierowanymi do góry i skrzyżowanymi nogami. Momentami nie ruszał się niczym ktoś martwy, to znowu wzdrygał się na każdy dźwięk.

Tej nocy spaliśmy lepiej niż przez wiele poprzednich nocy, dzięki dziurom, które wybił. Nie mieliśmy lekcji.

BIG GUY ODWIEDZIŁ nas następnego dnia. Pojawił się bezceremonialnie, wpadając do środka bez pukania. Fofo leżał na łóżku. Big Guy przyszedł w swoim zwykłym ubraniu. Wyglądał na zaniedbanego i zaniepokojonego. Fofo, jakby się go spodziewając, nie wstał, aby się z nim przywitać, ani nawet na niego nie spojrzał. Właściwie kiedy Big Guy wszedł, rozciągnął się, aby mężczyzna nie mógł usiąść na łóżku. Nasz gość także go ignorował, zwracając uwagę na nas.

– *Mes amis*, hej, jak się dzisiaj macie? – powiedział, szeroko się uśmiechając i unosząc do góry kciuki.

– Dobrze – odpowiedzieliśmy.

Usiadł między nami na naszym łóżku.

– Widzę, że Fofo dobrze was karmi.

Uszczypnął żartobliwie Yewę w policzki. Bardzo mi się nie podobało, że to, co mówi, jest prawdą. W tamtym czasie wyglądaliśmy na dobrze odżywionych. Nasze buzie zrobiły się bardziej okrągłe, policzki się wypełniły, żebra zniknęły, a brzuchy nie były wydęte.

– Mam dla was dobre wieści! – powiedział Big Guy. – Ruszamy w podróż w przyszłym tygodniu. – Złożył razem dłonie, jakby się do nas modlił. Wskazał na Fofo, który zmierzył go złym spojrzeniem, a potem odwrócił wzrok. – My są prawie gotowi, OK… Co, Mary, nie możesz się już doczekać?

– Chcę jechać dzisiaj! – powiedziała.

– Mów do mnie jeszcze, bystra dziewuszko! – oświadczył Big Guy, przybijając Yewie piątkę. – Wiesz, co dobre.

Fofo odwrócił się i przeszył nas wzrokiem, a Yewa zwróciła się w moją stronę z wyrazem niepewności, która zastąpiła jej wcześniejszy entuzjazm.

– Pascal… dzisiaj? – powiedział Big Guy, zwracając się do mnie.

Udałem, że nie słyszę. W pokoju zapanowała niezręczna cisza.

– Widzisz, dzieciaki *dey* gotowe – Big Guy zwrócił się radośnie do Fofo Kpee. – Weź ich tera nie zawiedź! Już za późno. Nie, Mary?

– Tak.

– Kto jest żoną Fofo Davida?

– Tantine Cecile.

– Mają dzieci?

– Yves'a i Jules'a.

– Gdzie mieszkacie w Gabonie?

– Port-Gentil.

– Znakomicie. Pascal, dzisiej żeś jest taki spokojny. Mamie podoba się twoja dojrzałość. A Tantine Cecile nie może się doczekać, żeby cię poznać… Powiedzże coś, *abeg*, synu… Antoinette i Paul was pozdrawiają… Nie chcesz jechać już dzisiaj jak twoja siostra?

Nie chciało mi się z nim rozmawiać. Kiedy wspomniał o moim rodzeństwie z Gabonu, zdenerwowałem się i wyobraziłem go sobie tańczącego nago przed nimi. To było moje najsilniejsze wspomnienie z okresu naszych przygotowań do wyjazdu. Czułem się tak skrępowany, jakby siedział teraz przed nami nagi. Chociaż nie wiedziałem jeszcze, że Fofo znienawidził pomysł wysłania nas do Gabonu, skrycie cieszyłem się z chłodnego przyjęcia, jakie zgotował Big Guyowi. I chociaż wiedziałem, że Big Guy tylko z nas żartuje, mówiąc o wyjeździe tego samego dnia, nie mogłem zmusić się do brania udziału w tych żartach. Modliłem się, żeby Fofo kazał mu po prostu iść ze swoimi planami do diabła.

Jednak spojrzenia obu mężczyzn utkwione były we mnie. Na twarzy Fofo malowała się powaga i ból, a na tej drugiej nieruchomy uśmiech, jakby zastygł w oczekiwaniu na moją reakcję. Nie wiedziałem, gdzie podziać oczy. Czułem się, jakbym miał w gardle papier ścierny, a płuca piekły mnie z braku powietrza. Pokój zdawał się kurczyć. Wczepiłem się palcami w nasz materac. Próbowałem się uśmiechać, żeby ukryć emocje, ale nie byłem pewien, czy twarz chce ze mną współpracować, czy nie.

– Tak, on chce jechać już dzisiaj – odpowiedziała za mnie Yewa.

Fofo rzucił jej ostre spojrzenie. Big Guy uśmiechnął się szeroko. Odetchnąłem z czołem pokrytym potem.

– Twój *fofo* lubi Gabon, *oui?* – zapytał ją Big Guy, jakby uzyskawszy przewagę, chciał zdobyć kolejny punkt przeciwko Fofo.

Pokiwała głową.

– Tak.

Big Guy zaczął ją łaskotać, co spowodowało, że prychała, jakby miała w gardle wodę. Wyjaśnił, że możemy wkrótce zacząć szkołę w Port-Gentil. Powiedział, że szkoły w Gabonie są tak piękne jak te we Francji i że nadrobimy zaległości, jak tylko przybędziemy na miejsce. Chociaż starał się zachowywać przyjaźnie, racząc nas słodyczami, głaskając po głowach i tańcząc, żeby nas rozbawić, tamtego dnia w jego zachowaniu wyczuwało się jakąś sztuczność. Nie miał na sobie swojego munduru straży granicznej, ale towarzyszyła mu sztywność, którą widziałem wcześniej, gdy przybył z naszymi rodzicami chrzestnymi. Po jakimś czasie nawet Yewie przestał się podobać jego przesadny humor. Nadal odpowiadała na jego pytania, ale pojedynczymi słowami, jakby umyślnie poszła na kompromis pomiędzy niezadowoleniem Fofo a pragnieniem Big Guya, by zagadać swoją kłopotliwą wizytę.

Big Guy wybuchnął głośnym śmiechem, jakby cały świat nagle stał się śmieszny. Yewa uśmiechnęła się tylko do niego bez słowa. Śmiał się, aż zgiął się w pasie i usiadł na podłodze; jego śmiech stał się nienaturalny. Robił śmieszne miny i wymachiwał językiem, żeby Yewa cały czas na niego patrzyła. Wyglądało to tak, jakby Big Guy uczył się, jak być klownem takim jak Fofo, a Fofo uczył się być poważny jak Big Guy. To było niczym źle grane przedstawienie, a my siedzieliśmy jak bezwolna publiczność. Chociaż Big Guy włączył radiomagnetofon i w pokoju zadudniły dźwięki *Konko Below* Lagbai, Fofo leżał na swoim łóżku nieporuszony jak przewrócony pomnik.

Po jakimś czasie Big Guy ziewnął i usiadł obok Fofo Kpee. Fofo zerwał się, jakby uznał, że musi się bronić. Big Guy objął go za szyję.

– Uśmiechnięty Kpee, *mon ami*, nie bierz tego tak na serio.

– Jużem postanowił – powiedział Fofo z twarzą niewzruszoną jak skała, w której jego ściągnięte usta wyglądały niczym krawędzie przepaści zniszczonej erozją. – *Efó*!

– *Non*, *abeg*, nie rozmawiaj *comme ça o*! – powiedział Big Guy. – Wczoraj żem tylko żartował… Znaczy się, jak nie chcesz już pracować dla tej organizacji pozarządowej, to OK. Nie bądź dla siebie taki surowy, *au moins*. Nie zaszliśmy jeszcze tak daleko, żeby nie dało się tego cofnąć, no, to możesz jeszcze zmienić zdanie. Tylko nie śpiesz się z decyzją.

Fofo spojrzał na niego, nie odzywając się przez chwilę ani słowem.

– *Peutêtre*, powinniśmy na razie zawiesić plan.

– To jasne, że na razie będziesz się tak czuł. *Moi aussi* na początku ten plan nie leżał. Może ci się zdawać, że wykorzystujesz te małe, ale tak naprawdę to im pomagasz. Za granicom bedom miały większe szanse. Już tera dajemy im jeść trzy razy na dzień… ubrania, buty, książki… Czy to dla nich co złego?

– Może.

– Nie masz *liva*… tchórzu, hm?

– Pokaż mi takiego, co by się nie bał.

– *Mais pourquoi?* Dlaczego? – Big Guy poklepał go po plecach. – *Abeg, courage, oui?*

– *Hén*, co? Daj mi spokój… Nie bede im dawał kolejnych lekcji.

– Och, nie! Mamy jeszcze dla nich przygotowanie do podróży morskiej. *Na* ostatnia lekcja.

Big Guy spojrzał w górę na szpary pomiędzy ścianami a dachem i pokiwał głową, uśmiechając się, jakby dopiero teraz zauważył zmianę.

– Rozumiem, rozumiem. Pozmieniałeś tu, hm… Nawet okna som pootwierane.

– *Na* mój dom. *N'gan bayi onú de jlo mi.* Chcesz, żebym podusił swoje dzieci w moim własnym domu?

– *Ecoute*, na twoim miejscu – powiedział Big Guy, mrugając do nas i przyciągając do siebie Fofo tak mocno, że omal obaj się nie przewrócili – działałbym zgodnie z planem i uczył dzieci. Nie zmarnowałbym im przyszłości!

Sprężyny łóżka zatrzeszczały, a oni odzyskali równowagę. Fofo uśmiechnął się smutno, ale mu nie odpowiedział.

– Ty po prostu strasznie cykorzysz, Kpee – Big Guy wstał. – Pogadajmy na zewnątrz.

– Pogadajmy?

– Mam takom małom sprawe do ciebie. Chodź.

– Nie da rady – odezwał się cicho Fofo, opierając łokcie o uda i podpierając brodę pięściami. – Wszystko ci zwróce. Zarobie dzięki nanfangowi. Tylko daj mi troche czasu, *na mi tán.*

– Tu nie chodzi o piniądze, tylko o pomoc naszym dzieciom. Możemy ci nawet dać plus *argent.* Wyjdźże na zewnątrz. Pamiętasz, że tera jesteś naszym człowiekiem na tym terenie?

– Zabierz se nanfanga, *abeg.*

– Nie ma mowy – powiedział, wzruszając ramionami. – Zatrzymej se motor. To by było złe. Nie bedziemy ci zabierać codziennego chleba. Sprowadzisz na siebie katastrofe, jak bedziesz tak gadał.

Ponieważ nie dawał Fofo spokoju, nasz wujek wyszedł z nim na zewnątrz.

– Nie wychodźcie, *mes amis* – odezwał się do nas Big Guy głosem, w którym pobrzmiewała nuta gniewu. – Zostańcie w domu.

Pokiwaliśmy głowami. Otworzył drzwi przed Fofo, a potem zamknął je, jakby nasz dom należał do niego.

Kiedy odgłosy ich kroków ucichły, podeszliśmy do okien i wyjrzeliśmy przez sfatygowane żaluzje. Szli, aż dotarli do drogi i tam się zatrzymali. Fofo stanął zwrócony do nas twarzą. Nie mogliśmy usłyszeć, co mówią. Za drogą widać było plantacje i ocean i czasami wyglądało to tak, jakby plantacje znajdowały się na morzu lub jakby ludzie chodzili po wodzie niczym Jezus.

Mężczyźni kłócili się głośno, gestykulując rękami. Czasami jacyś znajomi, mijając ich, witali się. Wtedy nagle przerywali i widać było, jak uśmiechają się przelotnie i nieszczerze, a potem wracają do swoich spraw, jakby chcieli nadrobić stracony czas. Fofo stale kręcił głową, zdecydowanie nie zgadzając się na coś, co jego przyjaciel mu oferował. Za każdym razem, kiedy odczytywałem na jego ustach wyraz „nie", chciałem mu zaklaskać. Łatwo było przewidzieć ciąg dalszy i odruchowo ja również zacząłem kręcić przecząco głową i wypowiadać bezgłośne „nie". Przywarłem mocno do okna. Modliłem się za Fofo, aby się nie poddawał.

Nagle Big Guy chwycił go mocno za ramiona i potrząsnął, aż Fofo obrócił się, wyrwał i zachwiał, ale odzyskał równowagę. Nie cofnął się przed Big Guyem i nie ustąpił mu.

– On zbije Fofo Kpee – szepnęła Yewa. – Big Guy jest niedobry. Czy on jest łobuzem?

– Nie wiem.

– Big Guy jest zły – głos zaczął się jej łamać z emocji. – Nie będę już z nim tańczyła. I nie pojedzie z nami do Gabonu! Naskarżę na niego mamie i papie.

– Ciii, teraz nie płacz, OK? Fofo jest silny.

Nagle pojawiło się czterech policjantów i otoczyło Fofo; nadeszli dwójkami z dwóch stron, jakby spodziewali się, że Fofo może próbować uciec. Trzymali pejcze *koboko*, a ich pasy sterczały od broni i pałek. Wszyscy krzyczeli na Fofo, a Big Guy stawał się coraz bardziej pobudzony. Fofo Kpee mocno zacisnął usta. Stał bardzo spokojnie jak ktoś otoczony przez groźne psy. Przyglądając się tej scenie, wiedziałem, że Big Guy nie ustąpi, dopóki nie zmusi Fofo, by się z nim zgodził. Ale Fofo splótł ręce przed sobą i co jakiś czas bardzo wolno kręcił przecząco głową. Za każdym razem, kiedy spoglądali w naszym kierunku, kucałem i wciskałem pod krawędź okna głowę siostry.

To dopiero była scena! Przez wszystkie te lata, kiedy Fofo był naciągaczem, policja nigdy nie była w naszym domu ani nie niepokoiła Fofo z powodu jego oszustw. Yewa trzymała mnie mocno za rękę. Nie wiedzieliśmy, czy zamknąć się w środku, czy wybiec w kierunku gapiów, którzy zebrali się dookoła i zasłonili nam widok.

Policja próbowała rozproszyć zbiegowisko, ale ludzie tylko cofnęli się, robiąc im więcej miejsca, i nadal się przyglądali. W końcu Big Guy

oddalił się równie niespodziewanie, jak przybył, a policjanci nagle odeszli w różnych kierunkach, wprawiając tym w zdziwienie gapiów. Fofo
stał, uśmiechając się do wszystkich, jakby cała sprawa była tylko żar-
tem. Nie słyszeliśmy, co do nich mówił, ale z jego gestykulacji i wybu-
chów śmiechu zebranych ludzi można było wywnioskować, że wrócił
mu dobry humor. Co za ulga. To znowu był Fofo, którego znaliśmy.
Po chwili tłum stracił zainteresowanie sprawą i rozpłynął się w zapada-
jącym zmroku, zostawiając Fofo stojącego przy drodze, spoglądającego
na ocean i machającego do tych, którzy machali do niego.

Yewa wyrwała się z mojego uścisku, otworzyła drzwi i pobiegła
w jego kierunku, potykając się i wołając „Fofo, Fofo!". Słysząc ją, odwrócił się nagle i otworzył usta, ale zanim zdołał się odezwać, Yewa
znieruchomiała. Jednym gwałtownym ruchem ręki odesłał ją z powrotem do domu. Poszła, szlochając, podczas gdy Fofo Kpee nadal patrzył
na ocean i drogę.

Kiedy w końcu odwrócił się i ruszył w stronę domu, miał chwiejny
krok i spuszczoną głowę, a ręce splecione za plecami, niczym w kaj-
dankach. Szedł wolno, jakby nie miał zbytniej ochoty dotrzeć do domu. Tamtego wieczora musiało mu być trudniej wrócić do nas, niż
radzić sobie z Big Guyem i policją. Szedł jak uczeń, który popełnił
duże wykroczenie i obawiał się, że zostanie usunięty ze szkoły.

W nocy powiedział nam, że powinniśmy przestać chodzić do szkoły. Nie wydawało się, żeby to była odpowiednia chwila na zadawanie
mu pytań, siedzieliśmy więc cicho.

FOFO KPEE NIE WSPOMNIAŁ już więcej w naszej obecności o Big
Guyu ani o Gabonie. A ponieważ Gabon stał się w naszej rodzinie te-
matem najważniejszym, a zbliżająca się podróż wspólnym marzeniem,

milczenie na ich temat wywołało w nas pustkę. Fofo cały czas rozmyślał i przestał chodzić do pracy. Rzadko się do nas odzywał. Wydawało się, że ciężko mu nawet wstać z łóżka. Przestał pić. Stale czytał Biblię i bardzo dużo się modlił – samotnie, nigdy nie prosząc nas, byśmy do niego dołączyli, jak zwykł to robić wcześniej. Jego duma z nanfanga wyparowała. Przestał codziennie go myć, stale wciskać klakson i jeździć na nim do kościoła. Zmienił się nawet jego styl ubierania. Nie nosił już marynarek i pięknych butów. Za każdym razem, kiedy wychodził z domu, wkładał klapki i powycierane dżinsy – ubrania sprzed ery nanfanga.

Wszystkie rzeczy zgromadzone w drugim pokoju przestały mieć dla niego znaczenie. Wydawało się, że nie może się przemóc, by tam w ogóle wejść. Dokładnie zakrył cały motocykl, jak zrobiliśmy to wtedy, kiedy uszczelnialiśmy tamten pokój. Nawet Yewa zrozumiała, że nie należy wspominać o nanfangu ani się nim bawić. W czasie tych cichych dni czekaliśmy, że Fofo usunie w końcu z dużego pokoju zaprawę, aby wpuścić więcej powietrza, i zacznie pracę w drugim. Ale nie zrobił tego. I chociaż wpatrywał się w nią nieprzerwanie, leżąc na swoim łóżku, wydawało się, że brakuje mu siły woli i zainteresowania realizacją planów. Zamiast tego całą swoją energię poświęcał na pilnowanie nas i ostrzeganie, byśmy z nikim nie wychodzili ani nie rozmawiali bez pozwolenia.

– Uważajcie – powiedział nam następnego dnia po wizycie Big Guya – źli ludzie niepokojom dzieci, które należom do kogo innego!

To było najdłuższe zdanie, jakie usłyszeliśmy z jego ust od chwili, kiedy Big Guy tak go potraktował. Nic na to nie odpowiedziałem, ponieważ nie chciałem, żeby wiedział, co myślę.

Kupił maczetę i wsunął ją pod łóżko, skąd mógł ją w jednej chwili wyciągnąć. W kieszeni nosił nóż, nawet kiedy szliśmy do kościoła. Jeżeli wychodziliśmy na zewnątrz, żeby się pobawić, przychodził i siadał na kopcu, patrząc na nas bez mrugnięcia okiem, nieruchomy jak posąg. Wiele razy dziennie obchodził nasze domostwo, sprawdzając to lub tamto, jak pracownik ochrony. Kiedy szliśmy do wychodka, widzieliśmy, jak czeka na nas, niczym ludzie, którzy prowadzą płatne toalety w Ojota. Jeżeli spędzaliśmy tam zbyt dużo czasu, przychodził, pukał i pytał, czy wpadliśmy do dołu pod latryną. Jeżeli wychodził z domu, zamykał nas na klucz.

Widząc, że jest gotów bronić nas wszelkimi sposobami, porzuciłem swój plan ucieczki. Wyczuwałem, że nie zamierza pozwolić, by stało się nam coś złego. Kiedy szliśmy do kościoła, trzymał nas za ręce, a kiedy ludzie pytali go o nanfanga, odpowiadał, że motocykl zachorował. Wchodziliśmy do kościoła z pokorą z czasów przed nanfangiem. Pewnej niedzieli Fofo dał pastorowi Adeyemi pieniądze, aby ten odmówił za niego specjalną modlitwę. Kiedy tamten naciskał, aby Fofo podzielił się z nim szczegółami dotyczącymi jego kłopotu, odparł, że to drobny problem rodzinny.

PO POŁUDNIU TEGO samego dnia, podczas gdy Yewa spała, Fofo Kpee wstał i zaczął wypatrywać czegoś przez okno.

– Musimy uciekać, Kotchikpa – szepnął.

– Dobrze, Fofo! – powiedziałem, wstając z łóżka, i kierując się w jego stronę.

Wiedziałem, że mówi serio, ponieważ zwrócił się do mnie moim prawdziwym imieniem. Zaskoczony moją reakcją obrócił się gwałtownie od okna, podszedł i usiadł na brzegu stołu, zwracając się do mnie twarzą. Nie mogłem opanować ekscytacji.

Wykrzywiał sobie ręce, poszukując właściwych słów niczym pokutnik.

– No, ja wiem, że bardzo chcecie jechać do tego Gabonu…

– Ja nie chcę, Fofo, nie chcę!

– Cicho, cicho – uspokajał mnie, machając w powietrzu rękami, a potem błagalnie ujmując moje dłonie. Przez jego smutną twarz przemknął nerwowy uśmiech. – Och, nie chcemy jej obudzić… Nie moge sprzedać ciebie i Yewy jak niewolników z tych opowieści o handlu niewolnikami z Badagry. *Iro o*, nie mogę pozwolić, żeby ich statek zabrał was przez morze do Gabonu. Jak dotrzecie do tego kraju w środku Afryki, *c'est fini*. To już nie powąchacie wincy ziemi tu, w Afryce Zachodniej… Jak Big Guy był tu ostatnio, to żem mu powiedział, że wincy się na to nie zgodzę. Piniądze to nie wszystko – nie chce was stracić. *Mais*, wściek się.

– Mam jedno pytanie…

– No?

– Czy nasi rodzice chrzestni wiedzą, jak zachowuje się wobec nas Big Guy?

– Tak… *complétement*.

Puścił moje dłonie i znowu popatrzył w przestrzeń zakłopotany. Jego odpowiedź mocno mną wstrząsnęła, a nie powinna. Od czasu tamtej nocy, kiedy straciłem ochotę na wyjazd do Gabonu, skierowałem swój gniew tylko na Fofo i Big Guya. I chociaż części układanki zaczynały składać się w całość, nie przyjmowałem do wiadomości, że ten mężczyzna i kobieta, którzy byli dla nas tak mili i zapewnili nam tak niezapomniany posiłek, okazali się złymi ludźmi. Teraz wstyd w oczach Fofo pozbawił mnie resztki złudzeń. Byłem na nich zły.

– Czy możemy uciec od razu? – zapytałem.

– Nie… jak sie ściemni. *Egbé.*

– Tej nocy? – rozejrzałem się podekscytowany.

– Braffe… *din.* Wyjazd do Gabonu *na* za tydzień. Trza bedzie wszystko zostawić. Ani słowa twoi siostrze, *d'accord?* Ona nie zrozumi.

– Tak, tak.

– Ja już żem powiedział ludziom, które nas znajom, że się przenosimy do Braffe.

TAMTEGO WIECZORA TAK bardzo pragnąłem wyjechać i czułem taką odrazę do wszystkiego, co mnie otaczało, że nie mogłem nic jeść ani nawet napić się wody. Widziałem ślady moich rodziców chrzestnych we wszystkim naokoło. Słyszałem ich w wiejącym wietrze i w dobiegających z oddali głosach. Często spoglądałem przez okno i żałowałem, że nie mogę zdmuchnąć słońca jak płomienia świecy albo obrócić świata do góry dnem, aby woda z oceanu mogła je zatopić. Błagałem Boga, żeby zesłał nam dzisiaj najciemniejszą z nocy.

Niestety, kiedy noc już nadeszła, przyniosła żałosny, rozczarowujący mrok. Fofo opróżnił nasze pojemniki na wodę i powylewał zupy. Ja obudziłem moją siostrę i ubrałem ją, chociaż jeszcze w połowie pogrążona była we śnie. Wszyscy włożyliśmy na siebie nasze codzienne ubrania. Poza książkami, które Fofo poupychał do torby i przywiązał do kierownicy nanfanga, nie zabraliśmy wiele. Po jego wypchanych kieszeniach spodni i koszuli wnioskowałem, że zabrał wszystkie pieniądze, jakie mieliśmy.

Na niebie pojawiły się gwiazdy, a księżyc w pełni wisiał nisko i świecił jasno przez cienką powłokę chmur. Było tak jasno, że mangowiec i krzaki obok naszego domu rzucały wokół siebie rozmazane cienie, a poprzez rzędy kokosowych palm, niczym przez przezroczystą sukienkę, mogliśmy dostrzec ocean. Kiedy Fofo wyprowadził nanfanga na zewnątrz, księżyc odbił się przyćmionym blaskiem na jego baku. Chociaż znienawidziłem wszystkie nasze gabońskie zbytki, tamtej nocy miałem nadzieję, że ten motocykl zabierze nas w bezpieczne miejsce.

Wiał silny wiatr. Niósł ze sobą pohukiwania sowy, jak charakterystyczny refren pośród kakofonii owadów i poszumu koron kokosowych palm. Nagle wiatr ucichł. Drzewa, wygięte do tej pory w jednym kierunku, wystrzeliły do góry, przeginając się w drugą stronę. Pień jednej z palm przełamał się i runął, uciszając na moment nocne stworzenia.

Fofo zamknął drzwi na łańcuch i wielką kłódkę. Nie pozwolił Yewie usiąść jak zwykle na baku, ponieważ jeszcze do końca się nie obudziła. Zamiast tego siedziała wciśnięta pomiędzy nami. Podtrzymywałem swoimi stopami stopy mojej siostry, aby nie ześlizgiwały się z podnóżków. Nie było zbyt wiele miejsca. Fofo nie dodał gazu, jak zwykł to czynić. Niczym uciekinierzy z Sodomy i Gomory nie spoglądałem do tyłu, tylko wprost przed siebie. Reflektor motocykla rzucał słabe światło, a z powodu dziur w drodze jechaliśmy bardzo wolno. Słaby warkot nanfanga niósł się pośród nocnej ciszy, miarowy i kojący. Fofo dobrze znał drogę, ponieważ codziennie z niej korzystał. Manewrował od jednej krawędzi do drugiej, bez trudu omijając dziury. Droga prowadziła nas w przeciwną stronę niż ocean, w kierunku kilku domostw w naszym sąsiedztwie. W blasku księżyca domy wyglądały na opuszczone, a stojące przed nimi puste, długie stoły i stragany, na których w ciągu dnia wieśniacy sprzedawali swoje towary, przypominały szkielety prehistorycznych zwierząt.

Po jakimś czasie spojrzałem do tyłu i zauważyłem za nami dwa jasne punkty. Znajdowały się bardzo daleko i wydawało się, że omiatają całą drogę, jakby dwójka dzieci bawiła się latarkami. Fofo spojrzał w lusterko, potem za siebie i motocykl zakołysał się. Kiedy go wyrównał, nieco przyśpieszył.

– Jedźmy szybko – odezwała się moja siostra, teraz już całkiem przebudzona.

– Zła nawierzchnia – powiedział Fofo. – Nie widzisz? *Soit patient*, aż dojedziemy do drogi z Kotonu do Ouidah.

– Gdzie my jedziemy? – zapytała moja siostra.

– Do domu – powiedziałem.

– W Braffe? – powiedziała, chichocząc. Próbowała dojrzeć moją twarz, ale z powodu ciasnoty nie była w stanie się odwrócić.

Przejechaliśmy przez małe miasteczko. Niektóre sklepy były jeszcze otwarte i to tu, to tam majaczyły pojedyncze ludzkie sylwetki. W powietrzu czuć było spalone mięso. Na drugim końcu miasteczka przy drodze płonęło ognisko, kalecząc piękno księżycowego blasku. Kiedy podjechaliśmy bliżej, zauważyłem, że płomienie unosiły się ze sterty opon przed jakąś jadłodajnią. Nad płomieniami pieczono trzy kozy lub barany, a dwóch mężczyzn, umięśnionych, spoconych i ubranych tylko w bieliznę, podsycało ogień i obracało zwierzęta długimi kijami.

– Pascal, zabrałeś moje rzeczy? – krzyknęła Yewa, żebym ją usłyszał.

– Chcę pokazać moje książki naszym rodzicom i dziadkom…

– Twoje książki som tu – zawołał Fofo, poklepując torbę. – W Braffe wezme i kupie ci nową sukienkę.

– Tak?

– *Mówe*, tak.

Jeszcze raz spojrzałem za siebie. Dwa światła znajdowały się teraz bliżej, a po sposobie, w jaki snopy światła skakały w górę i w dół, było jasne, że jadący nie przejmowali się stanem drogi. Chociaż Fofo próbował przyśpieszyć, zbliżali się do nas. Rozdzielili się, zjeżdżając na obie strony drogi. Zacząłem się bać i przytuliłem się mocniej do siostry. Często patrzyłem za siebie i za każdym razem oślepiały mnie światła. Poczułem parcie na pęcherz. Przytłoczyła mnie myśl o wielu ścigających nas Big Guyach.

Fofo nie zatrzymywał się ani nie odzywał. Motocykl po lewej jechał teraz na równi z nami. Fofo przyśpieszył, ale motocyklista obok był bardziej agresywny. Próbował nas wyprzedzić i zajechać nam drogę, ale Fofo zjechał na lewo. Motocykl po prawej o mało co nie uderzył w naszą tablicę rejestracyjną i musiał zwolnić. Na każdym motocyklu oprócz kierującego był pasażer.

Jeden z motocykli wyminął nas i zmusił Fofo do zjechania z równej części nawierzchni drogi. Teraz wpadaliśmy z jednej dziury w drugą.

– Zatrzymać się, natychmiast… *arretez* – odezwał się jeden z pasażerów.

Zwolniliśmy.

– *D'accord*, już się zatrzymuje – powiedział Fofo, stawiając jedną nogę na ziemi i zjeżdżając na pobocze drogi; nie wyłączał silnika.

– *Abeg*, nie róbta nam krzywdy – prosił.

– Wstydź się! – krzyknął pasażer, zsiadając z motocykla, wolno i z pewnością siebie, podczas gdy kierujący siedział z włączonym silnikiem. – I po co to uciekać? – warknął pasażer, następnie wyciągnął z kieszeni komórkę i zaczął uspokajać kogoś na drugim końcu linii, że wszystko jest już pod kontrolą. Potem odezwał się do Fofo.

– To ty nie wiesz, że cię obserwujemy? Nie wiesz, że teraz nie ma już dla ciebie odwrotu?

– Przepraszam – powiedział Fofo.

– Przepraszasz? Wyłącz światła, głupku! – rozkazał mu ktoś z drugiego motocykla i Fofo posłusznie wykonał polecenie. Obróciłem się szybko, ponieważ pomyślałem, że głos brzmi znajomo. Nie mogłem jednak dojrzeć twarzy.

Ten prosty odcinek drogi otaczały bujne, wysokie krzaki, zalążek dżungli na wybrzeżu oceanu. Krzaki po lewej zatrzymywały światło księżyca i rzucały ponure cienie na niżej położone części drogi po prawej stronie, podczas gdy te położone wyżej skąpane były w księżycowej poświacie.

Fofo szepnął do nas: – Nie zsiadać, słyszycie?

– Tak – szepnęliśmy w odpowiedzi.

– Trzymajcie się mocno motoru.

Wydawało się, że ludzie na pozostałych dwóch motocyklach tak bardzo chcieli się do nas dobrać, że zapomnieli po prostu podjechać bliżej. Zamiast tego zeskoczyli z siedzeń i pognali w naszym kierunku. Oczami wciąż oślepionymi od reflektorów dojrzałem mknące w naszą stronę wielkie ludzkie sylwetki. Nagle Fofo wrzucił nogą bieg i ruszyliśmy. Poczułem na plecach czyjąś niecierpliwą rękę i uchyliłem się, zanim zdążyła chwycić mnie za koszulę. Fofo włączył długie światła i przyśpieszył.

Byli tuż za nami. Odległość była tak niewielka jak między łóżkami w naszym domu. Nie podobało mi się, że moje plecy stanowiły dla nich najbliższy cel, i przyciskałem się coraz mocniej do mojej siostry i coraz mocniej trzymałem się nanfanga. Wyprężyłem ciało; podmuchy wiatru, które targały moim ubraniem, wydawały się mnóstwem palców próbujących mnie pochwycić. Mimo chłodnego podmuchu na plecach zaczynałem odczuwać gorąco, jakby motocyklowe lampy ścigających miały mnie usmażyć.

Odjechaliśmy im. Fofo nieco się pochylił, z głową wystawioną do przodu jak u psa, który rusza do walki. A ponieważ nasz motocykl był jeszcze nowy, za każdym razem, kiedy wpadał w dziurę, wywoływało to dźwięk jak stłumiony odgłos dwóch uderzających o siebie czyneli. Moja siostra prawym policzkiem przywarła mocno do pleców Fofo, jakby nasłuchiwała bicia jego serca. Pochyliłem się ponad nią i objąłem go w pasie, żebyśmy nie wypadli z siedzenia, nawet gdyby motocykl wjechał w najgłębszą dziurę lub podskoczył na najwyższym wyboju.

– Trzymajcie się mocno! – krzyknął Fofo głosem drżącym na wietrze, a zaraz potem nanfang wpadł w wielką dziurę. Motocykl poleciał w górę, a potem twardo i ciężko opadł, ale daliśmy radę.

– Wszystko w porządku? – zapytał Fofo.

– Tak – powiedziałem, chociaż z prawej nogi właśnie spadł mi klapek.

Poprawiłem siebie i siostrę na siedzeniu. Bosą stopą lepiej trzymałem się podpórki; miałem większą przyczepność. Moje dłonie były spocone, więc splotłem palce obu rąk na brzuchu Fofo i oparłem brodę na głowie Yewy. Czułem się lepiej, wiedząc, że motocyklowe lampy znajdują się dalej od moich pleców. Ale kiedy próbowałem zrzucić drugiego klapka, straciłem oparcie i moja lewa noga zawisła w powietrzu. Zacząłem walczyć o odzyskanie równowagi, jednak bezskutecznie. Moje wysiłki przechyliły motocykl na jedną stronę. Fofo szarpnął ciałem w drugą dla zrównoważenia maszyny i zamarł na moment.

– Przewracamy się! – powiedziała Yewa jak we śnie.

Moje palce ześliznęły się z Fofo. Trzymałem się teraz siostry, becząc jak koza. Jak tylko dotknąłem kolanem ziemi, motocykl się rozbił.

Kiedy odzyskałem przytomność, bolała mnie głowa. Leżałem twarzą do ziemi z głową w trawie, a resztę ciała miałem na drodze. Moje kolano krwawiło, ale rana nie była głęboka. Yewa stała w krzakach, wrzeszcząc i siłując się z człowiekiem, który trzymał ją jedną ręką za nadgarstki. Pozostałych trzech ruszyło na Fofo z kijami. Ciosy spadały na niego, aż upadł, zakrywając sobie rękami głowę, która teraz znajdowała się niemal między jego kolanami. Wił się i przyjmował razy, nie wydając z siebie żadnego dźwięku, poza sporadycznymi jękami. Yewa i ja płakaliśmy.

Mnie złapano jako ostatniego; jeden z mężczyzn chwycił mnie za ręce i unieruchomił mi je za plecami swoimi wielkimi, szorstkimi dłońmi. Nie opierałem się, mając nadzieję, że nie zabiją Fofo.

– Jak nie przestaniecie się drzeć, to zabijemy tego *magomago*! – ostrzegł nas jeden z mężczyzn.

– Proszę go nie zabijać – powiedziałem, zanosząc się płaczem.

– Myślałyście, dzieci, że możecie porzucić szkołę, nie mówiąc o tym nikomu – odezwał się za mną znajomy głos.

Był to Monsieur Abraham, nasz nauczyciel WF-u. Obróciłem się i spojrzałem mu prosto w twarz. W świetle księżyca widać było, że się uśmiecha, ukazując swoje błyszczące, białe zęby. Miał na sobie podkoszulek i dres, jakby właśnie trenował naszą drużynę piłkarską.

Moje serce przepełniło rozczarowanie. Przypomniałem sobie napoje z glukozą, które nam podawał podczas tych pierwszych dni, kiedy byliśmy niewyspani i przychodziliśmy do szkoły zmęczeni. Poczułem się jak głupek, że dałem się oszukać i wciągnąć w tak dobrze zorganizowany spisek.

— Proszę, *monsieur*, nie zabijajcie go — błagałem Monsieur Abrahama, a Yewa nie przestawała zawodzić. — Już nie będziemy uciekać.

— Naprawdę? — powiedział.

— Obiecuję, że pojedziemy do Gabonu.

— Oczywiście.

— *Monsieur*, zrobimy w Gabonie, cokolwiek pan zechce.

— To może zaczniesz od uciszenia tej księżniczki.

— Yewa, nie zabiją go — wyjaśniłem, uwalniając jedną rękę, żeby zasłonić jej buzię. Ale ona nie patrzyła na mnie. Jej wzrok utkwiony był w Fofo.

— Żyje — powiedziałem. — Nic mu nie będzie.

Kiedy mówiłem do siostry, Fofo Kpee spróbował się podnieść, ale upadł. Nie pozwolili nam się do niego zbliżyć. Miał zakrwawioną twarz i spuchnięte jedno oko. Jego ubranie było podarte, a kieszenie puste. Banknoty cefa i naira walały się dookoła jak ofiary składane w jakiejś ważnej świątyni. Jeden z mężczyzn gmerał przy swojej komórce, przeklinając operatora za brak zasięgu.

Mężczyźni zaczęli przygotowywać się do odjazdu, zbierając pieniądze i zawracając motocykle w kierunku, z którego przybyliśmy. Dwóch z nich załadowało Fofo na jeden motor, a mnie i Yewę wciśnięto pomiędzy dwóch pozostałych na drugim motocyklu. Rozpoczęliśmy podróż z powrotem do domu, z którego, jak nam się wydawało, uciekliśmy.

KIEDY DOTARLIŚMY NA MIEJSCE, było jeszcze ciemno. Monsieur Abraham zdjął klucze z szyi Fofo, otworzył drzwi i wepchnął nas do środka. Fofo rzucili na podłogę.

– Nie wolno ci się już więcej odzywać do dzieci! – powiedział nasz nauczyciel WF-u, podczas gdy Fofo wił się i skręcał na podłodze, nie mogąc z niej wstać. Nie pozwolili nam go dotknąć, siedzieliśmy więc na naszym łóżku niczym sieroty na pogrzebie rodzica, podczas gdy dwóch mężczyzn przeszukiwało drugi pokój za pomocą latarek, a kolejny sprawdzał na zewnątrz teren wokół domu. Nie widzieliśmy Fofo wyraźnie, wsłuchiwaliśmy się więc z przejęciem w jego ciężki oddech.

Kiedy skończyli przeszukiwanie domu i przemeblowali drugi pokój tak, jak im się podobało, przenieśli tam nasze łóżko oraz karton z ubraniami.

– Do środka! – powiedział Monsieur Abraham, nie patrząc nam w oczy. – Zostaniecie tam, czekając na dalsze polecenia. Jeden z nas tu zostanie. Musimy być pewni, że nie będziecie znowu próbowali uciekać.

– Tak, *monsieur* – powiedziałem. – Już więcej pana nie zawiedziemy.

– Fofo Kpee, Fofo Kpee – krzyczała przez łzy moja siostra, wskazując na leżące na podłodze ciało, kiedy wciągałem ją do drugiego pokoju.

– Malutka – powiedział nauczyciel – jeżeli będziesz grzeczna, to nic mu nie będzie.

– Proszę powiedzieć Big Guyowi, że nam przykro – odezwałem się. – Proszę powiedzieć monsieur i madame Ahouagnivo, że nam przykro.

162

– Myślę, że bardzo się ucieszą, gdy to usłyszą – powiedział. – To nieładnie zdradzać przyjaciół. Nieładnie.

Zamknął nas w drugim pokoju. Było tam ciemniej, niż myśleliśmy. Byliśmy zdenerwowani i zdezorientowani, ponieważ znajdujące się tam rzeczy zostały poprzestawiane. Zdawało mi się, że zaraz na coś wpadnę. Jedną ręką trzymałem Yewę za sukienkę, żeby nie tracić z nią kontaktu; drugą osłaniałem sobie zranione kolano. Trzymaliśmy się w pobliżu drzwi, by słyszeć Fofo. Motocykle na zewnątrz zwiększyły obroty i odjechały, a hałas ich silników na jakiś czas zagłuszył oddech Fofo.

Usłyszeliśmy zamykanie frontowych drzwi i odgłosy kroków zbliżających się do naszego pokoju. Cofnęliśmy się, potykając o coś, i w ciemnościach straciłem kontakt z Yewą. Dotarłem do ściany i przykucnąłem, a potem położyłem się na stercie worków z cementem, mając nadzieję, że zdołam się ukryć. Rozległ się brzęk kluczy. Kiedy otworzyły się drzwi, w pokoju zrobiło się jaśniej i wpadło do niego świeże powietrze.

W drzwiach pojawiła się sylwetka mężczyzny, jakby usiłując pozbawić nas nawet tej odrobiny światła, której teraz zaznawaliśmy. Był olbrzymiej postury, nie próbował nawet wejść do środka. Z układu jego rąk wnioskowałem, że coś w nich niósł. Ponieważ nie byłem pewien jego zamiarów, rozejrzałem się dookoła, próbując zlokalizować moją siostrę.

– Gdzie jesteście?! – zawołał głosem, w którym pobrzmiewała groźba. – Ostrzegam was, że ze mną nie ma żartów.

– Jestem tu… tutaj – wyjąkałem, podnosząc się i stając tak, by mieć przed sobą łóżko.

– Chodź i weź to – powiedział. – Gdzieżeś jest?

– Przepraszam, tutaj jestem.

– Musisz współpracować, *d'accord*?

Pomału obszedłem łóżko, wyczuwając po omacku drogę w jego stronę i wyciągając szyję, aby dojrzeć Fofo, ale bez rezultatu.

– *Mangez*... wasze jedzenie – powiedział i podał w moim kierunku coś ciepłego i ciężkiego.

– Dzięki – powiedziałem, chwytając dwa plastikowe pojemniki.

– Musicie jeść do końca wszystko, co wam dajemy...

– Tak, *monsieur*. Zjemy.

– *Bon garçon* – powiedział zadowolony z mojego udawanego zaangażowania. – Jak bedziecie grzeczne, to ja bede dla was miły. Jak nie, to same zobaczycie. Ja nie jestem zły człowiek. Tyż jestem ojciec; mam dzieci. Nie chce sprzedawać cudzych dzieci. Wykonuje tylko swojom robote.

Jedzenie w pojemnikach było ciepłe, a pokrywy tak szczelnie zamknięte, że nie byłem w stanie poczuć, co jest w środku. Położyłem je na łóżku, a potem odwróciłem się do olbrzyma.

– Co z Fofo? – zapytałem.

– Jemu też żem przyniósł jedzenie.

– Proszę pozwolić nam go nakarmić. Jest bardzo chory.

– To niemożliwe, nie, na razie o nim nie myślta... A to *na* wasza toaleta. – Popchnął w moim kierunku coś jeszcze. – *Faites attention*. W środku jest woda.

– Niech Bóg pana błogosławi, *monsieur*! – powiedziałem, odbierając od niego naczynie.

Było to sporych rozmiarów plastikowe wiaderko w jednej czwartej wypełnione wodą. Na pokrywce znajdowała się sterta starych gazet.

— Niech wam służy! — zaśmiał się. — A gazety wrzucajcie do wiadra. Jutro to zabiore.

— Tak, *monsieur*.

— Wszystko bedzie dobrze. Podoba mi się, żeś jest grzeczny, chłopie. Nie obchodzi mnie, czy was sprzedadzom, czy nie. Jak mówie, ja wykonuje tylko mojom robote.

— Dziękuję, *monsieur*.

— Nic się nie bój. Masz wincy ikry *pass* twój *fofo*. Wiecie, jak bedziecie grzeczne, to bede dla was dobry… Gdzie twoja siostra?

— Yewa — zawołałem i rozejrzałem się po pogrążonym w ciemnościach pokoju. — Może śpi — skłamałem.

— Już? Yewa! — zawołał, a jego głos rozniósł się po pomieszczeniu jak dźwięk trąby. — Gdzieś jest?

Cisza.

— Mówiłem panu, że śpi — odezwałem się. — Jest zmęczona.

— To przypilnuj, żeby późni zjadła — powiedział swobodnym tonem. — Przyjde jeszcze do was dzisiej wieczorem. Mówie ci, waszemu *fofo* nic nie bedzie.

Odwrócił się i wyszedł z pokoju, zamykając drzwi na klucz. Odrobina mojego strachu odeszła wraz z nim. Usłyszałem odgłos jego kroków, a potem skrzypienie łóżka pod ciężarem jego ciała.

Chociaż nasza sytuacja w ciągu jednej nocy zmieniła się ze złej na jeszcze gorszą, znajdowałem pewne pocieszenie w fakcie, że zdołałem wmówić strażnikowi, że go lubię. Pomyślałem, że będę mu dziękował za każdą oznakę życzliwości wobec nas. Poczułem, że mam jakąś kontrolę nad ewentualnym przebiegiem wydarzeń. Może gdy będziemy naprawdę grzeczni, człowiek ten wpuści nas do dużego pokoju, byśmy mogli zobaczyć się z Fofo. Może nawet otworzy okna albo zostawi otwarte drzwi. Moja wyobraźnia zaczęła intensywnie podsuwać mi optymistyczne obrazy tego, co może się wydarzyć, jeżeli będziemy się dobrze zachowywać. Nie myślałem już o podróży do Braffe. Moim obecnym pragnieniem było udobruchanie tego człowieka i polepszenie stanu Fofo.

MIAŁEM NADZIEJĘ, ŻE YEWA porzuci swoje fanaberie i wyjdzie, kiedy mężczyzna opuści pokój. Nie usłyszałem jednak, by się poruszyła. W ciemności wyszeptałem jej imię, ale nie było żadnej reakcji. Stałem, obracając się dookoła, ale niczego nie zobaczyłem. Nie wiedziałem, jak jej szukać w tym małym pomieszczeniu bez potykania się i wpadania na różne rzeczy.

Zacząłem macać dookoła stopami i rękami. Moje kolana natrafiły na leżącą w kącie zaprawę. Wyciągnąłem ręce i zbliżyłem je następnie do siebie wolno, mając nadzieję, że złapię Yewę. Jednak zamiast tego objąłem samego siebie, ponieważ Yewy tam nie było. Obróciłem się w stronę następnego rogu, ale udem uderzyłem w garnek, który się przechylił. Zacisnąłem zęby i udało mi się go złapać, przyciskając biodrem. Odetchnąłem z ulgą, że nie runął na podłogę. Chociaż tego nie widziałem, wiedziałem, że ręce i stopy wysmarowane mam sadzą. Znalazłem na ziemi miejsce na garnek i ostrożnie postawiłem go dnem do góry, byśmy przez przypadek do niego nie weszli.

– Yewa, Yewa – szepnąłem, ale ponownie nie było odpowiedzi.

Skierowałem się w stronę worków z cementem, na których się wcześniej położyłem, ale tam też jej nie było.

Zrozpaczony zatrzymałem się i usiadłem na łóżku, pragnąc wykrzyczeć jej imię wniebogłosy. Wziąłem pojemniki z jedzeniem i położyłem je w nogach łóżka. Jedzenie było teraz ostatnią rzeczą, o której bym pomyślał. Skuliłem się na łóżku i wtuliłem głowę w poduszkę. Zaczyłem tracić poczucie czasu.

Nie mogłem spokojnie leżeć, słysząc jęki Fofo. Potem usłyszałem kogoś chodzącego cicho wokół naszego domu. Usiadłem i nasłuchiwałem. Kroki były zbyt delikatne jak na naszego strażnika. Wiedziałem też, że to nie moja siostra, ponieważ nie sądziłem, aby mogła się stąd wydostać. Zacząłem podejrzewać, że mieliśmy więcej niż jednego strażnika. Ale to, co działo się na zewnątrz, nie przykuło mojej uwagi na zbyt długo. Uzmysłowiłem sobie, że nie sprawdziłem pod łóżkiem.

Wstałem powoli i podszedłem na palcach do drzwi prowadzących do dużego pokoju. Mając nadzieję, że ją zaskoczę, odwróciłem się, położyłem na ziemi i przeturlałem pod łóżko, narażając skaleczone kolano. Nie chciałem jednak, by mi się wymknęła. Wyturlałem się po drugiej stronie, lądując przy stercie arkuszy blachy. Kiedy wstawałem, w moim sercu pojawił się promyk nadziei, ponieważ uświadomiłem sobie, że Yewa może znajdować się na wierzchołku tej sterty. Ostrożnie, żeby nie przeciąć sobie rąk o ostre krawędzie w miejscach, z których powyciągano gwoździe, przeszukałem powierzchnię, badając ją palcami. Znalazłem tylko nasz koszyk z naczyniami, narzędzia, których razem z Fofo używaliśmy do uszczelniania obu pomieszczeń, oraz karton z naszymi ubraniami.

Z rozczarowaniem poszedłem oprzeć się o drzwi, gdzie byliśmy razem po raz ostatni, zanim rozbiegliśmy się w poszukiwaniu schronienia. W wyobraźni wszędzie widziałem jej oczy. Pragnąłem usłyszeć jej śmiech i żarty ze mnie. Po raz pierwszy w życiu nie wiedziałem, gdzie jest Yewa, i czułem się bez niej zagubiony. Nie myślałem już o Fofo, ponieważ przynajmniej oddychał. Po twarzy płynęły mi łzy. Oddałbym duszę za promień światła w tych ciemnościach.

– Yewa! Yewa! – zawołałem w końcu, tupiąc nogami.

– Tak, tak – odezwała się dziwnie wystraszonym głosem.

– *Wetin* tam się dzieje? – zapytał strażnik w drugim pokoju.

– Och, nic, *monsieur* – powiedziałem z ulgą, słysząc głos mojej siostry i koncentrując uwagę na niej. – Gdzie ty jesteś?

Odszedłem od drzwi, kierując się w stronę prawego rogu, ale wpadłem na plastikową skrzynkę i zatrzymałem się. Radość, że słyszę jej głos, pomogła mi zignorować ból.

– Nic? – zapytał strażnik. – Do mnie żeś mówił?

– Nie, do Yewy – odpowiedziałem, tłumiąc śmiech.

– Tylko żebyście nie zrobili se krzywdy!… Chce spać; *n' jlo na gbòjé.*

– Przepraszamy za zamieszanie, *monsieur.*

Przelazłem przez skrzynkę i zbliżyłem się do rogu pokoju, nasłuchując uważnie. Kiedy dotarłem do naszej plastikowej kadzi na wodę, sięgającej mi do piersi i mającej szerokość większą niż zasięg moich rąk, pomyślałem, że Yewa stoi na pokrywie, opierając się o ścianę. Klepnąłem więc bok kadzi i szepnąłem:

– Tylko zejdź, proszę.

Ale pokrywa odskoczyła, a ja złapałem ją, zanim zdążyła się zatłuc. Yewa cała schowana była w kadzi.

– Tutaj jestem – szepnęła, podnosząc się.

– Tylko wyjdź, OK?

Spróbowałem ją wyciągnąć, ale odepchnęła moje ręce.

– Daj mi spokój. Jesteś z nimi.

– Ja?

– Tak, tak.

– Nie, nie jestem.

– Jesteś.

– Ciii!

– Nie okłamuj mnie. Przed chwilą śmiałeś się razem z nim... lubisz ich. Ty i Fofo Kpee nie powiedzieliście mi, że zamierzacie mnie sprzedać. Nie jesteś już moim bratem.

– Najpierw wyjdź, proszę – powiedziałem i odwróciłem się, nadstawiając jej moje plecy i opierając się o kadź. – Wspinaj się. Wytłumaczę ci później. Musisz stamtąd wyjść, żeby nas zobaczył, kiedy otworzy drzwi. Bo inaczej...

– Nie chcę nikogo widzieć.

Cofnąłem się trochę i stałem cicho, częściowo ponieważ nie wiedziałem, co mam dalej mówić, a częściowo ponieważ bałem się obudzić strażnika. Zmaganie się z moją siostrą w takich ciemnościach było jak kłótnia albo walka z niewidzialnym wrogiem, który mógł zaatakować w każdej chwili. Dałbym wszystko, żeby zobaczyć jej twarz. Może moje łzy przekonałyby ją o mojej niewinności. Teraz jej sprzeciw wyrażał się przyśpieszonym oddechem.

– Zabiją Fofo, jeżeli nie będziesz współpracowała – ciągnąłem.

– Nie zabiją. On jest jednym z nich jak ty. Zostaw mnie w spokoju.

– Nie zjesz czegoś?

– Nigdy.

Nie byłem w stanie jej przekonać, więc użyłem siły. Ale ona uchyliła się, przykucając w kadzi, obejmując kolana ramionami i unosząc barki na wysokość uszu, tak że nie miałem jak jej chwycić. Wsadziłem rękę do środka, aby ją połaskotać i w ten sposób rozluźnić, a potem usłyszałem odgłos jej otwieranej buzi. Zęby Yewy wczepiły się w mój nadgarstek, ale nie były w stanie go ugryźć. Rozległ się jej chichot, gumowaty dźwięk, który tłumiło jej ciało. Wyglądało to, jakby naśmiewała się ze mnie albo ze wszystkich handlarzy dziećmi na świecie. Zostawiłem ją i poszedłem położyć się na łóżku. Wkrótce zasnąłem.

KIEDY SIĘ OBUDZIŁEM, poczułem ból głowy i silny głód. Ziewając i rozciągając się, ku swojemu zaskoczeniu odkryłem, że Yewa pochrapuje obok mnie. Jęki Fofo Kpee złagodniały. Bolało mnie opuchnięte kolano.

Odnalazłem drogę do wiadra na odchody i wysikałem się, celując w ściany naczynia, żeby stłumić hałas. Potem sięgnąłem po pojemnik z jedzeniem i zacząłem jeść rękami. Śniadanie okazało się złożone z *akara*, ciasta fasolowego oraz *ogi*, czyli kukurydzianej papki. Kulki *akara*, które leżały na szczycie *ogi*, były zimne i częściowo rozmiękłe. Poczułem, że w pojemniku zebrała się woda. Byłem spragniony, przystawiłem więc naczynie do ust i przechyliłem je ostrożnie, aż strumyczki płynu zaczęły spływać mi na język. Szybko przeżuwałem *akara*, a zimny olej ze smażenia kleił się do wnętrza jamy ustnej. Kiedy zabrałem się za ostatnią kulkę, zauważyłem, że w pojemniku znajduje się mała plastikowa torebka. Rozwiązałem ją i znalazłem w środku cztery kostki cukru, które, jak sądziłem, przeznaczone były do *ogi*. Ale *ogi* zdążyło się już ściąć i nie było jak rozmieszać w nim cukru. Wrzuciłem więc sobie jedną kostkę do ust i zacząłem głośno żuć, zabierając się za kawałki *ogi*.

Kiedy skończyłem, przeszedł mi ból głowy. Nie odczułem jednak ulgi i miałem spierzchnięte wargi. Kusiło mnie, żeby zabrać trochę jedzenia z porcji Yewy, ale kiedy odłożyłem mój pusty pojemnik, odkryłem kolejne. Serce mocniej mi zabiło. Były jeszcze dwa pojemniki z jedzeniem oraz dwie butelki wody. Od razu się domyśliłem, że strażnik musiał wejść do pokoju, kiedy spaliśmy. Piłem szybko, trzymając butelkę pionowo, tak że płyn zaczął bulgotać mi w ustach.

— Kto to tak pije wodę? — odezwał się strażnik z dużego pokoju. — Chcesz się udławić? To ty, chłopaku?

Przerwałem i powiedziałem:

— Tak, *monsieur*.

— Dlaczego żeś kazał siostrze spać w pojemniku na wode?

— Ja nie kazałem jej tam wchodzić.

— To kto? Nie pogrywej ze mnom!

— Przysięgam, że jej tam nie wkładałem.

— *Ecoutez*, jutro rano chcemy zabrać waszego *fofo* do szpitala. Dostał wysoki gorączki. I ostrzegam cie, żeby mi ta dziewuszka wincy nie spała w kadzi. Nie chcemy tu jeszcze jednego pacjenta z wysoką gorączką!... Dlaczegoś nie jadł śniadania? Tyj nocy nic nie dostaniesz.

— Zjadłem... Było dobre. Dzięki.

— Zjedz śniadanie i lunch. I przypilnuj, żeby twoja siostra tyż zjadła. Bo inaczy przyjde i napędzę jej porządnego gabońskiego stracha.

— Tak, *monsieur*.

Uzmysłowiłem sobie, że jest noc i że to strażnik przeniósł Yewę do łóżka. Jednym haustem dopiłem wodę w butelce, potem podzieliłem jedzenie i potrząsnąłem nią, żeby się obudziła.

Zwlekła się z łóżka i zniknęła w ciemnościach, potykając się i przewracając. Jej krzyk przeszył ciszę. Był jak błysk światła, ponieważ dzięki niemu wiedziałem dokładnie, gdzie się znajduje. Pojawił się strażnik, wchodząc szybko i z furią, omiatając pomieszczenie swoją wielką latarką. Yewie odebrało głos. Próbowała przybiec z powrotem do mnie, żeby znaleźć schronienie, ale mężczyzna chwycił ją za sukienkę.

– *Qu'est-ce que c'est?* – zapytał, ciągnąc ją z powrotem w stronę łóżka. – Siadaj i *tait-toi*! *Comprends*? Zamknij się.

– Dobrze, *monsieur* – powiedziała Yewa, siadając.

– Zabierz się za jedzenie *din din*! – rozkazał jej.

Latarka znajdowała się blisko jej twarzy. Zacisnęła powieki i zasłoniła sobie głowę, spodziewając się ciosu. Na jej prawym łokciu znajdowała się smużka zaschniętej krwi, jak sądziłem, z powodu upadku.

– Mówie *manger*… zaczynaj – krzyknął mężczyzna.

– Yewa, proszę cię, jedz – powiedziałem, podając jej posiłek złożony ze spaghetti i potrawki.

– Tylko żebyś mi jej nie karmił! – ostrzegł mnie i odwrócił się w jej kierunku. – Twój brat mówił ci, żebyś nie spała w tym pojemniku, co?

Yewa pokiwała głową, potwierdzając.

– *Respond-moi*!

– Przepraszam.

– *Ajuka vi*, jak bedziesz chciała spać w pojemniku i nie bedziesz chciała *chop* jedzenia, to cię dzisiej zabije.

– Prosze, nie zabijaj jej – słabym głosem w dużym pokoju odezwał się nagle Fofo, niewyraźnie wypowiadając słowa. Gdy usłyszałem głos Fofo, moje serce zabiło mocniej.

– Cicho, cicho, *yeye* człowieku! – skarcił go mężczyzna. – Nigdy się do nich nie odzywej... *jamais*.

Yewa była wstrząśnięta i jadła w pośpiechu, płacząc. Jadła obiema rękami, siorbiąc i ssąc kapiący sos. Nie przerywała, żeby pogryźć jedzenie, tylko przełykała je od razu, gdy było to możliwe. Broda świeciła się jej od oleju, a przód sukienki był cały zabrudzony. Mężczyzna, wyglądając na zadowolonego, pokiwał głową i wyszedł z pokoju.

Gdy jadła, wodą z jej butelki zmyłem jej z łokcia krew i wytarłem go prześcieradłem. Kiedy skończyła swoją porcję, poprosiła o więcej. Podałem jej mój pojemnik ze spaghetti i potrawką, a ona jadła, nie zwalniając tempa. Bojąc się, że może się zadławić jedzeniem, powiedziałem, żeby jadła spokojniej, ale nic to nie dało. Nie potrafiłem dociec, czy bała się, że strażnik może ją obserwować, czy też jego surowość obudziła w niej nienasycony głód.

Natychmiast kiedy skończyła jeść, zakomunikowała, że musi skorzystać z toalety. Wskazałem jej wiadro i zaraz potem smród jej kupy zagęścił duchotę w pomieszczeniu. Kiedy skończyła, wydarłem duży kawałek gazety, zmiąłem go i podałem jej, żeby się podtarła.

Zaoferowałem jej porcję *akara* i *ogi*, ale powiedziała, że już się najadła, więc szybko zjadłem sam.

– *REVEILLEZ, REVEILLEZ!* – ZAWOŁAŁ strażnik następnego ranka. – Wy też spaliście.

Zasłoniłem dłońmi strumień światła z latarki i podniosłem się. Powiedział nam, że Fofo został zabrany do szpitala, a następnie postawił na ziemi dzban z wodą. Położył latarkę w taki sposób, że jej światło utworzyło na suficie szeroką literę V. Miał na sobie regionalną koszulę z długimi rękawami, niebieską w jasnoczerwone kwiaty. Kawał chłopa. Był równie wysoki jak Big Guy, tylko cięższy. Miał gęste włosy i tak czarne jak włosy naszego ojca chrzestnego. Obcisłe spodnie podkreślały potężne ciało. Uda wyglądały na opuchnięte jak u miejscowych zapaśników. Wyszedł z zasięgu światła i podszedł do naszego łóżka, opierając się o stertę blachy.

Oświetlony pokój wyglądał na znacznie mniejszy, niż go zapamiętałem, a srebrne kłódki na oknach i drzwiach odbijały światło.

– Ty pojemnikowy szczurze, *núdùdú lọ yón na wé ya*? – dogryzał Yewie.

– Tak, smakowało mi jedzenie – powiedziała.

– *Wetin* bedzie twoje imię w Gabonie?

– Moje? – zapytała moja siostra i spojrzała na mnie, oczekując na instrukcję.

– Mary – powiedziałem. – Ja jestem Pascal, ona jest Mary.

– *E yón*. Dobre z was dzieci. Nie obiecywałem wam, że bede dla was miły, jak bedziecie grzeczne?

– Obiecywał pan – powiedziałem.

Zaczął się już obficie pocić. Rozpiął swoją piękną koszulę i dwa razy dmuchnął sobie na pierś, nie przestając ocierać sobie czoła rękami. Myślałem, że zamierza napić się wody, którą przyniósł, aby się ochłodzić, ale nie tknął dzbana. Zamiast tego wstał i obszedł pokój jak nauczyciel przechadzający się przed klasą. Wymieniłem z siostrą spojrzenia, oczekując na kolejną lekcję przed podróżą.

Moje oczy, nawykłe już do takich skrajności jak całkowita ciemność i jaskrawe błyski światła, błądziły wokół kwiatów na koszuli strażnika jak motyle tańczące wokół kwiatów bugenwilli. W pogrążonej w mroku części pokoju, do której przeszedł, kwiaty nie były już tak jasne. Zapragnąłem więc, by wrócił do światła.

— Fofo i Big Guy udzielają wam lekcji? — zapytał, obracając się.

— Tak, *monsieur* — odpowiedzieliśmy.

— *D'accord*, Mary, ilu *fofos et tantines Gabonaises as tu?*

— Mam trzech wujków i dwie ciocie — powiedziała.

— Ich imiona?

— Vincent, Marcus i Pierre, i Cecile, i Michelle.

— Dobrze, dobra dziewuszka… Pascal, opowiedz no o twoim dziadku, *din din.*

— Mój dziadek Matthew zmarł dwa lata temu — powiedziałem. — Ciocia Cecile płakała przez dwa dni. Babcia Martha nie chciała z nikim rozmawiać…

— Znakomicie, chłopcze, znakomicie — powiedział. — Teraz nauczę was *nouvelles leçons?*

Zamilkł i spojrzał na nas wyczekująco.

— Dobrze, *monsieur* — powiedzieliśmy.

— Jesteśmy prawie gotowi do *voyage* — powiedział — i Fofo dobrze was przygotował. *Pour example*, ja to się tu poce jak w piekle, ale wy już żeście się przyzwyczaiły do upału. *Na* jeden Bóg wie, czemu wasz *yeye* wujek się wystraszył i chciał wycofać.

Wyciągnął z kieszeni kawałek papieru i uważnie przestudiował zawartość, po czym powiedział:

— Żaden *wahala… repetez après moi* „Zostaliśmy wyłowieni z wody przez miłą załogę…".

— Zostaliśmy wyłowieni z wody przez miłą załogę — powiedzieliśmy.

– Było nas więcej, ale niektórzy zginęli.

– Było nas więcej, ale niektórzy zginęli.

– Wpadliśmy do morza i wielu z nas zginęło.

– Wpadliśmy do morza i wielu z nas zginęło.

– Płynęliśmy przez trzy dni, zanim marynarze powiedzieli nam, że znajdujemy się w niebezpieczeństwie.

– Płynęliśmy przez trzy dni, zanim marynarze powiedzieli nam, że znajdujemy się w niebezpieczeństwie.

– Przed katastrofą płynęliśmy na Wybrzeże Kości Słoniowej.

– Przed katastrofą płynęliśmy na Wybrzeże Kości Słoniowej.

Zadowolony kazał mi wstać i przynieść dwa kubki. Podszedłem do kosza z naczyniami i wyciągnąłem je.

– Chodźcie, zrobimy coś ciekawego – powiedział. – To *na* tylko trochę wody z solom. Nie bójcie się. Gotowi?

– Tak – powiedzieliśmy.

Ostrożnie nalał wody z dzbana do kubków. Z każdego upił po łyku, oblizując wargi, jakby to był smaczny napój. Podał nam kubki i napiliśmy się słonego roztworu.

– To jest lekcja „Jak se dać rade na morzu"... To na wypadek, gdyby na statku zabrakło pitny wody... przynajmniej przeżyjecie jeden dzień.

– Tak, *monsieur*.

– Także na wypadek, gdyby was wyrzucili za burtę...

– Za burtę? – zapytałem zaskoczony.

– Tylko na krótko... ale może wam dadzom kamizelki ratunkowe albo dużom deche, której wiele z was będzie się mogło trzymać w wodzie. My czasami tak robimy, jak marynarka – bardzo złe ludzie z rzą-

176

du – napadają na nas nocą, OK? Przywiążom deche do statku, więc nie ma obawy. Tylko żeby was ukryć w wodzie, jak bedom przeszukiwać nasz statek. Nie zatoniecie… Nie chcemy ryzykować.

– Dobrze jest być przygotowanym – powiedziałem.

– Przez parę dni bedziecie piły osolonom wode dwa razy dziennie. Bede jom przynosił z *manger et* świeżom wodom, OK?

– Tak, *monsieur*.

Zaczął wychodzić z pokoju, ale zatrzymał się i powiedział:

– A, jeszcze jedno. Zmiana planu. Za trzy dni przywieziemy inne dzieci, żeby mieszkały tu z wami. Wszystko z tego pokoju pozabieramy. Potrzebujemy miejsca. Pokażecie im, jak być dobrymi dziećmi.

– Tak, *monsieur*.

– Jakieś pytania? *Ou bien*, potrzebujecie *wetin*?

Yewa i ja wymieniliśmy spojrzenia.

– Czy zna pan Antoinette i Paula? – zapytałem. – Czy oni też z nami zamieszkają?

– Czy to te dzieciaki, co to je Fofo obiecał Big Guyowi? – zapytał z podnieceniem w głosie, wpatrując się badawczo w nasze twarze. – Mówcie prawdę.

– Nie – powiedziałem zadowolony, że nasz wujek zmienił zdanie, zanim wciągnął w tę straszną pułapkę nasze pozostałe rodzeństwo.

– To kto to jest? – zapytał.

– Big Guy je zna – powiedziała Yewa. – Mama i papa przywieźli je do nas dawno temu.

Mężczyzna westchnął, a jego ciało rozluźniło się z wyrazem rozczarowania.

— No, jak Big Guy je zna, to wierzcie mi, że już do tej pory som w Gabonie... Nie, nie znacie tej grupy *qui arrive ici*... ale *ils sont des bon* dzieci... chętne do podróży.

— To kiedy mamy jechać? – zapytałem.

— Jak tylko przyjadom te dzieci. To *na* wasza tura.

— A co z Fofo Kpee? – zapytała moja siostra.

— Fofo Kpee? – powiedział mężczyzna z żalem w głosie, jakby nie wiedział, o kim mówimy. – Co z Fofo Kpee?

— Zobaczymy się z nim, zanim wyjedziemy? – zapytałem.

— Aa, powiem wam o nim jutro – powiedział i szybko wyłączył latarkę, zanim zdążyłem spojrzeć mu w twarz. Wyszedł z pokoju.

Nie spałem do późna w nocy. Na zewnątrz wszystko ucichło. Cały czas myślałem o tym, co nam powie strażnik następnego dnia. Chciałem się dowiedzieć, jaki jest stan Fofo w szpitalu i jeżeli martwi się naszym wyjazdem, powiedzieć mu, że wszystko jest w porządku. Teraz stało się dla mnie jasne, że uszczelnił drugi pokój, by przetrzymywać w domu dzieci, zanim nie zostaną wysłane na statek do Gabonu. Przypomniałem sobie, jak Big Guy patrzył na nasz dom, kiedy przyprowadzili nanfanga, i powiedział, że na razie może być. Zrozumiałem, że Fofo i Big Guy planowali zbudowanie większego pomieszczenia murowanego i pokrytego blachą.

Tamtej nocy obudziłem się nagle na odgłos motocykla wjeżdżającego na nasz teren. Wjechał kolejny, zatrzymał się i rozległy się pośpieszne kroki, które stawały się coraz głośniejsze, w miarę jak okrążały dom, zmierzając na jego tyły. Powoli wstałem i wpatrywałem się w ciemność. Potem podszedłem do okna i przycisnąłem do niego ucho. Mój oddech przyśpieszył, gdy wyobraziłem sobie ludzi okrążających nasz dom. Pomyślałem, że zamierzają wsadzić nas na statek do Gabonu jeszcze tej samej nocy, i pogodziłem się ze swoim losem.

Kiedy przeszli obok okna, przekradłem się przez pokój w kierunku tylnych drzwi. Od razu zabrali się do pracy. Usłyszałem uderzenia w ziemię; pomyślałem, że kopią. Rytm był nierówny i szybszy, niż mogłoby to wskazywać na jedną osobę, przypuszczałem więc, że było co najmniej dwóch kopiących. Pracowali w milczeniu szybko i ciężko. Ich narzędzia czasami uderzały w coś twardego. Odgłosy wskazywały, że kopią gdzieś dalej niż tam, gdzie zazwyczaj gotowaliśmy, obok naszej łaźni. To nie był odgłos piasku spadającego na trawę i liście.

— Wystarczająco głęboko? — zapytał ktoś po chwili.

— Za płytko — odezwał się Big Guy. — Przynieś szpadel; kopać dalej.

Przygryzłem wargę, kiedy rozpoznałem jego głos, wiedząc, że będziemy mieli za swoje. Nie chciałem spotkać go już nigdy w życiu, a teraz, proszę, znalazł się tak blisko mnie. Wydawało się, jakby był razem ze mną w tym pokoju, ukryty pod łóżkiem lub pościelą, i czekał na odpowiednią chwilę, żeby nas skrzywdzić. Nie mogłem przestać myśleć o ostatniej wizycie Big Guya w naszym domu, kiedy Fofo powiedział mu, że interes z Gabonem jest już nieaktualny.

— *MAIS*, NIE CHCESZ nam zapłacić? — odezwał się pierwszy głos i ktoś przerwał pracę. Wiedziałem to, ponieważ teraz słyszałem już tylko jeden szpadel uderzający o ziemię i sypiący piasek w równomiernym rytmie.

— Najpierw skończ — powiedział Big Guy.

— Zmęczyłem się — jęknął mężczyzna.

Przycisnąłem ucho do tylnych drzwi tak mocno, że aż mnie zabolało.

– Zmęczyłem? Jaja se robisz – powiedział Big Guy.

– Zbieram się! Nie chce już dla ciebie pracować.

– Nie, nie, tutej *na* bezpiecznie.

– Nie taki był plan – mężczyzna targował się z Big Guyem. – Umawialiśmy się, że wykopiemy jeden, nie dwa, pamientasz?

– Musieliśmy porzucić tamto miejsce i uciekać. To nie *ma faute*. Nie wiedziałem, że o ty porze ktoś zaskoczy nas na drodze... Dobrze zapłace.

– *Combien*? Ile?

– Weźże nie wrzeszcz – powiedział Big Guy, śmiejąc się. – W tym domu śpiom ludzie.

– Taa? – odezwał się drugi mężczyzna i także przestał kopać. – A jak nas przyłapią *nko*? Nie powiedziałeś nam, że to takie ryzyko.

– Ach, to tylko dzieci – uspokoił ich Big Guy. – Tera śpiom.

– Mówie, że nie chce już kopać.

– Musimy skończyć, zanim się rozwidni... *D'accord*, ile chcecie?

Zdobył się na kolejny krótki śmiech. To był ten rodzaj uspokajającego śmiechu, który ma przekonać, że wszystko jest w porządku, kiedy nie jest. Pamiętałem, jak śmiał się w ten sposób w dzień, kiedy Fofo przedstawił go zebranym na przyjęciu po ceremonii dziękczynienia za nanfanga. Wyobrażałem sobie teraz jego złowieszcze oczy, zimne i ruchliwe w ciemnościach, podczas negocjacji z tymi ludźmi.

– *Plus argent* – powiedział jeden z nich.

– Więcej piniędzy? – odparł Big Guy. – A może być używany nanfang?

– Chcesz nam dać nanfanga? – zapytał mężczyzna podekscytowanym głosem.

– Świetnie! – odezwał się drugi, stukając w metalowy fragment swojego narzędzia, jakby dla uczczenia tej chwili.

– *La* nanfang, *c'est* bardzo porządny – powiedział cicho Big Guy, gdy wrócili do pracy, wgryzając się z entuzjazmem w ziemię. – Ale jak komu powiecie, to was pozabijam.

– Rozumiemy – powiedział jeden z kopiących. – Jak głęboki chcesz?

– Na tyle, żeby zakopać Uśmiechniętego Fofo *complétement* – powiedział Big Guy.

Serce mi zamarło. Zrobiło mi się słabo i osunąłem się na kolana. Duszne powietrze napełniło mi nozdrza niczym jakieś opary. Próbowałem się podnieść, ale nogi nie chciały mnie słuchać. Usiadłem, opierając się plecami o drzwi, z podkurczonymi kolanami, aby wesprzeć na nich pochyloną głowę, rękami obejmując łydki. Zamknąłem oczy, zacisnąłem pięści i przycisnąłem usta do kolan, żeby nie zacząć wyć. Wypreżyłem palce u stóp i chciałem trwać tak w odrętwieniu. Wstrzymałem oddech, aż zakręciło mi się w głowie i musiałem zacząć znów oddychać.

Moje myśli zaczęły galopować. Czy umarł w szpitalu, czy go zabili? Nawet jeżeli umarł w szpitalu, to i tak oni go zabili, ponieważ jeśliby go nie pobili, żyłby. Czułem się teraz zdradzony, ponieważ obiecałem im, że ja i moja siostra pojedziemy jednak do Gabonu, aby nie stała mu się krzywda. Co ja powiem dziadkom, kiedy wrócę do domu? Co powiem *fofos* i ciociom w Braffe? Co ja powiem rodzicom?

Moje serce przepełniło poczucie winy. Uważałem się za winnego jego śmierci, chociaż nie wiedziałem, co mógłbym zrobić, aby jej zapobiec. Może to ja powinienem był zostać pobity zamiast Fofo. Nienawidziłem się i zacząłem uważać się za równie złego jak Big Guy, nasi rodzice chrzestni i nauczyciel WF-u. Czułem się tak, jakbym to od nich nauczył się bycia złym. Uśmiechałem się, a jednocześnie byłem wściekły. Czułem się źle z powodu moich drobnych oszustw wobec strażnika i uważałem, że mój wujek nadal by żył, gdybym nie zachęcał go do ucieczki.

Po twarzy płynęły mi łzy, wielkie i gorące. Dźwignąłem się i oderwałem od drzwi, ponieważ drżałem i bałem się, że wibracje mogą zwrócić uwagę. Uderzenia mojego serca wydawały się głośniejsze niż uderzenia szpadli na zewnątrz. Po chwili nie byłem już nawet w stanie usłyszeć odgłosów kopania.

Zaczął narastać we mnie dławiący gniew. Sięgnąłem po kosz na naczynia stołowe i chwyciłem go za uchwyty tak mocno, że jeden z nich się oderwał, a Yewa odwróciła się we śnie. Miałem ochotę skręcić Big Guyowi kark tak jak ten uchwyt za to, że chciał zakopać Fofo gdzieś przy drodze.

Wyjąłem z kosza nóż i trzymałem go przy sobie na wypadek, gdybym musiał się nim bronić. Chociaż to kopanie było czymś złym, chciałem, żeby trwało w nieskończoność, aby odwlec pochówek Fofo. Za każdym razem, kiedy kopiący przerywali, by złapać oddech, ogarniała mnie fala paniki i zaciskałem pięści.

– *ÇA SUFFIT* – POWIEDZIAŁ Big Guy. – Starczy dla tego oszusta!

Coś w jego głosie, jak sądzę jego bezduszność dodała mi śmiałości. Poczułem, że muszę się z nim zmierzyć. Szybko otarłem łzy i poprzysiągłem, że już nigdy nie będę przez niego płakał. Spróbowałem się podnieść, ale nadal czułem się zbyt słabo. Ukląkłem więc i raz jeszcze przyłożyłem ucho do drzwi.

– Stop – powiedział Big Guy. – Wyłazić! Obiecałem wam nanfanga. *Wetin* jeszcze chcecie, hm? Nowego nanfanga?

– Dziękujemy, proszę pana – powiedzieli, wyczołgując się z dołu.

Usłyszałem pośpieszne kroki kierujące się przed dom. Kiedy powróciły, były wolniejsze i bardziej szurające, jak sądzę z powodu ciężaru Fofo. Próbowałem się domyślić, w jaki sposób go nieśli, ale nie byłem w stanie. Kiedy zrzucili go do grobu z głuchym hukiem, przywarłem do drzwi i postanowiłem, że prędzej umrę, niż pojadę do Gabonu. Pomyślałem, że lepiej już zostać zabitym przez Big Guya, niż zostać sprzedanym po trupie Fofo. Pomyślałem, że się utopię, zanim zaciągną mnie na ten statek.

Kiedy zasypali grób, usłyszałem, że wstała moja siostra. Podbiegłem do niej i zakryłem jej ręką buzię. Szepnąłem, że jeszcze musimy się przespać, że jeszcze jest noc, i poszedłem z nią z powrotem do łóżka. Włożyłem nóż pod materac, tuż pod poduszką. Leżałem tak i myślałem, jak najlepiej uciec przed Big Guyem i jego ludźmi, aż nad ranem wszedł strażnik.

Najpierw opróżnił wiadro na odchody, a potem odłożył swoją wielką latarkę i podał nam jedzenie oraz dzbanek ze słoną wodą. Moja siostra jadła z apetytem.

– No i jak się macie, *mes enfants*? – odezwał się pełen fałszywego współczucia, przyglądając się badawczo naszym twarzom. – *Bien dormi*?

– Tak, spaliśmy dobrze – powiedziała Yewa ustami pełnymi ignamu i fasoli.

– Coś ci się śniło?

– Nie – powiedziała.

– Coś ty taki milczący, Pascal?… Masz czerwone oczy i spuchnientom twarz. Spałeś?

– Tak – powiedziałem cicho.

– I nie chcesz *chop*?

Podszedł do łóżka, podniósł poduszkę i usiadł obok mnie. Usiadł blisko noża.

– Weź no co zjedz, *abeg*, chłopaku!

Zmusiłem się do uśmiechu, nalałem sobie trochę słonej wody i upiłem łyk.

– Nie mam teraz apetytu. Zjem później.

– *A ma sé nude din wę ya*? – zapytał nagle strażnik.

Yewa wzruszyła ramionami.

– Nie, w nocy nic nie słyszałam.

– A ty, *big boy*? Nie bądźże taki smutny, *abeg*.

Słowo „big" zachwiało moim udawaniem. Przed oczami stanął mi obraz Big Guya. Chciałem powiedzieć strażnikowi, że owszem, wiem, że zabili Fofo Kpee i zakopali zeszłej nocy za domem. Chciałem mu powiedzieć, żeby poszedł do diabła. Chciałem wyjąć nóż i dźgnąć go. Ale nie byłem pewien, czy byłbym w stanie zabić go od razu. A gdybym nie zabił go pierwszym ciosem, mógłby mnie obezwładnić.

Postanowiłem porzucić opcję z nożem i wykorzystać jego współczucie. Może gdybym go ubłagał, pozwoliłby nam pójść do dużego pokoju. A gdybyśmy się tam znaleźli, może byłbym w stanie wyjąć klucze z kieszeni sztruksowego oliwkowozielonego płaszcza Fofo.

– Nic żeś nie słyszał? – strażnik zapytał raz jeszcze, widząc, jak sądziłem, moje wahanie.

– Nie, nic – zaprzeczyłem. – Czy coś się stało, *monsieur*?

– Och, nie, nie, nic. Tylko Big Guy szwendał się po nocy.

– Nie! – odezwała się Yewa.

– Uspokój się – powiedział. – Pytam tylko, czy was nie niepokoił.

– Proszę pana, jak się ma Fofo Kpee? – powiedziałem ze spuszczonym wzrokiem, skrywając mój ból.

– No, poprawia mu się w szpitalu. Zatrzymajom go tam jeszcze
jakiś czas.

– Na jak długo? – zapytałem.

– Wróci do domu zaniedługo... Byłem u niego wczoraj w nocy.

Yewa przerwała jedzenie, podniosła wzrok i zapytała:

– Był pan?

– Powiedział, żebym pozdrowił *vous deux*... i, Pascal, przekazał ci
wiadomość.

– Wiadomość? Jaką wiadomość? – zapytałem.

– *Na* tera tyś jest głowom rodziny, jak on jest w szpitalu... Opiekuj
się tom małom dziewuszkom.

Sięgnął ponad mną i poklepał moją siostrę po ramieniu.

– Zaniósł mu pan jego ubranie? – powiedziałem, mając nikłą nadzieję, że niczego w dużym pokoju nie dotykał, zwłaszcza oliwkowozielonego płaszcza.

– *L'hospital* zawsze daje pacjentom ubranie. Nie ma potrzeby przynosić z domu.

Ucieszyłem się, że okoliczności mi sprzyjają. Ważne było, żebym
zachował spokój i zyskiwał jego sympatię. Po śmierci Fofo czułem, że

185

muszę z nimi zwyciężyć w ich własnej grze. Czułem, że mam prawo być jeszcze gorszym człowiekiem niż Big Guy.

– Dzięki za wiadomość od Fofo Kpee – powiedziałem.

– *C'est rien* – odpowiedział. – Kpee to w porządku gość… tylko źle się zachował.

– I dzięki za jedzenie, wodę, toaletę… za wszystko. Bóg nam tu pana zesłał.

– A co ze mną? – zapytała nagle Yewa marudnym głosikiem.

– *Wetin* z tobom? – zapytał mężczyzna, patrząc na mnie.

Obaj spojrzeliśmy na Yewę, próbując zrozumieć, o co jej chodzi.

– Czy Fofo Kpee dał panu jakąś wiadomość dla mnie…? – zapytała.

– Nie! – odparł mężczyzna, naśladując sposób, w jaki Yewa mówiła „nie", a potem zachichotał.

Wysiliłem się na fałszywy uśmiech.

– Na pewno tak – upierała się Yewa i upiła łyk solonej wody.

– Och, *dis-nous* – jakom wiadomość, jakom wiadomość? – żartował z niej strażnik.

– Że mam pomagać Pascalowi… prawda, Pascal? Nie jestem już małą dziewczynką.

– Tak, możesz mi pomagać – powiedziałem.

– Łał, Mary, *c'est vrai*! – powiedział mężczyzna. – *Na* prawda! Fofo mówi, że masz pomagać Pascalowi we wszystkim. Jak zastępca przewodniczącego klasy, *hén*?

– Tak, *monsieur* – powiedziała zadowolona z siebie.

Gdy tak sobie rozmawiali, otworzyłem pojemnik z jedzeniem i zacząłem bez apetytu skubać bulwy ignamu. Próbowałem się uśmiechać, gdy oni się śmiali, ale przytłaczały mnie wspomnienia odgłosu ziemi spadającej na Fofo, wyciskając łzy. Jednak kiedy wyobraziłem sobie nerwowy śmiech Big Guya, opanowałem łzy i wpakowałem do ust porcję ostrej fasoli, wiedząc, że Yewa i strażnik pomyślą, iż to właśnie ona była źródłem moich łez.

– Czy możemy przynajmniej przejść do drugiego pokoju... proszę, proszę? – zapytałem nagle.

– Nie ma *wahala* – powiedział i wzruszył ramionami. – Dajcie mi trochę czasu.

Odwróciłem wzrok, by ukryć podniecenie. Nawet Yewa wydawała się wyczuwać tamtego ranka wyjątkowo życzliwą atmosferę. Chwyciła latarkę i beztrosko mierzyła nią po pokoju, malując strumieniem światła zawiłe wzory i świecąc nią po wszystkich szczelinach. To była jej zabawka i przez krótki czas zachowywała się tak, jakby miała moc zanurzania świata w jasności lub mroku. Czasami usiłowała zasłonić rękami światło latarki. Jej palce robiły się czerwone, ale smuga światła wychodziła spomiędzy nich na pokój. Przystawiła sobie latarkę do brzucha i przycisnęła do skóry, tak że na jej ciele została tylko świetlista obręcz, jak przy zaćmieniu.

– *Attention, attention*, Panno Asystentko Głowy Rodziny, światło się nam przyda! – powiedział strażnik, sięgając po latarkę. Z zakłopotaniem dodał: – *Na* wy jesteście więźnie, nie ja!

– Ale wciąż widzimy – zaśmiała się Yewa, przyciskając latarkę jeszcze mocniej do brzucha, starając się w ogóle wyeliminować snop światła, ale bezskutecznie. Mężczyzna rzucił się do przodu i zabrał jej latarkę.

– Kiedy mają tu przyjechać pozostałe dzieci? – zapytałem.

– Jutro *nuit* – powiedział. – Opróżnimy pokój jutro rano.

– Proszę, czy możemy tylko pójść do drugiego pokoju i usiąść sobie na chwilę? – powiedziałem.

– No…

– Nie musi pan otwierać drzwi ani okien… proszę nas tylko stąd wypuścić.

– *Je comprend*, chcecie se zrobić przerwę od tego więzienia. Możemy se tam zrobić jednom lekcje.

Wprowadził nas do dużego pokoju i uchylił okno. Chociaż w pomieszczeniu panował półmrok, dla moich oczu było tam bardzo jasno. Czuło się chłód z powodu wchodzącego przez okno świeżego powietrza. Moje spojrzenie powędrowało do garderoby i prześlizneło się po ubraniach, aż dotarło do zielonego płaszcza. Odczułem ulgę, że nadal tam wisiał. Nie miałem powodu, by sądzić, że ktoś mógł go ruszać. Serce zaczęło mi bić mocniej, ale się opanowałem. Udawałem, że koncentruję uwagę na Yewie, która przyglądała się staremu kalendarzowi z piłkarzami, recytując na głos ich nazwiska. Bez naszego łóżka pokój wyglądał na koślawy i szerszy.

Usiadłem na stoliku, który znajdował się bliżej garderoby, a Yewa i strażnik usiedli na łóżku Fofo. Co zrozumiałe, pobyt w dużym pokoju podniósł Yewę na duchu. Zaczęła nucić fragmenty wielu chrześcijańskich pieśni, czego nie robiła, odkąd próbowaliśmy uciec. Często się do nas uśmiechała i wpatrywała we wszystko, jakby widziała to po raz pierwszy.

Drzwi od naszego pokoju były uchylone. Nie odrywałem wzroku od miejsca na podłodze, gdzie położyli Fofo tamtej nocy, kiedy nas schwytali. Tam widziałem go po raz ostatni.

– CZY BYŁ PAN kiedyś w Gabonie, *monsieur*? – zapytałem go.

– Nie – powiedział.

– Hej, to my będziemy w Gabonie przed panem! – powiedziała moja siostra.

– Nie ma *wahala*, przyjade późni – powiedział.

– Czy uważa pan, że to dobry pomysł? – powiedziałem ze spuszczonym wzrokiem.

– Tak, Pascal – powiedział. – *Hén*, Asystentko Głowy Rodziny?

– Tak – odezwała się.

– Będziemy do ciebie mówić po prostu AGR, co? – powiedział mężczyzna. – *Yinko dagbe*!

Yewa pompatycznie pokiwała głową.

– Brakuje mi naszego nanfanga – powiedziałem. – AGR zawsze jeździła z Fofo Kpee na przejażdżki.

– Dobra maszyna – powiedział strażnik. – Tera jest w warsztacie na przeglądzie.

Pokiwałem głową, jakbym nie wiedział, że Big Guy przekazał już pewnie motocykl grabarzom.

– Czy myśli pan, że Big Guy pozwoli Fofo Kpee znowu zatrzymać nanfanga? – zapytałem i spuściłem nagle wzrok.

– Oczywiście – powiedział – *zokękę na* jego własnością… Dlaczego patrzysz się na podłogę?

Poderwałem się na swoim miejscu, udając zaskoczenie.

– Dobrze z tobom? *Wetin* tam?

– Coś zobaczyłem.

Wstałem i odszedłem od stolika, cofając się w kierunku garderoby. Yewa w przerażeniu szybko podciągnęła stopy na łóżko, co było mi na rękę. Chciała przytulić się do mężczyzny, ale ten podniósł się i kazał jej nie wstawać z łóżka.

– Coś? Jakie coś? – zapytał strażnik. – *Wetin* ty tam widzisz?

– Szczury – powiedziałem, cały czas cofając się w stronę ubrań.

– Dlatego patrzysz na podłogę? Wy to macie szczęście w tym areszcie, gdzie wszystko jest pouszczelniane i okna pozamykane. Szczury to ja tutej widze codziennie! Nie bójcie się, zabije je.

Płaszcz znajdował się na wyciągnięcie mojej ręki. Wyciągnąłem ramiona do tyłu, jakbym miał upaść na ubrania. Przebierałem palcami. Strażnik ściągnął jednego buta, aby go użyć jako broni, i zaczął zaglądać pod łóżko, świecąc po pokoju latarką. Wyciągnął należący do Fofo Kpee karton z butami i opróżnił go, ale niczego nie znalazł. Zbliżałem się niepostrzeżenie w kierunku garderoby.

– Proszę zobaczyć w drugim kącie! – powiedziałem, ponaglając go. – Mam nadzieję, że szczur nie wszedł do naszego pokoju.

Jak tylko dosięgłem płaszcza, chwyciłem za klucze schowane w kieszeni na piersiach i wsunąłem je do kieszeni w moich szortach. Strażnik w tej chwili obracał się dookoła, a ja udałem, że się przewracam, pociągając za sobą wiele ubrań.

– Przepraszam, *monsieur* – powiedziałem.

– E, *na* tylko szczur – zaśmiał się, odwołując polowanie. – Co ty, baba jesteś? Za bardzo się boisz! Jak szczur wystraszy was dzisiej w nocy w waszym pokoju, to tylko mnie zawołajcie, dobra?

– Tak, *monsieur* – powiedzieliśmy.

Rozpierała mnie radość. Zacząłem fantazjować na temat naszej ucieczki. Największe szanse mieliśmy w środku nocy, kiedy on spał. Nie pomyślałem, gdzie moglibyśmy uciec, ale tym się nie przejmowałem. Moją radość wywoływała obietnica wolności, która była w zasięgu ręki. Do czasu ucieczki musiałem tylko zapanować nad swoimi emocjami. Podobnie jak tamtego dnia, kiedy Fofo Kpee próbował z nami uciec, pomyślałem, że absolutnie nic nie mogę mówić Yewie, zanim nie będziemy gotowi wyruszyć w drogę. Nie chciałem ryzykować.

Strażnik ponownie przepytał nas z lekcji zachowania się na otwartym morzu i wyjaśnił, dlaczego powinniśmy pić słoną wodę. Dobrze czuliśmy się w jego towarzystwie.

KIEDY PONOWNIE ZNALEŹLIŚMY SIĘ w naszym pokoju, czułem się podekscytowany, pobudzony i uśmiechałem się w ciemnościach. Pod moimi palcami klucze wydawały się chłodne, a jednocześnie parzyły. Każdy miał długość połowy mojego palca wskazującego i wydawał się lekki. Chociaż moje kieszenie nie były dziurawe, bałem się, żeby w tych ciemnościach nie zgubić kluczy. Stale wkładałem rękę do kieszeni i gładząc je, dobrze poznałem ich kształt. Yewa stale trajkotała na temat strażnika i dużego pokoju, jakbyśmy właśnie wrócili z pikniku.

W końcu pobudzenie wyczerpało mnie i powiedziałem Yewie, że muszę się przespać. Chciałem odpocząć i przygotować się do nocnej ucieczki. Najpierw położyłem się, przyciskając klucze do materaca. Potem odwróciłem się tak, że klucze znalazły się u góry. Następnie włożyłem rękę do kieszeni i chwyciłem je w dłoń. W końcu wyjąłem je z kieszeni.

Tamtej nocy, kiedy oddechy Yewy i strażnika ustabilizowały się we śnie, wstałem i podkradłem się pod tylne drzwi. Przypomniałem sobie jednak, że drzwi skrzypią, ruszyłem więc w stronę okna. Wspiąłem się na worki z cementem, drżącymi rękami wyciągnąłem z kieszeni jeden z kluczy i złapałem za kłódkę. Trząsłem się i wierciłem, zanim znalazłem dziurkę od klucza. Ale to nie był właściwy klucz. Wyciągnąłem go i położyłem na wierzchu worka z cementem. Kiedy drugi z kluczy także okazał się niewłaściwy, odłożyłem go na bok. Zacząłem się trząść z obawy, że trzeci także może okazać się zły, zrobiłem więc sobie przerwę, próbując ochłonąć. Strażnik kichnął i jego łóżko zaskrzypiało. Oparłem się o framugę okna, zmagając się z narastającym uczuciem, że ostatecznie możemy nie być w stanie uciec. Odczekałem kilka minut, by dać strażnikowi czas na ponowne pogrążenie się we śnie.

W końcu wsunąłem trzeci klucz i przekręciłem. Rozległo się kliknięcie, gdy kłódka ustąpiła. Kiedy się upewniłem, że nikt mnie nie usłyszał, usunąłem kłódkę i włożyłem ją razem z kluczem do kieszeni. Powoli popychałem okno, aż się otworzyło i rześkie powietrze owionęło mi twarz.

To była chłodna, piękna noc i do pokoju wpłynęło przyćmione światło księżyca. Było cicho i spokojnie. Zamknąłem okno i przekradłem się z powrotem do łóżka. Delikatnie klepnąłem Yewę w ramię, aż w końcu usiadła, drapiąc się.

– Kotchikpa – powiedziała sennym głosem.

– Tak – szepnąłem. – Żadnych hałasów.

– Czy znowu pójdziemy do dużego pokoju? Gdzie jest strażnik?

– Uciekamy… mów ciszej!

– Ciszej?

Potrząsnąłem nią mocno.

– Odwiedzimy Fofo Kpee w szpitalu – skłamałem, prowadząc ją delikatnie coraz dalej od łóżka.

– Teraz?

Postawiłem ją na workach z cementem, otworzyłem okno i kazałem się jej wspiąć, mając nadzieję, że podążę za nią. Wypchnąłem jej głowę przez otwarte okno. Kiedy wiatr smagnął ją w twarz, z jej ust wydobył się krzyk. Teraz była już w pełni rozbudzona, zeszła z worków i wróciła do łóżka. Powlokłem ją w stronę okna, ale zaczęła się opierać.

– Bijecie się po nocy? – rozległ się głos strażnika manipulującego już przy drzwiach.

– Yewa… przez okno, wyskakuj! – krzyknąłem. – On nas zabije!

– Stać, stać! – krzyknął strażnik, wpadając do pokoju.

Odepchnąłem Yewę na bok w stronę kosza z naczyniami i zanurkowałem przez okno głową do przodu, łagodząc upadek rękami. Pobiegłem w kierunku grobu Fofo Kpee, ale byłem tak przejęty zawodzeniem Yewy odbijającym się echem od oceanu, że zapomniałem na niego spojrzeć.

Wbiegłem do buszu i liście trawy słoniowej zaczęły smagać mnie po całym ciele, a ciernie i nierówna ziemia ranić w stopy. Wyjąłem z kieszeni klucz oraz kłódkę i wyrzuciłem je w krzaki. Biegłem i biegłem, chociaż wiedziałem, że nigdy nie zdołam uciec przed krzykiem mojej siostry.

Co to za język?

Najlepsza Przyjaciółka powiedziała, że podobają się jej twoje niewielkie oczy, pociągła twarz i chód oraz to, jak mówisz po angielsku. Miała na imię Selam. Ty powiedziałaś, że podobają ci się jej dołeczki, długie nogi i charakter pisma. Obie lubiłyście krówki. Była najmłodszym dzieckiem w rodzinie; ty byłaś jedynaczką. Świat był tylko dla was, a wasz sekretny język wzbudzał w was nieustający śmiech, który wywoływał zazdrość innych dzieci. Selam mieszkała w czerwonym, dwupiętrowym domu w Bahminya. Ty mieszkałaś w brązowym dwupiętrowym domu po drugiej stronie ulicy.

Nieraz po szkole stawałyście razem na balkonie jednego z tych domów, przyglądając się dwóm braciom Selam oraz ich kolegom, którzy wrzeszczeli i biegali po stromej ulicy z własnoręcznie wykonanymi latawcami, a ich pięty wzbudzały tumany etiopskiego kurzu. Chłopcy wpadali na sprzedawców zachwalających płyty CD, które nieśli w metalowych pojemnikach umieszczonych na głowach, lub na ciągnięte przez konie wózki oraz osły objuczone towarami i spowalniające ruch uliczny. Trzymali się z dala od następnej przecznicy, na której znajdował się meczet, ponieważ, gdyby ich latawce owinęły się wokół minaretu, imam mógłby rzucić na nich klątwę. Mężczyzna zdążył już zakomunikować rodzicom chłopców, że puszczanie latawców to zagraniczny wymysł, obwiniając ich o narażanie swych dzieci na takie dziwactwa. Ale rodzice Najlepszej Przyjaciółki powiedzieli twoim rodzicom, co przekazali imamowi: że nie powinien próbować pouczać ich, jak mają wychowywać swoje dzieci w wolnej Etiopii. Jakże często popołudniami przyglądałyście się latawcom unoszącym się na tle dalekich pól kawy i rozciągających się za nimi pięknych wzgórz, a kiedy latawce wzlatywały ku szerokiemu, nisko zawieszonemu błękitnemu niebu, osłaniałyście sobie oczy dłońmi.

Nieraz wcale nie musiałyście się odwiedzać w swoich domach, by być razem. Ty i Najlepsza Przyjaciółka stawałyście na swoich balkonach i ponad ulicą i brązowymi ptakami siedzącymi na przewodach linii elektrycznej i telefonicznej wykrzykiwałyście do siebie rymowanki z przedszkola. Druty oplecione były martwymi latawcami, uwięzionymi niczym motyle w olbrzymiej pajęczej sieci. Twoja mama nie miała nic przeciwko głośnym recytacjom, ponieważ mówiła, że jesteście tylko dziećmi. Tacie też to nie przeszkadzało, ale nie chciał, żebyś krzyczała w czasie jego sjesty, po której czasami zabierał cię swoim białym samochodem na przejażdżkę po okolicy. Rodzicom Selam nie podobały się zbytnio te wrzaski. Ale co mieli począć?

W niektóre soboty twoja mama albo Emaye Selam zaprowadzały was do fryzjerki, dwie ulice dalej za kościołem, aby zaplotła wam włosy. Niczym bliźniaczki zawsze wybierałyście takie same fryzury. Czasami ty chodziłaś do niej i oglądałyście kreskówki Disneya, czasami ona przychodziła do ciebie i grałyście w „Węże i Drabiny" oraz jadłyście *doro wot* i spaghetti.

Co to za język?

Pewnej niedzieli, po kościele, do którego Selam poszła razem z wami, ponieważ jej rodzice wyjechali, tata zabrał was obie autem do Hoteela Federalawi na coś do jedzenia. Czytałyście na głos napisy na wszystkich billboardach przy długiej, pięknej Haile Selassie Arada: Selam te po prawej stronie, ty te po lewej. W Hoteela Federalawi tata wybrał dla was stolik na zewnątrz, pod wielką markizą. Czytałyście sobie nawzajem menu, a on spoglądał z dumą. Obie zamówiłyście pizzę, a tata wybrał dla siebie dużą porcję *mahberawi*.

– Czy hamburger jest z wieprzowiny? – zapytała Selam, wrzucając sobie do ust pieczarkę.

– Hej, a kto tak powiedział? – odezwał się tata.

– Hadiya – odparła.

– Mówiłam ci, żebyś nie rozmawiała z Hadiyą! – powiedziałaś, wypuszczając z ręki widelec. – Ona nie jest naszą koleżanką.

– Nie rozmawiałam z nią.

– Już się do ciebie nie odezwę.

– Przepraszam.

Wstałaś i odsunęłaś od niej swoje krzesło.

– Och, nie, *ai* – powiedział tata, przysuwając twoje krzesło z powrotem w stronę Najlepszej Przyjaciółki. – *Ai*, drogie panie. Najlepsze przyjaciółki się nie kłócą, *eshie*?

– Tak, tato – powiedziałaś. – Ale ona rozmawiała z Hadiyą. Obiecała mi, że nigdy nie będzie z nią rozmawiać, tatusiu.

– Nie rozmawiałam z nią. To ona po prostu do mnie podeszła i powiedziała, że zachowuję się jak chrześcijanie i jem wieprzowinę w Hoteela Federalawi, a potem uciekła. Powiedziałam, że przepraszam.

Przepraszam, OK? – Do oczu napłynęły jej łzy. – Ja też już się do ciebie nie odezwę! – wykrzyczała do ciebie. – I nawet cię nie przytulę.

– Och, nie, Selam – powiedział tata, stając pomiędzy wami. – Ona żartuje. Będzie się do ciebie odzywać, będzie z tobą siedzieć. – Odwrócił się do ciebie. – Kochanie, nie bądź niemiła dla Najlepszej Przyjaciółki.

Ludzie zaczęli się wam przyglądać, a dzieci obchodzące pod markizą czyjeś urodziny zachichotały. Selam zaniosła się płaczem. Tata poluzował sobie krawat, objął ją i zaczął ocierać jej łzy chusteczką. Obsługująca was kelnerka, kobieta ze srebrnym kolczykiem w nosie, podeszła i zaczęła z was żartować, mówiąc, że takie słodkie siostrzyczki nie powinny się kłócić i przynosić wstydu swojemu tacie po kościele.

Tata zwrócił się do ciebie:

– Musisz przeprosić Selam albo zaraz pojedziemy do domu… *tolo*!

– OK, Selam, przepraszam – powiedziałaś. – Będę się do ciebie odzywała. Najlepsze przyjaciółki… przytulaski, przytulaski?

Pokiwała głową.

– OK, najlepsze przyjaciółki… przytulaski.

Objęłyście się. Kelnerka zaklaskała, ciesząc się, i na powrót przysunęła do siebie wasze krzesła.

– Cóż, moja Selam, chcę to powiedzieć, zanim wrócimy do jedzenia – odezwał się tata przepraszającym tonem. – Zawsze możesz jeść to, co ci odpowiada, *aw*?

– Tak. Mój tata powiedział mi już, że mogę jeść wieprzowinę, jeżeli tylko chcę.

– Naprawdę? – zapytał z ulgą w głosie.

– Tak.

– Ponieważ dziś wieczorem zamierzałem poprosić twojego tatę, żeby z tobą o tym porozmawiał. Jadę z nim do Cinima Bahminya na mecz pierwszej ligi piłki nożnej.

– Chciałam tylko powiedzieć Najlepszej Przyjaciółce, co mówi Hadiya.

– Dlatego tak lubię twojego tatę – powiedział i pogłaskał ją po głowie. – To otwarty… miły człowiek.

Usiedliście i zaczęliście jeść, sącząc świeży sok z granatów przez długie, czerwono-białe słomki. Rozmawiałyście o grach, w które będziecie razem grały, kiedy wrócicie do domu, oraz o tym, jak nie możecie się już doczekać szkoły następnego dnia.

A POTEM, PEWNEGO DNIA, po powrocie z wyścigu kolarskiego Jimma Bicycle Race, na który pojechałaś do sąsiedniego miasta ze swoją rodziną oraz rodziną Najlepszej Przyjaciółki, nie obudziłaś się w swoim łóżku, tylko w łóżku mamy i taty. W mieszkaniu unosił się zapach spalenizny. Ulice były prawie puste. Tata powiedział, że dzisiaj nie będzie lekcji w szkole.

Przez całe przedpołudnie rodzice nie odstępowali cię na krok. Okna w ich sypialni nie wychodziły na mieszkanie Selam. Siedzieli z tobą, oglądając kreskówki, a potem opowiadali ci o swoim dzieciństwie oraz o programie telewizyjnym *Yelijoch Gizay*, który oglądali dawno temu w Addis Abebie. Tata, odgrywając rolę Ababy Tesfaye, opowiadał ci różne historie dla dzieci; mama, grając Tirufeet, pomagała mu, dodając różne szczegóły.

Mama pozwoliła ci spędzić dużo czasu w wannie i przeniosła twoje ubrania do ich pokoju. Tata prosił cię, abyś czytała mu na głos wszystkie swoje książeczki i odmawiała modlitwy. Nie śpieszyli się do pracy; nigdzie się nie śpieszyli. Pomoc domowa nie pokazała się tego dnia.

Ziewnęłaś i wyskoczyłaś z łóżka.

– Idę się zobaczyć z Najlepszą Przyjaciółką.

– Chodź i usiądź tu na chwilę – powiedziała mama, poklepując łóżko w miejscu pomiędzy nią a tatą. Podeszłaś i usiadłaś. Mama spojrzała na tatę, który wpatrywał się w ścianę.

Odchrząknął i powiedział:

– Kochanie, nie chcemy, żebyś się bawiła z tą dziewczynką.

– Jaką dziewczynką?

– Z tą muzułmanką – powiedziała mama, przysuwając do ciebie swoje ogromne ciało.

– Najlepszą Przyjaciółką?

Cisza.

Spojrzałaś na mamę, następnie na tatę. Chyba nie mówią poważnie, pomyślałaś, czekając, aż powiedzą, że to żart.

– To nic takiego – powiedział tata, wzruszając ramionami. – W nocy wybuchły zamieszki. W naszej dzielnicy palono domy.

– Dom Selam?

– Nie – powiedział.

– Mogę pójść z nią porozmawiać…?

– Mówimy *ai* – powiedziała mama, patrząc ci prosto w oczy.

– Nie? Ja tylko chcę ją przytulić. Proszę?

– Rozumiemy, co czujesz – powiedział tata. – Naprawdę rozumiemy… W wieku sześciu lat jesteś jeszcze trochę za mała, aby zrozumieć takie sprawy.

– Posłuchaj, kochanie – powiedziała mama – jesteś naszym jedynym dzieckiem... jedynym dzieckiem.

– Ale ja bardzo za nią tęsknię.

– Czy wiesz, że rodzice Selam także zabronili jej zbliżać się do ciebie? – powiedziała.

– Naprawdę? Emaye Selam? Abaye Selam tak powiedział? To kto się będzie ze mną bawił?

– My będziemy się z tobą bawić – powiedziała mama.

Tata pogłaskał cię po plecach i powtórzył innymi słowami to, co powiedziała mama: *Kanchi gara mechawet iwedallehu.*

– A kto będzie się bawił z Selam?

– Hadiya – powiedział.

– Hadiya?

– No to jej bracia – powiedział. – Nie martw się tym.

– Ale ja nie chcę, żeby Hadiya się z nią bawiła. Nie lubię jej.

Rzuciłaś pilota na podłogę i pobiegłaś do swojego pokoju, zanim mogli cię powstrzymać. Otworzyłaś żaluzje w dużym oknie i spojrzałaś na dom, w którym mieszkała Selam. Był częściowo spalony, ale jej mieszkanie pozostało nienaruszone. Z powodu pożaru budynek miał teraz kolor czerwono-czarny. Niektóre ze spalonych mieszkań wyglądały jak puste czarne muszle, gdyż ich kamienne ciosy pozostały nienaruszone jak zawsze. Brak żaluzji i okien pozwolił ci zobaczyć wewnętrzne ściany mieszkań oraz fragmenty nadpalonych mebli.

Ale mieszkanie Selam było nienaruszone, a żaluzje zamknięte. Z powodu pożaru wyglądało na osamotnione. Rozglądając się dookoła, widziałaś czarny dym wciąż unoszący się nad innymi domami. Niebo wydawało się brudne. Osły i konie zniknęły z ulicy, a ciągnięte przez nie wózki stały zniszczone na rogu jak sterta niepozmywanych naczyń w zlewie. Nawet ptaki poznikały z drutów.

Chciałaś, żeby Selam wyszła na balkon. Chciałaś zobaczyć jej twarz. Serce zaczęło ci bić szybciej na myśl, że stoi tam za okiennicami, czekając na ciebie. Wyobraziłaś ją sobie siedzącą na łóżku z rodzicami. Wyobraziłaś sobie, jak mówią, że musi znaleźć sobie inną najlepszą przyjaciółkę. Oczami wyobraźni zobaczyłaś, jak bawi się z Hadiyą. Zobaczyłaś, jak idą razem do fryzjerki i jak się śmieją. Gdy usłyszałaś, jak nazywają się wzajemnie Najlepszymi Przyjaciółkami, zacisnęłaś piąstki i zapragnęłaś, żeby Selam wybiegła na balkon.

– Spłonęła także część naszego domu – powiedział tata, przykucając za tobą i kładąc ci ręce na ramionach. – Jeżeli otworzysz okno, wleci tutaj dym… Na zewnątrz nie jest dobrze.

– Zniszczono peugeota twojego taty – powiedziała mama, siadając na twoim łóżku.

– Gdzie jest Selam?

– Nic im nie jest, *dehna nachew* – powiedziała, a tata odciągnął cię od okna z powrotem w kierunku łóżka. – Twój tata i jej tata rozmawiali dzisiaj rano o was obydwu. Nasze relacje są teraz trudne.

– Czy pokłóciłaś się z Emaye Selam?

– *Ai*, nie, to kochana kobieta – powiedziała.

Tata milczał, obracając w dłoniach zepsutego pilota i baterie. Spojrzałaś na wiszącą na ścianie mapę świata, z której twoja nauczycielka, Etiye Mulu, nauczyła cię czytać w szkole. Twój wzrok zatrzymał się na zdaniu „Afryka, nasz kontynent", które Najlepsza Przyjaciółka napisała tam swoim słodkim charakterem pisma, i musiałaś powstrzymać łzy.

204

Mama cię przytuliła.

– Tatusiu, pokłóciliście się z Abaye Selam?

– Nie „my" jako *my* – powiedział.

– To nic osobistego – powiedziała mama. – Wiesz, że oni są muzułmanami?

– Wiem.

– Różnice wynikające z wiary – powiedział tata. – Tylko tyle.

– Wiary?

– To skomplikowana sprawa – powiedziała mama.

– To trudny okres – dodał tata, kiwając głową.

– Czy to źli ludzie?

– Nie, właściwie nie – powiedziała mama.

– OK – powiedziałaś, nic jednak z tego nie rozumiejąc. – Idziemy jutro do szkoły?

– Jutro nie, *nega atihedjeem* – odparł tata.

– Niedługo, skarbie, niedługo – powiedziała mama.

Wieczorem w mieszkaniu Selam zapaliły się światła. Podbiegłaś, otworzyłaś żaluzje i wyjrzałaś. Jej żaluzje również były otwarte, ale nikogo nie było widać. Uszczypnęłaś się za karę, że nie było cię tam, kiedy żaluzje się otworzyły. Czekałaś w ciszy, z nadzieją, że zobaczysz kogoś, chociaż cień, przechodzący obok okna. Ale nic.

Przez następne dwa dni, kiedy mama wychodziła z domu, zostawał z tobą tata. Kiedy tata wychodził, zostawała mama. Chociaż ulice znowu zaczęły się zaludniać, a ptaki powróciły na druty, wasza pomoc domowa już się nie pojawiła.

Miałaś złe sny, w których pojawiała się Selam, nawet podczas popołudniowej drzemki. W jednym z nich odwróciła od ciebie twarz i nie odpowiedziała na twoje pozdrowienie. Kiedy ponownie na ciebie spojrzała, miała gniewną minę, która sprawiła, że zniknęły jej dołeczki. Na swoim balkonie powtarzała z Hadiyą tabliczkę mnożenia, uczyła ją pięknego pisma i dzieliła się swoimi krówkami. Angielski Hadiyi stał się lepszy od twojego. W miarę jak twarz Hadiyi robiła się coraz smuklejsza i piękniejsza, a Selam zaczął podobać się jej chód, ty stawałaś się brzydka i powykręcana jak stare krzewy kawowe w Jimmie. Czułaś się tak okropnie, że zaczęłaś szlochać, i Hadiya podeszła, żeby cię przytulić. Powiedziała ci, że to nie jest wina Selam, że jej rodzice zażyczyli sobie, aby cię unikała, ponieważ nie jesteś jedną z nich. Rozpłakałaś się jeszcze bardziej, bo przytulała cię Hadiya, a nie Najlepsza Przyjaciółka.

MIMO TYCH SNÓW po południu udawałaś, że czytasz książkę w swoim pokoju, by zza swoich żaluzji móc obserwować mieszkanie Selam. Byłaś pewna, że nie wyjdzie na balkon. Pozostawałaś jednak czujna, ponieważ chciałaś się przekonać, czy Hadiya przyjdzie ją odwiedzić.

Aż tu nagle Selam wymknęła się na palcach na balkon. Na tle wypalonych mieszkań była niczym duch. W świetle popołudniowego słońca jej twarz wyglądała na bladą i wydawała się pokryta głębokimi zmarszczkami, jak wierzch chleba *hambasha*. Jakby wychudła w ciągu tych kilku dni, podczas których jej nie widziałaś, i stała się jeszcze niższa. Jej *shama*, okrywająca ją od stóp do głów biała szata wyglądająca jak gaza, powiewała na wietrze. Czy ucieknie z powrotem do mieszkania, jeżeli się pojawisz? Jeżeli nie posłuchasz mamy i taty i odezwiesz się do niej, czy ona także nie posłucha swojej mamy i taty i odpowie? Czy też naskarży na ciebie do swoich rodziców, a oni mogą przyjść do twoich? Czy zrobi ci afront jak w twoich snach? Z lękiem ukryłaś się i utkwiłaś w niej swoje spojrzenie niezauważalne jak słońce w zimny dzień. Selam wpatrywała się w twoje mieszkanie, ale ty się nie poruszyłaś. Chwyciła za balkonową barierkę i spojrzała w dół na ulicę, w jedną i w drugą stronę, a ty próbowałaś podążać za jej spojrzeniem, na wypadek gdyby oczekiwała na Hadiyę.

Podczas kolacji mama i tata prosili cię, żebyś się rozchmurzyła. Powiedzieli, żebyś się nie bawiła jedzeniem. Prowadzili ożywioną rozmowę, tak jak Selam i Hadiya w twoich snach, i nalewali ci coraz więcej coli.

– Jutro po południu – powiedziała mama – wybierzemy się do Addis odwiedzić krewnych.

– Kiedy wrócimy?

– Jeszcze nawet nie wyjechaliśmy! – powiedział tata. – Co się z tobą dzieje? Popsułaś pilota. Skończ już z tym.

– Kochanie, już dobrze – powiedziała mama, uspokajając go. Następnie zwróciła się do ciebie. – Wrócimy za tydzień. W Bahminya panuje obecnie zbyt duże napięcie. *Kezeeh mewtat allebin…*

– Nie chcę jechać.

– Hej, co to za język! – powiedziała mama, uderzając dłonią w *mesab*, ręcznie robiony wiklinowy stolik w kształcie klepsydry. – Poza tym to niegrzecznie przerywać, gdy mówi druga osoba!

Zamilkłaś, aby uniknąć bury. Zabrałaś się za dokończenie kolacji, ponieważ teraz czekali już tylko na ciebie. Odkroiłaś spory kawałek podpłomyka *injera*, polałaś go mięsnym sosem i nałożyłaś na to porcję warzyw. Zawinęłaś wszystko, obróciłaś w górę jeden koniec cienkiego gąbczastego placka tak, aby warzywa i sos z niego nie wyciekły, i zaczęłaś w pośpiechu jeść z drugiej strony. Wypiłaś colę, wodę i podziękowałaś. Wróciłaś do swojego pokoju, a oni rozmawiali, jak to rząd ukrywał przed mediami tę skomplikowaną sprawę i jak postąpił w ten sam sposób, gdy muzułmańscy radykałowie dokonali niespodziewanej rzezi chrześcijan w kościołach w Jimmie dwa lata wcześniej.

Następnego popołudnia wyszłaś na balkon. Selam także pojawiła się na swoim balkonie. Patrzyłyście na siebie bez słów. Podążałyście wzajemnie za swoimi spojrzeniami, ku plantacjom kawy, wzgórzom, słońcu... Niebo było zachmurzone. Z ulicy na dole dochodził cichy pomruk, a w oddali porykiwały dwa osły. Od strony wzgórz zerwał się wiatr, rześki i jednostajny. Ptaki obsiadły druty, niektóre zwrócone w twoją stronę, inne w jej stronę, w milczeniu, jak gdyby oczekiwały na rozpoczęcie wyścigu.

Selam wolno uniosła rękę i zamachała do ciebie, jakby ta ręka należała do kogoś innego. Uczyniłaś to samo. Ona wolno otworzy usta, układając je w słowa, na które zareagowałaś w ten sam sposób: „Nie słyszę cię". Pomachała obydwiema rękami i ty pomachałaś obiema. Uśmiechnęła się do ciebie. Jej dołeczki były idealne, małe, ciemne kubeczki na policzkach. Otworzyłaś usta i uśmiechnęłaś się, błyskając wszystkimi zębami. Udałaś, że mówisz: „Przytulaski, przytulaski". Na jej twarzy pojawił się znak zapytania. Obiema rękami objęłaś wiatr, udając, że dajesz przyjaciółce buziaka. Ona natychmiast objęła siebie samą, posyłając całusa tobie.

Obejrzała się za siebie ukradkiem, dając ci znak, żebyś się schowała, a sama wbiegła do środka. Ty również cofnęłaś się za żaluzje. Z pokoju wyłoniła się Emaye Selam. Na jej okolonej chustą twarzy widniała złość. Spojrzała na twoje mieszkanie, rzuciła okiem na ulicę, a potem wróciła do środka.

Co to za język?

Uśmiechnęłaś się do siebie, ponieważ odkryłaś nowy język. Poszłaś do mamy i taty i zapytałaś ich, kiedy wyjeżdżacie do Addis.

– W Addis będzie fajnie! – powiedziała mama, kontynuując pakowanie. – Poznasz tam nowe przyjaciółki.

– Tak, mamusiu.

Tatuś przerwał sączenie piwa.

– Grzeczna dziewczynka… Kupię nowego pilota.

Luksusowe karawany

I nie sprzeczajcie się z ludem Księgi inaczej,
jak w sposób uprzejmy – z wyjątkiem
tych spośród nich, którzy są niesprawiedliwi – i mówcie:
„Uwierzyliśmy w to, co nam zostało zesłane,
i w to, co wam zostało zesłane.
Nasz Bóg i wasz Bóg jest jeden
i my jesteśmy Mu całkowicie poddani"[1].

Koran 29, 46

[1] *Koran*, tłum. J. Bielawski, Warszawa 1986.

Było późne popołudnie. Historia ta wydarzyła się, zanim nowy, demokratycznie wybrany rząd wprowadził zakaz masowego przewozu zwłok z jednej części kraju do drugiej. Dżibril ze wszystkich sił starał się wymazać z pamięci poprzednie dwa dni, więc gdy pośród tłumu uchodźców zgromadzonych na podmiejskim parkingu w Lupie czekał na wyjazd do południowej części kraju, w głowie miał zamęt. Wiedział, że nawet gdyby upchać oczekujących ludzi niczym bulwy ignamu lub manioku w koszu, większość z nich i tak się nie zabierze. Na szczęście zapłacił za miejsce w jedynym autokarze, który miał jeszcze odjechać.

W kierunku północnym droga przechodziła ponad niewysokimi wzgórzami i stawała się płaska, prowadziła prosto na sawannę w stronę Khamfi, miasta Dżibrila, a następnie do Nigru. W kierunku południowym, wijąc się, biegła nad rzekę Niger, w stronę Onyera oraz Portu Harcourt, a następnie nad Atlantyk.

Chociaż nadal był jeszcze nastolatkiem, Dżibril wyglądał dojrzale jak na swój wiek. Miał jasną skórę i nosił za dużą niebieską koszulę z długimi rękawami. Jego brązowe dżinsowe spodnie były brudne i wisiały na jego smukłej sylwetce jak okienne zasłony. Na szyi miał sfatygowany medalik z Matką Boską, a jego stopy pastucha wciśnięte

213

były w za małe trampki – bez sznurówek, z językami sterczącymi na zewnątrz niczym u opiekanych na ruszcie kozłów. Dżibril naciągnął na oczy swoją baseballówkę, by zasłonić większą część młodzieńczej twarzy oraz ukryć duże, jasne oczy i ostro zakończony nos. Był muzułmaninem, ale postarał się dobrze upodobnić do chrześcijan uciekających na południe. Zresztą i tak, z powodu toczącego się w kraju konfliktu religijnego, nikt by nie podejrzewał, że ktoś z północy czy muzułmanin może zaryzykować podróż na południe albo do delty razem z chrześcijanami.

Autobus był z rodzaju tych, które w jego stronach zwykło się określać mianem luksusowych autokarów. Były to mające siedemdziesiąt miejsc siedzących potwory, które po sprowadzeniu z Ameryki Łacińskiej, gdzie wcześniej ich używano, zdominowały miejscowe drogi. W czasie pokoju autobusy te z łatwością pokonywały dystanse wzdłuż i wszerz kraju. Policjanci na setkach punktów kontrolnych nigdy ich nie zatrzymywali do przeszukania albo żeby wyłudzić od kierowców pieniądze, ponieważ firmy przewozowe zarabiały wystarczająco dużo, aby zapłacić miesięczny haracz państwowej komendzie głównej. W radiu, telewizji i prasie pojawiało się mnóstwo ogłoszeń reklamujących podróż takimi autobusami. Ceny biletów były osiągalne dla wielu, a z powodu niskiej jakości krajowych usług lotniczych najlepsze z autobusowych firm przewozowych zyskiwały zaufanie elit. Kiedy firmy te zaczęły oferować dalekobieżne podróże nocne, wiele osób z nich korzystało. Biznesmeni zasypiali wieczorem, a rano budzili się i podejmowali swoje sprawy w drugiej części kraju.

Dżibril nigdy wcześniej nie był w środku luksusowego autokaru ani nawet takiego nie widział. Skrajnie konserwatywny odłam islamu wyznawany w tej dzielnicy wielowyznaniowego Khamfi, w której mieszkał, uniemożliwił mu słuchanie radia, oglądanie telewizji lub zwracanie uwagi na to, co pisało się w prasie. W obecnym stanie umysłu, w jakim się znajdował, zapomniał już o tym, co słyszał na temat tych autobusów od swoich kolegów: że miały stały dopływ prądu, inaczej niż w przypadku usług NEPA, państwowego dystrybutora energii elektrycznej dla reszty kraju. Jednak obecnie, kiedy pokój opuścił tę ziemię i Nigeria znalazła się w stanie wojny, opowieści o luksusowych autokarach ani dla Dżibrila, ani dla tłumu oczekujących na parkingu w Lupie nic nie znaczyły.

Ich jedynym zmartwieniem było teraz to, że kierowca autobusu zniknął gdzieś w leżącym kilka mil dalej mieście. Nie było go już cały dzień. Udał się na poszukiwanie sprzedawanego na czarno paliwa, a konduktorzy od rana nie otworzyli luksusowego autokaru dla podróżnych. Paliwo stało się w kraju rzadkim towarem. Samochody musiały ustawiać się w wielodniowych kolejkach do dystrybutorów.

Tłum, niespokojny i coraz większy, kłębił się wokół autobusu, w którego oknach zaciągnięto czerwone zasłony. Jego ciemny trójkolorowy lakier tracił blask, w miarę jak pył niesiony przez harmattan zaczął blokować promienie słońca, nim zaszło za horyzont. Parking otoczony był sklepami i restauracjami; w niektórych zaczynało jednak brakować towaru, a inne zostały po prostu pozamykane ze strachu przed grabieżą. Niektórzy podróżni siedzieli na ich werandach, ponurzy i zmęczeni, zbyt zniechęceni lub głodni, by czekać przy autobusie. Gruntowa powierzchnia parkingu była nierówna, z szerokimi wybojami tak piaszczystymi jak koryto okresowej rzeki w porze suchej.

Sawanna, odziana w czerwonawy kurz nanoszony przez harmattan, rozciągała się we wszystkich kierunkach, niczym niezmierzony ocean.

Miasto Lupa oraz kilka wiosek i miasteczek wyłaniało się z niej niczym małe wysepki. Chociaż rosło na niej trochę wysokich, wiecznie zielonych drzew, przeważały tam drzewka niskie i krępe. A i te rosły w znacznej odległości od siebie, jakby nienawidziły swojego towarzystwa. Ich liście opadły, a gałązki zwrócone były ku niebu niczym tysiące pokrzywionych palców. Pomiędzy nimi znajdowały się krzaki i trawa, którą zdążyła przypalić pora sucha, oraz ciemne obszary wypalonej ściółki – efekt corocznego szalonego palenia buszu przez miejscowych wieśniaków.

Dżibril próbował pojąć mieszaninę różnych języków, którymi posługiwali się ludzie na parkingu. Już wcześniej słyszał, jak wiele osób mówi jednocześnie różnymi językami, ale dzisiaj podkreślały one tylko jego wyalienowanie. W jakiś sposób, chociaż wiedział, że na parkingu nie było członków plemion Hausa-Fulani i że nie usłyszy języka hausa, i tak za nim tęsknił. Usilnie nasłuchiwał, pragnąc go usłyszeć, tak jak to bywało na targu Bawara Market w Khamfi, gdzie wydawało się, że reprezentowanych jest ponad dwieście języków kraju. Tutaj jednak słyszał głównie język ibo, ponieważ wielu członków plemienia Ibo uciekało do swoich domów w południowo-wschodniej części kraju. Słyszał także lokalne języki plemion z delty, a nawet te używane przez członków mniejszości z północy, którzy wracali do swoich rodzinnych gniazd, gdziekolwiek się one znajdowały. Ci, którzy używali angielskiego, mówili z akcentem charakterystycznym dla swoich plemion – całkiem innym niż ten, który słychać było u Dżibrila. Im bardziej koncentrował się na hałaśliwym tłumie, tym bardziej rosło w nim przekonanie, że najlepszym sposobem na ukrycie się jest jak najmniej się odzywać.

By nieco złagodzić uczucie wyobcowania, sięgnął do swojej torby i wyciągnął z niej kawałek papieru, na którym zapisano nazwę wioski w delcie, w której urodził się jego ojciec. W myślach przeczytał sobie tę nazwę kilka razy. Wiedział, że gdyby musiał wymówić ją na głos, jego akcent by go zdradził, dlatego zwrócił się do Mallama Abdullahiego, Dobrego Samarytanina, który pomógł mu wyruszyć w tę podróż, aby wyraźnie mu ją napisał.

Wiele lat wcześniej matka Dżibrila, wiedziona jakąś nadprzyrodzoną zdolnością przewidywania przyszłości, uparcie twierdziła, mimo protestów Dżibrila, że jego ojciec pochodzi z jakiejś położonej w delcie wioski, w której wydobywano ropę, i że rodzina ojca zawsze będzie go chronić. Nawet teraz niczego o tym miejscu nie wiedział. Jednak ze swoją kartką czuł się jak osoba stojąca na progu ważnego odkrycia czegoś, dzięki czemu zyska tożsamość, której nie zdołał zapewnić mu jego targany konfliktami lud. W czasie pokoju jakoś by sobie z tym poczuciem przygody radził, ale podczas obecnej ucieczki odczuwał je jako dodatkowe brzemię. Teraz żałował, że nie wybrał się tam wcześniej.

Przez cały dzień wyczekiwał na odjazd autobusu niczym więzień, który spodziewa się, że zostanie wypuszczony na wolność. Czekał razem z tłumem, świadomy, że nie jest jednym z nich. Wiedział, że może stanowić łatwy cel zdarzających się od czasu do czasu aktów agresji, które przetaczały się przez kraj. Zdawał sobie sprawę, że taki drobiazg jak akcent może go zdradzić. Był jednym z tych, którzy stracili swoje rodziny podczas konfliktu religijnego w Khamfi. Wiele razy w czasie tej podróży skala owej tragedii nie pozwalała mu na spokojny powrót pamięcią do wydarzeń, które tę podróż przyśpieszyły. Wiedział, że ten autobus był jego jedyną nadzieją na ratunek, i starał się na wszelkie sposoby zapomnieć to, co mu się przydarzyło wcześniej, włączając w to dwudniowy głód, który sprawiał, że ssało go w żołądku. Pomimo to od czasu do czasu jego rozpacz wymykała się spod kontroli. Przygryzał wtedy swoje wąskie, suche wargi. Czasami w desperackim akcie powstrzymania łez mocno zaciskał powieki.

Chociaż czuł się wyczerpany, krążył wokół autokaru. Nie chciał wysiadywać na werandach sklepów i restauracji czy nawet na gołej ziemi, jak czyniło to wielu z jego rodaków, poddając się zmęczeniu. Jego towarzysze podróży jawili mu się jak tonący, którzy chwytali się czegokolwiek w swoim zasięgu, nim nie zostali zmieceni przez przetaczający się przez ich kraj kryzys. Niektórzy byli ze swoimi dziećmi i małżonkami. Niektórzy utracili wszystko i pozostało im jedynie szaleństwo.

PO RAZ PIERWSZY w życiu nie denerwowało go, że wszędzie pełno było kobiet. Przebywał w tłumie dość długo, zanim uświadomił sobie nie tylko ich obecność, lecz także to, że nie robiły na nim żadnego wrażenia. Jeszcze trzy dni wcześniej nie byłoby to możliwe. Wolałby już pieszo przejść wiele kilometrów, niż znaleźć się z kobietą w tym samym pojeździe. W jego części Khamfi mężczyźnie nie wolno było nawet podwieźć swojej żony, córki lub siostry na *okada* czy na rowerze. Teraz czuł się tak, jakby przeżywał bliskość tych kobiet we śnie, w którym można popełnić każdy grzech, nie narażając się przy tym na wyrzuty sumienia ani sankcje ze strony *hisbah*, policji religijnej pilnującej przestrzegania praw szariatu.

Nagle zdało mu się, że kobiety znajdują się wszędzie. Z powodu ścisku niektóre na niego napierały. Wiele z nich miało na sobie spodnie albo szorty, a niektóre nie zakrywały głów. Głosy młodszych dziewczyn unosiły się wraz z powiewami harmattanu niczym dziwna, słodka melodia.

218

Z czasem jego pozbawiona emocji postawa wobec otaczających go chrześcijanek zmieniła się w dobry humor, a później w ironię. Według Dżibrila w makijażu i obcisłych spodniach wyglądały zabawnie. Pomyślał, ile to *hijab*, *niqab* oraz *abaya* byłoby potrzebnych, by je pozakrywać, i wzruszył ramionami. Wyobraził sobie, jak się z nich naśmiewa. To wprawiło go w dobry humor nie tyle z powodu widoku tych kobiet, ile z racji, że odpowiednio zareagował na sytuację i nie zdemaskował się. Doszedł do wniosku, że przeżyje tę podróż, jeżeli tylko będzie w stanie zachować w duchu zdolność nadawania niektórym okolicznościom humorystycznego zabarwienia. To nowe nastawienie po raz pierwszy od ucieczki z Khamfi obudziło w nim optymizm, przyniosło prawdziwą ulgę, uwalniając od niepokoju, który trawił jego duszę.

Napawał się tym lekarstwem całym sobą, obrzucając tłum szybkimi rozbieganymi spojrzeniami, jakby potrzebował widoku większej liczby kobiet i dziewczyn, aby poczuć się szczęśliwszym i bardziej przekonanym co do bezpiecznego przebiegu swojej podróży. Wkrótce nie musiał już powstrzymywać łez. Miał ochotę roześmiać się na głos jak wariat, ale zdołał się opanować. Gdyby owi chrześcijanie zapytali go, dlaczego się śmieje, co by odpowiedział? Nie, *haba*, nie zamierzał tracić nad sobą kontroli z powodu kobiet. Jak by to wyglądało, gdyby po tym, jak udało mu się nie zdemaskować i przetrwać podróż aż do tej pory, dał się sprowokować bandzie bab z piekła rodem. Modlił się, aby – jak przyjdzie co do czego – Allah obdarzył go łaską postrzegania tych prowokujących zachowań jako powodu do śmiechu, a nie źródła złości i pokuszenia.

Dżibril nadal przyglądał się kobietom, zwracając szczególną uwagę na niezliczoną ilość różnych fryzur, kiedy konduktorzy zaczęli wpuszczać pasażerów do autokaru. Wszyscy, zarówno ci z biletami, jak i bez, rzucili się do drzwi. Dżibril, zbliżając się do autokaru i wchodząc do środka, nie śpieszył się. Przeciskając się pomiędzy siedzeniami, zauważył jednak, że jakiś starszy mężczyzna zajął jego miejsce, znajdujące się z tyłu autobusu.

— Dobry wieczór, p'sze pana – szepnął do niego Dżibril, zakrywając sobie usta dłonią, aby zmienić swój akcent.

— Jakiś problem? – odparł Wódz Okpoko Ukongo.

— Nie.

— To dobrze.

Wódz Ukongo powoli odłożył paczkę herbatników, które jadł, i zlustrował Dżibrila spojrzeniem od stóp do głów. Dżibril spuścił wzrok na znak szacunku. Wódz był kościstym mężczyzną o cienkiej szyi. Miał na sobie czarny kapelusz. Z powodu swojej małej głowy wyglądał jak żołnierz w za dużym hełmie. Ubrany był w czerwoną, powłóczystą szatę ze sztruksu, pokrytą wizerunkami ryczących czarnych lwów. Od czasu do czasu muskał opuszkami palców trzy rzędy królewskiego naszyjnika oplatającego jego szyję, unosząc jeden lub dwa, następnie puszczając je i wywołując w ten sposób grzechoczący dźwięk. Jego oczy były zmęczone i tak zapadnięte, że wydawało się, iż łzy nigdy nie będą w stanie przelać się przez ich strome brzegi.

— *Abeg*, p'sze pana, to *na* moje miejsce – ponownie szepnął Dżibril, skłonił się z szacunkiem i uśmiechnął, stojąc tuż przy nim.

— Jakie miejsce… moje? – odparł wódz.

Chociaż głos Dżibrila był ściszony, a nawet przestraszony, w jego gestach wyrażała się niezwykła duma – prawą rękę trzymał wsuniętą do kieszeni. Rozwścieczyło to starca do ostateczności.

Dżibril trzymał prawą rękę pod rzucającym się w oczy kątem, co mogło robić wrażenie arogancji z jego strony. Skóra na jego przedramieniu i mięśnie wyglądały na napięte, jakby w kieszeni zaciskał na czymś dłoń. Prawda jednak była taka, że prawą dłoń odcięto mu w nadgarstku za kradzież. Nikt w autobusie o tym nie wiedział i Dżibril koniecznie musiał utrzymać ten fakt w tajemnicy. Gdyby się to wydało, dowiedzieliby się, że jest muzułmaninem, ponieważ już wcześniej widywali takie osoby. Jego plan ucieczki na południe by się nie ziścił. A zatem, chociaż jego łokieć potrącał stale innych uciekinierów wchodzących do autokaru, wywołując na jego twarzy grymasy bólu, nie zmienił pozycji. W lewej ręce trzymał czarną reklamówkę, w której miał kilka swoich rzeczy osobistych.

Dżibril podniósł wzrok i odezwał się do Wodza Ukongo po raz drugi:

– Moje miejsce, *abeg*.

– Mojeee? – wydarł się wódz, zaskakując chłopca, który cofnął się, wpadając na jakiegoś mężczyznę. Zanim zdołał odzyskać równowagę, Dżibril zamachał i wykonał pod nosem mężczyzny gest wyrażający przeprosiny, niczym początkujący klown. Kilka osób obróciło się i z uwagą zaczęło się im przyglądać.

W autokarze zapanował rozgardiasz, a uciekinierzy upychali swoje bagaże pod siedzeniami i w schowkach nad głowami. Pięć rzędów od miejsca, gdzie stał Dżibril, dwie wyglądające na studentki dziewczyny, Ijeoma i Tega, kłóciły się i obrzucały wyzwiskami z powodu jakiegoś bagażu. Tega, wyższa, miała skórę czarną jak węgiel. Brudne włosy miała zaplecione przy skórze głowy w cienkie warkoczyki i ozdobione kilkoma kolorowymi koralikami. Z tego powodu Dżibril, mimo brudu, nie mógł oderwać od niej wzroku. Ubrana była w dżinsy z szerokimi nogawkami, brązowy sweter i drewniaki. Skóra Ijeomy, drugiej dziewczyny, była jaśniejsza, taka jak Dżibrila. Na głowie miała afro, a twarz pociągłą, z dominującymi w niej dużymi oczami. Ubrana była w białą bluzkę, zachodzącą na krótką oliwkowozieloną spódniczkę, i sandały.

Tega wyciągała właśnie torbę ze schowka u góry, wykłócając się, że schowek ten należy do osoby, która pod nim siedzi; Ijeoma wpychała ją z powrotem, twierdząc, że chociaż siedzi cztery rzędy dalej, ma prawo zostawić tam swój bagaż. Nikt nie zwracał na nie zbytniej uwagi.

Przez chwilę przy wejściu zapanowało zamieszanie, ponieważ kolejne osoby próbowały wcisnąć się do autokaru. Jednak dwóch policjantów pilnujących bezpieczeństwa, zgodnie ze zwyczajami panującymi w luksusowych autobusach, zamknęło drzwi. Na zewnątrz rozległ się jęk rozczarowania.

Jakiś mężczyzna, z powodu trawiącej go wysokiej gorączki owinięty w koc, zapytał, czy kierowca wrócił już z wyprawy po paliwo. Pięć osób jednocześnie odpowiedziało, że nie, głosami wyrażającymi różny poziom frustracji.

Jeden z nich, tęgi i niespokojny, zaczął strofować chorego. Miał na imię Emeka. Jego twarz była mała, a oczy świdrujące. Ubrany był w nałożoną na białą koszulę czerwoną, krótką i obcisłą kurtkę oraz czarne spodnie. Na nogach miał jedynie parę czarnych skarpetek, ponieważ zgubił buty, uciekając przed muzułmańskimi ekstremistami. Kiedy Emeka robił choremu wyrzuty, jakiś inny mężczyzna z tyłu autokaru zaczął krzyczeć na niego, że wyżywa się na kimś, kto zadał tylko niewinne pytanie. Wkrótce autobus wypełnił się krzykami i przekleństwami.

– NA PEWNO NIE CHODZI o mnie – powiedział wódz, rzucając okiem na Dżibrila.

– Ależ tak.

– Chcesz się kłócić jak te dwie kobiety? Nie wiem, dlaczego ludzie w tym kraju zawsze się kłócą.

– Nie.

– Nie, nie, nie, co ty mi tu opowiadasz. – Wódz wzruszył ramionami. – Znaczy się, spójrz na mnie, spójrz na siebie. Ile masz lat?

– Szesnaście.

– Mówże głośniej, chłopcze! – warknął wódz. – To ile, mówisz, masz lat?

Podniesiony głos zaczął zwracać uwagę i Dżibril zamilkł. Powrócił do języka gestów: wskazał pięć palców lewej ręki trzy razy, a następnie jeszcze jeden.

– A teraz straciłeś głos? – zapytał Wódz Ukongo.

– Nie.

Wódz westchnął i pokręcił głową, a na jego twarzy pojawił się wyraz gniewu. Stuknął swoimi wypolerowanymi czarnymi butami o podłogę, następnie sięgnął i wyciągnął spod siedzenia swoją laskę. Zamachał nią w stronę Dżibrila.

– Jak ty się do mnie zwracasz... Co za czasy? Tylko dlatego, że wszędzie słychać „demokracja, demokracja", nie możesz mówić do mnie w ten sposób. Kim ty jesteś?

– Przepraszam, p'sze pana.

– P'sze pana? Słuchaj no, nie przesadzajmy z tą czołobitnością. Nie ciebie obwiniam, tylko tę tak zwaną demokrację. Wymagam, żeby zwracano się do mnie właściwie. Wodzu... wodzu! Nie jestem twoim kolegą.

– Tak, wodzu.

– A kim ty w ogóle jesteś?

Dżibril spuścił wzrok, modląc się w myślach, by starzec nie zaczął wypytywać go o imię.

Mężczyzna głośno przełknął ślinę i uniósł swoją laskę.

– Niech bogini Mami Wata zatopi ten twój głupi łeb! – powiedział i walnął laską dwa razy w podłogę dla zaakcentowania swoich słów. Potem wrócił do swoich herbatników.

Chłopak byłby usiadł sobie gdziekolwiek indziej, byle tylko nie zwracać na siebie uwagi. Jednak nawet to miejsce, gdzie stał, zostało opłacone. Z powodu tłumu chętnych na zewnątrz oraz sytuacji, która zmusiła osoby pochodzące z południa do ucieczki z rejonów północnych – także przejście pomiędzy siedzeniami zostało wykupione. Właścicielka tego miejsca, ciężarna kobieta z małym synkiem przytroczonym do jej pleców, zaczęła go prosić, żeby się przesunął. Na razie Dżibril przesunął się w kierunku wodza i pochylił nad jego oparciem, aby inni mogli go ominąć, idąc na swoje miejsca. Wsuwając swoją reklamówkę pomiędzy prawe biodro a fotel, na którym siedział wódz, upewnił się, że jego prawe ramię nie wystaje nad przejście.

Wydawało się, że tam, gdzie stoi, może liczyć na odrobinę spokoju, ponieważ nikt go nie niepokoił. Mógł pozwolić sobie na powrócenie myślami do początków swojej ucieczki, ale się powstrzymał. Skupił się na autokarze i zaczął mu się przyglądać, czego do tej pory nie zrobił jeszcze zbyt dokładnie. Jego spojrzenie powędrowało po suficie od toalety na tyłach autokaru aż do miejsca dla kierowcy. Było to jedyne wolne miejsce w autokarze, szare i czyste. Wydawało się rozległe, bo reszta autobusu była zatłoczona. Chociaż niektóre drzwi schowków na bagaż były otwarte i sterczały w stronę sufitu, nie przysłaniały fascynujących Dżibrila fluorescencyjnych światełek. Policzył wzrokiem podłużne, płaskie świetlówki, które wypełniały autokar łagodnym światłem. Stanowiły część legendy luksusowych autokarów, o której mówili jego koledzy. Dżibril nie był w stanie wyobrazić sobie, jak by to było mieszkać gdzieś ze stałym dostępem do elektryczności. Właściwie wydawało mu się, że ten prąd jest w autobusie marnotrawiony, ponieważ słońce jeszcze nie zaszło i tak naprawdę nie rozumiał, po co w ogóle w czasie podróży potrzebne jest światło. Gdyby to od niego zależało, wolałby, żeby w autokarze panowały zupełne ciemności, co zmniejszyłoby ryzyko, że zostanie rozpoznany przez uciekających z nim podróżnych. Nie chciał jednak myśleć o tym, że może zostać schwytany. Mógłby przez to stracić panowanie nad sobą i pewność siebie. Odwrócił swoją uwagę od fluorescencyjnych światełek.

Kolejną rzeczą, którą zauważył, były dwa pokładowe telewizory. Natychmiast wzbudziły w nim mieszane uczucia. Na szczęście telewizory nie były włączone. Kilka razy miał okazję oglądać telewizję u kogoś w domu. W 1994 roku w czasie mistrzostw świata w piłce nożnej i w 1996 w czasie olimpiady, podczas której drużyna narodowa zdobyła złoty medal. W 1994 roku, jako dziesięcioletni chłopiec, chodził oglądać mecze ze swoim wujkiem i starszym bratem Jusufem. Odbiornik telewizyjny musiał być zasilany prądem z generatora, ponieważ NEPA zawodziła nawet w chwilach narodowej dumy. Gospodarz pozwalał im oglądać tylko przebieg meczu i wyłączał odbiornik w przerwie z powodu obaw przed budzącymi zgorszenie reklamami. Oczywiście podczas olimpiady dwa lata później konkurencje kobiece były zakazane. Obecność telewizorów w autobusie niepokoiła Dżibrila i powodowała, że serce biło mu szybciej, ponieważ słyszał o ich niezwykłej sile deprawacji. Nigdy nie wiadomo – pomyślał – co ci chrześcijanie mogą oglądać. A zatem, chociaż był pod wrażeniem faktu, że nie zabraknie w autobusie prądu, nie czuł się dobrze w obliczu perspektywy włączenia telewizji.

Nie wiedział, co ma począć z tym, że bardziej niepokoiła go obecność telewizorów niż kobiet. Wolał już raczej patrzeć na kobiety niż na telewizję. Próbował w duchu wyśmiać samą ideę telewizji, dokładnie tak, jak zrobił to w przypadku fizycznej bliskości kobiet, ale mu się to nie udało. Nie potrafił przywołać teologicznego usprawiedliwienia, które dawałoby mu przyzwolenie na dobrowolne oglądanie telewizji bez poczucia, że pogrąża się w bezgraniczną głębię pokusy i grzechu. Starał się ochłonąć, tłumacząc sobie, że kobiety na ekranach telewizorów mogą nie różnić się zbytnio od tych wokół niego. Jednak inny głos w jego wnętrzu mówił: A co jeżeli telewizja pokaże obrazy nagich kobiet? Co jeżeli pokażą obrazy osób pijących alkohol? Co jeżeli prorok Mahomet zostanie sprofanowany? Może te dwa urządzenia w autobusie to wcale nie są telewizory. Byłeś już w takim autokarze? Co jeżeli one tylko wyglądają jak telewizory? Zagubiony w wątpliwościach Dżibril skupił swoją uwagę na czymś bezpieczniejszym – zaczął przyglądać się kobietom.

Ijeoma i Tega zakończyły kłótnię o bagaż i wróciły na swoje miejsca. Ijeoma przegrała i trzymała teraz swoją torbę na kolanach. Nadal beształa Tegę, mamrocząc coś pod nosem. Dżibril bacznie się jej przyglądał, zwracając szczególną uwagę na jej piękne, długie nogi. Chciał zobaczyć jej stopy, ale nie był w stanie, bo autokar był zbyt zatłoczony. Jego spojrzenie skoncentrowało się więc na jej palcach, które spoczywały splecione na torbie. Podziwiał je przez chwilę, zanim dotarło do niego, że tym, co właściwie skupiało jego uwagę, był szkarłatny lakier do paznokci. Spojrzał na paznokcie swojej lewej dłoni; były brudne i poszarpane, ponieważ poobgryzał je podczas ucieczki. Pragnąc zobaczyć, czy pomalowała sobie również paznokcie u stóp, wyciągnął szyję i pochylił się do przodu, ale nie mógł tego dostrzec. Spojrzał na Tegę, obiekt gniewu Ijeomy. Siedziała spokojnie, jakby zwycięstwo w bitwie o schowek na bagaż stanowiło wielkie osiągnięcie. Chociaż jej paznokcie miały naturalny kolor, bardzo błyszczały; zauważył także, że były dłuższe. Zaczął się zastanawiać, jak kobieta może gotować dla swojego męża albo robić pranie z takimi szponami. Nie podobała mu się, ale nie mógł oderwać wzroku od kolorowych paciorków w jej brudnych włosach. Wszystko to skłoniło go do porównywania różnych fryzur osób znajdujących się w autobusie. Nie znał ich nazw, chociaż był ich ciekaw. Musiał przyznać, że kilka mu się podobało. Niektóre były brzydkie, inne zrobione niedawno, jeszcze inne wręcz przeciwnie. Niektóre były zaniedbane, niektóre rozwichrzone, jakby emanowała z nich cała gwałtowność poprzednich dwóch dni.

Kiedy skończyły mu się już fryzury do porównywania, Dżibril uznał, że w autobusie może znajdować się więcej kobiet niż mężczyzn, i zaczął je liczyć. Spojrzał nawet przez jedno z okien i policzył kobiety, które dojrzał na zewnątrz. Zachowywał się jak osoba uzależniona: im więcej kobiet się doliczył lub zauważył, tym więcej ich potrzebował, aby uciszyć lęk przed telewizją. W autobusie znajdowało się jednak niewiele kobiet. Zamknął na chwilę oczy i zapragnął się pomodlić, jednak chęć spojrzenia na telewizory dopadła go niczym atak biegunki. I znowu jego umysł zaczął wynajdywać powody, dla których

227

powinien spojrzeć na odbiorniki. Cóż, przecież jeszcze ich nie włączono, argumentował. Być może była to kolejna pokusa, którą zsyłał na niego Allah, aby uczynić go silniejszym. Miał wrażenie, jakby znalazł się tak blisko szatana, że nie mógł się oprzeć, by nie rzucić okiem na kopyta, długi ogon i rogi.

TELEWIZORY ZAWIESZONE BYŁY pod sufitem w metalowych klatkach, których rdzawe, nierówno pospawane pręty kontrastowały z gładką, szaro-czarną obudową telewizorów. Jeden z nich znajdował się bezpośrednio za siedzeniem kierowcy; drugi w połowie długości autokaru. Dżibril w pośpiechu pochłaniał wszystkie szczegóły, jakby odbiorniki mogły w każdej chwili ożyć, co zmusiłoby go do natychmiastowego odwrócenia wzroku lub zamknięcia oczu.

Rozpalony gorączką człowiek, którego tak zbeształ Emeka, nagle zaczął płakać i uwaga Dżibrila skoncentrowała się ponownie na jego bezpośrednim otoczeniu. Mężczyzna leżał teraz w poprzek siedzenia, jeszcze bardziej opatulając się kocem. To przypomniało Dżibrilowi parę ciał, które widział podczas ucieczki z Khamfi. Osoby znajdujące się wokół mężczyzny starały się zaradzić jego chorobie. Emeka wyciągnął z kieszeni trzy dawki fansidaru, leku stosowanego w malarii.

– To powinno pomóc na twoją malarię – powiedział, podając mężczyźnie pastylki. – Nie potrzebujemy tutaj zwłok!

– Trzy dawki? – zapytała Madam Aniema, starsza pani. – Zazwyczaj podaje się jedną złożoną z trzech tabletek. Zabijesz go dziewięcioma!

Ubrana była w zieloną, koronkową bluzkę i piękne *wrappa*. Na głowie nie miała zawoju i bujne siwe włosy okalały jej pomarszczoną twarz z okularami na nosie. Siedziała w tym samym rzędzie co Emeka, tyle że przy oknie.

– Z pomocą Bożą nic mu nie będzie – powiedział Emeka.

– To zbyt duża dawka...

– Może więc nie jest pani osobą wierzącą? – powiedział.

– To nie jest kwestia wiary.

– Pewnie należy pani do jednego z tych starych, martwych Kościołów.

Emekę popierało więcej osób, włączając w to samego pacjenta. Wszyscy dowodzili, że chory powinien nieco przedawkować, by zwalczyć tak wysoką gorączkę.

Madam Aniema wyciągnęła ze swojej torebki małą butelkę wody i pomogła mężczyźnie zażyć lekarstwo. Została przy nim. Dżibril był pod wrażeniem jej życzliwości i patrzył na kobietę z uznaniem. Nie wpatrywał się w nią ani nie śmiał w duchu z powodu jej odkrytych włosów. Jej dostojna postawa przypominała mu jego matkę, chociaż ona nie była tak posunięta w latach. Właściwie do tej pory nawet nie zauważył Madam Aniemy i prawdopodobnie pominął ją podczas liczenia kobiet. Jego reakcja na nią zaskoczyła go. Aż do tej chwili nie przypuszczał, że mógłby poczuć coś takiego do jakiejkolwiek kobiety poza własną matką. Wszystkie kobiety zaliczał po prostu do jednej kategorii – tak było łatwiej. Nie potrafił jednak stwierdzić, co takiego szczególnego było w Madam Aniemie. Nie po raz pierwszy widział przecież starszą kobietę albo kobietę troszczącą się o kogoś.

– Nie jestem pewien, czy on z tego wyjdzie! – odezwał się Emeka, kierując myśli Dżibrila z powrotem na chorego.

Mężczyzna mocno się trząsł, a kiedy próbował coś powiedzieć, jego głos również drżał. Jednocześnie, jak to bywa w przypadku chorych na malarię, obficie się pocił. Madam Aniema trzymała go jak dziecko.

– Nie wykorkuje – odezwała się Tega. – To takie kłamstwo szatana!

– Sama jesteś kłamczuchą! – odezwała się do niej Ijeoma, a jej wielkie oczy wydawały się przysłaniać całą twarz. – Wzięłabyś se umyła te brudne włosy!

– Na miłość boską, coś ci się chyba stało w głowę! – powiedziała Tega. – Bo se nie pozwoliłam ukraść miejsca.

– Na jeszcze większą miłość boską, chyba ty masz nierówno pod sufitem! – odpaliła Ijeoma.

– Może podaliśmy mu zbyt dużą dawkę fansidaru? – zapytała Madam Aniema.

– Potrzebował mocnego strzała – odparł Emeka.

– To było za dużo – upierała się Madam Aniema, obejmując mocniej chorego. – Nie wiemy nawet, czy w ogóle coś wcześniej jadł.

– Jak duszy nic nie dolega, to ciało też sobie poradzi.

To powiedziawszy, Emeka ściągnął kurtkę i z pomocą Madam Aniemy zaczął się mocować z okrywającym chorego kocem, który, jak im się wydawało, stanowił powód pocenia się pacjenta. Ale mężczyzna nie chciał go puścić. W końcu Emeka zabrał mu koc, a potem zasugerował, aby podróżni zrobili mu miejsce w przejściu. Inni współczujący pasażerowie zaczęli gorąco przekonywać ludzi, aż część osób zdecydowała się podzielić z chorym miejscem. Emeka rozłożył na podłodze koc i położył chorego na plecach, chociaż wielu pasażerów napierało i przeskakiwało przez niego. Było tak mało miejsca, że ułożyli mu ręce na piersiach, jakby leżał w za wąskiej dla siebie trumnie. Uzgodniono, że pewien starzec, który stał do tej pory w przejściu, zajmie miejsce chorego, aż temu wrócą siły na tyle, by mógł prosto usiąść.

Wódz spojrzał na Dżibrila krzywo, jakby chciał powiedzieć: „Gdybyś się zachowywał odpowiednio, to teraz ty mógłbyś skorzystać z tego wolnego miejsca". Dżibril przyglądał się wydarzeniom z pewnej odległości z mieszaniną litości, zazdrości i wstrętu. Kiedy chory walczył z Emeką o koc, chciał pomóc temu ostatniemu. Nie wiedział jednak, co miałby zrobić. Jak miałby pomóc jedną ręką? Jak miałby się odważyć przemówić ze swoim akcentem Hausańczyka? Modlił się w myślach za chorego, mając nadzieję, że Allah uchroni go przed śmiercią, przynajmniej zanim nie dotrze do swojego miejsca przeznaczenia.

Dżibril zaczął odczuwać dziwny rodzaj pokrewieństwa z chorym: malaria wykrzywiła mu język, powodując, że niewyraźnie bełkotał, a Dżibril musiał się odzywać jak najmniej i udawać akcent, by się nie zdemaskować. Przyglądał się ludziom patrzącym na chorego i z ich współczujących twarzy wnioskował, że mężczyzna może nie dotrzeć do domu żywy. Jego nagły skok gorączki uciszył spory o miejsce w autobusie i podróżni zaczęli teraz rozmawiać szeptem. Dżibril był autentycznie pełen podziwu dla Emeki za to, jak pośpieszył z pomocą choremu i przekonał ludzi, aby zrobili mu miejsce.

Jednak widząc, jak jeden człowiek zyskał współczucie całego autobusu, Dżibril poczuł zazdrość. Co mógłby zrobić, aby przypodobać się tym ludziom? Jak mógłby sprawić, nie demaskując się, aby wygospodarowali dla niego miejsce lub by wódz oddał mu jego własne? W końcu nie mógł już dłużej patrzeć na leżącego na podłodze chorego. Przypominał mu o tylu zmarłych, których widział po drodze. W myślach starał się odróżnić martwych od znajdujących się w stanie agonii jak ten człowiek z malarią, ale bezskutecznie.

Wbijał wzrok w sufit autobusu. W tej chwili jego odraza do chorego była tak silna, że wolał patrzeć na telewizory. Nie napawały go już taką obawą jak poprzednio, ale i tak gdy na nie patrzył, nie czuł się tak swobodnie, jak wówczas kiedy spoglądał na kobiety. Skupiał wzrok na pokrętłach i otaczających je pierścieniach. Żałował, że mrok ekranów nie może spłynąć na jego wspomnienia z ostatnich dni i że wspomnień tych, tak domagających się uwagi, nie można zamknąć w klatkach jak odbiorników telewizyjnych.

— No, jak wykorkuje — odezwała się Tega, wskazując na chorego — trzeba będzie szybko wykombinować, *wetin* zrobić z ciałem, *chebi*?

— Kombinujesz, jak podprowadzić trupa czy jego miejsce? — zapytała Ijeoma.

— Musimy zabrać ciało do domu — powiedział Emeka.

— A ja myślę, że trzeba oddać jego miejsce komuś innemu — powiedziała Tega.

— To nasza tradycja, spocząć w ziemi przodków — stwierdził Emeka.

— A po co wieźć ciało do domu, jak tyle ich się wala naokoło? — upierała się Tega.

— Ale on zapłacił za bilet — powiedziała Madam Aniema.

— A przecież ubezpieczenie firmy przewozowej pokrywa koszty pogrzebu — zauważył Emeka.

— A kto by się zgłaszał po ciało w takim czasie? *Na* teraz poważny kryzys.

— Ty to musisz być jakąś muzułmanką — odezwała się Ijeoma. — Dlatego tak ci się śpieszy, żeby gościa załatwić.

W autobusie zapanowała cisza.

Słowo *muzułmanie* zawisło na wielu ustach, ale nikt nie zdobył się na to, by wypowiedzieć je głośno. Zamiast tego ludzie zwrócili się w kierunku Tegi i spojrzeli na nią uważnie, a następnie przyjrzeli się dokładnie swoim sąsiadom. Miało się wrażenie, jakby w miejscu naj-świętszym świątyni wypowiedziane zostało jakieś bluźnierstwo. Dżibril spuścił wzrok i przygryzł wargę. Wydawało mu się, że oczy wszystkich skierowały się w jego stronę, ale powtarzał sobie, że to nie o nim mó-wiono. Dźwięcząca mu w uszach cisza ciągnęła się w nieskończoność. Zamknął oczy w oczekiwaniu na spadające ciosy.

– CHCESZ ICH NA MNIE napuścić, żeby mnie zabili, *abi*? – powie-działa Tega, odzyskując w końcu głos. Dyszała ciężko, ciągnąc się za warkoczyki, jakby zamierzała powyrywać sobie z nich koraliki. Jej oczy napotykały na groźne spojrzenia.

– To nie jest muzułmanka! – oświadczył Emeka, a cały autobus po-parł go, strofując Ijeomę za nazwanie Tegi muzułmanką. Powiedzieli jej, że spór o schowek na bagaż był zbyt błahą sprawą i nie usprawied-liwia jej złej woli wobec chrześcijańskiej siostry w wierze. Dostało się jej za brak wdzięczności wobec Boga, miała przecież miejsce siedzące, a inni zmuszeni byli stać setki kilometrów w drodze do domu. Ta ka-kofonia zarzutów wydawała się nie mieć końca. Niektórzy wręcz upie-rali się, by Ijeoma przeprosiła Tegę oraz wszystkich w autokarze.

– Ludzie, ludzie! – odezwał się Wódz Ukongo, podnosząc się i stu-kając wielokrotnie swoją laską o podłogę, aby uspokoić pasażerów. Kiedy wszyscy ucichli, starzec odchrząknął i powiedział:

– Ta sprawa wymyka się spod kontroli. Niech nikt już więcej nie wypowiada tu słowa *muzułmanin* ani *islam*. Już dość nacierpieliśmy się z rąk muzułmanów… Jeżeli człowiek ów umrze, powinniśmy zawieźć go do domu, koniec, kropka.

– Tak, dobrze powiedziane! – zgodził się z nim jakiś mężczyzna.

– Oby wódz żył wiecznie! – odezwał się ktoś inny.

– Niech nikt wincy nie mówi nic, co by beło przeciw dzieciom bożym!

– Tak, uważajmy na to, co mówimy w tym autokarze – powiedziała Madam Aniema.

Kiedy rozmowa przeniosła się na sprawę ubezpieczenia w trakcie podróży autobusem, Dżibril odetchnął z ulgą. Nie wiedział, jak zdołał utrzymać się na nogach, kiedy padło słowo *muzułmanie* albo kiedy ludzie zaczęli się uważnie przyglądać swoim sąsiadom. Chociaż natychmiast spuścił wzrok, spodziewał się, że zaraz ktoś go chwyci i powie, że udaje chrześcijanina. Czekał, aż ktoś wyciągnie mu rękę z kieszeni. Jego umysł jakby przestał pracować, ponieważ nie słyszał protestów Tegi broniącej swojej niewinności ani tego, jak wódz łagodzi złość ludzi skierowaną przeciwko Ijeomie. Momentem, w którym ponownie zaczęły docierać do niego słowa, było czyjeś stwierdzenie:

– Tak, dobrze powiedziane!

Dżibril wsunął sobie siatkę pomiędzy kolana i lewą ręką otarł pot, który spływał mu z czoła. To nie wystarczyło, wyciągnął więc z siatki koszulę, wytarł sobie twarz oraz szyję i spróbował się skoncentrować na toczącej się wokół niego rozmowie. Kiedy chował koszulę z powrotem do siatki, wyczuł kawałek papieru, na którym widniała nazwa wioski jego ojca. Poczuł przypływ energii. Pomyślał o wyciągnięciu jej i rzuceniu na nią okiem, ale się rozmyślił. Poruszył palcami stóp w za małych trampkach, by się upewnić, czy mu nie ścierpły, i przeniósł ciężar ciała z jednej nogi na drugą. Rozejrzał się po autobusie, a nawet uśmiechnął się do wodza, który jednak nie odpowiedział tym samym.

Wsłuchiwał się w toczące się wokół niego rozmowy niczym w opowiadane bajki, zarówno z nadzieją, jak i obawą, co może stać się dalej. Zaskoczyło go, że firma przewozowa mogła ubezpieczyć swoich pasażerów w razie odniesienia obrażeń, wypadku lub kosztów pogrzebu, czego nigdy nie zrobili politycy obiecujący ludziom lepszą pomoc medyczną. Wydawało się, że ten autobus i firma, do której należał, były jak ze snu. Ponieważ parking, do którego udało mu się dotrzeć w czasie ucieczki, znajdował się już na południe od Khamfi, umysł Dżibrila zaczął wiązać wszystkie te dotychczasowe, nowe doświadczenia z mitem południa. Oczami wyobraźni postrzegał południe jako bardziej rozwinięte niż północ, nawet jeżeli zamieszkane było przez niewiernych. Widział dobrze wyasfaltowane drogi oraz prawidłowo działające szpitale. Widział wielkie targi i parkingi pełne luksusowych autokarów. Myślał o dużych szkołach z kolorowymi budynkami i dobrze odżywionymi dziećmi. Zaczął wierzyć, że jest to region, do którego warto uciekać. Potrzebował miejsca, w którym mógłby się ukryć i gdzie znalazłby ukojenie, a na podstawie tych niewielu wiadomości, jakie usłyszał od tych chrześcijan, uważał, że nie popełnił błędu, uciekając na południe.

IM BARDZIEJ DŻIBRIL starał się zagłuszać myśli o swojej podróży, by się nie zdekonspirować, tym bardziej buntował się przeciw temu jego umysł. Kiedy nie rozmyślał o okolicznościach swojej ucieczki, cofał się pamięcią jeszcze bardziej w przeszłość, ku odległym wydarzeniom, które wiązały się z jego ucieczką z Khamfi.

Na przykład towarzysząca mu na każdym etapie podróży obawa, czy zdoła dotrwać do następnego postoju, zmusiła go w ciągu ostatnich dwóch dni, zwłaszcza w Khamfi, do refleksji nad sprawami, których nigdy nie uważał za ważne, a które mógłby wręcz uznać za myśli heretyckie. Chociaż nie miał żadnych wspomnień dotyczących swojego domu na południu – ani chrztu udzielonego mu tam w dzieciństwie – i pewnie, gdyby nie obecny kryzys, nigdy nie przyszłoby mu do głowy myśleć o rodzinnym gnieździe swojego ojca, teraz jego serce za nim tęskniło. Jednak perspektywa bycia jednocześnie i chrześcijaninem, i muzułmaninem wydawała mu się jakąś aberracją. Gdyby miesiąc wcześniej ktoś mu powiedział, że będzie tutaj teraz stał, próbując wmieszać się w tłum chrześcijan z południa, uznałby to za obrazę lub bluźnierstwo i wezwał Allaha, by go potępił.

Podobnie jak historia jego wielowyznaniowego i wieloetnicznego kraju przeszłość Dżibrila była bardziej skomplikowana, niż można by się tego spodziewać w państwie zamieszkiwanym przez jedno plemię lub wyznawców jednej religii. Przez całe swoje życie Dżibril mieszkał w Khamfi pośród ludu Hausa-Fulani, do którego należała jego matka. Zawsze uważał się za muzułmanina i mieszkańca północy. Patrząc na kolor swojej skóry, nie miał jednak powodu, by sądzić, że nie wpasuje się tam, dokąd zmierza. W autobusie znajdowało się wiele osób, których kolor skóry był jeszcze jaśniejszy niż jego. W swoim kraju mógł uchodzić za przedstawiciela każdej grupy etnicznej. Niepokoiło go natomiast to, że nie miał na temat chrześcijaństwa wystarczającej wiedzy, która mogłaby mu zapewnić przetrwanie w tym tłumie. Wydawało się to przeszkodą nie do przezwyciężenia. Ileż to razy odchrząknął i sięgnął po swój medalik maryjny, ujmując go opuszkami palców i koncentrując na nim całą uwagę, jak gdyby muzułmanin, którego w sobie nosił, zaczął teraz wyrażać uwielbienie, które w Khamfi uznałby za bałwochwalstwo. Chociaż Maryja darzona była w jego religii dużym szacunkiem, zawsze myślał, że katolicy przesadzają, poświęcając jej tak wiele sakramentaliów i stawiając tyle świątyń. Przez myśl przeszła mu rada udzielona przez Mallama Abdullahiego – człowieka, który dał mu medalik: „Nie przejmuj się zbytnio z powodu tego medalika, bo Maria to w Koranie matka Proroka Isa, Jezusa". Chociaż Dżibril wolałby raczej nie nosić medalika, nie miał specjalnie nic przeciwko tego rodzaju teologii – a poza tym człowiek, który go uratował, zapewnił go, że wszyscy chrześcijanie, którzy zobaczą go na jego szyi, uznają go za katolika i dadzą mu spokój.

MATKA DŻIBRILA, AISZA, melancholijna, smukła kobieta, do której Dżibril był podobny, dawno temu powiedziała mu, że urodził się w Ukhemehi, wiosce swojego ojca położonej w delcie. Jego ojciec, Bartholomew, niski, małomówny mężczyzna, był kiedyś rybakiem i rolnikiem. Dziadek Dżibrila ze strony matki, Shehu, był pasterzem bydła i przeniósł się ze swoim stadem z Khamfi na północy ku deszczowym lasom delty na południu, z dala od coraz bardziej powiększającej się Sahary. Jedno wydarzenie prowadziło do drugiego i Bartholomew zakochał się w Aiszy. Ich związek szybko stał się problemem dla tamtejszej społeczności, nie dlatego że oboje robili coś złego, tylko że nikomu w tamtym regionie nie przyszłoby nawet do głowy, żeby nawiązać prawdziwą przyjaźń z muzułmanką, nie mówiąc już o jej poślubieniu. Shehu zgadzał się ze zdaniem miejscowych wieśniaków: nie chciał, aby jego córka wyszła za mąż na południu ani aby zmieniła wiarę. Mieszkańcy Ukhemehi nie mieli nic przeciwko temu, by Shehu oraz jego rodzina uprawiali sobie ziemię i wypasali bydło, ale perspektywa związku tej pięknej dziewczyny z owym przystojnym młodym człowiekiem wzburzyła lokalną społeczność, a ludzie zaczęli na ich temat plotkować, jakby przyłapano ich w łóżku.

Bartholomew śpiewał w chórze miejscowego kościoła świętego Andrzeja, był także członkiem trzech stowarzyszeń kościelnych: świętego Antoniego z Padwy, Legionu Maryi oraz kółka różańcowego. Ponadto, jak każda młoda osoba w parafii, należał do Stowarzyszenia Młodzieży Katolickiej. A zatem, naturalną koleją rzeczy, kiedy jego relacja z Aiszą stawała się coraz bliższa, zaczął doświadczać presji ze strony wszystkich tych grup. Nie był jednak w stanie zerwać z Aiszą. Sprawa osiągnęła punkt krytyczny, kiedy oboje zbuntowali się przeciwko panującemu w społeczności szowinizmowi i zaczęli wymykać się z domu na całe dni do Sapele, Warri i Portu Harcourt.

Kiedy ksiądz Paul McBride, optymistycznie nastawiony i otwarty Irlandczyk, zauważył, że jego wspólnota kościelna zmierza w kierunku poważnego skandalu, poszedł do nich na rozmowę. Upewniwszy się co do głębi ich uczucia, pomówił z ich rodzicami. Wkrótce młodzi się pobrali. Chociaż pobratymcy Aiszy byli żarliwymi muzułmanami, ich tradycja nie traktowała jako apostazji przypadków przyłączenia się kobiety do Ludu Księgi, jak nazywa się w Koranie żydów i chrześcijan. Aisza przeszła na katolicyzm i na chrzcie otrzymała imię Mary. Dżibril przyszedł na świat jako drugie dziecko w małżeństwie.

Ksiądz McBride – podobnie jak podczas chrztu jego brata trzy lata wcześniej, kiedy nalegał, aby nadać Jusufowi (Józefowi) imię jakiegoś świętego, które według niego nie nosiłoby cech pogańskich, jakie misjonarze przypisywali lokalnym imionom – na chrzcie Dżibrila wybrał dla niego imię Gabriel i zawierzył dziecko wstawiennictwu świętego Gabriela Archanioła.

Mary i Bartholomew stanowili wzorcową rodzinę, przykład dla międzyplemiennych i mieszanych małżeństw. Podczas homilii na ich ślubie ksiądz McBride podkreślił nawet przed zgromadzonymi, że para ta może być symbolem jedności w kraju, w którym etniczna i religijna nienawiść stanowiły zarzewie każdego narodowego konfliktu. Wezwał też całą wioskę do brania przykładu z młodej pary. Zdaniem księdza McBride'a reprezentanci niezliczonych plemion i religii w kraju mogliby zjednoczyć się dzięki takiej miłości jak ta, a szacunek przynależny rodzinie współmałżonka mógłby przynajmniej wspierać rozwój tolerancji. Robił wszystko, by pomagać temu małżeństwu. Ponieważ Bartholomew i Mary byli biedni, aby pielęgnować wyjątkowość tego małżeństwa, ksiądz McBride błagał o pieniądze białych potentatów z pobliskich koncernów naftowych, zbudował im dom i pomagał w zaspokajaniu ich materialnych potrzeb.

Były to jednak trudne czasy. Z powodu wydobywania ropy przez całe dziesięciolecia ziemia zaczęła jałowieć. W rzekach brakowało ryb, a co gorsza powtarzające się pożary szybów za każdym razem pochłaniały setki ofiar. Shehu, obawiając się o swoje krowy, zaraz po ślubie córki przeniósł się z dala od bogatych w złoża ropy wiosek na inne obszary południowej części kraju.

Kiedy wyznawcy rodzimych kultów zaczęli prosić ludzi o przynoszenie zwierząt na ofiarę dla Mami Waty oraz innych bóstw, których teren uległ ponoć profanacji, ksiądz McBride kazał swoim wiernym nie zwracać uwagi na pogan. Problem pogłębił się, kiedy małe dzieci zaczęły cierpieć na choroby układu oddechowego, a na ich skórze pojawiła się dziwna wysypka. Wówczas wieśniacy zaczęli uciekać do dużych miast.

Pewnego dnia Aisza bez uprzedzenia uciekła wraz z dziećmi do Khamfi, do rodzinnego domu swego ojca. Jusuf miał wtedy pięć lat, a Dżibril dwa lata i trzy miesiące. Bartholomew był zdruzgotany, a jego późniejsza depresja naraziła go na szyderstwa ze strony społeczności. Broniąc katolickiego charakteru małżeństwa, ksiądz McBride doradził Bartholomew, aby ten podążył za swoją żoną do Khamfi, oferując, że pokryje wydatki i załatwi mu pracę w pobliskiej parafii rzymskokatolickiej. Jednak Bartholomew odmówił z powodu obawy przed czystkami na tle rasowym i religijnym, do których stale dochodziło na północy. Pozostała mu tylko nadzieja, że dzieci powrócą, kiedy dorosną na tyle, by zapytać o swoje korzenie. Niezwłocznie ożenił się po raz drugi, chociaż ksiądz McBride powiedział mu, że postępowanie jego żony nie stanowi wystarczającego powodu, by unieważnić małżeństwo; Bartholomew został członkiem Biblijnego Kościoła Głębszego Życia.

Jusuf i Dżibril dorastali w zamieszkanej wyłącznie przez muzułmanów rozrastającej się dzielnicy Khamfi – Meta Nadun. Stracili kontakt ze swoim ojcem i Ukhemehi. Ich matka wróciła na łono islamu, a bracia zaczęli uczęszczać wraz z wujkami do meczetu. Jusuf nie przestawał jednak zadawać pytań na temat swojego ojca i pamiętał nieco ze swego dzieciństwa w Ukhemehi, nigdy nie czując się całkiem dobrze w meczecie. Na przestrzeni lat, gdy Jusuf napawał się tymi fragmentami rodzinnej historii, które często wyrywały się jego matce w złe dni użalania się nad swą dolą, Dżibril wykazywał zgoła inną postawę. Kiedy jego brat zbliżał się do matki, aby wysłuchiwać tych historii, Dżibril trzymał się z daleka. Nie dopuszczał ich do siebie, ponieważ wprawiały go w zakłopotanie. W rezultacie pomiędzy chłopcami pojawiła się pewna doza wrogości. Aisza niepokoiła się o Jusufa, widząc, że grozi mu apostazja.

W takich okolicznościach pewnego dnia chłopcy z sąsiedztwa nazwali Jusufa bękartem. W następnym miesiącu postanowił on, że wróci do Ukhemehi, aby odszukać ojca. Pomimo błagań Aiszy oraz gróźb ze strony wujka Jusuf uciekł. Nie minęły cztery miesiące, kiedy zaskakując wszystkich, wrócił jako krzewiciel Biblijnego Kościoła Głębszego Życia. Od niego właśnie Dżibril usłyszał o mającej panować na południu wolności i fantastycznie brzmiące opowieści o lepszym życiu oraz o tym, jak to cała wioska oraz wspólnota Głębszego Życia powitały go niczym syna marnotrawnego. Kiedy w Meta Nadum Jusuf zaczął się upierać, że ma na imię Józef, a nie Jusuf, Aisza nie mogła po nocach spać. Jusuf nie zrażał się wrogością, jaką jego postępowanie wzbudziło pomiędzy nim oraz jego bratem, ani chłodnym przyjęciem ze strony dalszej rodziny. Widząc jego determinację, Aisza nie prosiła go o całkowite zerwanie z chrześcijaństwem, ale wymknęła się do najbliższej parafii katolickiej i zwierzyła się ze swojej udręki księdzu. Chciała, żeby Jusuf powrócił na łono Kościoła katolickiego, ponieważ wiedziała, że w ten sposób ryzyko, iż zostanie zabity, będzie mniejsze niż w przypadku, gdy będzie członkiem Biblijnego Kościoła Głębszego Życia.

Po powrocie do domu poprosiła Jusufa, aby usiadł, i w delikatny sposób przekazała mu, że nie należy do Biblijnego Kościoła Głębszego Życia, tylko do Kościoła katolickiego, ponieważ w nim właśnie został w dzieciństwie ochrzczony. Wyjaśniła mu, że według teologii katolickiej chrzest wyciska na duszy człowieka niezatarty ślad i bez względu na to, jaką religię zdecyduje się przyjąć później taka osoba, nie ma to wpływu na ów znak. Powiedziała mu, że w tym sensie jego przynależ-ność do islamu oraz Kościoła Głębszego Życia została unieważniona. Wyjaśniła, że chociaż katolicy, inaczej niż muzułmanie, nie zmuszaj-ją nikogo do lojalności, to wierzą, że jakąkolwiek drogą się podąży, pozostaje się katolikiem. Jusuf nie wyraził jednak zgody na przyjęcie zaproszenia na spotkanie z księdzem, które zaaranżowała Aisza, i nie zaprzestał działalności ewangelizacyjnej na rzecz Kościoła Głębszego Życia. Nie tylko obnosił się z Biblią po Meta Nadum i na głos recy-tował jej fragmenty, lecz także przystąpił do nawracania sąsiadów, na modłę świadka Jehowy, upierając się, że jest to obowiązek każdego nowo nawróconego chrześcijanina. Jego matka cała we łzach zwróciła się do Dżibrila, błagając go, aby nie splamił rąk krwią swojego brata. Jednak i on uznał, że musi bronić honoru swojej rodziny, społeczności oraz islamu.

Wkrótce Jusuf został otoczony przez tłum swoich krewnych oraz sąsiadów i zginął ukamienowany, jak święty Szczepan, za odszczepień-stwo. Chociaż Dżibril nie wziął udziału w zabójstwie swojego brata, znajdował się wystarczająco blisko, by słyszeć, jak modlił się językami, gdy spadały na niego kamienie.

STOJĄC W AUTOKARZE, Dżibril doświadczał natłoku różnych my-śli. Utrata rzeczy materialnych – takich jak krowy, które miał pod swo-ją opieką, a które po jego ucieczce napastnicy z Khamfi mogli pozabi-jać albo zabrać – zbytnio go nie martwiła. Nie zastanawiał się też nad wpływem obecnego kryzysu na sprawy narodowe. W tym momencie było to po prostu ponad jego możliwości. Nie chciał myśleć o wszystkich swoich byłych już przyjaciołach, którzy pomagali wygnać go z Khamfi. Nie chciał także wspominać lat swojego dzieciństwa, kiedy biegał po zakurzonych, pozbawionych bruku ulicach Meta Nadum, ani popołudni spędzonych na sianiu marchewek i kapusty w szerokiej dolinie powstającej z koryta wysychającej sezonowo rzeki, która wytyczała jedną z granic ich dzielnicy. Teraz najlepiej było o tym wszystkim zapomnieć. Nie chciał przypominać sobie rozmów, które prowadzili, wylewając się tłumnie z meczetu po Modlitwie Piątkowej, wszyscy w długich szatach, *babarigach* oraz *dżalabijach*, jak uosobienie przyjaźni w tłumie współwyznawców; nie chciał pamiętać, jak zatrzymywali się wzajemnie w swoich domach, by coś zjeść i napić się *zobo*. Nie chciał rozwodzić się nad latami spędzonymi razem na przedmieściach Khamfi podczas wypasania bydła ani chwil wspólnej troski o jakieś chore cielę, które jeden z nich musiał zanieść do domu na swoich barkach niczym Dobry Pasterz. Nie chciał myśleć o wspólnych wyprawach na tereny zamieszkane przez chrześcijan, by w czasie zamieszek rzucać bomby zapalające na ich kościoły.

Uważali Dżibrila za prawdziwego muzułmanina, ponieważ nie pozwolił, aby lojalność wobec rodziny stanęła między nim a jego religią wówczas, gdy Jusuf otrzymał to, na co zasłużył, i całe Meta Nadum wspierało go, kiedy bez zmrużenia oka kładł rękę pod topór za karę, że ukradł czyjąś kozę. Kiedy kilku wścibskich dziennikarzy przeprowadzało z nim później wywiad, wyrażał niespotykaną ufność pokładaną w swojej religii, chociaż nie pozwolił im zrobić sobie zdjęcia. Prosił ich nawet o przekazanie obrońcom praw człowieka, którzy skierowali jego sprawę do sądu najwyższego, by się tym nie zajmowali. W jakimś sensie stał się bohaterem. Pewien bogacz obdarzył go nawet zaufaniem, powierzając mu swoje stado bydła.

W tym momencie Dżibrilowi chciało się już tylko płakać z powodu matki, która zaginęła gdzieś w wirze konfliktu. Pocieszał się, że może jej nie zabito, tylko gdzieś przepędzono, jak jego samego. Chciał ją przeprosić za wrogość pomiędzy nim a Jusufem. Głębsze zastanawianie się nad śmiercią brata po tym, jak jego przyjaciele go zdradzili, byłoby dla Dżibrila zbyt druzgocące. Starał się zatem myśleć o Jusufie tylko w kontekście żałoby swojej matki. Nie wyobrażał sobie bez niej życia. Wolał widzieć ją oczami wyobraźni, jak wraca do domu stojącego na otoczonym murem osiedlu na obrzeżach dzielnicy, gdzie mieszkali z wujami. Wyobrażał ją sobie przechodzącą z izby do izby z *tasbih* – modlitewnymi paciorkami – w dłoni i płaczącą nad nim, aż jej oczy stają się zaczerwienione i suche niczym gliniane ściany stojącego na środku podwórka spichlerza. Widział jej wysoką sylwetkę, przygarbioną z powodu śmierci syna. Widział ją wychodzącą na podwórko, jakby jej ból wypełnił wnętrze domu i teraz zaczął wylewać się na zewnątrz.

Oczami wyobraźni widział wybuch zamieszek oraz swoich kuzynów i wujków stojących na straży ze strzelbami i maczetami, aby coraz bardziej oszalały tłum *almajeris* – uczniów szkoły koranicznej, których część zdziczała po latach żebrania na ulicy – nie splądrował ich domostwa. Widział twarze niektórych z owych *almajeris*. Widział ulice rojące się od tłumów oraz niezmierzone chmury kurzu wznoszące się na wysokość minaretów, które wyrastały z wielu rozsianych po okolicy prywatnych meczetów. Nie czuł niczego zarówno wobec tych muzułmanów, jak i wobec chrześcijan, z którymi teraz uciekał. Nie potrafił powiedzieć, czy członkowie jego rodziny z Khamfi stanęliby w jego obronie, nie znajdywał już w sobie także gotowości do powierzenia swego życia komukolwiek, jak zwykł to robić w przeszłości.

Tamtego feralnego popołudnia, gdy Khamfi eksplodowało, Dżibril wracał właśnie z wypasu. Szedł spokojnym krokiem, opierając swój kij o ramię. Bydło, które prowadził, wypełniało gruntową drogę łączącą pola z jego domem. Kiedy usłyszał dwa ostre krzyki dobiegające od strony miasta, nie zwrócił na nie większej uwagi.

Błękitne niebo wypłowiało od kurzu niesionego podmuchami harmattanu. Silny pustynny wiatr smagał okolice, wydymając *babarigę* Dżibrila i osuszając nagromadzony po całym dniu pot. W tak niewielkiej odległości od domu słyszał zazwyczaj samochody i ciężarówki trąbiące na głównej drodze biegnącej w pobliżu miasta. Teraz jednak nie słyszał niczego poza odgłosem sawanny, której nieustający szum wzmagał się do poziomu gwizdu.

Kiedy Dżibril zbliżył się do zakrętu, bydło przyśpieszyło, spodziewając się w dolinie wodopoju w postaci kilku sadzawek. Pobiegł za stadem, pragnąc zrzucić z nóg sandały i zanurzyć stopy w wodzie. Ale kiedy skręcili, aby zejść w szeroką dolinę, zwierzęta zaniepokoiły się na widok dwóch mężczyzn. Obaj nieśli gałęzie i krzyczeli do Dżibrila, aby też sprawił sobie takie w zaroślach, ale on nie słyszał ich wyraźnie. Poza gałęziami jeden z nich niósł kartonowe pudło, a drugi worek – ich rzeczy osobiste. Pobiegli najszybciej jak mogli w stronę sawanny, jakby coś ukradli i właściciel ruszył za nimi w pogoń. Dżibril natychmiast zdjął z ramienia swój kij i zagnał zwierzęta na jedną stronę drogi, ustawiając się pomiędzy bydłem a ewentualnym zagrożeniem.

Kiedy dotarł do wody, zaniepokoiło go, że nie spotkał tam innych stad ani pasterzy. Nietypowo jak na tę porę dnia nikłe strumienie, pozostałości po rzece, spływały do sadzawek niezanieczyszczone i spokojne. Nie było nawet rolników, którzy zazwyczaj o tej porze podlewali swe grządki kapusty. Miejsce wydawało się opuszczone, a ogródki, zielone i świeże w samym środku pory harmattanu, wyglądały jak nowe wieńce na starym cmentarzu. Rozglądając się naokoło, Dżibril odkrył, że ślady kopyt odciśnięte w miękkim gruncie przez stada, które wracały przed nim, były nieregularne i przekrzywione ku przodowi, a odchody nie tworzyły niewielkich kopców w jednym miejscu, lecz ciągnęły się nierównymi liniami. Wywnioskował z tego, że zwierzęta przebiegły obok sadzawek. Natychmiast zaczął smagać swoje bydło, które ruszyło w stronę domu, a on pobiegł za nim.

SKANDUJĄCY TŁUM, KTÓRY wytoczył się nagle na drogę z bocznej ścieżki, zamarł na chwilę, zanim ruszył dalej. Chociaż Dżibril ze swoim stadem znajdował się daleko od skrzyżowania, widok ten był tak niezwykły, że przestraszone bydło zatrzymało się. Zbiło się w kupę po jednej stronie drogi jak uczniowie wokół sprzedawcy *akara*. Tłum wytaczał się nieprzerwanie na drogę, wzniecając tumany kurzu, które płynęły niczym nisko zawieszona chmura. Ludzie nieśli gałęzie, kamienie, noże i kije. Niektórzy z nich wydawali się Dżibrilowi znajomi.

– *Sanu* Dżibril, *sanu* Dżibril! – zawołali z tłumu Lukman i Musa, jego przyjaciele. Porzucili tłum i pobiegli w jego kierunku, gwiżdżąc i wymachując zielonymi gałęziami.

– *Sanu* Lukman… *sanu* Musa! – powiedział Dżibril i pomachał im w odpowiedzi.

Byli starsi od niego. Musa był przysadzistej budowy, miał odkrytą pierś i brodę podgoloną zgodnie z prawem szariatu, taką jaką Dżibril pragnąłby mieć, gdyby tylko obdarzony został gęstszym zarostem. Lukman był szczuplejszy i wyższy. Poza gałęzią Musa trzymał także miecz, a Lukman przezroczysty słój bez zakrętki, w którym znajdowała się benzyna. Biegnąc w kierunku Dżibrila, Lukman dłonią przykrył słój, by zapobiec wylaniu się płynu z naczynia. Dżibril podejrzewał, że w jego wypchanej kieszeni znajdowało się pudełko zapałek.

– Gdzie twoja gałąź? – odezwał się Lukman do Dżibrila, dysząc i wskazując na trzymaną przez Musę gałąź.

– Stary, co jest grane? – zapytał Dżibril, odchodząc nieco od bydła, aby wyjść im naprzeciw. – *Kai, wetin* znowu za problem?

– Nie idziesz na protest, hm? – zapytał z kolei Musa.

– Jaki protest? Chwila – powiedział Dżibril, próbując szturchnąć go w żebro, ale ten zrobił unik.

– Daj mi spokój – burknął Musa.

– Tylko odprowadzę krowy i idę.

– Nie idziesz – powtórzył Lukman, rzucając mu groźne spojrzenie, kiedy Dżibril chciał poklepać go po ramieniu. Dżibril zamarł w połowie gestu. – Z ciebie to żaden muzułmanin… – dodał Lukman.

– Ze mnie?

– Tak.

Dżibril parsknął śmiechem.

– *Haba*!

– Twoja matka nie pozwala ci przyłączyć się z nami do *almajeris*… – powiedział Musa i spojrzał na Lukmana, jak gdyby chciał, żeby ten dokończył oskarżenie.

– Na mózg wam padło? – zadrwił z nich Dżibril.

– Nie pozwala ci się do nas przyłączyć, żeby zabijać chrześcijan – powiedział Lukman.

– Moja mama taka nie jest – odparł Dżibril. – Mówię ci, że idę.
Zaraz się do *una* przyłączę. Bez kitu. Chodźcie ze mną. Odprowadzę
krowy i idę z wami.

Dżibril wrócił do stada, ale pozostała dwójka ruszyła groźnie w jego kierunku. Lukman postawił słój, a Musa chwycił za miecz wsunięty
do brązowej pochwy. Zadzwoniły zdobiące ją małe dzwoneczki. Dżibril przestał się śmiać, przeczuwając kłopoty. Jego przyjaciele się nie
uśmiechali, a z ich oczu zionęła nienawiść. Nigdy wcześniej nie widział
ich w takim stanie.

Przypominając sobie dwóch mężczyzn, którzy przebiegli obok niego przy sadzawkach, Dżibril podskoczył i zerwał jakąś gałąź, aby okazać solidarność, bez względu na sprawę, o którą im chodziło. Ale jego
gest tylko ich zaniepokoił, bo pomyśleli, że próbuje uciec. Złapali go
za *babarigę*.

– OK, teraz jestem z wami – powiedział Dżibril, upuszczając kij
i machając im przed nosem gałęzią.

– Czyli z kim? – zapytał Musa.

– Tu się nie rozchodzi o gałęzie, słyszysz? – powiedział Lukman.

– No weź, *wetin* ja wam zrobiłem? – spytał ich Dżibril.

– *Wetin* nam zrobiłeś, hm? – powiedział Lukman.

– Tak… o co wam chodzi?

– OK, nie oddamy ci kasy, którą ci wisimy – powiedział Musa.

– Jakiej kasy? Te tysiąc naira, które mi wisicie, to na pewno. Właśnie że mi zwrócicie. Ha, ha, i koniec gadki na ten temat.

– Anuluj nam dług, bo…

– Musicie mi oddać moje pieniądze, bo inaczej doniosę na was do
alkali i pójdziemy z tym do sądu szariackiego!

Mówiąc to, Dżibril nagle się obrócił i wyrwał im *babarigę*.

– To my też zgłosimy do sądu, że twoje bycie muzułmaninem to ściema! – powiedział Lukman. – Jesteś chrześcijaninem…

– Ja? Chrześcijaninem?

– Zdrajca, zdrajca! – oskarżyli go.

– W którym momencie? – odparł Dżibril. – Nie dam się szantażować.

– Już Jusuf, twój niewierny brat, był od ciebie lepszy – powiedział Musa.

– Zdrajca, zdrajca – powtórzył Lukman.

Jakichś dwóch mężczyzn zatrzymało się, chcąc wiedzieć, co się dzieje.

Dżibril nadal myślał, że może to jakiś kawał. Przecież udowodnił, że jest żarliwym wyznawcą islamu. Pamiętał wielką falę radości, która przetoczyła się przez północną część kraju kilka miesięcy wcześniej, kiedy gubernator Manzikanu wprowadził całkowite prawo szariatu, argumentując, że do tej pory obowiązujące prawo zwyczajowe zakorzenione jest w Biblii i chrześcijaństwie. Powiedział, że muzułmanie byli przez cały czas oszukiwani przez chrześcijan i że nadszedł czas, aby muzułmanie cieszyli się systemem zakorzenionym w Koranie oraz islamie. Utrzymywał, że dzięki szariatowi państwo zostanie oczyszczone ze wszystkich występków i nieprawości, które nękają społeczeństwo.

Dżibril dołączył wtedy do ogromnych tłumów, które skandowały i wymachiwały portretami swojego bohatera, gubernatora Manzikanu. Przez trzy dni Dżibril wychodził z domu i demonstrował, opowiadając się za wprowadzeniem w Khamfi prawa szariatu, chociaż zarówno on, jak i większość osób w tłumie wiedziało, że w Khamfi mieszkało tyle samo chrześcijan co muzułmanów.

Należy jednak przyznać, że dla Dżibrila nie było to tylko naiwne świętowanie lub polityczna hucpa, jak insynuowała południowa prasa. Tak naprawdę demonstracje za wprowadzeniem prawa szariatu przybierały na sile, ponieważ ludzie tacy jak on gotowi byli osobiście dawać świadectwo swoimi kikutami. Ich obecność dodawała demonstracjom siły. Kiedy władze Manzikanu dały samotnym kobietom, zatrudnionym w administracji, trzy miesiące na wyjście za mąż – nawet gdyby miało to oznaczać bycie trzecią albo czwartą żoną – gdyż w przeciwnym razie zostaną zwolnione, Dżibril, Musa i Lukman zebrali się, żeby to uczcić. Byli przekonani, że prawo szariatu powinno zostać rozszerzone na cały kraj. Domy publiczne i bary zostały pozamykane. Kiedy władze Manzikanu ostrzegły, że ci, którzy nie będą nosili brody wymaganej przez prawo szariatu, nie mogą starać się o kontrakty rządowe, u fryzjerów zaczęły ustawiać się długie kolejki pobożnych wyznawców oczekujących na przystrzyżenie bród. Dżibril odprowadził nawet do golibrody Musę.

Teraz Dżibril, śmiejąc się z oskarżeń swoich przyjaciół, wyciągnął z kieszeni zdjęcie gubernatora-bohatera i uniósł je wysoko, aby każdy mógł zobaczyć. Lukman i Musa nie dali się jednak przekonać i przysięgli nawet, że nie będą walczyli z chrześcijanami z Dżibrilem u swojego boku.

– Ten gość *na* południowiec – powiedział Musa. – To niewierny.

– Wewnętrzny wróg – powiedział Lukman. – Jak mamy prowadzić wojnę z tymi barbarzyńskimi chrześcijanami, kiedy wśród nas jest jeden z nich?

Wtedy właściwie dotarło do Dżibrila, że tłum zmierza w kierunku Kamdi Lata, dzielnicy zamieszkanej wyłącznie przez chrześcijan, oraz Shedun Sani, dzielnicy o mieszanym charakterze, aby rozpocząć wojnę z chrześcijanami. Oskarżenia skierowane przez przyjaciół pod jego adresem wydały mu się tym bardziej bolesne. Natychmiast przysiągł na Allaha, że jest prawdziwym muzułmaninem, ale to nie wystarczyło. W obliczu napięcia, jakie panowało w kraju, był to straszny czas na oskarżenia o apostazję lub pochodzenie z południa. Dżibril próbował wytłumaczyć gęstniejącemu tłumowi, że jego oskarżyciele winni mu są pieniądze, ale odmówili spłaty, co było prawdą. Jednak Lukman i Musa upierali się, że Dżibril nie jest jednym z nich, mimo że posługuje się językiem hausa z odpowiednim akcentem. Dżibril próbował podjąć rozmowę na temat śmierci swojego brata, ale przerwali mu. Chciał pokazać swoją obciętą rękę, ale zagrozili, że oskarżą go o kradzież kolejnej kozy, i powiedzieli, by przestał grać na zwłokę i się przyznał. Widząc, w jakim kierunku idą sprawy, Dżibril podjął próbę przedstawienia swoich korzeni tak, jak przekazała mu to matka, historii, której nie znał zbyt dobrze i która mało go obchodziła aż do teraz.

– Dżibril, a czy oni nie ochrzcili cię, jakżeś był dzieckiem? – zapytał Musa ze złośliwym uśmieszkiem na ustach. – Znamy cię, znamy sprawę twojego chrztu.

– Odpowiadaj no szybko – odezwał się ktoś ze stojących obok.

– Nie mamy czasu do stracenia – powiedział ktoś inny.

Być może w czasie pokoju miałby szansę usprawiedliwić się przed sądem szariackim. Może przesłuchano by go i wytoczono mu uczciwy proces, ale nastały burzliwe dni. Teraz, kiedy próbował przedstawić sytuację z pieniędzmi, które winni mu byli Musa i Lukman, Musa spoliczkował go i powalił na ziemię. Zdarli z niego *babarigę* i rzucili się na niego z pałkami i kamieniami. Wydawało się, że Musa wpadł w taki gniew, że zapomniał wyciągnąć miecza, ponieważ walił Dżibrila pochwą. Dżibril leżał na ziemi skulony, jęcząc i osłaniając sobie głowę rękami. Nie reagował na zadawane rany ani nie ocierał sobie krwi z ciała. Leżał tylko i czuł coraz większe zawroty głowy, a ziemia wkoło zaczęła mu wirować.

Wkrótce przestał już czuć razy. Kiedy otworzył jedno oko, zobaczył, że krąg ludzi, którzy go bili, poszerzył się, oddalając się od niego. Niektórzy spośród nich zaczęli kraść jego bydło. Kiedy zobaczył, jak Lukman wraca po benzynę, zebrał w sobie całą energię, wstał i zaczął biec. Nie spodziewali się tego. Dżibril pobiegł w kierunku zarośli i wody, a oni ruszyli za nim w pogoń, skandując: *Allahu Akbar, Allahu Akbar!*

Dżibril pamiętał, że biegł bardzo szybko, zaskoczony, że pomimo odniesionych ran w ogóle może się poruszać. Kiedy obejrzał się za siebie, zobaczył, że liczba ścigających go wzrosła; przyłączyli się do nich nawet ci, którzy wcześniej zostawili spalenie go Lukmanowi i Musie. Rzucali w niego kamieniami, ale on się nie zatrzymywał ani nie upadał. Usłyszał kilka wystrzałów, ale biegł dalej. Minął sadzawki, wbiegł na wzniesienie i sawannę. Tłum rozdzielił się i zaczął niszczyć uprawy kapusty. Dżibril biegł jak pies; biegł, aż zrobiło mu się ciemno przed oczami. Zapamiętał tylko, że zamroczyły go zawroty głowy i że upadł…

Nagle ktoś w luksusowym autokarze otarł się o jego wsunięty do kieszeni nadgarstek. To skierowało jego uwagę na bardziej zasadniczą sprawę: kwestię uniknięcia zdemaskowania. Instynktownie wsunął rękę głębiej do kieszeni. Przeklinał samego siebie za rozwodzenie się nad okolicznościami swojej ucieczki. Zaczął błagać Allaha o siłę.

Kiedy spojrzał na przód autobusu, zauważył, że do środka weszło dwóch policjantów i stało teraz nad chorym. Byli po cywilnemu. Niczym żołnierze ewakuujący z frontu rannego towarzysza trzymali w pogotowiu karabiny. Zachowywali się, jakby chory był już martwy, chociaż ten wciąż jeszcze coś mamrotał. Mimo błagań Emeki, Madam Aniemy oraz Tegi powiedzieli, że będzie dla niego lepiej, jeżeli opuści autobus, aby zrobić miejsce innym. Podnosząc chorego do pozycji stojącej, przeszukali go i zabrali mu bilet. Kiedy po autobusie rozszedł się pomruk dezaprobaty, policjanci zapewnili wszystkich, że wsadzą go do następnego luksusowego autokaru. Pomruk przeszedł w odgłosy szyderstwa, gdy policjanci wywlekli go na zewnątrz i ułożyli na werandzie jednego ze sklepów.

Do autobusu weszli kolejni pasażerowie i Dżibril, nadal przejęty chorym, musiał przesunąć się do tyłu. Popychany pomiędzy rzędami z miejsca na miejsce, zostawił już za sobą siedzenie, które zajmował wódz. Coraz bardziej jednak rzucał się w oczy, ponieważ większość uchodźców w przejściu zaczynało siadać na podłodze. Kiedy spoglądał na wodza, ten albo mierzył go wzrokiem, albo wzrok odwracał, jakby Dżibril chciał ograbić go z *jego* miejsca.

– Zdaje się, że ktoś zajął ci miejsce – powiedział Emeka, kiedy Dżibril oparł się o jego siedzenie. Emeka nadal nie mógł się pogodzić z usunięciem chorego z autokaru.

– Ta, p'sze pana.

– No, to powiedz mu, żeby je opuścił – odparł Emeka. – Nadeszły czasy demokracji, młody człowieku!

– A… ta p'sze pana – powiedział Dżibril, zakrywając sobie usta lewą dłonią.

– Ta p'sze pana *ke*? I odsuń się od mojego miejsca. Jeden człowiek, jeden głos… Jeden człowiek, jedno miejsce!

– *Abeg*, daj pan spokój chłopakowi – odezwała się Ijeoma. – Wyżyj się pan na policji. To nie on wykopał chorego gościa z autokaru.

– Hej, nie mów mi, co mam robić – odparł Emeka, składając i rozkładając swoją kurtkę na kolanach. – Masz męża żołnierza?

– A pan w ogóle masz jakąś żonę? – odparła Ijeoma.

– Czy atmosfera tutaj nie jest już wystarczająco napięta? – zapytała Madam Aniema.

– Mamy demokrację – powiedział Emeka. – Mam prawo krzyczeć, jeżeli tak mi się podoba, OK… Coś wam powiem, kobiety. To nie czasy junty, kiedy ludzie nie mogli mieć tego, co chcieli, ani powiedzieć tego, co czuli. Minęło już osiem miesięcy, odkąd przekupiono generałów licencjami na wydobywanie ropy, żeby pokojowo przekazali władzę nam, cywilom. Wówczas nie można było sprzeciwiać się wojsku. Nie zapominajcie, że nawet tutaj, w Lupie, żołnierz zastrzelił kierowcę autobusu i konduktora, bo nie chcieli mu dać dwudziestu naira na nielegalnym posterunku kontrolnym…

– I co z tego? – wtrąciła Ijeoma, drapiąc się po swoim afro i mrużąc wielkie oczy, aż zrobiły się z nich wąskie szparki. – Że niby my, cywile, jesteśmy lepsi od wojska? Nawijasz pan, jakbyś wszystkie rozumy pozjadał. I co ma znaczyć to „kobiety"?

– Właśnie, Panie Mężczyzna, tylko mi tu bez ubliżania – odezwała się Tega. – *Na* przez kobiety *wahala* w Khamfi?

– Daj se spokój z gościem, siostra – powiedziała Ijeoma. – Nawija jak jaki poligamista!

Emeka spojrzał na jedną, a następnie na drugą, zaskoczony, że obie znalazły się teraz w jednym obozie. Zaczął grozić im palcem, zastanawiając się, co powiedzieć, ale Madam Aniema poradziła mu:

– Proszę się do nich nie odzywać. Jeżeli dzięki temu się uspokoją, to dobrze. Kobiety już takie są.

– Jak powiedziałem, bez względu na to, co się wydarzyło, nie można tracić wiary w demokrację! – powiedział Emeka bardziej pojednawczym tonem, ignorując obie kobiety i wznosząc głos ponad panujący zgiełk. – Nie traćmy nadziei, nie traćmy nadziei!

– A kto panu powiedział, że straciłyśmy nadzieję? – zadrwiła z niego Tega. – To raczej tacy jak pan, co dali dyla z Khamfi w samych skarpetkach, potracili nadzieję... nie my!

– Daj se spokój z tym *yeye* kolesiem – powiedziała Ijeoma. – Mówimy, żeby dał pan spokój chłopakowi, to się pan czepia kobiet. A to nie kobieta pana urodziła?

Dżibril spojrzał na Ijeomę i Tegę z wyrazem zdającym się prosić, aby nie dyskutowały już z Emeką. Cieszył się, że rozmowa zeszła na niezwiązany z nim temat, ale teraz zaczął się obawiać, że znowu do niego wróci. Żałował, że nie może poprosić owych kobiet, aby się zamknęły, i że same z siebie nie wiedzą, iż nie wypada publicznie przeciwstawiać się mężczyznom.

Mając wrażenie, że z tyłu autobusu jest więcej pasażerów, Dżibril przesunął się w tamtą stronę, aby być mniej widocznym. Stał jednak w nowym miejscu tylko kilka minut, zanim ktoś nie zapytał go, czy czeka w kolejce do toalety. Wzruszył ramionami i pokręcił głową, zaprzeczając. Kiedy jednak osoba stojąca tuż przed nim, jak i ta tuż za nim potwierdziły, że one stoją w kolejce i że nie mają do niego pretensji, iż wepchał się przed nie, Dżibril pokiwał głową i uśmiechnął się zmieszany. Wyciągnął szyję i dopiero teraz dojrzał ogonek wijący się wzdłuż przejścia pomiędzy pasażerami siedzącymi na podłodze. Kolejka wydawała się jedynym stabilnym miejscem w przestrzeni naznaczonej niepokojem i ruchem. Kończyła się tuż przed drzwiami do toalety na osobie, która się o nie opierała. Chociaż Dżibril nigdy wcześniej nie miał okazji korzystać z ubikacji ani nie czuł takiej potrzeby w tym momencie, nie opuścił ogonka. Z zadowoleniem zauważył, że ludzie, którzy wykupili miejsca na podłodze między rzędami, wykazywali się tolerancją i zrozumieniem. Marzył, aby ta kolejka stała w nieskończoność i by czekającym w niej uchodźcom korzystanie z toalety zabierało coraz więcej czasu.

Kiedy spojrzał w kierunku wodza, zauważył, że siedzi on jedynie trzy miejsca dalej od niego, nadal jedząc swoje herbatniki, z policzkami wypchanymi niczym trębacz Hausa-Fulani.

DŻIBRIL CO JAKIŚ CZAS spoglądał na wodza z niemą złością, kiedy nagle włączono telewizory. Obrazy przeszyły go jak błyskawica, zmuszając do odwrócenia twarzy w przeciwną stronę. Gwałtownie zamknął oczy. Zdążył już jednak zarejestrować wyświetlone sceny, a – jak mówią – tego, co oczy zobaczyły, nie da się już cofnąć. Czuł się tak, jakby padł ofiarą gwałtu. Nie był w stanie od razu uświadomić sobie, co przedstawiały sceny, które widział.

Płynące z telewizorów dźwięki uciszyły panujący w autobusie zgiełk, pasażerowie umilkli bowiem i skoncentrowali uwagę na odbiornikach. Wszyscy w kolejce do toalety spojrzeli za siebie, żeby nie stracić nic z akcji. Wszyscy poza Dżibrilem, który zdążył już ponownie otworzyć oczy i zastanawiał się, jak uporać się z tym kolejnym problemem. Tak bardzo chciał pod każdym względem stać się częścią tego tłumu. Nie mógł jednak oglądać telewizji i nie chodziło już tylko o to, że Allah ukarze go za to. To jego konserwatyzm nie pozwolił mu się ugiąć i nadal stał odwrócony tyłem do ekranu. Miał ochotę się rozluźnić i przestać kontrolować. Ale teraz, gdziekolwiek spojrzał, wydawało się mu, że napotyka czyjeś twarze. To było niczym jazda pod prąd. Starał się patrzeć w sufit, ale nawet tego nie był w stanie osiągnąć. Czując, że dyskomfort, który ma wypisany na twarzy, może zwracać na niego uwagę, Dżibril zaczął wpatrywać się w swoje trampki. Wpatrywał się tak intensywnie, że mógłby policzyć każdą najdrobniejszą nitkę, ale tak naprawdę nie dostrzegał niczego. Poczuł w sobie narastający strach, który rozszedł się po jego ciele niczym gęsia skórka. Palce u jego lewej dłoni pokryły się potem i zaczęły drżeć. Zdrętwiał mu nadgarstek w obciętej ręce, starał się więc ułożyć sobie łokieć w bardziej komfortowej pozycji.

Kiedy próbował się obrócić, aby stanąć przodem do telewizyjnych ekranów, był w stanie zrobić to tylko połowicznie, niczym zablokowane koło. Patrzył więc teraz przez okno, co stanowiło pozytywną odmianę. Wbił wzrok w szybę.

Słońce zdążyło już zajść. Tłum przed autobusem nie był już tak niespokojny jak poprzednio. Na werandach okolicznych budynków zgromadziło się więcej uchodźców. Niektórzy siadali, gdziekolwiek znaleźli na parkingu jakieś wolne miejsce, trzymając kurczowo swoje rzeczy osobiste w oczekiwaniu na inne autokary. Wszyscy wyglądali na zmęczonych. Ucichły nawet odgłosy rozmów.

Na rozpościerającej się w oddali sawannie, jak we śnie, korony niektórych wiecznie zielonych drzew wydawały się rozrastać, uwalniając pośród zapadającego mroku delikatne obłoki nietoperzy. Wysoko na niebie nietoperze łączyły się w jedną grupę i leciały w tym samym kierunku, w stronę parkingu, niczym niesione wiatrem. Wyglądały jak gigantyczna bezkształtna figura o niezliczonych odnóżach opierających się o korony drzew. Stopniowo zapełniały niebo. Po jakimś czasie wyglądały jak wielka czarna fala rozciągająca się, drgająca i skrzecząca w półmroku.

Ktoś poklepał Dżibrila po nogach. Spojrzał w dół, a potem szybko odwrócił wzrok. Była to siedząca na podłodze ciężarna kobieta, karmiąca dziecko piersią. Miała na imię Monica. Dziecko było wszystkim, z czym udało się jej uciec. Jej duże oczy były czerwone od płaczu, a twarz opuchnięta od niewyspania. Tuliła mocno swoje dziecko z niezmierzoną czułością. Ubrana była w długą, białą sukienkę, którą otrzymała od kogoś po drodze w czasie ucieczki. O dwa numery za duża zapewniała jej dodatkową ilość materiału, którego potrzebowała do karmienia dziecka.

– *Haba*, mój bracie, nie możesz nawet telewizji oglądać? – zażartowała z Dżibrila Monica, a na jej twarzy pojawił się uśmiech zakłopotania.

– Ja? – wybąkał Dżibril, jak wcześniej wódz, udając, że przygląda się nietoperzom za oknem.

– Ciebie też dotknęły te zamieszki? Ale nie powiesz mi, że masz gorzej niż ten chory, co to go gliny wykopały z autokaru?

Dżibril pokiwał głową.

– No nie.

Chociaż pogodził się już z bliskością kobiet w trakcie tej podróży, widok kobiety karmiącej piersią wprawiał go w zakłopotanie. Nie podobało mu się to, że uśmiechała się albo odzywała do niego podczas tej czynności. Nie mógł spuścić wzroku, bo to by oznaczało konieczność spojrzenia na jej piersi. Nie chciał z nią rozmawiać, odwzajemniać jej uśmiechu ani robić czegokolwiek, co mogłoby zwrócić na niego jej uwagę. Starał się jednak reagować uprzejmie. Pomyślał, że z tą kobietą należy się obchodzić jeszcze ostrożniej niż z telewizją, ponieważ zwracała się do niego i wymagała reakcji.

Chciał się gdzieś oddalić, ale gdzie? Spojrzał za siebie, próbując jakoś nie patrzeć na telewizję, aby odnaleźć wzrokiem Madam Aniemę. Trzymał lewą dłoń nad oczami niczym daszek, aby zasłonić je przed scenami w telewizji. Widok siwych włosów Madam Aniemy oraz jej uprzejmość stanowiły przeciwwagę dla niepokoju, który zaczął narastać w jego sercu z powodu Moniki, Tegi i Ijeomy.

– Rany boskie, co za *shakara* tym razem? – kontynuowała Monica, ponownie klepiąc go po nodze. – Tak se zakrywasz twarz, jakby tu centralnie świeciło słońce. Aleś dumny. *Abi*, tak ci dobrze z tym smutkiem? Twoja sytuacja na pewno nie jest gorsza od mojej! Spalili mi dom; i mojego męża, i dwoje dzieci, już ich nie zobaczę *o*. Zostało mi tylko to maleństwo. Ale nie tracę nadziei. I dlaczego miałabym się nie śmiać? Dlaczego nie oglądać telewizji? Weź no popatrz na siebie: mówię do ciebie, a ty nawet na mnie nie spojrzysz? Tak cię przypiliło do tej ubikacji?

– Nie – powiedział Dżibril zakłopotany, a słowo wydobyło się z jego ust, zanim zdążył je powstrzymać.

Monica zaśmiała się zadowolona, że udało się jej go sprowokować.

– Widzę, że chyba masz czerwonkę.

– Mmmh – jęknął Dżibril.

– *Na wa o*!

Wydawało się, że po włączeniu telewizji pasażerowie odczuli ulgę i że powrócił pewien spokój i porządek; prawie wszyscy patrzyli teraz w jednym kierunku. Była to pierwsza oznaka jedności, której Dżibril doświadczył, odkąd wsiadł do autokaru. Teraz słyszał, jak Emeka szepcze ze złością do ludzi, aby się pochylili lub zeszli mu z pola widzenia, by mógł dobrze widzieć telewizor.

– Nie bój nic, kolejka do ubikacji będzie się wlec jak ślimak – szepnęła do Dżibrila Monica. – Mógłbyś se przynajmniej umilić czas, oglądając telewizję. Nie przeginaj tak z tą powagą w podróży... Zobacz no, nawet moje maleństwo ssie pierś i ogląda se telewizję... Rozchmurz się.

– Mmmh.

– Daj se spokój z tym *chakara* gościem! – szepnęła Tega do Moniki. – Daj se spokój. Nie widzisz, jaki z niego pozer z tą ręką w kieszeni?

Natychmiast po uwadze poczynionej na temat jego ręki Dżibril obrócił się w stronę telewizorów, jak wszyscy inni – tylko że z zamkniętymi oczami. Jego wsunięty do kieszeni nadgarstek ukryty był przed spojrzeniami kobiet i Dżibril udał, że nie usłyszał uwagi na ten temat. Zacisnął powieki tak mocno, że aż na twarzy zrobiły mu się zmarszczki. Decyzja o zamknięciu oczu podjęta została w ułamku sekundy, stanowiąc kompromis, który zapewnił mu spokój. Upewnił się w ten sposób, że nikt już nie będzie go niepokoił, bo przecież spogląda we właściwym kierunku. Jakaś część jego wyobcowania pośród reszty pasażerów uległa zatarciu i poczuł się bardziej z nimi związany. Dowodem na to był chociażby fakt, że przestały mu dokuczać kobiety.

– No, w końcu zachowujesz się jak człowiek – po jakimś czasie odezwała się Monica, myśląc, że Dżibril ogląda telewizję. Przełożyła sobie dziecko z jednej piersi do drugiej.

– Cicho tam! – powiedział Emeka.

– A mianował pana ktoś kierownikiem wycieczki? – syknęła Ijeoma, jak gdyby tylko na to czekała. – *Yeye* facet, nie masz pan telewizora w domu? Coś pan, kierowca? *Abi*, konduktor? *Abi*, chcesz pan znowu czepiać się kobiet?

Gdyby Dżibril otworzył oczy, zobaczyłby telewizory wyświetlające właśnie piękne obrazki z zagranicy. Spoty, które oglądali, mogły pochodzić z jednej z tych wielkich międzynarodowych sieci telewizyjnych. Ponieważ jednak ich logo zostało usunięte – kopia piracka, jak to się mówi – przez lokalną lub państwową stację, która je emitowała, trudno było powiedzieć z jakiej.

Dżibril słyszał, jak towarzysze podróży śmieją się i komentują emitowane spoty. Emeka został uciszony, ludzie reagowali więc swobodnie. Nucili melodie puszczanych dżingli podłączeni do globalnej wioski reklam, wydarzeń sportowych, mody i wiadomości. Obrazki zmywały lub przykrywały smutek, napięcie i niepokój przeżywany przez uchodźców. Były jak świeże powietrze i chociaż Dżibril nie widział pokazywanych scen, czuł dobry nastrój narastający wokół niego niczym grzyby po deszczu; wiedział, że ludzie oddają się rozrywce, jak określiła to Monica. Chociaż dokładał starań, aby sztuczny uśmiech nie schodził mu z twarzy, jego oczy pozostawały zamknięte. Im bardziej czuł się zrelaksowany, tym bardziej chciało mu się je otworzyć. Nie poddał się. Zacisnął powieki tak mocno, że zakręciło mu się w głowie, a potem w oczach poczuł tępy ból. Był jak niewidomy i korzystał ze słuchu, by zorientować się, co dzieje się dookoła. Głos Moniki wyróżniał się, irytując go, bo rozlegał się zbyt blisko, aby mógł poczuć się w pełni komfortowo.

Podziękował Allahowi za wytchnienie, jakie przyniosło mu zamknięcie oczu. Znalazł sposób, jak unikać Moniki. Pomyślał, że teraz może znieść już wszystko. Podczas gdy inni odnajdowali spokój w tym, co ich otaczało, on czerpał go ze swojego wnętrza – z uczucia tryumfu z powodu odnalezienia sposobu na zachowanie w tym dziwnym świecie wierności własnej tradycji i swojej wyjątkowości. Gdyby tylko mógł jeszcze sprawić, by wódz oddał mu jego miejsce, pomyślał, mógłby wówczas oprzeć czoło na zagłówku i udać, że śpi, aż autokar ruszy, aż dotrze do wioski jego ojca.

Nagle zaległa cisza tak głęboka, że Dżibril instynktownie wyczuł, iż musiał wywołać ją jakiś szok. A potem cztery czy pięć osób przeczytało na głos napis, który pojawił się na ekranach telewizorów:

Wiadomość z ostatniej chwili:
Zamieszki na tle religijnym w Khamfi

Pasażerów ponownie ogarnął niepokój i dobiegający z telewizorów dźwięk zagłuszony został przez hałas powstały, gdy wszyscy jednocześnie zaczęli mówić. Niektórzy twierdzili, że rozpoznają zabitych pokazanych w telewizji, i zaczęli wykrzykiwać ich imiona. Inni, że to nie może być ich Khamfi – wieloetniczne, wielowyznaniowe miasto położone zaledwie o dwie godziny drogi na północ od parkingu.

Khamfi, które zobaczyli tamtego wieczora, było światową stolicą zwłok. Spalone zostały kościoły, domy i sklepy. Wyostrzone, uważne oko kamery przekazywało obrazy do pogrążającego się w ciemnościach autobusu, zalewając uchodźców feerią barw. Dżibril wyczuwał to przez swoje zamknięte powieki, gdy kamera koncentrowała się na zwęglonych zwłokach skwierczących w jaskrawoniebieskich płomieniach. Z ekranów telewizorów wlewały się do autokaru okrzyki furii, wzmagając niepokój pasażerów. Dżibril nasłuchiwał głosu wodza, ale nie usłyszał go. Czy wódz nadal siedział na jego miejscu? A może spał? Dlaczego nie odzywał się ani słowem, kiedy wszyscy inni mówili? Nadstawił uszu w jego kierunku, a następnie skierował tam wzrok.

Uchodźcy zerwali się na równe nogi na widok wyglądających na wygłodniałych *almajeris*, którzy biegali z pojemnikami z paliwem i zapałkami, podpalając przedmioty i ludzi. Byli dużo młodsi niż przyjaciele Dżibrila Musa i Lukman. W autokarze szok i bezradne narzekania zastąpił gniew. Tak naprawdę pasażerów nie poruszył widok płonących zwłok czy zrównanych z ziemią przez bomby zapalające firm prowadzonych przez ich rodaków z południa, ani straszliwych scen, gdy niektóre z tych dzieciaków spłonęły od zapalonego paliwa, zanim jeszcze zdążyły go użyć. W całym kraju ludzie przywykli już do tak powszechnych widoków. Dziesięciolecia rządów wojskowych oraz ich liczne terrorystyczne spiski skierowane przeciwko mieszkańcom zdążyły ich już zahartować. Tym, co ich rozwścieczyło, był widok darmowego paliwa w rękach *almajeris*.

Krzyki pasażerów, które słychać było także poza autobusem w zapadających ciemnościach, poderwały ludzi na zewnątrz. Werandy opustoszały i wszyscy otoczyli autokar niczym latające termity fluorescencyjną żarówkę. Na dźwięk słowa „paliwo" Dżibril poczuł się nieswojo. Przypomniał sobie Lukmana i jego słój z benzyną oraz zapałki w kieszeni, a także Musę i jego miecz oraz tłum ścigający go w dolinie, strzały, kamienie... Zdało mu się, że wszyscy ci ludzie wokół niego byli Lukmanami i Musami i że wkrótce go stąd wykurzą. Miał wrażenie, że jego rany palą go pod ubraniem. Zakrył sobie twarz i starał się oddychać normalnie.

– Gdzie jest nasz kierowca? – krzyknęła Madam Aniema, jakby ktoś ją uderzył. – Wrócił już z tym paliwem?

Wstrząs wywołany takim natężeniem gniewu w tak do tej pory czułym kobiecym głosie omal nie skłonił Dżibrila do otwarcia oczu.

– Kierowca jeszcze nie wrócił! – odpowiedział Emeka.

– Czy te dzieci wykorzystują paliwo czy wodę? – ciągnęła.

– Wodę *ke*? Paliwo! – powiedziała Tega.

– A kto im dał paliwo na palenie ludzi, jak my nie możemy dostać paliwa, żeby pojechać do domu? – zapytała Ijeoma.

– Nasze paliwo, nasze paliwo... ropa z południa! – zaczęli skandować niektórzy pasażerowie.

Przez chwilę wydawało się, że autokar eksploduje z gniewu. W końcu Dżibril otworzył oczy.

Kolejka do ubikacji rozpłynęła się w tłumie, ponieważ ci, którzy wcześniej siedzieli na podłodze, teraz stali. Dżibril czuł, że Monica stoi tuż za nim, a jej dziecko zawodzi pośród hałasu, kopiąc i machając małymi rączkami. Monica, próbując je uspokoić, przestępowała z nogi na nogę, kołysząc je i zakłócając w ten sposób monotonię jego płaczu. Dżibril przywarł do osoby stojącej przed nim, aby zrobić odstęp pomiędzy swoimi plecami a Monicą.

– Kto dał tym muzułmańskim dzieciakom paliwo? – odezwała się Monica.

– Politycy! – powiedział Emeka. – Wykorzystują ropę z południa, żeby palić naszych i ich biznesy.

– Niech nikt więcej nie waży się tknąć naszej ropy – powiedziała Monica. – Korzystają z naszych naftopieniędzy, żeby wprowadzić szariat, a i tak wygnali nas z północy!

Autokar wypełnił się głośnymi sugestiami, jak najlepiej powstrzymać rząd i międzynarodowe koncerny naftowe przed wierceniami w delcie. Niektórzy powiedzieli, że trzeba niezwłocznie wprowadzić je w czyn, gdy tylko dotrą do domu, i zaczęli przeklinać kierowcę za opóźnianie odjazdu.

– Zachowujecie się wbrew narodowemu interesowi… bezpieczeństwu narodowemu! – powiedział jeden z policjantów, wpychając się do środka autobusu. Mierzył we wszystkich z pistoletu, machając nim na prawo i lewo. Ludzie rzucili się na swoje miejsca, niektórzy wspinając się jeden po drugim, aby zejść mu z drogi. Kiedy znalazł się w połowie autokaru, pojawił się jego kolega, ubezpieczając go AK-47.

– *Na* nasza ropa! – Monica zwróciła się do tego pierwszego.

– Kto to powiedział? – zapytał policjant.

– *Na* ja – odparła.

Przecisnęła się do przodu z dzieckiem, nie okazując lęku, mimo że inni zaczęli się cofać. Odsunęła Dżibrila na bok, następnie podała komuś dziecko. Obiema rękami zebrała swoją długą sukienkę, jakby miała przejść przez sięgający do kolan strumień.

– Powiedziałam, *na* nasza ropa – powtórzyła policjantowi. – My *dey* teraz demokrację, nie?

Wszyscy odwrócili wzrok od telewizorów i przyglądali się starciu Moniki z policją. Niektórzy zaczęli ją usilnie prosić, aby się uspokoiła.

Dżibrilowi nie chodziło już tylko o to, że jego zdaniem nie był to odpowiedni moment na konfrontację z policją; nie podobał mu się także fakt, że kobieta przeciwstawia się prawu. Może nie widziałby tego w tak jaskrawych barwach, gdyby w autokarze znajdowały się wyłącznie kobiety i gdyby przedstawiciel prawa także był kobietą. Monica stała tuż przed Dżibrilem, tylko jej ciało oddzielało go od pistoletu. Próbował się cofnąć, wciskając w tłum, ale nikt mu na to nie pozwolił; nikt nie chciał zamienić się z nim miejscem. Stał więc tak, wpatrując się tępo w łydki i stopy Moniki, wstrzymując oddech i modląc się, by policja nie otworzyła ognia.

— Co to za kobieta? — odezwał się policjant.

— Dziewczyna z pól naftowych — powiedziała Monica. — A pan to niby kto?

— Ty się mnie pytasz? — odparł policjant.

— Tak?

— Ostrzegam cię, głupia kobieto. Postradałaś rozum od tych *wahala* z szariatem!

— Proszę pokazać legitymację — ciągnęła Monica. — A może wysłali was, żeby nas pozabijać?

— Legitymację? Dlaczego miałbym ci pokazywać legitymację?

— Kobieto, zachowuj się — odezwał się drugi policjant od strony drzwi — bo zaraz będzie z ciebie dziewczyna z dziur po kulach.

— *Oya...* no dalej — powiedziała Monica. — Jak ze mną skończycie, to zabijcie moje dziecko, OK... *Wetin* ja muszę znowu na tym świecie znosić?

— Wykonujemy tylko rozkazy rządu! — odparł policjant. — Rozkazy rządu!

– Wojsko już nie rządzi – powiedziała Monica. – Żyjemy teraz w demokratycznym państwie.

– Zamknij się… Rząd to rząd! Ropa należy do rządu. Do rządu federalnego, dociera to do ciebie?

Policjant przy drzwiach cofnął się na zewnątrz i oddał w kierunku nocnego nieba kilka strzałów ostrzegawczych. W autokarze dał się słyszeć odgłos ludzi rozbiegających się na zewnątrz w popłochu.

Uchodźcy w środku ucichli, nawet Monica. Stała tam, jakby oczekując, że trafią ją pociski. Policjant kazał mężczyźnie, który trzymał jej dziecko, oddać je Monice. Mężczyzna zaczął się trząść, jakby dziecko nagle zamieniło się w żmiję. Monica wzięła niechętnie dziecko z rąk mężczyzny, nie tyle z powodu rozkazu policjanta, ile z racji tego, iż strach przed policją mógłby spowodować, że je upuści. Usiadła na podłodze jak zombi. Kiedy policja odeszła, zaczęła płakać, przerywając tylko od czasu do czasu, by opowiadać o zmarłym mężu i dzieciach.

KOLEJKA DO TOALETY wyłoniła się ponownie, gdy większość osób w przejściu usiadła na swoich miejscach. Dołączyło do niej jeszcze kilkoro pasażerów, przesuwając Dżibrila o kilka miejsc w kierunku przodu autobusu. Stanął teraz obok wodza, który siedział cicho, jakby ostatnie zamieszanie wywołane zostało na innej planecie. Dżibril miał twarz zwróconą w stronę tyłu odbiornika telewizyjnego, nie musiał więc już zamykać oczu. Wszyscy, od osób z tyłu autokaru aż do tych stojących o kilka miejsc przed nim, patrzyli w kierunku telewizora, kilka centymetrów ponad głową Dżibrila. Przyglądał się im, pośród kolorowego telewizyjnego światła, które pląsało, migocząc groteskowo na ich ponurych, dotkniętych niedolą twarzach. Patrzył z niepokojem, omiatając całą szerokość autobusu nieufnym spojrzeniem, pragnąc odgadnąć prawdziwą naturę tego, co właśnie oglądali.

Niektórzy uchodźcy płakali, ale inni zaczęli wiwatować, kiedy telewizja pokazała więcej pełnych dramatyzmu scen z Khamfi. Grupy dorosłych przedstawicieli północy oraz południa dzierżących karabiny maszynowe i maczety walczyło ze sobą. Szaleństwo wzniecało obłoki rudawego kurzu Khamfi. Wiele dzielnic zostało spalonych, a niebo nad nimi zasnute było smugami dymu.

Emeka podniósł się, zrzucił na podłogę swoją kurtkę i zaczął wznosić okrzyki.

– Ten człowiek z wielkim karabinem w tej grupie na lewo to mój kuzyn! – zawołał. – Ten z mnóstwem różańców i szkaplerzy owiniętych wokół lufy…

– Pana prawdziwy kuzyn? – zapytała Madam Aniema.

– Najprawdziwszy… Nazywa się Dubem Okonkwo. Ja jestem Emeka Okonkwo. – Ponownie wskazał na ekran. – A ten to mój przyjaciel… Thomas Okoromadu Ikechi… Ten muskularny z odkrytą piersią w brązowych spodniach. Wszyscy jesteśmy z Anambry.

– O, pan pochodzisz z Anambry? – zapytała Ijeoma.

– *Kpom kwem*! – powiedział Emeka, wpatrując się w ekran. – No dalej, Tom, pokaż im. Pokaż im… Rozerwij bombami łeb temu pogańskiemu muzułmaninowi!

– Ja też pochodzę z Anambry *o* – powiedziała Ijeoma. – *Na* moje miejsce *o*.

Ale Emeka nie zwracał na nią najmniejszej uwagi.

– Drogi Dubemie, niech popamiętają na całe życie. Tym ludziom trzeba dać nauczkę.

— No raczej, ten kraj należy też do nas! – powiedziała Ijeoma.

Pokazywane w telewizji walki trwały nadal. Czasami przewagę zyskiwali chrześcijanie, potem zaczynali dominować muzułmanie. Dla wielu pasażerów autobusu Khamfi wyglądało jak miasta na południu w delcie, do których generał Sani Abacha posłał wojsko, by je zrównało z ziemią, ponieważ ich mieszkańcy zażądali rozwoju regionu po czterech dekadach zaniedbań oraz degradacji środowiska naturalnego przez koncerny naftowe należące pospołu do rządu oraz kapitału zagranicznego. Wojsko rządowe najechało deltę, terroryzując ludność przy użyciu czołgów i pocisków rakietowych. Według niektórych dziennikarzy była to znakomita wymówka do zaprowadzenia porządku w coraz bardziej buntowniczych wioskach delty leżących na terenach roponośnych. Inni mówili, że łatwiej wydobywać ropę na obszarze pozbawionym głodnych, niepiśmiennych tubylców, którzy wszędzie żebrali o jedzenie, wodę i lekarstwa. Bez względu na powód interwencji niewielka liczba tych, którzy przeżyli, zdołała uciec i stała się uchodźcami w wielkich, wieloetnicznych miastach, takich jak Lagos, Kaduna, Jos i Khamfi.

Kiedy Emeka zagrzewał do walki swoich pobratymców, Dżibril dotknął lekko ramienia wodza i pochylił się, aby szepnąć mu do ucha.

— Kto ci pozwolił dotykać królewskiego męża? – syknął Wódz Ukongo.

— Mmmh – mruknął Dżibril i cofnął się o krok.

Nikt ich nie słuchał, wszyscy przyklejeni byli do ekranów telewizorów. Nawet ci w kolejce do toalety odwrócili się, żeby oglądać. Cofali się odrobinę, kiedy ktoś wychodził z ubikacji. Wydawało się, że nikt nie chciał czegokolwiek przegapić.

– Zaraz, zaraz, *kto* ty jesteś? – wódz zapytał Dżibrila, jakby dopiero teraz zauważył chłopca. – Nie pochylaj się nade mną!

– Ta jest, p'sze pana – powiedział Dżibril.

Niektórzy wlepili w nich wzrok rozgniewani, ponieważ głos wodza oderwał ich od telewizora. Ale starzec był niewzruszony. Wachlował się wolno. Po jego zachowaniu i władczym tonie nietrudno było zauważyć, że musiał kiedyś cieszyć się szacunkiem i bliskimi relacjami z generałami. Obecnie, chociaż jego fortuna odwróciła się od niego wraz z nastaniem tak zwanej demokracji i może nawet stracił na wadze, nie przyjmował do wiadomości, że stoczył się do poziomu tego brudnego, aroganckiego nastolatka.

– Pytam, kto ty jesteś? – powtórzył wódz. – Chcesz mnie podsiąść... kim ty jesteś?

Chłopak szepnął:

– Nie... Dżibril...

Uświadamiając sobie, że właśnie podał swoje muzułmańskie imię, Dżibril z walącym sercem natychmiast się wyprostował. Rozejrzał się, by się przekonać, czy ktoś go usłyszał, ale nikt nie zwracał na niego uwagi. Dżibril udał, że się uśmiecha, przysunął się do wodza, przyłożył sobie palec do ust, aby zmienić swój akcent, i powiedział:

– Znaczy się Gabriel, p'sze pana... G-a-b-r-i-e-l... anioł Boga!

– Nie obchodzi mnie żaden tam anioł Boga... Zdejmij z ust ten głupi paluch. Jesteś obrzydliwy!

– Zamknąć się tam, wy dwaj – odezwał się Emeka.

– A gdzieście byli, jak weszły tu gliny? – powiedziała Ijeoma. – Dlaczego wtedy siedzieliście cicho? Nie przeszkadzajcie nam w oglądaniu naszej kablówki *o*!

– Tchórze! – odezwała się Monica po raz pierwszy od zajścia z policją. – Wielki mi tam królewski mąż.

– Zamknijcie się wszyscy – odezwał się ponownie Emeka. – Oglądam, jak moi walczą! Widzieliście kiedyś swoich bliskich, których pokazaliby w telewizji jak Schwarzeneggera?

– Ty mi się każesz zamknąć, hm? – zapytała Monica.

– Na miłość boską – powiedział Emeka.

– Poczekaj no, zaraz ci pokażę, po co się nosi spodnie! – odparła kobieta.

– Za dużo tu szalonych kobiet – stwierdził Emeka.

Monica ostrożnie położyła dziecko na podłodze, wstała i zaczęła ogarniać swoje odzienie, gotując się do walki. Nie było to jednak takie proste. Postanowiła, że w ogóle ściągnie z siebie sukienkę. Ale sąsiadujące z nią osoby powstrzymały ją i próbowały wyperswadować jej wzniecanie kłopotów. Upomnieli też Emekę za nazwanie jej szaloną.

– Ja to bym ci od razu dała nauczkę! – Monica zdołała powiedzieć w stronę Emeki.

Dżibril nie był pewien, z jakim skutkiem zdołał naprawić swój błąd. Twarz wodza nie wyrażała niczego, więc ponownie zaczął się uspokajać. Podziękował Allahowi, że Emeka, Monica oraz Ijeoma odwróciły od niego uwagę całego autobusu. Uznał to za kolejny cud i czcił Allaha w głębi swego jestestwa. Zachowanie Moniki sprawiło, że jego złe nastawienie do niej osłabło. W czasie jej starcia z Emeką kibicował jej, by robiła jeszcze więcej hałasu, sprzeciwiając się Emece, by uwaga podróżnych nie skupiała się już więcej na nim i na wodzu.

Dżibril przepuścił trzy osoby w kolejce do ubikacji, aby tylko pozostać w miejscu za telewizorem wiszącym w środku autobusu. Ponownie

271

zamknął oczy. Nerwowo przesunął nadgarstek w kieszeni. Podanie swojego prawdziwego imienia omal nie zakończyło się dla niego fatalnie.

DŻIBRIL NIE BYŁ przyzwyczajony, że ktoś nazywał go imieniem Gabriel, chociaż było to stare nowe imię. Zawsze odczuwał wstyd, gdy matka opowiadała mu o jego przedmuzułmańskich, chrześcijańskich korzeniach. Obecnie starał się wielokrotnie powtarzać sobie szeptem słowo „Gabriel", jakby odmawiał *tasbih*, próbując przyzwyczaić się do tego imienia. Nie chciał znowu zostać zaskoczony. „*Na* tylko imię – mówił sobie. – Tylko imię. Dżibril i Gabriel znaczą to samo". Zaczął wyobrażać sobie, że jest w wiosce swojego ojca i ludzie wołają na niego: „Gabriel, Gabriel", a on natychmiast obraca się w kierunku, z którego dobiega głos. Wyobraził sobie, jak budzi się rano na dźwięk słowa „Gabriel". Nauczył się literować je od końca. Zaczął nucić je sobie w myślach mimo trudności z nową dla siebie wymową.

Zanim doszło do zamieszek, bolało go, że jego historia nie była tak oczywista, jak by sobie tego życzył. W ciągu tych lat zrobił wszystko, co w jego mocy, aby nie pamiętać tych niechlubnych fragmentów swojej przeszłości. Jeżeli ktoś wspominał cokolwiek o delcie lub Oceanie Atlantyckim, szybko zmieniał temat, ponieważ w jego umyśle było to wstydliwe miejsce jego urodzin. Utożsamiał południowca z niewiernym i nawet jeżeli ktoś mówił mu, że na południu także żyją muzułmanie, zwłaszcza pomiędzy Jorubami na południowym zachodzie, jego umysł nie przyjmował do wiadomości, że muzułmanie z południa mogą być prawdziwi i autentyczni. Czuł się uprzywilejowany jako mieszkaniec północy i czynił wszystko, co tylko mógł, by pielęgnować w sobie ten aspekt swojej tożsamości.

Kiedy mówiło się o związanym z ropą bogactwie południa, czuł narastający w sobie gniew i zdziwienie, dlaczego Allah obdarzył ropą ziemię niewiernych. Poczuł zatem ulgę, gdy podczas ostatnich kampanii wyborczych niektórzy politycy zaczęli wmawiać masom, że złoża ropy należą właściwie do północy, a nie do ludzi żyjących na roponośnym obszarze delty. Jak wielu innych Dżibril dawał się zwodzić pokrętnej argumentacji, że złoża ropy w delcie stanowią rezultat trwającego latami nanoszenia osadów przez nurt płynącej z północy rzeki Niger; politycy pytali więc, dlaczego mieszkańcy delty mieliby rościć sobie prawa do ropy jako należącej do nich; zastanawiali się, dlaczego mieliby prosić o większe subsydia budżetowe nowy, demokratyczny rząd. Kiedy tak przemawiali, Dżibril, zamiast wyprowadzić krowy na pastwisko, skandował i wykrzykiwał razem z tłumem. Chociaż nie potrafił zbyt dobrze czytać, z zadowoleniem odebrał dwie ulotki propagujące taką argumentację, jedną dla siebie, drugą dla swojej matki. Inni politycy, którzy także przybyli do miasta, ale nie mówili, że płynące z ropy bogactwo należy do północy ani że zamierzają wprowadzić całkowite prawo szariatu, nie zdołali zgromadzić takich tłumów.

Wypowiedziane teraz przez Wodza Ukongo z sarkazmem słowa „Kim ty jesteś?" głęboko raniły duszę Dżibrila. Wydarzenia ostatnich dwóch dni zadały cios jego muzułmańskiej tożsamości. Podczas ucieczki z Khamfi przez busz w umyśle Dżibrila zaczęły wirować pytania: Allahu, czy to prawda, że kiedy osoba zostaje ochrzczona, staje się na zawsze chrześcijaninem i nigdy nie może usunąć tego śladu ze swojej duszy, tak jak według mojej matki stało się ze mną? Czy karzesz mnie za mój chrzest, na który nie miałem wpływu? Ty wiesz, że odkąd pamiętam, zawsze czułem się w każdym calu muzułmaninem i aby dać świadectwo swej wierności, przeciwstawiłem się apostazji mojego brata Jusufa i złożyłem ci w ofierze nasze braterstwo... Jeżeli świat nie zaakceptuje mnie jako człowieka i południa, i północy, czy potępisz mnie również jako jednocześnie chrześcijanina i muzułmanina? Chociaż Musa i Lukman zaatakowali mnie za to, że nie jestem prawdziwym muzułmaninem, proszę cię, Allahu, daj mi mądrość, bym przekonał tych chrześcijan, którzy znajdują się w tym autobusie, że naprawdę jestem jednym z nich. Zaprowadź mnie do domu, zaprowadź tam, gdzie panuje pokój... Allahu, twoja religia, którą jest islam, to religia pokoju.

Nagle w autobusie zapanował chaos. Przyciągające wzrok obrazy telewizji kablowej zniknęły. Zostały zastąpione nieostrymi, czarno-białymi zdjęciami uchodźców w należących do policji i wojska koszarach w Khamfi. Obraz był niestabilny, jakby miejscowy kamerzysta drżał pod wpływem cierpienia swoich braci, które filmował. Kiedy obraz nieco się ustabilizował, można było zobaczyć wysiedlonych. Siedzieli wszędzie, gdzie się tylko dało: na ziemi, na werandach, a niektórzy nadal pędzeni byli do baraków. Wielu wyglądało jak ci w autobusie albo na parkingu w Lupie, trzymając kurczowo odrobinę rzeczy, z którymi zdołali uciec.

Pasażerowie stali poruszeni, rozglądając się dookoła w poszukiwaniu przyczyny zmiany kanału telewizyjnego. Pierwszą osobą, która odzyskała głos, był Emeka. Wskazał na ekran i zawołał:

– Mój kuzyn, mój kuzyn... Pozwólcie mi oglądać kuzyna! Pozwólcie mi oglądać przyjaciela! Oddajcie nam kablówkę.

Potem wskazał na policjanta, który trzymał pilota, i wszyscy przeszyli go wzrokiem. Policjant machał pilotem, trzymając go opuszkami palców, jakby przedmiot ten stanowił ostateczną oznakę władzy.

– Co za kuzyn? Zamknąć się! – powiedział policjant do Emeki. – Słuchajta, zagraniczne stacje pokazują skrzywiony obraz naszego kraju. Te należące do białasów stacje zarabiają miliardy dolarów na sprzedawaniu światu waszy wojny i krwi… Nie jesteśmy tacy źli. Dobra, dlaczego nie pokazujom w telewizji trupów białych ginących w różnych konfliktach? *Abi*, ludzie nie ginom w Ameryce i Europie?

– Nie gadaj pan! – krzyknął ktoś. – *Wetin* nas obchodzi Ameryka i Europa? *Abeg* oddać nam kablówkę.

– Przełączyć te gówniane obrazki! – powiedział ktoś inny.

– To nasze koszary są teraz gówniane? – odparł policjant. – To obelga!

– Co za porąbany policjant – odezwała się Monica.

– OK, to teraz za kablówkę trza bedzie płacić! – ogłosił policjant.

– Ale pokazują nam nas samych – powiedziała Madam Aniema. – Dlaczego mielibyśmy wam płacić, aby oglądać siebie oraz naszych rodaków?

Policjant odpowiedział:

– Bo rząd narzeka, że te wszystkie kablówki przekłamujom ten konflikt.

– Panie oficerze – powiedziała Ijeoma, wskazując na Emekę – nie słyszałżeś pan, że ten człowiek widział, jak kablówka pokazuje jego kuzyna? Nie damy ani grosza. Już zapłaciliśmy firmie przewozowej!

– Zarządzenie władz! – powiedział policjant.

– Jakie zarządzenie? – zapytała Ijeoma, w akcie frustracji chwytając się za swoje afro. – Skądżeś pan wziął to zarządzenie? Przecież pan i my jesteśmy tu razem?

– *Amebo* kobieto, zna się pani na pracy policji? Przestać nas przepytywać!

– Proszę pokazać mi mojego kuzyna! – powiedział Emeka, a po twarzy płynęły mu łzy. – Proszę włączyć ten kanał… Chcę znowu zobaczyć kuzyna! Czy żyje? – Policjant nawet na niego nie spojrzał. – Panie oficerze, dam panu później, ile pan chce…

– *Później*? U nas nie ma *później*, jak chodzi o kablówkę – powiedział policjant, patrząc Emece na ręce niczym pies oczekujący czegoś od swego właściciela. – Dej pan piniondze tera… Kablówka, na żywo… e-handel!

– E-handel? – zdziwił się Emeka, rozglądając się dookoła.

– No ta, e-handel nie dotarł w wasze strony? Myślita, że my, policja, nie jesteśmy na czasie?

– Bracia, cokolwiek to jest, zapłacę później… przysięgam!

– Pokaż pan piniondze, to pokażemy wam kuzyna… szybko, szybko. Biali mówią na to e-handel.

– Jacy biali? – odezwała się Monica. – *Abeg* nie mieszać do tego białych.

– Proszę na nich nie krzyczeć – Emeka błagał Monicę.

Zaśmiała mu się w nos.

– A nie mówiłam? Teraz pan mnie będziesz błagał.

Podczas gdy Emeka zaczął szukać po kieszeniach pieniędzy, aby wręczyć je policji, wielu uchodźców błagalnie przekonywało Monicę, aby nie mściła się na Emece, irytując policjantów.

– Proszę pokazać mi kuzyna – powiedział Emeka. – Wiem, że on nie zawiedzie w tej walce Jezusa Chrystusa… A tak go przekonywałem, żeby uciekał razem ze mną na południe, ale powiedział, że Khamfi to jedyny dom, jaki zna. W Khamfi się urodził…

Widząc w jego rękach banknot dziesięciu naira, policjant zaśmiał się i zapytał go, kiedy ostatnio kupował za tyle bilet do kina. Emeka powiedział, że stracił wszystko w Khamfi. Oni z kolei, że w takim razie stracił też kuzyna i przyjaciela.

Emeka usiadł. Wyglądał, jakby właśnie wyrzucili go z premiery filmowej. Jego rezygnacja udzieliła się całemu autobusowi. Niektórzy zapłakali, chociaż nikt nie zamierzał dawać policji więcej pieniędzy. Dżibril miał ochotę dać Emece banknot pięćdziesięciu naira, ale tego nie zrobił, obawiając się, że taki gest mógłby zwrócić na niego uwagę.

Inni zaczęli się modlić o dzień, kiedy oni – *talakawas*, nieszczęśnicy tego świata, którzy odgrywali w telewizji rolę bohaterów tego rodzaju czarnych komedii – będą wystarczająco bogaci, aby oglądać przyciągające uwagę sceny ich bólu i wstydu. Rozlegające się w całym autokarze pomruki przybierały na sile; ludzie walili pięściami w swoje siedzenia. Wszyscy coś mówili poza wodzem i Dżibrilem. Wódz siedział sztywno jak większość postkolonialnych głów afrykańskich państw. Dżibril uświadomił sobie, że jest poza nim jedyną osobą, która nie potępiła policji publicznie, przyłączył się więc do protestu, aby nie odstawać od większości.

– Ludzie czekający do ubikacji, stwarzacie tu problem! – krzyknął jeden z policjantów na stojących w kolejce uchodźców, którzy cofając się, oglądali telewizję.

– Nie chcemy kłopotów *o*... *biko*! – błagał jakiś mężczyzna, obracając się twarzą do toalety.

– Zamknąć się... *na ty*! – powiedział policjant.

– Przepraszam – kontynuował tamten. – OK, przywróćcie państwo policyjne. Nie chcemy już demokracji.

– Nadal za dużo was w tej kolejce... to nie latryna. Dawać tu dwieście naira od łebka, jak chceta się od razu wysrać!

W autokarze zapanowała cisza. Kolejka zaczęła się rozpadać.

– Prosimy, czy może być pięćdziesiąt? – odezwał się ktoś.

– Te, skąpiradło – powiedział policjant. – Chcesz schodzić z dwustu do pięćdziesięciu?

– Jeżeli za mało... to się dogadajmy – powiedział mężczyzna.

– OK, dajesz sto pięćdziesiąt, wchodzisz od razu – powiedział policjant. – Latryna pierwsza klasa... Spłukuje się dopiero po czwartym tyłku... I bez mycia rąk... W Lupie są poważne problemy z wodą!

Trójka uchodźców zapłaciła i przeszła przed tych, którzy nie mogli zapłacić.

Po jakimś czasie policjant powiedział:

– OK, jak mata osiemdziesiąt, to ustawta się za tymi z pierwszej klasy... Jak nie mata, to zawrzeć zady i siadać na miejsce!

Jeden z uchodźców zaczął błagać:

– Panie oficerze, przyjmie pan pięćdziesiąt za piątą klasę?

– Na głowę upadłeś? Dobra, pięćdziesiąt!

Po obniżce opłaty niektóre osoby wróciły do kolejki, włączając w to Dżibrila. Emeka siedział z twarzą zakrytą rękami i łzami płynącymi po policzkach. Tega podniosła się i przemówiła smutnym głosem do policjantów. Chwaliła ich za wolę kompromisu i za to, że nikogo nie zastrzelili ani nie pobili. Powiedziała im, że pomimo wydarzeń w kraju była pełna nadziei, że zwyciężą demokracja i konsensus.

Kiedy policja w końcu opuściła autokar, pasażerowie wyglądali na tak przybitych jak chrześcijanie i muzułmanie oraz uchodźcy z północy i południa, których oglądali w telewizji – w barakach albo siedzący na ziemi, zbici w grupy, dzielili wspólne łzy. Niektórzy dla pocieszenia czytali Koran, inni Biblię. Jakaś kobieta wyciągnęła małą, czarną kalebasę i przykładała ją na chwilę do czoła każdego członka rodziny, który zdołał przetrwać. Inni tylko siedzieli – byli zbyt zszokowani, by modlić się do jakiegokolwiek boga.

Od czasu do czasu ich wspólną żałobę przerywało otwarcie pilnie strzeżonych bram koszar, przez które wjeżdżały ciężarówki pełne kolejnych uchodźców. Za każdym razem, kiedy żołnierze i policjanci zbliżali się do zgromadzonych, ci się kulili w sobie. Czy miano ich zdradzić i wydać na rzeź? Jeżeli cywile nie byli bezpieczni, gdy wojsko rządziło krajem, jak bezpieczni mogli się czuć, przybywając do koszar? Niektórzy z uchodźców byli tak przerażeni, że bez wezwania płacili strażnikom, aby zapewnić sobie ochronę.

DŻIBRIL NIE JADŁ niczego, odkąd Mallam Abdullahi dał mu kawałek chleba. Teraz zaczął patrzeć łakomie na herbatniki wodza, a starzec, który mu się przyglądał, poczęstował go dwoma. Początkowo Dżibril odmówił, nie będąc pewien jego intencji.

– Bierz, nie udawaj! – powiedział wódz. Ale kiedy Dżibril skinął na znak podziękowania i wyciągnął lewą rękę, wódz wycofał się. – Nie pozwolę, abyś ubliżał mojemu wodzowskiemu stanowi, biorąc lewą ręką!

– Nie chcę jedzenia… Chcę usiąść – powiedział Dżibril, kłamiąc.

– Synu, ja nie zamierzam cię przekupywać. Próbuję tylko być dla ciebie miły.

– Dzięki.

Pomimo drwin Dżibril widział, że mężczyzna nie czuł się pewnie i jadł swoje herbatniki bez przyjemności. Ruchy jego pomarszczonych ust, kiedy szczęki miażdżyły jedzenie, wyprzedzały o kilka sekund drganie jabłka Adama. Poświata telewizora padała na twarz wodza jak światło reflektora przeszukującego ciemne, wzburzone wody jego duszy.

– Upewnić się, że siedzita na właściwych miejscach *o*! – zawołał policjant od strony drzwi.

– Tak jest – odparli wszyscy chórem.

– Kto nie ma biletu, od razu wyleci. Jak usiadł na nie swoim miejscu, będzie musiał zapłacić ekstra za pogrywanie, słyszeli?

– Tak jest.

– Kierowca już idzie.

Wiadomość, że wkrótce pojawi się kierowca, przyniosła pasażerom pewną ulgę. Ludzie zaczęli szeptać do swoich sąsiadów i poprawili się na swoich miejscach przed długo oczekiwaną podróżą do domu. Dżibril wyłowił ze swojej torby bilet. Przyjrzał się mu uważnie i poczuł zadowolenie. Było na nim nabazgrane Gabriel O: #52. Ostrożnie wsunął bilet z powrotem do swojej kieszeni, niczym zwycięski kupon, i uśmiechnął się nie wiedzieć do kogo w oczekiwaniu na odjazd.

Na zewnątrz tłum zaczął się burzyć. Otoczył autokar, jakby miał na niego ruszyć.

– Bez obaw, to nie jest ostatni autobus – zwrócili się do nich policjanci. – Dużo autokarów jedzie z północy. Zabiorom *una*. Przyjadom, zanim odjedziemy *sef*... Zeszłej nocy też zabierały stąd ludzi.

– Kłamstwa, kłamstwa! – krzyczano w tłumie. – Ten autokar nigdzie dzisiaj nie odjedzie *o*!

Policjanci zrobili krok do przodu i oddali w powietrze strzały ostrzegawcze. Tłum się cofnął.

– Dlaczego nie usiądziesz tutaj? – zwrócił się wódz do Dżibrila, przyglądając się mu. Wskazał miejsce na podłodze, które było już zajęte przez kogoś innego. Wódz zaśmiał się złowieszczo, jak gdyby był ponad prawem, każąc pasażerowi opuścić swoje miejsce.

— Stary, posadziłeś tyłek na miejscu chłopaka — mężczyzna natychmiast zareagował. — Dobrze słyszałeś...

— Co proszę? — przerwał mu wódz. — Wypraszam sobie, aby zwracano się do mnie w ten sposób!

— Posłuchaj no, stary, wstawaj... Złodziej! — odezwał się do niego ktoś inny i liczba osób popierających Dżibrila wzrosła.

— W biały dzień chcesz pan ukraść komuś miejsce? — kontynuował pierwszy mężczyzna. — Zachowujesz się jak policja!

— Pewnie chcesz pan, żeby wszyscy zwracali się do pana per wodzu — powiedziała Tega. — Wodzu to, wodzu tamto... Za dużo wodzów w tym kraju. Też se kupię kapelusz!

— Uważaj, jak do mnie mówisz! — wódz zwrócił się ostro do mężczyzny, którego miejsce chciał oddać Dżibrilowi. — Zwracasz się do mnie *stary*? Do mnie? Czy ty wiesz, kim ja jestem?

— Chrystusowi, Synowi Bożemu, nie podoba się, żeś oszukał pan tego chłopca.

— Będziesz *mi* tu kazania wygłaszał?

— Na chwałę Bożą — powiedział mężczyzna.

— Posłuchaj no, ja nie powinienem nawet być z tobą w tym samym autokarze — powiedział wódz. — Nie jestem jednym z *was*!

— To wysiadaj pan — powiedziała Tega ze swojego miejsca. — Kim żeś pan jest? Człowiek Abachy? Synalek Babangidy!

— Jak mawia nasz lud, zanim odkryto orzeszki ziemne, ludzie nie jedli kamieni... Zatrzymajcie swoje chrześcijaństwo dla siebie!

– Nie mieszaj nam pan w głowach przysłowiami – ciągnęła Tega.
– Może pan jesteś poganin… czarownik! – Kilka osób zaśmiało się,
słysząc jej komentarz.

– Poganin? – zawołał wódz. – Jak śmiesz nazywać moją tradycyjną
religię pogaństwem?

– Ale, wodzu, nie mieszaj do tego polityki – powiedziała Ijeoma. –
Po prostu opuść to miejsce.

– Jak się nie jest chrześcijaninem, to *wetin* innego pozostaje? – powiedziała Tega.

– On jest ofiarą poprawności politycznej – odezwał się Emeka po
raz pierwszy, odkąd policjant zmienił kanał telewizyjny.

– Coś wam powiem – rzekł wódz. – Zanim zaczęto zbierać rajskie
ziarno, szaman miał już ze sobą torbę, a nie odwrotnie… Religia moich przodków jest w tym kraju znacznie starsza niż wasza. Ta ziemia
należy do nas.

– *Yeye* bogowie! – powiedziała Tega.

– Jak tylko wy, poganie, przestaniecie składać diabłu ofiary z części
ludzkich ciał – powiedział Emeka – w tym kraju zrobi się spokojniej
niż w Szwajcarii.

Wódz zaśmiał się sardonicznie, rzucając znaczące spojrzenie na
twarze pokazywanych w telewizji uchodźców, którymi nikt się już nie
interesował.

– A wasze importowane religie stanowią dla tego kraju błogosławieństwo, tak? To proszę mi powiedzieć: czy to my, tak zwani poganie,
wywozimy tych ludzi do koszar? Czy to my wypędzamy was z północy?

– My nie przelewamy krwi! – Ijeoma z zapałem wystąpiła w obronie chrześcijan.

– Jakiej krwi? – zapytał wódz. – Czy mamy porównywać krew kóz i owiec, których używamy do naszych ofiar, z ludzką krwią, którą wy rozlewacie w Khamfi?

– Pan jesteś kłamca – powiedziała Ijeoma. – Wy składacie ofiary z ludzi i używacie ludzkiej krwi do odprawiania rytuałów.

– Uważaj no, moja córko! – powiedział wódz. – Królewski mąż nie kłamie. Bardzo uważaj.

– Ściemniasz, wodzu, i kropka – powiedziała Monica, a ludzie zaczęli się śmiać. Sam wódz nie potrafił zachować powagi i przyłączył się do nich. Oparł o podłogę swoją laskę, zagrzechotał naszyjnikiem i z dumą przebiegł palcami po wszystkich wizerunkach lwów wydrukowanych na jego szacie.

– Ale dlaczego atakujecie moją religię? – zapytał, kiedy odzyskał w końcu spokój.

– Widzi pan teraz – ciągnęła Monica – każdy, kto się tak potrafi śmiać, może też kłamać. – To wywołało jeszcze większy śmiech. Nawet kilka osób na zewnątrz podskoczyło obok okna autokaru, aby zobaczyć, co się w nim dzieje.

– To muzułmanie zabijają w imię Allaha – odezwał się Emeka poważnym tonem. – To nie temat do żartów.

– *Haba*, wyluzuj, kuzynie Dubema, przyjacielu Toma – stwierdziła Monica. – Nie chcemy się tu zbytnio dołować… Za mocno się pan spinasz.

– Nie, musimy sprostować błędną teologię wodza. Dzięki Bogu, chrześcijaństwo to bezwarunkowe przebaczenie. Inaczej cały ten kraj już do tej pory poszedłby z dymem. Wy, poganie, jesteście jak muzułmanie…

– To obraza porównywać moją wiarę do tej barbarzyńskiej religii! – powiedział wódz, wciąż się śmiejąc. – Ostrzegałem pana, żeby nie używać w tym autokarze słowa *islam* ani *muzułmanin*, prawda?

– Tak, przyjęliśmy taką zasadę – odezwała się Tega i autobus na chwilę umilkł, jakby cisza potrzebna była do oczyszczenia atmosfery po takim naruszeniu norm.

– *Abeg o*, musimy załatwić *wahala* z moim miejscem – odezwał się mężczyzna, którego miejsce wódz chciał oddać Dżibrilowi.

– Owszem, obejrzyjmy bilety – powiedział Emeka. – Za dużo gadania.

Wszyscy obrócili się w kierunku Dżibrila oraz wodza.

Dżibril natychmiast pokazał im swój bilet. Wymachiwał nim, jakby posiadał zwycięski kupon na loterię. Przynajmniej, pomyślał, znajdzie się trzecia niezależna strona do rozstrzygnięcia tego sporu.

– A zatem, wodzu, gdzie jest twój bilet? – Monica zadała pytanie, o którym pomyśleli wszyscy pasażerowie.

– Mój? – odparł wódz, odchrząkując.

– Oczywiście – powiedziała Ijeoma.

– Myślicie, że siedziałbym tutaj bez biletu?

Ijeoma i Emeka wymienili spojrzenia i z jakiegoś powodu nikt nie miał ochoty zmuszać Wodza Ukongo do okazania biletu. Zamiast tego wszyscy pasażerowie zaczęli dopingować Dżibrila do wyegzekwowania od wodza swojego miejsca. Dżibril poczuł ulgę. Chociaż wiedział, że ich doping ustałby natychmiast, gdyby odkryli, że jest muzułmaninem, poczuł się lepiej już z racji tego, że popierali jego, szesnastoletniego chłopaka, w sporze z wodzem. Wiedział, że w Khamfi nikt nigdy nie udzieliłby mu wsparcia przeciwko szlachetnemu mężowi lub emirowi,

284

nawet gdyby miał dwieście procent racji. To było niczym przedsmak wolności, którą miał nadzieję cieszyć się na południu. Ogarnęły go błogie wizje miejsca, do którego zmierzał. Miał poczucie, że w końcu doświadczył wsparcia *swoich* rodaków, mieszkańców południa. Dżibril nie zawracał sobie już więcej głowy różnicami religijnymi między wodzem i chrześcijanami, którzy stanęli po jego stronie, ani nawet pomiędzy nimi a nim samym. Chciało mu się śpiewać i tańczyć. W ciągu ostatnich kilku dni nauczył się, że dla dobra pewnych rzeczy trzeba znosić inne. Z powodu tego wyjątkowego gestu poparcia, pierwszego w tym autokarze, zaczął brać pod uwagę możliwość pofolgowania sobie i spojrzenia na telewizję – tylko dla okazania swojej wdzięczności. Pomyślał, że to nie czas, aby zbytnio zaprzątać sobie głowę islamem, chrześcijaństwem czy Bogiem. Teraz nadszedł czas, aby po prostu być człowiekiem i cieszyć się tym. Teraz liczyło się tylko to, jak skłonić ludzi do porzucenia broni i swoich uprzedzeń oraz do wspólnego życia.

CHOCIAŻ WÓDZ ANI NIE ODDAŁ Dżibrilowi jego miejsca, ani nie pokazał biletu, chłopak nadal pławił się w szczęściu. W tej beztroskiej chwili wspomnienia ucieczki ponownie wtargnęły do jego umysłu. A ponieważ poczuł się tu bardziej akceptowany, pozwolił, by płynęły. Po raz pierwszy podczas postoju na parkingu zaczął wierzyć, że może zapanować nad swoim wewnętrznym rozdygotaniem, nie zdradzając się.

Pamiętał, jak upada i traci przytomność na sawannie, gdy ścigał go tłum na czele z Musą i Lukmanem, ale nie wiedział, co się działo, kiedy był nieprzytomny. Kolejną rzeczą, jaką zapamiętał, było to, jak odzyskuje przytomność, osłabiony i obolały, przykryty dywanikami w ciemnym pokoju.

W pomieszczeniu tym unosił się cierpki zapach dywaników. Leżał na podłodze na wznak; w pokoju panowała zupełna cisza. Dżibril uszczypnął się, aby się upewnić, czy jeszcze żyje. Był tak zmęczony, że dywaniki wydawały mu się ciężkie jak ołów. Przez chwilę pomyślał, że jego ciało to zwłoki przygotowywane do pogrzebu. Oddychał ostrożnie, nie ośmielając się nawet poruszyć. Przeklinał dzień, w którym poznał Musę oraz Lukmana, i zastanawiał się, czy zdołali go dopaść. Dlaczego mieliby go utrzymywać przy życiu? Nadal widział ich tryumfujące twarze, kiedy go bili, oraz malującą się na nich zajadłość, gdy ścigali go w dolinie. Próbował przyzwyczaić wzrok do ciemności. Do jego uszu dolatywały odgłosy wiatru szumiącego na sawannie oraz odległe ćwierkanie ptaków. Wiedział, że znajduje się na wsi, ale nie potrafił stwierdzić, jak daleko od miejsca, w którym upadł.

Nagle usłyszał coś niewyobrażalnego: eksplozję głosów zielonoświątkowców mówiących językami. Rozlewały się wszędzie dookoła niego nieustającym potokiem. Serce Dżibrila zabiło mocniej; wpadł w ręce chrześcijańskich fundamentalistów. Niektórzy z nich modlili się językami, co przypomniało mu jego brata Jusufa w dzień jego śmierci. Chrześcijanie znajdowali się bardzo blisko i wydawało się, że wypełniają pomieszczenie. Dziękował Allahowi, że nie poruszył się ani nie spróbował wstać, wiedząc, jak niebezpieczne mogło się to okazać, nawet gdyby miał wystarczająco dużo siły. Modlili się w taki sposób, jakby to miejsce należało do nich, drżąc i szurając dywanikami. Dżibril był przerażony i pewnie zakryłby uszy rękami, gdyby tak bardzo nie bał się poruszyć.

Odmawiane szybko modlitwy przywodziły mu na pamięć Jusufa. Czy zamierzali go oszczędzić? Z jakiego powodu znalazł się pośród nich? Jak Allah mógł pozwolić jego przyjaciołom oskarżyć go o domniemaną przynależność do religii, której nigdy nie wyznawał ani nie praktykował, a której żarliwie nienawidził? Odrzucony przez muzułmanów i pojmany przez chrześcijan zwrócił się do swojego sumienia i zaczął się modlić.

Gdy w ciemności do uszu sączyły się mu modlitwy chrześcijan, Dżibril próbował zapomnieć kamienie spadające na Jusufa. Próbował zapomnieć, jak Jusuf wykrzykiwał imiona wujków i sąsiadów i błagał ich, żeby go oszczędzili, i jak, uświadomiwszy sobie, że nic to nie da, coraz słabszym głosem modlił się językami i wzywał imienia Jezusa.

– Allahu miłosierny, wybacz mi! – powtarzał bezgłośnie Dżibril, aby zagłuszyć w sobie dręczące go wspomnienia Jusufa. – Powinienem był być dla niego milszy, kiedy wrócił z delty – pomyślał. – Powinienem był bardziej słuchać matki. Nie powinienem być świadkiem jego ukamienowania.

– Allahu, nawiedź serca tych chrześcijan i oszczędź mnie – modlił się, błagając każdą cząstką swojego poobijanego ciała. Po tym, co wyrządzono chrześcijanom na północy oraz w atmosferze zemsty, która przetaczała się przez kraj, Dżibril wiedział, że tylko Allah może go uratować.

– Allahu, nie zapominaj o mnie – modlił się. – I daj mi siłę, abym nie zapomniał o tobie.

PO JAKIMŚ CZASIE, który wydał się nieskończonością, Dżibril usłyszał zbliżający się zgiełk. Z okrzyków i pieśni wywnioskował, że to muzułmanie. Gdy tłum otoczył dom, zielonoświątkowcy ucichli jak kumkające żaby, którym zmącono spokój ich stawu. W umyśle Dżibrila zamajaczyły obrazy Musy i Lukmana. Bał się tak bardzo, że nie był już w stanie się modlić. Chciał się podnieść i uciec, aby nie dać swoim przyjaciołom satysfakcji z jego ostatecznego unicestwienia. Ale kiedy uświadomił sobie, że chrześcijanie, którzy jeszcze przed chwilą modlili się tak, jakby cała ziemia należała do nich, nie poruszyli się, nawet we własnej obronie, ochłonął. Tak czy owak, kiedy wyprostował nogi, uświadomił sobie, że nadal był za słaby, by się podnieść.

Czekał, aż drzwi otworzą się na oścież, a jego bracia muzułmanie wpadną do środka i go zabiją. Czekał, aż ich pochodnie rozświetlą na chwilę ciemność, po której nastąpi ostateczny mrok śmierci. Wydawało się, że tłum ominął dom i pobiegł dalej na sawannę. Dżibril znowu zaczął oddychać, a po jakimś czasie usłyszał kroki, które rozlegały się w korytarzu obok. Wsłuchując się bardziej, uchwycił cichy, ale nieustający szept „zdrowasiek". Zdawały się dobiegać z bliższej odległości niż poprzednie ekstatyczne modlitwy. Ponownie podziękował Allahowi, że się nie poruszył, kiedy po raz pierwszy usłyszał muzułmanów. Kto wie, co ci szepczący chrześcijanie by mu zrobili?

Wciąż próbował się domyślić, gdzie się znajduje, kiedy coraz większy tłum powrócił, skandując jeszcze głośniej. Gdy jego przywódcy zażądali spotkania z gospodarzem domu, Dżibril omal nie zemdlał.

— Natychmiast wydać niewiernych! — rozkazał ktoś gospodarzowi. — Ukrywasz ich w swoim domu.

— W moim domu nie ma obcych — odparł mężczyzna.

— Powtarzam ostatni raz: wyprowadź ich o.

— A ja mówię, że nie ma u mnie gości.

— Niektórzy mówią, że ukrywasz w swoim domu ludzi. Powiedzieli nam, że to samo robiłeś podczas poprzednich zamieszek, dwa lata temu.

— Jestem Mallam Yohanna Abdullahi — powiedział. — Jestem na-
uczycielem, wiernym muzułmaninem.

— Wiemy.

— To po co miałbym ukrywać w domu niewiernych?

— Bo niektórzy z nas, muzułmanów, to zdrajcy.

— Paru z nas pomogło uciec tym z południa, kiedy Allah wydał ich
w nasze ręce na śmierć — odezwał się kolejny mężczyzna.

— Te wszystkie Ibo — odezwał się inny — te z delty, te Joruba, całe to
tałatajstwo z południa musi umrzeć!

— One nie som takie jak my, Hausa — powiedział jeszcze inny.

Mallam odezwał się:

— Ja też jestem przecież Hausa… Jak, według was, mógłbym chronić kogoś, kto jest wrogiem mojego ludu?

— No, jak ich u ciebie znajdziemy, to cię zabijemy *o*.

Dżibril nie mógł uwierzyć w to, co usłyszał. Wstrząsnęło nim to,
że jego gospodarz był muzułmaninem z ludu Hausa. To zakrawało
na jakąś maskaradę i czekał, kiedy gospodarz załamie się pod presją.
Ustawili w rzędzie jego synów i przestrzegli ich, że ich grupa zabiła już
wielu muzułmanów Hausa, którzy próbowali ukrywać niewiernych.
Ale wszyscy synowie Abdullahiego okazali się równie dzielni co ich
ojciec i upierali się, że nie ma między nimi obcych.

Kiedy tłum ruszył do przeszukiwania domu, zaczął siać zniszcze-
nie niczym szarańcza. Oznajmili, że nie będą się cackać z Mallamem
Abdullahim oraz jego rodziną, ponieważ poinformowano ich, że dawał u siebie schronienie chrześcijanom oraz południowcom podczas
poprzednich rozruchów. Szukali niewiernych w kuchni, walcząc między sobą o jedzenie; szukali niewiernych w stodołach, grabiąc bulwy

ignamu oraz worki orzeszków ziemnych. Polowali na niewiernych po pokojach domu gospodarza, molestując jego żony i córki z zemsty za to, że Mallam Abdullahi pomagał ludziom w przeszłości. Nikt w pomieszczeniu, w którym przebywał Dżibril, nie był już w stanie modlić się na głos. Tak jak on w milczeniu dobijali się do niebios, prosząc Boga, aby dodał gospodarzowi odwagi.

Drzwi do pokoju otworzyły się gwałtownie na oścież i do środka wpadł podmuch wiatru. Ale nikt poza tym. Mallam Abdullahi stał przy drzwiach z dwoma mężczyznami, którzy atakowali go i popychali. Był na bosaka i miał na sobie pulower. Dżibril usłyszał, jak zbliża się kolejna grupa, skandująca pieśni wojenne, i zamknął oczy, czekając na to, co ma się stać.

– *Wetin* jest w środku, *mallam*? – zapytał jeden z mężczyzn stojących obok Abdullahiego.

– Nic – powiedział.

– Na pewno?

– Tylko kilka dywaników modlitewnych. Tak, dla mojej całej rodziny… Chcecie, żebym otworzył wam okno?

Chciał wejść do pokoju, ale oni go odciągnęli.

Dopiero po kilku minutach od ich odejścia Dżibril uświadomił sobie, że pokryty jest potem i drżą mu wargi. Przedtem sam ścigałby niewiernych, ale zdrada Musy i Lukmana zmieniła go i jego punkt widzenia. Już sama myśl, że ukrywa się pod należącymi do kogoś innego dywanikami modlitewnymi, była dla niego nie do pojęcia. Usłyszał obok siebie jedną czy dwie łkające osoby i po jego twarzy również popłynęły łzy. To były pierwsze łzy radości, jakie w życiu uronił. Jemu samemu nie przyszłoby nawet do głowy, że mógłby pozwolić niewiernemu dotknąć jego modlitewnego dywanika. Nie mógłby prosić rodziny Abdullahiego o więcej i nawet gdyby ktoś z tej rodziny teraz ich wydał, nie miałoby to dla Dżibrila większego znaczenia ze względu na wszystkie ofiary, jakie do tej pory ponieśli. Przepełniała go wdzięczność wraz z niejasnym poczuciem dumy, że jego współwyznawca, muzułmanin, potrafił zaryzykować wszystko dla niewiernych. Jedną ręką trzymał się delikatnie dywaników. Błogosławił Abdullahiego, którego rodzinne dywaniki modlitewne były dla wszystkich wystarczająco święte.

POWIEW WIATRU WYPEŁNIŁ pokój, a znajdujący się w środku ludzie zaczęli się szamotać, by utrzymać dywaniki w miejscu. Dżibril poczuł nagle, że jego dywanik z obu stron został przyciągnięty do podłogi. O mało co nie wrzasnął ze strachu. Dywaniki przytrzymywane były coraz mocniej, żeby nie pozrywał ich wiatr.

– Trzymaj te dywany! – szepnął Dżibrilowi do ucha jakiś wystraszony chrześcijanin.

– *Abeg*... nie zabijaj mnie, *abeg* – Dżibril instynktownie zaczął go błagać.

W miarę jak jego nieznani towarzysze coraz bardziej przyciągali do siebie dywaniki, Dżibril ostrożnie przesuwał przed naporem wsunięty do kieszeni nadgarstek, aby go nie urazić. W ciemnościach wnioskował, że pod dywanikami musi się ukrywać co najmniej pięcioro lub sześcioro wystraszonych i modlących się nieznajomych. Stale wzywali Jezusa i Maryję, żeby ich uratowali, a ich błagania zlewały się ze zgiełkiem panującym na zewnątrz.

– Na rany Chrystusa, trzymajże te dywaniki obydwiema rękami – upomniał go drugi z sąsiadów. – Co ty tam trzymasz w tej kieszeni, że ci jest droższe od własnego życia?

– Nic – zwrócił się do nich. – Tylko mi pomóżcie… jestem jednym z was.

– Trzymajże je, nie leń się!

Szepcząc do siebie, zdawali sobie sprawę z tego, że ważą się ich losy i że jeśli ktoś z nich wpadnie w panikę, zginą wszyscy – włączając w to Mallama Abdullahiego oraz jego sterroryzowaną rodzinę. Nie będąc w stanie przytrzymać dywaników obydwiema rękami, Dżibril poczuł ulgę, kiedy jego sąsiedzi zdecydowali się mu pomóc.

Wspólny wysiłek, by przetrwać, oraz odważne świadectwo Abdullahiego napełniły Dżibrila nadzieją. W tym pogrążonym w ciemnościach pokoju doświadczał radości, której nie był w stanie wyjaśnić, radości, która, jak mu się później wydawało, uformowała jego przekonanie, że Allah ochroni go w autobusie pełnym chrześcijan.

Leżąc tam, stał się świadomy wszystkiego, niczym suficki mistyk podporządkowujący się całkowicie woli Allaha. W sercu zaczął przywoływać boskie imię swojego stwórcy. Pragnął wysławiać go ze wszystkich sił, ale utrzymywał swoje ciało w takim bezruchu, że jego duch wydawał się rozrastać, czcząc wielkość Allaha.

Czuł, jak jego bezcenny oddech przedostaje się poprzez włoski w nosie, a potem nadyma brzuch. Czuł drżenie w dolnych partiach nóg. Skóra w miejscu, gdzie stykały się jego obecnie zdrętwiałe kolana, boleśnie pulsowała. Dżibril odczuwał drżenie rąk swoich sąsiadów, którzy pomagali mu utrzymać dywaniki we właściwym miejscu, i ciepło bijące od gołej podłogi, które wnikało w jego plecy. Czuł, jak pot wzbiera w porach jego skóry, spływa po jego ciele i wiąże je z podłogą długimi, mokrymi strugami, wsiąkając w rany i ubranie. Ból od nowa zaczął przeszywać jego rany. Ślina, która wyschła mu w ustach podczas najścia muzułmańskich fanatyków, zaczęła napływać ponownie i smakowała wybornie. Nawet zapach dywaników wydawał mu się cudowny. Odczuwał pełnię swojej egzystencji. Całe jego ciało, poza odciętą w nadgarstku dłonią, sławiło w milczeniu Allaha w sposób, w jaki stworzenie czci swoją tajemnicę, w sposób, którego żaden śmiertelnik nie jest w stanie w pełni pojąć.

Czuł się złączony ze swoim nowo odkrytym światem różnych i nieznanych pielgrzymów, bezimiennych chrześcijan. Trudne do zrozumienia okoliczności ich przeżycia przeszyły jego duszę zdumiewającym spostrzeżeniem: w planie Allaha liczyło się każde życie.

NADAL W MILCZENIU błagali Boga razem, ale na różne sposoby, kiedy tłum muzułmanów zaczął oblewać benzyną cały dom, aby dać Mallamie Abdullahiemu ostatnią nauczkę. Dwóch mężczyzn stanęło w drzwiach do pokoju, ochlapując wnętrze benzyną. Paliwo opadło na dywaniki niczym pierwsze krople deszczu na liście bananowca. Dżibril i jego towarzysze znieruchomieli, czekając na trzask zapałki. Chłód paliwa, spotęgowany przez powiewy harmattanu, przeszył rany Dżibrila. Napastnicy byli tak blisko, że jakikolwiek ruch mógł ich zdradzić. Niczym pomnik w deszczu Dżibril nawet nie mrugnął. Poczuł, jak płyn wpada mu do oczu. Oczekiwał takiego ognia, jaki sam wiele razy wzniecał na posesjach niewiernych w Khamfi...

Dżibril poczuł, jak ktoś klepie go po ramieniu, i podskoczył.

– Nie chciałem zrobić ci nic złego – przeprosił go Wódz Ukongo. Wyraz bólu na twarzy Dżibrila sprawił, że w oczach wodza wyglądał jak ktoś, kto z całej siły stara się utrzymać kontrolę nad mocami ukrywanymi w kieszeni. – No, synu, jakiekolwiek *juju* trzymasz w kieszeni...

– Nie mam nic w kieszeni – powiedział Dżibril.

– A wiesz, co ja mam w *swojej* kieszeni? – wyzywająco odrzekł wódz.

– Jeżeli nie przyznajesz się publicznie do swojego *juju*, to ono nie może cię obronić. Mam nadzieję, że to wiesz. W każdym razie, twoje nie może przezwyciężyć *mojego*… Jeżeli rzucisz *mi* wyzwanie, zabiję cię!

– Ach, panie wódz w kapeluszu – odezwała się Tega – zostaw no chłopaka w spokoju.

– Najpierw podsiadł go pan – dodał ktoś. – Teraz oskarża go pan o chowanie w kieszeni *juju*.

– Pieniądze też chce mu pan ukraść, wodzu? – zapytała Monica.

– A jakie pieniądze mógłby mieć taki młody koziołek? – zapytał wódz. – Klepnąłem go tylko w ramię, żeby mu pokazać swój bilet… Nadszedł czas, abym udowodnił, że nie wciskam się na jego miejsce. Mój jedyny problem z tym chłopakiem to jego postawa.

– Tak, p'sze pana – powiedział Dżibril, potakując zamaszyście, ponieważ perspektywa odzyskania miejsca wydawała się bliska. Sięgnął do torby i ponownie wyjął z niej swój bilet, na wypadek gdyby chcieli je porównać. Ludzie wyprostowali się na miejscach albo wyciągnęli szyje, aby zobaczyć bilet wodza.

Przeszukując swoją torbę na kolanach, wódz zapewnił ich:

– Zrozumiecie mnie lepiej, jak zobaczycie mój dowód tożsamości…

– Dowód tożsamości? Nie chcemy żadnego dowodu tożsamości! – ostrzegła go Ijeoma. – Miej pan szacunek do samego siebie *o*!

– Nie chcesz zobaczyć mojego dowodu tożsamości?! – krzyknął na nią Wódz Ukongo, poklepując się wielokrotnie po klatce piersiowej, jakby naruszono jego najświętsze przywileje. – Młoda kobieto, kto ci

pozwolił osądzać w sprawie pomiędzy królewskim mężem a tym smar-
kaczem? Oczekujesz, że pokażę swój bilet... nie chcąc nawet spojrzeć
na mój dowód tożsamości? Czy ty wiesz, kim ja jestem?

Powiedziawszy to, wyszarpał ze swojej torby wielki talizman, wyrwał z niego pióro i dmuchnął na nie, aby uniosło się w powietrzu.
Ludzie wrzasnęli ze strachu, a ci, którzy znajdowali się w pobliżu miejsca, gdzie opadło pióro, cofnęli się. Wódz pogrążył się w jakichś zaklę-
ciach, a jego głowa trzęsła się niczym ogon grzechotnika.

– Teraz, młoda kobieto, możesz podejść i poprosić mnie o mój bilet – odezwał się w końcu. – A ty, chłopaku *juju*, przekonajmy się, kto
jest potężniejszy. Wyciągaj, co tam masz, to zobaczymy!

Dżibril poprosił policjantów, którzy usłyszawszy zamieszanie, weszli do autokaru, aby rozstrzygnęli ostatecznie całą sprawę. Ale kiedy
funkcjonariusze zobaczyli, o co chodzi, wyszli, mówiąc, że wrócą, jak
dopiją piwo.

Wódz zaśmiał się Dżibrilowi w twarz i zapowiedział swoim prze-
ciwnikom, że pożałują, kiedy autobus wjedzie na jego teren.

– Czy wy wiecie, kto pilnuje spokoju w delcie? – zapytał. – Policja
uznaje mój status. Czy wy wiecie, jak w ogóle dostałem się do tego
autokaru? Pożałujecie, że mieszaliście do tego policję!

Ale Dżibril nie dał się zastraszyć. Pragnął sprawiedliwości.

– Synu, synu – powiedziała Madam Aniema – proszę, ubłagaj policjantów, żeby nie mieszali się do tej sprawy! Przeszliśmy już wystarczająco dużo. Proszę, jak ty masz na imię?

– Na imię mu Gabriel! – odezwał się natychmiast wódz.

– Ach, Gabriel, nasz anioł – ciągnęła kobieta – wystarczy ci pieniędzy na interwencję policji?

– Ona ma rację, młody człowieku – powiedział Emeka. – Pośpieszyłeś się. Wiesz, że mamy wyjątkowe czasy. My wszyscy podziwialiśmy twoją cierpliwość wobec wodza. Wiesz, sprawy jakoś same by się rozwiązały. Widziałeś, jak ci policjanci nie pozwolili mi się przekonać, czy mój kuzyn i przyjaciel zginęli, czy przeżyli zamieszki w Khamfi. Są bezwzględni.

– W tym kraju prosić policję o pomoc – odezwała się jakaś kobieta – to jak ściągnąć na farmę szarańczę!

– Żaden rodzic przy zdrowych zmysłach nie wystawi swojej córki na pastwę gwałcicieli – powiedziała inna.

– Gabrielu, widzisz, w tym kraju – powiedziała Monica – policjanci, żołnierze to ani ci z północy, ani z południa, ani chrześcijanie, ani muzułmanie, tylko po prostu łajdaki… U nich nie znajdziesz sprawiedliwości.

– Ostrzegałem cię, żeby nie używać słowa *muzułmanin*, nie? – powiedział wódz.

– Przepraszam – powiedziała skruszona Monica. – Zapomniałam.

– Dlaczego nikt w tym kraju nie słucha już królewskich mężów? – zapytał wódz. – Co z wami?

Emeka wstał i skierował się tam, gdzie był Dżibril, przekraczając ostrożnie pióro wodza, aby wyjaśnić chłopcu sytuację.

– Rozumiesz, Gabrielu – szepnął – ponieważ mamy cywilny rząd, powinniśmy starać się rozwiązywać nasze konflikty bez angażowania policji czy wojska. Generałowie ukradli miliardy naszych petrodolarów w czasie swoich rządów… Obecnie, w czasach demokracji, niektórzy z tych generałów wykonali woltę, wspierając prawodawstwo pozwalające obcinać członki biednym złodziejom kur…

– Gdybyśmy zaciągnęli tych generałów przed sądy szariackie – wtrąciła Tega – jaką część ciała byśmy im obcięli? Co by im zostało? Ale i tak nie odzyskalibyśmy naszych pieniędzy. Bogatym muzułmanom szariat nic nie zrobi. Zanim się obejrzysz, zwrócą się do sądu powszechnego. Nawet łajdaccy gubernatorzy, którzy je wprowadzają, nie powąchają tak zwanego sądu szariackiego. Staną przed zwykłym sądem, żeby przed tym szariackim zapewnił im nietykalność…

– Uspokój się, moja siostro – zaczął prosić ją Emeka. – Pozwól mi tylko dokładnie wyjaśnić wszystko Gabrielowi.

Ona jednak kontynuowała:

– Moja rada dla was wszystkich jest taka, żebyśmy my, biedni, nauczyli się bronić sami siebie… Gabriel, odwołaj szybko interwencję policji.

Ale Dżibril już tego nie słyszał. Podczas gdy oni analizowali okoliczności kryzysu, jego umysł odpłynął, rozwodząc się teraz znowu nad swoją niedolą. Na jego nieobecnej twarzy malował się wyblakły uśmiech. Jego spojrzenie utkwione było gdzieś w oddali, na suficie z dala od telewizorów.

Jak przyjmie mnie mój ojciec, kiedy dotrę do Ukhemehi? – pomyślał. – Co mu powiem na temat Jusufa? Czy moje odejście od islamu do Kościoła Głębszego Życia udobrucha jego i dalszych krewnych? Jusuf mówił, że niektórzy z nich pozostali katolikami, a inni powrócili do religii swoich przodków. Czego wymaga ode mnie sprawiedliwość? Kiedy mam powiedzieć ojcu całą prawdę? Jusuf musiał mu powiedzieć, że jestem konserwatywnym muzułmaninem, kiedy odwiedził dom. Co mam im powiedzieć na temat mojej odciętej ręki? Jak długo mogę ją ukrywać? Może powinienem okłamać swoich krajanów w delcie, powiedzieć im, że nie ukradłem, że zmuszono mnie, abym się przyznał, że nigdy w życiu nie popierałem szariatu. Może gdyby się o tym dowiedzieli, wykazaliby się większym zrozumieniem dla mojej sytuacji.

Zajrzał w głąb swego serca i odnalazł tam pewne pocieszenie: może właściwą rzeczą byłaby pełna publiczna spowiedź, taka, o jakiej nauczał sam Jusuf, sięgając do przypowieści o synu marnotrawnym. Dżibril gotowy był ponieść wszelkie konsekwencje, nawet śmierć. Jego ucieczka stawała się misją powrotu, by wyznać ojcu prawdę. Prawdę, którą musiał starać się ukrywać ze wszystkich sił, zanim nie dotrze do miejsca przeznaczenia. Pamiętając, co mówił mu Jusuf, pewien był przebaczenia ze strony ojca i życzliwego przyjęcia w wiosce Ukhemehi.

– Gabriel jest trochę przygłuchawy – zachichotał wódz, widząc konsternację Emeki oraz Ijeomy. – Przepraszam, zapomniałem wam powiedzieć. Czasami używa nawet języka migowego.

– Gabriel, masz ty równo pod sufitem?! – warknęła Ijeoma tak głośno, że reszta pasażerów odwróciła się, by spojrzeć. – Błagamy cię, żebyś nie ściągał tu policji, bo nas pozabijają, a ty uśmiechasz się i pozujesz jak u Gucciego… z tą ręką w kieszeni. – Chwyciła go i potrząsnęła nim, aż myślami wrócił do autokaru. – Mówimy, że nie chcemy, żeby policja rozwiązywała jakiekolwiek sprawy w tym autobusie!

Kiedy Dżibril rozejrzał się i zobaczył, że wszyscy na niego patrzą, odezwał się:

– No tak, żadnej policji.

– Jesteś głuchy? – zapytał Emeka.

– Nie denerwujcie się – zwrócił się do nich Dżibril, kłaniając się.

– Moi drodzy, nie przejmujcie się – powiedział wódz. – Powiem policji, żeby się nie fatygowała, OK?

— Tak, wodzu! – odpowiedzieli.

– Dziękujemy, wodzu… To prawdziwy wódz.

– Niech ci Bóg błogosławi, wodzu!

Kiedy policja przestała już być w centrum uwagi, ludzie ponownie się rozluźnili. Dżibril przysłuchiwał się żartom na temat władzy sprawowanej w miejscu zamieszkania wodza. Dżibril mógł jedynie porównać bycie wodzem do bycia emirem na północy, chociaż z tego, co słyszał, wnioskował, że władza emira była większa.

Wódz Ukongo podniósł się i odchrząknął.

– Moi drodzy, teraz zwracajcie się… do mnie… jak do waszego wodza! – powiedział.

Uderzył w podłogę swoją laską i ruszył tam, gdzie znajdowało się pióro. Podniósł je najostrożniej, jak potrafił, i włożył razem z talizmanem do swojej torby.

– Jak mawia nasz lud — kontynuował — świat jest pełen bogów, ale te najważniejsze posiadają swoje imiona. I nie zapominajcie: bez względu na to, jak mały jest bożek, zawsze dobrze jest go nosić obiema rękami. Rozumiecie, moi drodzy, to czas ogólnokrajowego kryzysu. Powinniście skupić się wokół waszych królewskich mężów… Północ jednoczy się wokół emirów.

Poprosił Dżibrila, aby usiadł na podłodze przy nim, tam gdzie upadło pióro. Dżibril usiadł natychmiast, niedaleko Moniki. Uśmiechnęła się do niego; on ją zignorował.

Starzec wrzucił mu na kolana kilka herbatników, a Dżibril mu podziękował. Uchodźcy, którzy jeszcze przed chwilą wspierali Dżibrila, teraz nawet na niego nie spojrzeli. Ponownie poczuł samotność i strach pęczniejące niczym drożdże. Przywarł ciałem do miejsca, na którym siedział wódz, żeby opanować drżenie. Im bardziej uciskał zbolałe mięśnie, tym bardziej podrażniał przykryte ubraniem rany. Ponownie wziął się w garść, kiedy wódz zapytał go, dlaczego nie je. Dżibrilowi zdało się, że Wódz Ukongo nie tylko może pozbawić go jedzenia, ale także użyć swoich magicznych mocy, aby zamienić go w ziarnko piasku. Szybko zjadł herbatniki.

NA ZEWNĄTRZ, GDZIEŚ pośród tłumu, ponad zgiełkiem panującym na przystanku zdało się słyszeć szczekanie psa. Każde następne szczeknięcie było coraz słabsze, jakby pies, niczym pacjent z kokluszem, nie był w stanie opanować obrzydliwego, bezwarunkowego odruchu.

Lokalna stacja telewizyjna nie przerywała transmisji okropnych scen konfliktu, skupiając na sobie uwagę większości pasażerów oczekujących na kierowcę i paliwo. Ci beznamiętnie oglądali zdjęcia baraków, pokazywanych bez końca, słuchając wciąż tego samego telewizyjnego spikera, mówiącego, że wszystko jest OK. Ale Dżibril przez cały czas przyglądał się wodzowi. Starzec, mimo że zyskał w końcu uznanie swojego ludu, był niespokojny. Dżibrilowi wydawało się, że chwilowy spokój, który zapanował w autokarze, ominął jakoś tego człowieka. Raz za razem jakiś nieuchwytny lęk wywoływał łzy, które napływały wodzowi do oczu. Wyjął swój dowód osobisty, spojrzał na niego i zapytał Dżibrila, jak pasażerowie mogli odmówić uznania jego dokumentów.

– Jak mogli nie chcieć ich zobaczyć, kiedy dobrowolnie chciałem im je okazać? – zapytał.

– Przykro mi, wodzu – powiedział Dżibril. – Przykro mi.

– W porządku – powiedział wódz.

Wódz, spoglądając na swoje zdjęcie, na szczęśliwą, pewną siebie twarz, którą kiedyś posiadał, zmarszczył czoło, jakby próbował sobie coś przypomnieć. Napłynęła kolejna fala łez. Już miała się rozlać po policzkach, ale straciła impet, jakby wodzowi zabrakło energii do jednoczesnego wspominania i płaczu.

– Mój synu, Gabrielu – odezwał się, patrząc ze smutkiem przez szybę na pogrążoną w mroku Lupę – kiedyś cieszył mnie ten kraj. Wiesz, że kiedyś naprawdę tak było?

– Nie, wodzu.

– Naprawdę, kiedyś tak było.

– Tak, wodzu.

– Nie wiem, dlaczego bóg moich przodków pozwolił wojsku przekazać władzę cywilom… Gdyby rządziło wojsko, ta wojna o szariat nigdy nie miałaby miejsca. My, królewscy mężowie, kiedyś chadzaliśmy na posiedzenia rządu jako jedyni reprezentanci naszego ludu, strażnicy mandatu ludu. Teraz wszyscy traktują nas tak, jakbyśmy nie byli już ważni. – Po raz pierwszy łzy wodza popłynęły mu po policzku. – Pamiętam, jak generał Sani Abacha przyznał nam, królewskim mężom, pięć procent podatków pobieranych na naszym terenie za zdecydowane poparcie jego planu dożywotniego rządzenia naszym krajem. Obiecał nawet każdemu z nas dom w stolicy. Podarował nam samochody, dobre samochody… ale znalazłem się w tym autokarze, ponieważ ukryłem obecnie swoje auta. Wiesz dlaczego?

– Nie, wodzu.

– Bo nie wiem, czy owi nowi demokraci nie każą królewskim mężom ich zwrócić. Ta demokracja niszczy obecnie nasz kraj. Zgadzasz się ze mną, tak?

– Tak, tak, wodzu.

Dżibril pochylał się ku niemu, poświęcając mu całą swoją uwagę. Im więcej wódz mówił, tym bardziej chłopak zaczynał wierzyć, że pewnie ten człowiek mógłby go ochronić, nie tylko w tym autobusie, ale także kiedy dotrą do miejsca przeznaczenia w delcie. Dżibrilowi podobał się fakt, że wódz zwierzał mu się, i pomyślał, że jest bardziej godny zaufania niż inni pasażerowie.

Dotknął brzegu szaty wodza, czując pod palcami miękkość sztruksu. Wcześniej, na północy, nigdy by nie pomyślał, że może kiedykolwiek znaleźć się tak blisko emira. Nie potrafił sobie wyobrażać podróży z emirem tym samym pojazdem albo siedzenia i rozmawiania z nim twarzą w twarz, a tym bardziej sytuacji, gdy tak ważna osoba szepcze mu o swoich życiowych rozczarowaniach. Przypomniał sobie wszystkie sytuacje, kiedy widział emira. Dżibril zawsze znajdował się wtedy głęboko w tłumie, milczący i uprzejmy. Nie mógł się pochwalić uściskiem dłoni emira albo byciem wystarczająco blisko, by dotknąć jego turbanu, tak jak dotykał teraz szaty wodza.

Czuł się źle, że przez cały ten czas nie odstąpił mu swojego miejsca, że spierał się z Wodzem Ukongo, że zwrócił się do policjantów, aby czynili mu nieprzyjemności. Tam, w Khamfi, całkowite posłuszeństwo emirowi stanowiło podstawę mądrości, a słowo emira było prawem na jego obszarze. Dżibril pamiętał jadące na sygnale kolumny samochodów gubernatorów, a nawet prezydentów, składających kurtuazyjne wizyty emirowi Khamfi Alhajowi Muhammadowi Kabirowi Jadodowi; pamiętał polityków zabiegających o błogosławieństwo emira przed ubieganiem się o jakiekolwiek stanowisko w Khamfi. Przede wszystkim pomyślał o pięknym i imponującym pałacu w Khamfi oraz o wszystkich opłacanych pracownikach oraz działalności dobroczynnej Alhaja Muhammada Jadoda, którą organizował dla nieprzeliczonych mas gromadzących się tam *talakawas*. Pamiętał, jak *talakawas* wystąpili przeciwko pewnym obrońcom organizacji praw człowieka, którzy próbowali wypytywać emira o źródła jego bogactwa.

– Na przykład – szepnął starzec – to nie było konieczne, aby robić mi takie nieprzyjemności w związku z miejscem.

– Przepraszam, wodzu.

– I to wszystko z powodu biletów.

– Bardzo przepraszam, wodzu. – Dżibril poczuł się tak fatalnie, że wydobył ze swojej torby bilet i zaoferował go starcowi. – Proszę. Już nie potrzebuję… Przepraszam, wodzu.

Starzec sięgnął po niego, wepchnął go sobie do kieszeni i pokiwał głową.

– Grzeczny chłopak. Widzisz, my wiemy, co jest dobre dla tego kraju. My, emirowie, królowie, wodzowie, przestrzegaliśmy wojskowy rząd przed prawem szariatu! Dzięki temu przez wszystkie te lata nie mieliśmy szariatu.

Poklepał się kilka razy w pierś i położył Dżibrilowi na nogach swój dokument tożsamości.

Dżibril wziął go do ręki.

– Dobre zdjęcie… piękne, wodzu!

Starzec uśmiechnął się.

– To prawda, mój synu. Utrzymywaliśmy ten kraj w jedności, zanim nie nastała ta szalona demokracja!

Potem zrobił się poważny i zaczął krytykować prasę.

– Gazety mówią, że generałowie, zarówno ci z północy, jak i ci z południa, to potwory z piekła rodem, którzy przez dziesięciolecia prowadzili wojnę z bankiem centralnym, i że potrzebowaliśmy ludzi wybranych w wyborach, którzy odpowiadaliby przed narodem! To prasę należy winić za demokrację w tym kraju. Mówią, że najbardziej udekorowani medalami wojskowi posyłają swoje dzieci na uniwersytety do Ameryki i Europy, podczas gdy dzieci zwykłych ludzi tkwią na naszych zapyziałych uczelniach. Mówią, że nawet dzieci naszych muzułmańskich wojskowych piją, jedzą wieprzowinę i uganiają się za spódniczkami w krajach białych, podczas gdy ich rodzice w kraju chcą wprowadzenia szariatu. Mówią, że chociaż generałowie z północy ukradli wszystkie pieniądze i rządzili tym krajem od tylu lat, północ nadal pełna jest obdartych pastuchów. Ale najgorsze, Gabrielu, jest to, że mówią, iż my, królewscy mężowie, wozimy się na karkach naszego ludu!

Przerwał i przełknął głośno ślinę.

– Czy ci nowi demokraci oraz gazety nie wiedzą, że mieszkańcy Anglii szanują swoją monarchię? Obwiniają nas... pomimo tego wszystkiego, co zrobiliśmy dla tego kraju...

Głos mu się załamał z bólu na samo wspomnienie takiej krytyki. Dżibril pokiwał głową z sympatii.

– Generałowie traktowali nas bardzo poważnie... nas, nas! – opowiadał dalej wódz. – To była serdeczna relacja... Na przykład powiedzieli nam, dlaczego powinniśmy wysłać nasze wojsko do Liberii i Sierra Leone, dlaczego nasi chłopcy muszą tam umierać za demokrację.

– Nasi żołnierze pojechali do Sierra Leone? – zapytał Dżibril.

– Hm... Gabrielu, nie zapominaj zaczynać swoich pytań od „wodzu".

– Wodzu, nie denerwuj się, wodzu.

— No, tak już lepiej... I przestań zakrywać sobie usta dłonią i ssać palec, kiedy mówisz! To irytujące.

— Przepraszam, wodzu. Od wielu dni nie myłem zębów. I brzydko mi pachnie z ust.

— W każdym razie, jak mówiłem, gdyby nie nasi żołnierze, te kraje już by nie istniały! *My* oraz generałowie zebraliśmy inne państwa Afryki Zachodniej w ramach ECOMOG...

— Ej no, *wodzu* — przerwała Monica szeptem, oskarżycielsko wskazując na niego palcem — jak można się tak przechwalać? A kiedy to generał Babangida dzielił się z wami władzą?

— Kobieto, ty nic nie rozumiesz — odparł wódz.

— *Na* kłamstwo o... To akurat rozumiem — upierała się. — Że generał za bardzo lubił władzę. Gdyby tyle razy nie zmieniał terminu jej przekazania, gdyby nie odwołał naszych wyborów w 1993, to ten Abacha nie zostałby naszym przywódcą... To ta sama banda. Jak szarańcza. Wykorzystuje was. A nie dzieli się władzą, *abeg*.

— W porządku, kobieto, nie to dokładnie miałem na myśli. Chciałem tylko powiedzieć, że wojskowi darzyli nas szacunkiem. Czy mogę kontynuować, Pani Adwokat?

— To przestań pan ściemniać temu chłopakowi, wodzu.

Wódz zwrócił się ponownie do Dżibrila, któremu interwencja Moniki wcale nie przypadła do gustu.

— Gabrielu, najważniejsze jest to, że daliśmy tym buntownikom z Sierra Leone oraz Liberii nauczkę. Straciliśmy mnóstwo żołnierzy... w słusznej sprawie!

— Wodzu, ilu zginęło w walce?

– To zastrzeżona informacja, nie dla każdego, no wiesz. Jaszczurka może słuchać, ale nic nie powie. To znaczy, kim ty jesteś, że chcesz wiedzieć, ilu żołnierzy zginęło w walkach? Czy sprawy rządu to są sprawy twojego ojca, że musisz o nich wiedzieć? Mianowano cię naczelnym dowódcą czy co?

– Nie, wodzu.

– To przestań się zachowywać jak demokrata.

– Tak, wodzu.

– Mówię ci, jak sprowadzimy z powrotem żołnierzy ECOMOG, to ci od szariatu na północy dwa razy się zastanowią! Uwierz mi, ECO-MOG może utrzymać jedność w tym kraju! Gabrielu, nie daj się zbałamucić tymi gadkami o demokracji i równości… Pozwolić starcowi spocząć na dobrym miejscu to dobry uczynek. Pozwolić królewskiemu mężowi zająć lepsze miejsce to nic w porównaniu z tym, na co tak naprawdę zasługujemy…

– Tak, wodzu.

– To nieładnie przerywać królewskiemu mężowi.

Dżibril otworzył usta i szybko je zamknął z obawy przed popełnieniem kolejnego błędu. Ograniczył się do potakiwania.

– Gabrielu, wiem, że chcesz coś powiedzieć, tak?

– Wodzu, proszę o wybaczenie… Popieram ECOMOG.

– To dobrze. Gdyby rząd był tak rozsądny i zwrócił się do *nas*, zakończylibyśmy tę wojnę o szariat, rozumiesz?

– Wodzu, sprowadźcie ECOMOG do Khamfi.

– Nie martw się. Kiedy przybędziemy do delty, zadzwonię do innych królewskich mężów na północy. Jesteśmy depozytariuszami wiedzy, historii oraz tradycji.

To niewielkie zapewnienie odnośnie do patriotyzmu i skuteczności ECOMOG dało Dżibrilowi nadzieję, że pewnego dnia powróci do swojego Khamfi. Już teraz zaczął podziwiać żołnierzy ECOMOG i fantazjować na temat ich przybycia i ustabilizowania sytuacji w kraju. Dżibril postanowił, że nawet gdyby wyszło mu z ojcem, musi wrócić do Khamfi, aby odnaleźć matkę oraz Mallama Abdullahiego, w którego domu Allah zaplanował jego cudowną ucieczkę. Teraz mógł już myśleć wyłącznie o ECOMOG, ofiarach, jakie ponosili za granicą, oraz o tym, co mogli jeszcze zrobić dla jego rodaków. Może żołnierze ECOMOG są tacy jak Mallam Abdullahi, pomyślał. Im dłużej wódz mówił o ECOMOG, tym silniej w umyśle Dżibrila odciskał się obraz Abdullahiego. Czuł się lepiej. Wyobrażanie sobie tego, co mógłby zrobić ECOMOG, budziło pewien rodzaj spokoju, jakby w kieszeni trzymał bilet powrotny, którego przecież nie miał.

Przypomniał sobie tamtą noc, kiedy tłum groził spaleniem domu. Pamiętał nieprzyjemny wiatr, który szczypał jego rany, kiedy Mallam Abdullahi wiózł go wraz z innymi uciekinierami swoim pick-upem Peugeot 504 daleko na sawannę, gdzie wypuszczał ich pojedynczo niczym gołębie. Wiedząc, że w grupie znajdowali się zarówno muzułmanie, jak i chrześcijanie, Mallam Abdullahi powiedział im, że obawia się wypuścić ich razem. Dżibril został uwolniony jako ostatni, a więc jego współwyznawca rozmawiał z nim dłużej, współczując mu z powodu ręki. Doradził Dżibrilowi, aby chował nadgarstek w kieszeni, zanim nie dotrze do wioski ojca. Stale powtarzał mu, że islam to religia pokoju.

– Ty i ja – powiedział, obejmując Dżibrila na pożegnanie – musimy pokazać to światu. Pamiętaj, nikt nie ma monopolu na przemoc. Przestań więc prześladować chrześcijan.

Dżibril spojrzał teraz na siebie, na swoje ubranie, buty oraz medalik z Maryją, który Mallam Abdullahi mu wręczył, aby pomóc mu w ten sposób wmieszać się w tłum południowców. Pieniądze, które dał mu *mallam*, jeszcze się nie skończyły, nawet po zapłaceniu wygórowanej ceny za bilet autobusowy. Tamtej nocy w buszu Dżibril ukląkł, aby podziękować Mallamowi Abdullahiemu za pieniądze, ale mężczyzna odparł, że on tylko stosuje *zakat*, jeden z pięciu filarów jego religii, i wezwał go do tego samego wobec innych ludzi.

– Nie płacz, Gabrielu… nie płacz – pocieszał go Wódz Ukongo, kiedy wspomnienia wzięły górę nad Dżibrilem. – Nie smuć się tym, jak rząd potraktował królewskich mężów. Wkrótce sobie o nas przypomną.

– Wodzu… dziękuję Bogu za życie. Wodzu, jesteś potężny jak emir? – zapytał nagle, by ucieszyć starca.

– Oczywiście, że tak. Cieszę się, że to zrozumiałeś. W końcu.

– Wodzu, pomożesz mi, kiedy dotrzemy do domu?

– Nie może być inaczej. Jak mówią starsi, jeśli mrówka nie znajdzie się na liściu do zawijania rytualnego pokarmu, to sama do niego nie dotrze. Nie masz co marzyć o osiągnięciu *mojej* pozycji, a mnie nękasz… głupota młodości! – Wódz wydobył z siebie głęboki, serdeczny śmiech, przesuwając się i kręcąc na swoim miejscu jak na tronie. – Oczywiście, że my, wodzowie, jesteśmy jak emirowie, ale nasz lud jest obecnie nieco otumaniony i nie okazuje nam szacunku, na jaki zasługujemy – ale w końcu okaże. Byłeś właśnie w tym autobusie świadkiem typowego zachowania wobec wodza z południa, i to ze strony tej kobiety.

Wskazał na Monicę, która się uśmiechnęła.

– A mnie się widzi, że wy wszyscy, królewscy mężowie, przesadzacie z tymi waszymi mocami! – powiedziała i wzruszyła ramionami.

– Nie zwracaj na nią uwagi – zwrócił się do Dżibrila wódz.

– Tak, wodzu – powiedział Dżibril.

– Bo rozumiesz, emirowie nigdy nie muszą znosić takiego upokorzenia ze strony swoich poddanych – kontynuował wódz. – Wiedziałem o tym, kiedy odwiedzaliśmy generała Abacha, planując jego dożywotnią prezydenturę. Niech Bóg ma w opiece jego duszę. On rozumiał status królewskich mężów. Po nim wojskowi stchórzyli i przekazali władzę cywilom i spójrz teraz na nasz kraj…

Dżibril czuł się tak bezpiecznie w towarzystwie wodza, że zasnął pomimo zamieszania oraz swojego obolałego ciała. Nie spał od dwóch dni, ale teraz, przy wodzu, który jakby nad nim czuwał, odpłynął.

ZANIM KIEROWCA WRÓCIŁ w końcu z paliwem, zrobiło się już zupełnie ciemno. Z pomocą policjantów oraz konduktorów napełnił bak. Nie świecił ani księżyc, ani gwiazdy. Światło dobiegające z autokaru poprzez wielkie okna oraz okienne zasłony rozświetlało ciemność. Na ziemię spłynęła dziwna cisza i wydawało się, że pochłonęła ochotę do szeptów u tych, którzy znajdowali się na zewnątrz. Poruszali się oni w ciszy, nie wiedząc, jaki czeka ich los po odjeździe autobusu. Od czasu do czasu rozlegał się odgłos wystrzału, wywołując u wszystkich w tłumie przyśpieszony oddech. Od czasu do czasu szczeknął cicho zbolały pies.

Kiedy otworzyły się drzwi, pasażerowie pomyśleli, że kierowca gotowy jest już do drogi, ale ciemność wyplula z siebie tyczkowatego przybysza, który wkroczył do autobusu. Zaczął się przeciskać, potykając o ludzi siedzących na podłodze, w poszukiwaniu miejsca. Jego włosy, zaczesane w dredy, były w fatalnym stanie. Spoczywał na nich, niczym korona niesławy, wojskowy beret. Znoszony strój maskujący przewiązany był w wąskim pasie sznurkiem. Niósł psa. Trzymał go delikatnie, niczym dwudniowe dziecko.

– Czy pan jest kierowcą? – zapytał Emeka.

– Nie.

– To proszę natychmiast wyjść.

– A tak przy okazji – powiedział przybysz – policja mówi, że kierowca jest zbyt zmęczony, aby wyruszać teraz w drogę. Musi coś zjeść i trochę się przespać.

Pasażerowie zaniepokoili się i zerwali z miejsc jak jeden mąż, by wyrzucić przybysza na zewnątrz. Szarżą kierował Emeka. Ciągnęli go w kierunku drzwi. Monica ponownie podała komuś swoje dziecko, aby móc udzielić Emece wsparcia, którego potrzebował. Przyłączyły się do niej Tega oraz Ijeoma, przeklinając mężczyznę w urhobo i ibo.

Jednak wyrywając się z uścisku Emeki, mężczyzna zdołał okazać swój bilet.

– Policja mi go dała i otworzyła mi drzwi. Jak inaczej, według was, mógłbym się tu znaleźć? – powiedział mężczyzna, kiedy Emeka go puścił.

Ruszył dalej, szukając swojego miejsca, jakby pasażerowie zakończyli właśnie śpiewać na jego cześć pieśń powitalną.

– Dlaczego mnie niepokoicie?

– Bo pan jesteś szalony! – odezwała się Tega.

– Ja?

– Oczywiście – powiedziała Tega.

– Jestem pułkownik Silas Usenetok.

– Pułkownik? Pan? – zapytała Madam Aniema.

– Kto pana przyjął do wojska? – dodał Emeka.

Pułkownik Usenetok zatrzymał się przed Dżibrilem.

– Wstawaj! – powiedział, szturchając śpiącego Dżibrila brudnym butem. – Wstawaj, mówię!

Dżibril odwrócił się i odezwał zaspany.

– To moje miejsce.

Ludzie ostrzegli pułkownika, aby nie ważył się uderzyć Dżibrila. Sympatia całego autobusu była teraz po jego stronie. Poza tym nikomu nie uśmiechało się podróżować z pułkownikiem, bo wyglądał na niezrównoważonego. Wyzywali policję za wpuszczenie go do środka, a niektórzy zaproponowali, żeby usiadł na miejscu przeznaczonym dla dwóch policjantów mających pilnować porządku w trakcie podróży.

– Lepiej się obudź, zanim wykopię cię z tego autokaru – żołnierz ponownie ostrzegł Dżibrila.

– Nie, p'sze pana.

Wszyscy spojrzeli na Wodza Ukongo, ale starzec nie odezwał się słowem ani nawet nie spojrzał w kierunku Dżibrila. Jego uwaga skupiona była na koralikach, którymi się bawił. Stukał jednym o drugi z wyważonym entuzjazmem.

– Natychmiast… twój bilet? – żołnierz rozkazał Dżibrilowi. – Kim ty jesteś? Musisz natychmiast okazać swój bilet. Muszę tutaj usiąść, bo kierowca jest zmęczony. Minie jeszcze dużo czasu, zanim stąd odjedziemy.

– Mój nowo przybyły synu – zainterweniował wódz, nadal bawiąc się swoimi koralikami – nie będziemy tutaj oglądali żadnych biletów!

– Co? – odezwał się żołnierz. Kiedy przemówił wódz, w całym autobusie zrobiło się cicho. Żołnierz rozejrzał się dookoła, chcąc zrozumieć, skąd ta cisza.

– Proszę pogodzić się z wolą ludu – powiedział wódz, nadal spoglądając w dół. – Oni nie życzą sobie twojej obecności w tym autokarze... To demokratyczny kraj.

– Mam gdzieś demokrację – powiedział pułkownik Usenetok. – Pokażcie mi bilet tego dupka... i kropka.

Wódz powstał, zdjął kapelusz, aby pokazać swoje siwe włosy, następnie włożył go z powrotem. Odchrząknął i rozejrzał się.

– Czy wy wiecie, żołnierzu, że mnie nie powinno nawet tu być? Czy wiecie, że powinienem teraz pomagać rządowi rozwiązywać ten narodowy kryzys... a nie być tu obrażanym przez szaleńca?

– O przepraszam. To pan obraża mnie! Po tym wszystkim, co zrobiłem dla tego kraju?

Żołnierz zaczął przeszukiwać swoje łachy w poszukiwaniu dokumentów. Odnalezienie dowodu tożsamości wydawało się teraz dla niego tak ważne, że upuścił psa, a jego palce zaczęły drżeć. W jego mundurze była tak wielka liczba otworów i kieszonek, że nawet on sam wydawał się nie wiedzieć, gdzie co ma. Potem zamachał swoim dokumentem i oznajmił:

– Pułkownik Silas Usenetok... Siły Specjalne ECOMOG!

Dżibril spojrzał na wodza, a następnie wlepił wzrok z powrotem w żołnierza. Ze względu na to, co Wódz Ukongo opowiadał mu na temat ofiar poniesionych przez żołnierzy ECOMOG, na twarzy Dżibrila natychmiast pojawił się wyraz podziwu. Wstał, oferując mu swoje miejsce, chociaż wielu pasażerów uważało, że nie powinien tego robić.

Pułkownik Usenetok podniósł swojego psa.

– Gabrielu, nie ustąpisz mu swojego miejsca – powiedział spokojnie wódz, a inni pasażerowie przyznali mu rację. Monica pociągnęła Dżibrila z powrotem na miejsce, obiema rękami sadzając go niczym drzewo.

– On obraził mój wodzowski majestat – oznajmił wódz, a następnie, odwracając się w stronę żołnierza, powiedział: – W tym autobusie nie honorujemy dokumentów tożsamości… proszę zapytać kogokolwiek.

– Tak… *ole*… żadnych dokumentów! – odezwał się ktoś.

– Wasi generałowie ukradli nasze pieniądze w imieniu ECO-MOG!

– *Kai, kai, kai*, moi drodzy, zapomnijmy o tym, co zrobili generałowie! – powiedział wódz, nakazując im, by się uspokoili, a zwracając się do żołnierza, rzekł: – Proszę pozwolić mi coś sobie wyjaśnić, ponieważ jest pan zbyt młody, by zrozumieć historię konfliktu w naszym kraju…

– Jaki konflikt, jaką historię? – zapytał żołnierz. – Mówi pan, jakby był żywym świadkiem stworzenia świata przez Boga.

– Wobec tego dobrze. Nawet gdybyś pan *pamiętał*, jak Wielka Brytania arbitralnie połączyła północ i południe, powołując do życia to państwo, to nie mógłbyś z nami podróżować! Nawet gdybyś pan pamiętał, jak Brytyjczycy sztucznie zgromadzili muzułmańską większość na północy, a chrześcijańską większość na południu, nie moglibyśmy pana przyjąć. To, czy masz pan bilet, czy nie masz, nie ma teraz znaczenia… Dla mnie jako królewskiego męża bezpieczeństwo mojego ludu jest priorytetem. Zbyt wielu z nich jest już martwych i nie chcę, aby któregoś z nich ugryzł teraz ten wściekły pies!

– Nie chcemy tego psa w tym autobusie *o*!

– Prawa człowieka ważniejsze od praw zwierząt!

– Policja to wróg publiczny numer jeden!

Pułkownik Usenetok zaśmiał się z nich. Przytulił psa mocniej do serca i cmoknął go w nos. Nieoczekiwanie pies szarpnął się i wpadł w konwulsje, szczekając w ten agonalny sposób, który uchodźcy słyszeli od czasu do czasu już wcześniej. Jego ciało chwycił kurcz, a pysk rozwarł się szeroko. Pies nie miał już czym wymiotować poza kilkoma kroplami krwi. Otaczający psa pasażerowie z dreszczem obrzydzenia zaczęli usuwać się jak najdalej, tymczasem pułkownik użył swojego ubrania, by zetrzeć krew. W autobusie rozszedł się przykry zapach, a ludzie sklęli żołnierza ECOMOG. Uchodźcom nie uśmiechała się podróż razem z takim psem.

– Bogowie naszych przodków nie pozwolą ci, Nduese, umrzeć! – modlił się za swojego psa żołnierz. – Muszą cię chronić, zanim nie dotrzemy do domu i nie dostaniesz potrzebnych ziół! Bogowie, którzy strzegliście mnie na polach bitew w Liberii i Sierra Leone, którzy nigdy nie pozwoliliście buntownikom z RUF-u poucinać mi rąk ani nóg, nie zawiedźcie mnie.

Mówiąc to, żołnierz ECOMOG wyciągnął ze swojego munduru wianuszek różnych talizmanów. Uchodźcy wstrzymali oddech. Były większe i budziły większą grozę niż talizmany, które posiadał wódz. Pułkownik wybrał jeden z talizmanów wyglądający jak naszyjnik z muszelkami, zawiesił go Nduese na szyi i wlał mu do gardła trochę jakiegoś ziołowego płynu. Kilka kropel spadło na Dżibrila. Kaszel psa zaczął ustępować.

Słysząc wyznanie żołnierza na temat buntowników obcinających ludziom członki, Dżibril pokiwał głową, śledząc każdy ruch pułkownika z napięciem i dziwnym uśmiechem, jakby żołnierz ECOMOG go zahipnotyzował. Ale podczas gdy wzrok Dżibrila wbity był w żołnierza, jego wsunięty do kieszeni nadgarstek drżał, jakby stał się niezależny. Umysł Dżibrila, nieprzenikniony przez nikogo z pasażerów, nie skupiał się jednak teraz ani na żołnierzu, ani na tym, co według nich mogło znajdować się w jego kieszeni, lecz na dniu, w którym obcięto mu prawą dłoń. Przypomniał sobie noc poprzedzającą ten dzień, jak nie mógł wtedy zasnąć.

Aż do owej nocy wykazywał się w tej sprawie odwagą i nawet z wesołym lekceważeniem przechadzał się, oczekując tego, co miało nadejść, jak chłopak zupełnie pogodzony ze sprawiedliwą karą, taki bohater z sąsiedztwa. Dla niego jego dłoń była już martwa. Wierzył całkowicie, że kiedy zostanie odcięta, zarówno on, jak i inni nie będą już kraść. Ignorował tę dłoń i próbował na nią nie patrzeć, nie mogąc się już doczekać, kiedy zostanie uwolniony od tego źródła nienawiści do samego siebie. Zaczął posługiwać się wyłącznie lewą ręką. By mieć pewność, że nie użyje przez pomyłkę palców lub dłoni przeklętej ręki, owinął sobie wokół prawego nadgarstka czerwoną gumkę, wytyczając w ten sposób wyraźną granicę pomiędzy dobrem i złem, miłością i nienawiścią. Z tego rodzaju pewnością był spokojny, korzystając z prawego łokcia, ponieważ stanowił tę część ciała, której nie poświęcił złodziejstwu. Jeszcze dwie noce przed amputacją spał spokojnie i nawet z zadowoleniem śnił o odcięciu dłoni.

Jednak tamtej ostatniej nocy, będąc sam w celi, nie mógł zasnąć. Wciąż akceptował fakt, że jego ręka musi zostać obcięta, i modlił się głośno i wyraźnie, żeby woli Allaha stało się zadość, ale ku swojemu zakłopotaniu odkrył, że w ciemności ściska sobie ręce. Na różne sposoby chwytał jedną dłonią drugą, a nawet naśladował uścisk dłoni komuś innemu. Po raz ostatni używał prawej dłoni, by dotykać nią różnych części swojego ciała. Wstał i zaczął chodzić po celi, dotykając nią ścian i podłogi. Przebierał palcami jak flecista albo gitarzysta. Pożegnał się z tą częścią siebie, którą i tak poświęcił podczas kradzieży, wiedząc, że kiedy nastanie świt, odpłynie pod wpływem znieczulenia.

UCHODŹCY, WIDZĄC NIESPOKOJNE i nieskoordynowane ruchy Dżibrila, uznali, że żołnierz rzucił na niego urok. Zwrócili się więc do wodza, aby poprosił swojego kolegę, czciciela bożków, pułkownika Usenetoka, by zdjął z chłopca zaklęcie. Wódz Ukongo nie odezwał się ani słowem, chociaż przyglądał się żołnierzowi z wyrachowaniem. Ludzie szeptali, tymczasem Dżibril dalej dziwnie się zachowywał.

— To wy, chrześcijanie i muzułmanie, rzuciliście urok na Khamfi waszą polityką zła! — powiedział rozbawiony pułkownik Usenetok, kładąc na ziemi psa. Jego oczy wyglądały jak dwa świetlne punkty. — To wasze religie są intruzami na tym kontynencie!

— Wszyscy żołnierze to złodzieje... *ole*! — powiedziała Tega, a inni go wygwizdali.

— Hej, panienko — powiedział żołnierz — walczyłem w Sierra Leone bez żołdu. Rząd nadal zalega mi za cały rok... Ja nie ukradłem waszych petrodolarów!

— I pan się uważa za pułkownika? — odezwała się Monica. — Pan to jesteś *yeye* gość *o*! Dlaczego pan nie kradniesz? Z pana to żaden pułkownik.

— Dlaczego tak mówisz? — zapytała Madam Aniema.

– Znaczy się, co? – powiedziała Monica.

– Moja siostro, co to wszystko ma wspólnego z oddawaniem czci bożkom? – powiedziała Madam Aniema. – Kradzież nie może być czymś dobrym.

– Ale dlaczego żołnierze z naszych stron zawsze muszą być głupkami? – powiedziała Monica, a potem zwróciła się do żołnierza: – To może powiesz nam pan, z *wetin* teraz wracasz?

– Z godnością… czystym sumieniem! – odparł żołnierz.

Tega pierwsza przerwała ciszę. Wstała i zaśmiała się. Śmiała się tak, jakby ktoś ją łaskotał. Dołączył do niej Emeka i wkrótce cały autobus przypominał pokój pełen śmiejących się panienek. Nawet policjanci, którzy zajrzeli do autokaru, słysząc odpowiedź żołnierza, przyłączyli się do śmiechów. Wódz siedział tylko, spoglądając na żołnierza z szelmowskim uśmiechem, bardzo wolno potrząsając głową. Wyglądało to tak, jakby żołnierz przestał już stanowić dla pasażerów zagrożenie i stał się zabawną rozrywką.

– Posłuchaj no, wojaku – powiedziała Monica, pokazując rękami, aby ludzie przestali się śmiać. – Panie wojak, najesz się pan godnością i napijesz czystym sumieniem, *abi*? Twoja żona i dzieci ucieszą się, widząc cię wracającego z Sierra Leone z pustymi rękami.

– Żaden problem – powiedział żołnierz.

– Żaden *wahala*, hm? – drwiła z niego. – A nie mówiliśmy ci wcześniej, że masz pan nierówno pod sufitem… Bo tylko szaleniec zostaje pułkownikiem i nie kradnie państwowych pieniędzy.

– To wy jesteście szaleni! – powiedział żołnierz, przytulając mocniej psa. – Wracam do domu, by pracować na gospodarstwie, tak jak robili moi przodkowie, zanim w wiosce odkryto ropę!

– Na jakim gospodarstwie? – zapytała Monica. – W delcie nie ma już ziemi uprawnej *o*! Mobil, Shell, Exxon, Elf… Wszystkie one zatruły każde ziarenko pisku.

– To będę łowił ryby.

– Ryby *ke*? Zanieczyścili rzeki… nie ma już ryb.

W tym momencie Monica poddała się, wybuchając śmiechem. Śmiała się długo i głośno, aż zabrakło jej tchu. Inni zaczęli rozmawiać na temat zanieczyszczenia środowiska w delcie, tego, co muszą zrobić, by koncerny naftowe bezwzględnie opuściły to miejsce, i jak pozbyć się z tej części kraju demokratycznego rządu. Mówili, że delta musi dokonać secesji, aby uzyskać prawo do zarządzania swoimi zasobami naturalnymi. Z czasem wszyscy przestali rozmawiać, nie mogąc opanować śmiechu, który ogarnął ich jak sen robotników pod koniec dnia. Śmiech oczyścił ich plany z wcześniejszej goryczy i nie stanowił problemu dla policji.

Tylko twarze pułkownika i Dżibrila pozostały poważne. Dżibril poczuł się rozczarowany i wziął stronę żołnierza z ECOMOG. Uważał, że zasługiwał on na to, co najlepsze, wyjeżdżając, by mężnie służyć krajowi, jak powiedział wódz. Fakt, że wódz także się śmiał, według chłopca pogarszał tylko sprawę. Dżibril uświadomił sobie, że chyba nie zrozumiał starca. Zaczął się zastanawiać, kiedy kierowca się obudzi, aby mogli rozpocząć podróż.

W KOŃCU ODEZWAŁ SIĘ Emeka:

– Chyba nas pan nie rozumie, pułkowniku. Nie twierdzimy, że powinien był pan kraść… w dosłownym tego słowa znaczeniu. Proszę pamiętać, że to pana ropa. Pochodzi z waszych wiosek, dzięki łasce

Pana! Powinien był pan dorobić się za granicą takich pieniędzy, aby wykupić koncesję.

— Nie interesuje mnie przemysł naftowy i nie czuję się w tej dziedzinie kompetentny — powiedział żołnierz.

— Nie musi pan mieć kompetencji — odezwała się Madam Aniema. — Tylko pieniądze!

— To wy, cywile, możecie ubiegać się o koncesje, jeśli chcecie.

— Głupie gadanie! — powiedziała Tega. — Nikt w rodzinnych stronach nie ma takiej kasy… poza *pańskimi* superwojakami z innych części kraju…

— Służyłem temu państwu w kraju i za granicą przez trzydzieści dwa lata. Gdybym nie pochodził z mało znaczącego plemienia, byłbym już generałem!

— Chcesz pan powiedzieć, że nie uszczknąłeś pan nic z tych miliardów dolarów, które państwo wpompowało w ECOMOG, ponieważ nie jesteś generałem?

— *Kai*, proszę nie mieszać do tego generałów! — odezwał się nagle wódz. — To takich jak ten szaleniec powinniśmy sądzić… a nie generałów!

Po tych słowach pułkownik Usenetok stracił cierpliwość. Odwiązał sznur, którym był opasany, i zamierzał wychłostać nim wodza, ale ludzie go powstrzymali. Powiedzieli mu, że wolno im go przepytywać, ponieważ panuje demokracja. Żołnierz tak się zdenerwował, że wydawało się, iż wpadł w stan delirium. Zaczął podskakiwać i popychać ludzi po całym przejściu między rzędami siedzeń, jakby wstąpił w niego zły duch. Bez zawiązanego sznurka jego złachmaniony mundur nadymał się pod wpływem gniewnych ruchów. Oczom pasażerów ukazało się więcej talizmanów. Pułkownik przeskakiwał ponad głowami ludzi siedzących w przejściu między siedzeniami.

– To nie sawanna w Sierra Leone *o*! – odezwał się nagle jeden z uchodźców.

– Myślisz, że jesteśmy partyzantami i że to Liberia?

– Trzeba wyrzucić stąd tego czubka.

Im bardziej na niego wrzeszczeli, tym bardziej niezrównoważone stawało się jego zachowanie. Wyciągnął ręce, naśladując dwa karabiny maszynowe, strzelając z nich do ludzi i wydając z siebie dźwięki ra-ta--ta-ta. Celował w sufit i oznajmił, że właśnie zestrzelił dwa helikoptery. Wycelował w okno i stwierdził, że utrzymuje w ten sposób na dystans buntowników z RUF-u. Ludzie chcieli wezwać policjantów, by wybawili ich z kłopotu, ale nie można ich było nigdzie znaleźć. Kiedy pułkownik znalazł się z przodu autokaru, zatrzymał się nagle i powiedział:

– Rząd nie zapłacił mi zaległego żołdu. Przychodzę tu, a wy okradacie mnie z mojego miejsca – po sześciu latach spędzonych na froncie, w służbie mojej ojczyźnie? I wy mówicie o demokracji? W prawdziwej demokracji za nikogo nie wypowiada się żaden głupkowaty wódz!

– O nie, moi drodzy – powiedział wódz, wstając. – Wierzenia tego szaleńca to nie jest prawdziwa religia naszych ojców! Ja znam się na religii naszych przodków. Nie wiemy, jakie chore *juju* przywiózł ze swoich wojaży… Musimy wyrzucić stąd tego żołnierza, zanim będzie za późno! Powtarzam: Gabriel nie ustąpi mu swojego miejsca!

Następnie zwrócił się do żołnierza:

– Jak mawiają nasi przodkowie, nie można pokłócić się z Bogiem i wspiąć się na palmę po zerwanej linie. Jeżeli będziesz pan nalegał, opuszczę autokar! I cały ten autobus będzie się musiał zmierzyć z konsekwencjami, kiedy dotrzecie już do *mojej* delty! Tam już moi ludzie zapytają, coście ze mną zrobili…

— To *pan* nie pojedziesz tym autobusem! — krzyczał żołnierz, młócąc powietrze rękami. — Już dosyć się wycierpiałem za wolność tego kraju… wolność Afryki. A wy chcecie wyrzucić mnie z autokaru z powodu mojej religii?

— Zabieraj się stąd — powiedział wódz.

— To ja wam wszystkim coś powiem, żaden z tych białych krajów, które przyniosły nam chrześcijaństwo i demokrację, nie przybył, żeby umierać za Liberyjczyków. Czy któryś z tych propagujących wojujący islam arabskich krajów wysłał wojska do Sierra Leone? Ja mówię, że wy wszyscy jesteście szaleni, zabijając się nawzajem w imię dwóch obcych religii. My, nieszczęśni żołnierze ECOMOG, wyjechaliśmy tam, aby umierać za demokrację, podczas gdy słabiutka demokracja w tym kraju torpedowana jest przez generałów, polityków i wodzów… łajdaków. Uratowaliśmy Liberię… Sierra Leone. Niech żyją zachodnioafrykańscy żołnierze! Ja tu dzisiaj kogoś zabiję, nim opuszczę ten autobus. Przekonacie się. Wiele się nauczyłem tam, gdzie byłem.

— Ludzie, teraz wiecie już, o czym mówię? — zaśmiał się wódz. — Mój synu, rozsądek nie zależy od tego, w ilu miejscach się było. Jak mawia nasz lud, gdyby zwycięstwo w wyścigu zależało od tego, ile ma się nóg, stonoga bez problemu pokonałaby psa…

— Wodzu, dobrze mówisz! — odezwali się uchodźcy.

— Mądrość przez ciebie przemawia!

— Obyś żył wiecznie o!

Wódz Ukongo zachichotał i zaczął wachlować twarz, na której zdążył się już zebrać pot. Uderzył swoją laską o podłogę i rozejrzał się po autokarze, jakby to był jego salon.

– Jak powiedziałem, moi drodzy, nie jesteśmy bezpieczni w pobliżu jego szalonego *juju*… Skoro mamy demokrację, musimy przegłosować usunięcie go z autokaru. Pułkowniku, powiedział pan, że nauczył się demokracji za granicą, tak? OK, to wprowadźmy ją w życie… Dość mamy sporów i niekończących się rozmów.

– Ale ja mam sprawę z tym chłopakiem, który zajął moje miejsce! – powiedział żołnierz. – A on gotowy jest mi je zwrócić…

– Rzuciłeś pan na chłopaka urok! – przerwał mu wódz. – Jestem dla niego królewskim mężem i muszę go chronić.

Żołnierz zaczął krzyczeć wniebogłosy. Opowiadał wszystkim w autokarze o buntownikach w Liberii oraz o dzieciach-żołnierzach w Sierra Leone. Mówił o tym, jak bezwzględni są młodociani żołnierze, ilu z nich zabił i jak to nie darował życia ani jednemu dziecku z karabinem. Opowiadał, jak zaczął zażywać narkotyki, by dotrzymać kroku nabuzowanym kokainą dzieciom-żołnierzom.

Wódz powiedział, że jego historie oraz gwałtowne zachowanie to wybieg, aby przeszkodzić w wolnych i sprawiedliwych wyborach. Podkreślił też, że jego lud już nigdy więcej nie będzie zastraszany przez żołnierza.

MADAM ANIEMA ZDJĘŁA swoje grube okulary, mrużąc oczy i rozglądając się po autokarze, jakby w końcu znalazła sposób na zagrożenie ze strony żołnierza. Wyciągnęła małą butelkę z wodą, z której wcześniej pił chory mężczyzna. Oznajmiła wszystkim, że wiezie ze sobą wodę święconą. Wykonała znak krzyża, podniosła się pośpiesznie i zaczęła skrapiać miejsce, aby zneutralizować rzucone przez żołnierza czary. Ludzie rozstępowali się przed jej szczupłą sylwetką.

– Święty Józefie, Postrachu duchów piekielnych! – powiedziała cicho.

– Módl się za nami! – odpowiedzieli pasażerowie.

– Najświętsze Serce Jezusa!

– Zmiłuj się nad nami!

Wyrecytowała całą litanię świętych, aby przybyli im z pomocą, i delikatnie pokropiła wodą pułkownika, który nadal ciskał się i gardłował o byciu oszukanym. W końcu rozkazała diabłu, by zostawił ich w spokoju. Żołnierz uspokoił się, patrząc z niedowierzaniem.

– Kiedy Kościół pobłogosławił wodę – powiedziała – wypełnił ją Duch Boży. Teraz możemy już podróżować z tym żołnierzem nawet do Moskwy. – Zwróciła się do pułkownika: – Proszę znaleźć sobie miejsce i usiąść. Jest pan w porządku. Dzięki za wszystko, co zrobił pan dla kraju.

– A usiądę – powiedział żołnierz.

Pasażerowie podziękowali jej wylewnie, a niektórzy poprosili ją nawet, by wygłosiła naukę. Monica zwróciła się do niej z prośbą, by pokropiła wodą jej dziecko, co Madam Aniema zrobiła. Zapytali ją, dlaczego nie pokropiła nią chorego. Powiedziała, że nie było takiej potrzeby, ponieważ zażył pastylki, popijając je święconą wodą, i że wydobrzeje, gdziekolwiek się teraz znajduje.

– Nie jesteśmy jak wszystkie te *nyama-nyama* Kościoły! – odezwał się jeden z katolików siedzących z tyłu.

– Wiemy, jak sobie radzić z szatanem! – powiedział inny.

– Bo należymy do Kościoła, który ma już dwa tysiące lat!

– Pułkowniku – powiedziała Madam Aniema – dostanie pan miejsce…

– Posiadasz prawdziwy dar, kobieto! – wtrącił się wódz z gratulacjami.

Wstał ponownie i uśmiechnął się do wszystkich niczym dyrektor szkoły, której uczeń właśnie wygrał debatę.

– Pani woda święcona jest tak potężna jak tych brodatych Irlandczyków, którzy pokropili nią naszych przodków i natychmiast zamienili w katolików. Kościół nie tracił wtedy czasu na zanurzanie ludzi w rzece, żeby otrzymali Ducha...

– *Taaa*! – katolicy zareagowali wiwatem.

– Trzy krople wody wystarczą, byście znali łacinę jak papież – powiedział wódz.

– *Jasneee*!

– Zamierzam osobiście zaapelować do Rzymu, by wyświęcili panią na księdza...

– Nie, nie, nie... To nie w naszym Kościele!

– Wodzu, w naszym Kościele kobiet się nie wyświęca!

Przez autobus przetoczył się cichy pomruk. Niektórzy stwierdzili, że tradycja kościelna powinna uczynić dla Madam Aniemy wyjątek, podczas gdy obecni w autobusie katolicy odparli, że nie można wyświęcać kobiet, i ostrzegli ich, by pilnowali swojego nosa. Żołnierz natomiast stał, przyglądając się, zaskoczony, że nie znajduje się już w centrum uwagi. Intensywnie spoglądał na Madam Aniemę, jakby od niej oczekując, że zaoferuje mu miejsce.

– Moje katolickie dzieci, przepraszam – odezwał się wódz – nie próbowałem podważać waszej wiary, OK... Ach... ach... ale jak widzicie, buteleczka wody, którą ma ta kobieta, jest za mała na całą podróż. Jeżeli sześcioletnie szaleństwo tego żołnierza powróci gdzieś po drodze, zabraknie nam święconej wody.

– Ja nie mam nic przeciwko Kościołowi katolickiemu *o* – powiedziała Tega. – Ale to, co mówi wódz, ma sens.

– Tak, zastanówmy się dobrze nad tą sprawą – powiedziała Monica.

Madam Aniema odezwała się:

– W tym autokarze znajdzie się miejsce dla nas wszystkich…

– Nalegam, żeby *przegłosować* usunięcie żołnierza, i mówię to jako królewski mąż! – zakończył wódz.

Pasażerowie zaczęli zbierać pieniądze na głosowanie, które oznaczało łapówkę dla policji. Wódz szepnął coś do ucha Dżibrilowi i chłopiec szybko zapłacił za nich obu.

Żołnierz zaczął krzyczeć i ponownie im grozić, wiedząc, że mogą się go pozbyć. Rzucał w ich kierunku wyimaginowane granaty.

Dżibril był skonsternowany; nie wiedział, po czyjej stronie stanąć. Z powodu zmiennej postawy wodza nie wiedział, czy ma otwarcie powiedzieć, że to wódz ma jego bilet. Niepokoiło go, że jego współpasażerowie zmieniają zdanie w każdej sprawie. Co by się stało, gdyby wódz zaprzeczył, że Dżibril oddał mu swój bilet, i wyrzucono by go z autokaru? Jakie byłyby jego szanse, gdyby zmusili go do okazania zawartości kieszeni? Błagał Allaha, aby czuwał nad jego losem.

NAGLE EMEKA ZACZĄŁ SIĘ trząść jak wcześniej chory mężczyzna, z całych sił wzywając Boga. Pasażerowie nie przelękli się, lecz przeciwnie – ucieszyli, mówiąc, że wstąpił w niego Duch Święty. Dziękowali Bogu, że w obliczu zagrożenia ze strony szalonego żołnierza jest pośród nich. Emeka rzucił swoją kurtkę i zdarł z siebie koszulę. Wielkie oczy Emeki intensywnie migały niczym zepsuta sygnalizacja świetlna, a niskie ciało wibrowało z zapałem. Chociaż jego usta były szerokie, strumień wydobywającego się z nich potoku języków wydawał się jeszcze

325

większy. Mówił bez nabierania powietrza. Dżibril odniósł wrażenie, że jego głos przypomina mu Jusufa. Szybko zakrył swoją twarz i zamknął oczy, próbując nie myśleć o swoim bracie. Próbował odmawiać w sercu islamskie modły, aby odwrócić swoją uwagę od mówiącego językami Emeki. Jednak bez powodzenia. W jego wyobraźni Emeka stał się Jusufem. Chociaż otworzył oczy, nie mógł się otrząsnąć z myśli o swoim bracie.

– W tym autokarze znajduje się wróóóg! – powiedział Emeka. – Musimy oczyścić duchowo to miejsce… Jezu! Jeeezuuu! Krew Jezusa musi okryć cię dzisiaj hańbą.

– W imię Jezusa! – odpowiedzieli pasażerowie.

– Powiadam, krew, krew, krew Jeeezusaaa musi spłynąć na ten autobus.

– Amen!

– O Jehowo, który postanowiłeś wrzucić Jonasza do morza… ukaż go nam, teraaazzz, teraaazzz.

– Teraz, teraz, Jezu! Wybaw nas, Duchu Święty!

– Ukaż nam złego w tym autokarze.

Emeka tupał i grzmiał, kierując ku górze szkliste oczy, jakby komunikował się z niebiosami. Tak samo robił Jusuf tamtego popołudnia, kiedy został ukamienowany. Emeka nie panował nad sobą. Wydawało się, że rzuci się zaraz przez okno i zniknie w ciemnościach nocy. Na drugim końcu autokaru pułkownik prezentował wszystkie szaleństwa walki na froncie. Obaj wyglądali niczym bliźniacze trąby powietrzne, które wirowały obok siebie, nigdy się jednak nie stykając. Pasażerowie stanęli całkowicie po stronie Emeki, przeklinając szalonego pułkownika i zagłuszając go modlitwami.

Emeka w konwulsjach zaczął zbliżać się do Dżibrila.

– Zdradziłeś Chrystusa! – oskarżył go, sięgając w kierunku jego szyi. – Kto cię tu przysłał, byś skazywał Boże dzieci na pastwę złej podróży?

Podróżni poczuli się zaskoczeni i rozczarowani, że zwrócił się przeciwko chłopcu, a nie przeciwko żołnierzowi.

– Nie szukam kłopotów, *abeg o* – zaczął błagać Dżibril.

– Nic nie mów – doradziła mu Tega. – Po prostu siedź cicho… pomyliło mu się. Ma na myśli żołnierza.

Monica odezwała się głośnym szeptem:

– Gabrielu, nie sprzeciwiaj mu się *o*… Duch wyprowadzi go z błędu… Pomódlmy się o to.

Emeka zdążył już złapać Dżibrila mocno za gardło i potrząsał nim. Niektórzy modlili się do Ducha Świętego o światło, aby pozbyć się z autokaru właściwej osoby. Kiedy dostrzegli determinację Emeki, ponownie zaczęli doradzać Dżibrilowi, aby się nie odzywał ani nie reagował, jakby to było szaleństwem zwracać się do Ducha Świętego. Dżibril zaczął błagać wodza o pomoc, podczas gdy Emeka wlókł go w kierunku drzwi, podobnie jak czynił to w przypadku żołnierza, kiedy ten wszedł do autobusu. Starzec nie odezwał się jednak ani słowem. Przerażony Dżibril trząsł się równie mocno jak jego opętany napastnik. Na chwilę obie trąby powietrzne zbliżyły się do siebie, gdy Emeka przetaszczył Dżibrila obok szaleńca, kierując się w stronę drzwi.

– Przyjmij Jezusa jako twojego Zbawiciela! – Emeka rzucił Dżibrilowi prosto w twarz.

– Bracie mój – powiedział Dżibril, zwracając się do swojego starszego brata Jusufa – jestem tej samej krwi. Jestem jednym z was.

– Nie, nie, nie, nie – powiedział Emeka, pchając go w kierunku drzwi. – Klękaj... Jesteś wrooogiem!

Dżibril poczuł ból, upadając na ludzi, a potem na podłogę. Martwił się teraz, żeby prawa ręka nie wysunęła mu się z kieszeni. Przytrzymywał ją lewą dłonią. – Ja nie jestem wrogiem... Jestem twoim bratem krwi... Gabrielem! – błagał. – Przyjmuję Chrystusa.

– Kłamiesz! Kto ty jesteś?

– Aaa... przede wszystkim jestem katolikiem! Pamiętasz, jak mama mówiła, że ochrzciła nas jako dzieci, Józefie?

– Jestem członkiem Duszpasterstwa Rozwoju Kościoła Zielonoświątkowego. My nie uznajemy chrztu dzieci!

– Jesteśmy z jednego ojca, jednej matki. Józefie, teraz cię akceptuję.

Dla udowodnienia bratu swojej tożsamości Dżibril pokazał mu swój medalik z Matką Boską. Ale Emeka zerwał mu go z szyi i wyrzucił przez okno, jakby przez pomyłkę chwycił w palce rozżarzony węgiel.

– Maryja to dla katolików bożek – powiedział. – A chrzest w dzieciństwie sprooowaaadza dziecko na drogę do piekła... Ja cieeebie znam! Nie ukryjesz się przed Ojcem Jezusa Chrystusa.

– Proś naszego ojca o przebaczenie – powiedział Dżibril. – Tylko ty możesz się za mną wstawić.

– Wobec tego chodź ze mną, jeżeli chcesz się spotkać z naszym Ojcem!

– Nasz ojciec wybaczy mi... twojemu zabójcy?

– Tak, taak! Ojciec jest przebaczeniem!

Ludzie osłupieli. Pomyśleli teraz, że wódz mógł mieć rację, oskarżając Dżibrila o trzymanie w kieszeni talizmanu. Spojrzeli po sobie, wzmogli swoje modlitwy i podziękowali Panu za nadprzyrodzone moce Emeki. Dżibril leżał na podłodze autokaru jak wcześniej chory mężczyzna, tyle że na boku. Jego oba nadgarstki złączone były razem w kieszeni na wypadek, gdyby Emeka, który pochylał się nad nim, chciał podnieść go za prawe ramię.

– Emeka, zapytaj go, jakiej magii użył, żeby zabić swojego brata – powiedziała Tega.

– Weź nie mów Duchowi, *wetin* ma go pytać – szepnęła jej do ucha Ijeoma. – Duch nie potrzebuje twoich rad.

– Chcę wiedzieć, *wetin* ma w swojej kieszeni – powiedziała Tega.

Pozostali kazali im być cicho, mówiąc, że sytuacja jest już i tak wystarczająco zła, gdyż Duchowi swoim szaleństwem przeszkadza żołnierz. Ostrzegli dziewczyny, że nie mają prawa osądzać Dżibrila ani interweniować. Powiedzieli, że jeżeli wszechwiedzący Duch nie zwrócił się przeciwko jego kieszeni, one także nie powinny tego próbować. Według nich Duch już przejął opiekę nad podróżą. Autobus wypełnił się dziękczynnymi modlitwami za nawrócenie Dżibrila, podczas gdy Madam Aniema siedziała cicho, czytając sfatygowany egzemplarz *O naśladowaniu Chrystusa*. Zachowywała się tak, jakby to Emekę trzeba było ratować przed Lucyferem. Od czasu do czasu, kiedy kierował się roztrzęsiony w jej stronę, skrapiała go święconą wodą, nie podnosząc wzroku. Kilkoro innych katolików, którzy nie przyłączyli się do modlitwy Emeki, siedziało z zaciętym wyrazem twarzy, utyskując na pomniejszanie znaczenia ich chrztu oraz wyrzucenie medalika z Matką Boską. Potakiwali z aprobatą za każdym razem, kiedy Madam Aniema skrapiała Emekę wodą. Inni patrzyli na nią, jakby była miniaturą szatana, która bardzo potrzebowała oczyszczenia dokonanego przez Emekę.

Emeka wskazał na pułkownika Usenetoka.

– Niech krew Jezusa pochłonie twoje *juju*!

– Amen! – przytaknęli pasażerowie z większym zaangażowaniem niż w przypadku Dżibrila. Krąg ludzi wokół Emeki rozluźnił się, a ich uwaga skierowała się na szalonego żołnierza. Większość osób stała teraz gotowa udzielić Duchowi pomocy, gdyby zaistniała taka potrzeba.

– Jezu, twoja krew chroniła nas przed muzułmanami – powiedział Emeka, zbliżając się do żołnierza, aby stanąć z nim twarzą w twarz.

Wódz chrząknął na słowo *muzułmanami* i już otworzył usta, żeby coś powiedzieć, ale Monica szturchnęła go, by siedział cicho, i powiedziała mu, że Duch nie uczyni nic złego.

– To znowu ty? – zaśmiał się żołnierz. – Co ja ci zrobiłem?

– Zamknij się! – zwróciła się do żołnierza Tega, wyłaniając się zza Emeki z chodakiem w ręku.

– Panienko, dlaczego jesteś przeciwko mnie? – zapytał żołnierz.

– Nie ma obawy – odparła. – Duch da ci do wiwatu.

– Jeżeli ten człowiek mnie teraz tknie, to go po prostu zabiję.

– Duchowi nie podskoczysz. Kto cię zrodził?

Żołnierz stał niewzruszony. Wydawał się bardziej zainteresowany ludźmi za Emeką niż nim samym.

– Niech muzułmanie potoną w Khamfi jak faraon i jego armia w Morzu Czerwonym – powiedział Emeka, jakby żołnierz był muzułmańskim fanatykiem. – W imię Jezusa!

– Ameeen!

– Wzyyywam cię, wzyyywam cię, Jezusie, zstąp tu i zniszcz to *juju*!

To powiedziawszy, Emeka rzucił się na żołnierza i obaj runęli na podłogę jak gladiatorzy. Dżibril chciał przyłączyć się do walki po stronie Emeki, ale go powstrzymano. Wszyscy cofnęli się, mówiąc, że to walka duchowa i że każdy, kto nie został wezwany przez Ducha, tak jak Emeka, ryzykuje życie. Walczący wili się po podłodze, rozdzierając sobie wzajemnie ubrania i rozdrapując skórę, plamiąc przejście swoją krwią. Słychać było głośne modlitwy, aby Emeka zdołał pokonać *juju* żołnierza. Zamieszanie było tak duże, że uchodźcy na zewnątrz otoczyli autobus i podskakiwali, by przez okna zobaczyć, co dzieje się w środku.

– PRZESTAŃCIE, BO BĘDZIEMY strzelać!
W środek toczącej się walki duchowej wkroczyli policjanci, odbezpieczając swoje karabiny.
– O nie, panowie policjanci! – ktoś się odezwał.
– To nie jest sprawa dla policji *o*! – powiedział ktoś inny.
– Panowie policjanci, pistolety są do niczego w takiej wojnie – powiedziała Monica. – To sprawa boska, nie cesarska.
– Niech policja nie zapomina, że też zginie – powiedziała Tega – jeśli pozwoli temu wojakowi ECOMOG zabrać się z nami do domu!
Pułkownik Usenetok uwolnił się i rzucił w kierunku policjantów w poszukiwaniu ochrony przed ścigającym go Emeką. Policjanci opuścili broń i wyrzucili Emekę z autobusu, udzielając mu reprymendy za bójkę z żołnierzem. Powiedzieli, że nigdy nie pozwolą cywilowi upokarzać człowieka w mundurze, nieważne jak obszarpanym.
Na zewnątrz uchodźcy, którzy śledzili sytuację, powstrzymali Emekę chcącego pobiec na sawannę w pościgu za mogącymi tam czyhać złymi duchami. Zachowywał się jak ktoś pod wpływem narkotyków, a jego mięśnie nadal jeszcze napinały się od niewyczerpanej energii.

Wydarzenie to pocieszyło nieco zgromadzonych na parkingu uchodź-ców. Mając pośród siebie Emekę, niektórzy z nich zaczęli dziękować Bogu za Ducha, który mógł ich ochronić, nawet gdyby rząd nie był w stanie tego zrobić. Emeka znalazł się w centrum zainteresowania, a ludzie kłębili się wokół niego w ciemnościach, niektórzy wyciągając ręce, aby go dotknąć. Potem kilka osób włączyło swoje latarki; osoby mające świece zapaliły je. Emekę otoczyła światłość niczym aureola, za duża jednak jak na świętego, dlatego trzeba się było nią podzielić z tymi, którzy znajdowali się w pobliżu.

Pośród grobowej ciszy, która zapadła w autokarze, Dżibril wstał i ruszył w kierunku drzwi niczym zombi. Powiedział, że chce być na zewnątrz ze swoim bratem, że stał nieopodal, kiedy ludzie zabijali Jó-zefa po raz pierwszy, i nie zamierzał ponownie popełnić tego samego błędu. Kiedy zapytano go, kim był Józef, wskazał na Emekę i powie-dział, że wolałby już raczej wrócić do Khamfi i umrzeć, niż podróżo-wać bez niego. W oczach miał łzy. Uchodźcy poczuli się zbudowani tym, jak głębokie było jego nawrócenie. Chociaż obawiali się, co może teraz zrobić żołnierz ECOMOG, cieszyli się, że Duch Święty nawrócił przynajmniej jedną osobę na chrześcijaństwo.

Tega szeptem, by tryumfujący żołnierz ECOMOG nie zwrócił na nią uwagi, zaczęła prosić Dżibrila:

– Nie płacz, Gabrielu. Zostaw wszystko Duchowi.

– Następną rzeczą, która cię czeka, jest właściwy chrzest! – powie-działa Monica. – Kiedy dotrzemy do delty, ochrzcimy cię w rzece jak Jezusa w Jordanie…

– Cha, cha, a gdzie wy znajdziecie w delcie rzekę, której ropa nie zamieniłaby w maź? – powiedział wódz.

– Dlatego właśnie my, chrześcijanie, musimy walczyć z koncernami naftowymi o nasze rzeki! – powiedziała Monica. – To wydobywanie ropy wpływa na nasze życie religijne *o*.

– Nie przejmuj się – powiedziała Ijeoma. – Kiedy dotrzemy do domu, będziemy wiedzieć, *wetin* zrobić tym firmom. Na razie, jak napisano w Liście do Rzymian, nawet jeśli nie jesteśmy w stanie działać, Duch będzie działał za nas! Dlatego właśnie Duch zstąpił na Emekę.

Odwróciła się do Dżibrila:

– Gabrielu, Emeka jest z mojej wioski. Żałujesz go bardziej ode mnie? Nie płacz.

Tega, aby go pocieszyć, zaproponowała Gabrielowi swoje miejsce. Mógł usiąść, gdzie chciał. Cieszył się teraz uprzejmością, jaką okazywano neofitom. Jednak Wódz Ukongo nie był z tego zadowolony i powiedział, że to nie jest dobry pomysł, by go od niego oddzielano. Wykonał gest w kierunku Tegi, która stała przy Dżibrilu, pokazując jej, by przyprowadziła go z powrotem na jego poprzednie miejsce. Ale Tega odmówiła, obrzucając wodza nieprzyjemnym spojrzeniem. Wódz starał się, by Dżibril zwrócił na niego uwagę, ale Monica nakłoniła wodza, by porzucił ten pomysł.

Żołnierz znalazł swojego psa pod jednym z siedzeń i rzucił się do zwycięskiego tańca, dzikiego, rytualnego pląsu. Ludzie cofnęli się, by zrobić mu więcej miejsca, nadal bojąc się go, ponieważ pokonał Ducha.

Ze swojej torby pułkownik wyciągnął niewielki pojemnik z wodą, w której zanurzony był jajowaty kamień. Postawił go na podłodze niczym przenośny ołtarzyk. Zaczął krążyć wokół niego ograniczany symetrycznie siedzeniami po obu stronach przejścia, zwracając się do

Mami Waty, bogini morza, litanią wezwań. Podziękował jej za to, że powiodła go na wojnę i sprowadziła z powrotem oraz za zwycięstwo nad Emeką. Obiecał jej, że przywróci czystość jej rzek w delcie do stanu, w którym się znajdowały, zanim chrześcijanie oraz muzułmanie zanieczyścili je świętokradztwem i pogonią za ropą.

Przykucnął przed ołtarzykiem.

– Matko, nie opuszczaj mnie teraz – powiedział. – Pamiętaj, że w Liberii, a potem w Sierra Leone odprawiałem dla ciebie ten rytuał każdego ranka.

Zajrzał do naczynia z wodą, coraz bardziej zbliżając do niego twarz, aż jego odbicie zajęło całą powierzchnię, a następnie dotknął go, powodując zmarszczenie lustra wody.

– Matko, dziękuję ci… Zaludniasz ziemię swoimi dziećmi! – szepnął. – Wszyscy należymy do ciebie.

Uwaga pasażerów skupiona była na żołnierzu, choć w tle słychać było Wodza Ukongo rozmawiającego z jego psem. Trzymał go na swoich kolanach, głaskając kościsty korpus i szepcząc mu do poszarpanych uszu czułe słówka. Nduese patrzył na niego uważnie.

– Czy ty wiesz, że bez królewskich mężów nasz kraj jest skończony? – zapytał psa, który zaczął skomleć potwierdzająco. Wepchnął psu do pyska herbatnika. – Nikt już nie lubi królewskich mężów. Kiedy mój pradziadek był wodzem, ludzie go słuchali. Zebrał ludzi do walki ze złymi białymi, którzy przybyli nas zniewolić. Wielu zginęło, walcząc przeciwko pistoletom i szablom białych ludzi, bo kiedy przemówił, oni byli mu posłuszni.

Nduese zaczął lizać wodza po rękach.

– Kiedy mój dziadek doszedł do władzy, jego także słuchali... nawet misjonarze. On podarował im ziemię pod budowę kościołów, szpitali i szkół, przez co południe stało się bardziej wykształcone niż północ. W czasach mojego ojca było tak samo. Wielkie przedsiębiorstwa naftowe cały czas się z nim konsultowały, dzięki temu plemiona zamieszkujące tereny roponośne nie zabijały się wzajemnie, jak to się dzisiaj dzieje w delcie. Nawet wojskowy rząd współpracował z nim ręka w rękę... Ale teraz nikt się nie interesuje, co *ja* mam do powiedzenia... ani mój lud, ani koncerny naftowe. Co to za demokracja, mój przyjacielu?

– Czy ty wiesz – kontynuował wódz – że dwa lata temu mój lud, właśnie mój lud, spalił samochody, które otrzymałem od koncernów naftowych? Młodzi zaczęli się skarżyć na skażoną ziemię i martwe rzeki. Próbowałem porozmawiać z tymi firmami, ale te stale odwlekały termin naszego spotkania, na którym miałem reprezentować naszych ludzi. Młodzi spalili mój pałac, oskarżając mnie o sprzyjanie koncernom naftowym oraz rządowi wojskowych! Mówię ci, gdyby wojskowy rząd nie odbudował mi pałacu i nie dał mi nowych samochodów, dzisiaj byłbym bezdomny... Jak oni mogą palić mój pałac, prawdziwy symbol ich istnienia? Gdyby to były czasy mojego pradziadka, oddałby wszystkich tych wyrostków białym za darmo... Wojskowi obiecali mi dom w Lupie, kiedy żołnierze oddali władzę... Pewnego dnia Bóg musi sprowadzić wojskowych z powrotem. Zawsze będę tęsknił za generałem Abachą!

Wskazał na Dżibrila.

– A wyobraź sobie tego młodego człowieka...

– Cicho tam! – odezwał się ktoś, ponieważ głos wodza stawał się coraz głośniejszy.

– Proszę nie przeszkadzać żołnierzowi w modłach – powiedziała Tega – żebyśmy mieli spokój.

– Daj pan psu zasnąć *o* – powiedziała Monica.

Zauważywszy, że pies głęboko śpi, wódz potrząsnął nim i skierował mu głowę w kierunku Dżibrila.

– Spójrz na tego Gabriela – powiedział do psa. – Odmówił wyjęcia ręki z kieszeni… pomimo naszych próśb. On i jego rodzice to ten rodzaj bezużytecznych ludzi, których oddalibyśmy w tamtych czasach białym. I wtedy zobaczylibyśmy, jak orze na plantacjach cukru w Ameryce z jedną ręką w kieszeni… A może sprzedaliby go Arabom, którzy natychmiast by go wykastrowali.

ŻOŁNIERZ RZUCIŁ OKIEM dookoła i powiedział, że chciałby złożyć coś w ofierze swojej bogini, coś do jedzenia albo do picia, by zamanifestować ich jedność. Ale niczego nie było, a ludzie zaczęli się niepokoić, co właściwie miał na myśli, mówiąc „ofiara". Czy chodziło mu o ofiarę z ludzi? Czy zamierzał kogoś zabić?

Pułkownik szeroko otworzył usta i przystawił je do jednej z ran, które odniósł podczas walki z Emeką. W nabożnym skupieniu zaczął ssać swoją krew, jakby to było przedłużenie jego ofiar ponoszonych na wojnie.

– Cokolwiek się stało z moim życiem – modlił się na głos – zrobiłem, co do mnie należało.

Następnie zaczął błagać Mami Watę, by zaprowadziła go do domu. Po raz ostatni tupnął nogą i podziękował jej za odniesione w kraju zwycięstwo nad Jezusem Chrystusem i Mahometem. Obrzucił wszystkich szalonym uśmiechem.

– A teraz ktokolwiek zajmuje moje miejsce – powiedział, chowając swój ołtarzyk. – Wstawaj, zanim cię wywalę.

– Ktokolwiek siedzi na jego miejscu – Tega szybko ostrzegła pasażerów – *abeg*, niech wstanie *o*.

– Ale chwila – powiedział żołnierz, omiatając wzrokiem autobus. – Gdzie jest Nduese? Ktoś ukradł mi psa. Oddawać mi psa, bo inaczej…

Uchodźcy natychmiast wskazali na wodza.

– Szanowny żołnierzu – odezwał się Wódz Ukongo, uśmiechając się – piękny piesek śpi.

– Oddawaj mi psa – powiedział żołnierz. – Ostrzegam cię po raz ostatni.

– Dzielny żołnierzu, przyjmij moje przeprosiny… Kiedy odmawiałeś modlitwy, zaopiekowałem się nim za ciebie.

Wstał i zaniósł żołnierzowi psa niczym bukiet kwiatów, i ukłonił się przed nim z kwaśną miną.

Żołnierz wyszarpał mu Nduese.

– Nie kłaniaj się tu przede mną, stary łajdaku!

– Proszę, pułkowniku, w imieniu wszystkich w tym autokarze – powiedział wódz – zapraszam cię do złożenia swych zmęczonych kości na miejscu pozostawionym przez tamtego opętanego przez ducha człowieka, który się na ciebie rzucił.

– *Abeg*, nasz bracie, usiądź sobie tam!

– To dobre miejsce!

– Tak wiele wycierpiałeś dla tego kraju!

– Nie, ja chcę moje miejsce – upierał się żołnierz. – Moje właściwe miejsce.

– Daj nam tylko czas, prosimy, abyśmy mogli się poprzesiadać – powiedział wódz. – Wszyscy jesteśmy po twojej stronie.

– Nasz drogi pułkowniku, bądź dla nas wyrozumiały – odezwała się nagle Madam Aniema, zdejmując okulary. Jej głos był niczym chłodny strumień wody spadający na ogień lęku, który trawił pasażerów. Widząc, jak żołnierz zaczął nagle jej słuchać, wszyscy spojrzeli teraz na nią z podziwem. Tylko Dżibril siedział z twarzą wtuloną w zagłówek przed nim, nie wiedząc już, co robić ani komu ufać.

– Pułkowniku, ja zawsze popierałam twoją obecność w tym autokarze – powiedziała Madam Aniema.

– Ta, to prawda – powiedział żołnierz.

– Owszem, ona zawsze cię popierała – powiedział wódz. – Nie wszyscy jesteśmy tacy źli.

– Zamknij się, wodzu – powiedziała Tega. – Pozwól tej świętej kobiecie nas reprezentować.

– Ze względu na panią – powiedział żołnierz – wykażę się cierpliwością. Ale chcę moje miejsce. Przez całe życie zawsze zadowalałem się tym, co jest moje. Nie jestem złodziejem.

Powiedziawszy to, skulił się wygodnie na miejscu usuniętego Emeki, obok Madam Aniemy, głaskając swojego psa i wpatrując się w panujący na zewnątrz mrok. W autokarze zapanowała niespokojna cisza. Wydawało się, że największe zmartwienie uchodźców zostało rozwiązane i Madam Aniema wróciła do swojej lektury *O naśladowaniu Chrystusa*, nie zwracając uwagi na płynący pod jej adresem szmer podziękowań. Katolicy znowu wysoko podnieśli głowy i wrócili do wyliczania wielkich dzieł ich Kościoła na przestrzeni wieków. Nawet policjanci wrócili i pochwalili uchodźców za ich ducha tolerancji oraz dialogu, zapewniając, że kierowca niebawem zakończy swój odpoczynek i przyjdzie, by zawieźć ich do domu. Przypomnieli obecnym, że ktokolwiek przysporzy problemów, zostanie potraktowany jak Emeka.

Wkrótce pułkownik oraz Nduese, ku zadowoleniu wszystkich, zasnęli. Spali tak, jakby nie mieli okazji do odpoczynku przez całych sześć lat, które żołnierz odsłużył w trakcie misji pokojowych za granicą.

NA ZEWNĄTRZ ZACZĘŁO robić się zimno, a chłód wydawał się potęgować ciemności. Coraz więcej dalekobieżnych autokarów przybywało z północy. Kiedy pokonywały niewielkie wzgórza, ich mocne reflektory omiatały niebo i zarośla, a gdy kierowcy brali zakręty, migały ich światła awaryjne. Klaksony autobusowe, których kierowcy stale używali, zamieniały się w prawdziwe syreny. Parking wypełniła nadzieja, a ludzie wybiegli na pobocze, machając rozpaczliwie podczas prób zatrzymywania pojazdów. Policjanci próbowali kontrolować tłum i spychać ludzi z drogi, ale bez powodzenia. Większość autokarów musiała zwalniać, by uniknąć wypadku, ale nie zatrzymywała się.

Kiedy jeden z autobusów w końcu się zatrzymał, obległ go tłum. Ludzie trzymali w pogotowiu swoje pieniądze, machając nimi, gotowi zapłacić niebotyczne sumy, aby dostać się do domu. Policja szybko nakazała im ustawiać się w kolejce, a konduktorzy rozpoczęli wydawanie biletów i zbieranie opłat. Niektórzy uchodźcy decydowali się zapłacić policji więcej, niż to było konieczne. Policjanci zarabiali, sprzedając bilety kupione wcześniej od konduktorów.

— Tylko odważni wsiądą do autobusu — powiedział jeden z policjantów, zastawiając drzwi. — Żadni tam tchórze *o*.

– Nie ma niczego, czego byśmy już nie widzieli – odparła jedna z kobiet.

– Panie władzo, jak chcesz pan łapówkę, to my zapłacimy – powiedział inny podróżny.

– Musimy dostać się do domu za wszelką cenę.

Kiedy drzwi się otworzyły, tłum wydał z siebie stłumiony okrzyk. To, co zobaczyli, odrzuciło ich do tyłu. Poza kilkoma przednimi siedzeniami autobus pełen był ludzkich zwłok, a wszędzie pełno było krwi. Na siedzeniach upchane były zwłoki różnych kształtów i rozmiarów: dzieci, kobiet i mężczyzn. Przejście było zablokowane stosami ciał sięgającymi wysokości siedzeń. Wyglądało to tak, jakby ktoś wpuścił gaz do autobusu pełnego ludzi. Większość zwłok nosiła ślady ran, niektóre były spalone. Znajdowały się tam również fragmenty ciał.

Emeka zaczął lamentować. Jego żal okazał się zaraźliwy i przerwał tamę emocji ludzi zgromadzonych na parkingu. Ludzie opłakiwali zmarłych. Ich żal był tak wielki, że nie pozwolili, by autobus odjechał, a jednocześnie nie byli w stanie natychmiast zebrać się na odwagę, by do niego wsiąść. Wiedzieli, że były to ciała ich pobratymców z południa, i uformowali przed autobusem barykadę. Policja na próżno starała się nakłonić ludzi do wejścia.

Emeka zapytał policjantów, czy może wrócić do pierwszego autokaru, mówiąc, że nie będzie w stanie podróżować tym, który przyjechał. Było słychać, jak płacze i tłumaczy wszem i wobec, co mu się przydarzyło w pierwszym autobusie, ale nikt nie był w nastroju, by słuchać wywodów o jego napełnieniu Duchem. Wydawało się, że uchodźcy po tym wszystkim, co widzieli, przestali być wrażliwi na aurę świętości oraz tajemniczości świata Ducha. Emeka pokazał policjantom swój bilet, ale oni oskarżyli go o nakłanianie pozostawionych własnemu losowi uchodźców do blokady autobusu. Powiedzieli mu też, że podejrzewali, iż może sprawiać kłopoty, od momentu kiedy zaoferował im tylko dziesięć naira za możliwość obejrzenia kablówki. Zapewnili go, że dopilnują, by był ostatnią osobą, która opuści parking.

– Kto jeszcze chce pojechać tym autokarem? – policjanci zwrócili się z pytaniem do tłumu.

– Panowie oficerowie, dajcie nam trochę czasu – poprosił jeden z uchodźców.

– Kierowca tego luksusowego karawanu nie może marnować czasu *o* – powiedział policjant. – Po prostu wmówta se, że te trupy to żywe ludzie albo że wy jesteśta martwe… Zeszłej nocy wielu uchodźców wsiadło do takich karawanów. Do tej pory już som w domu… chyba że chceta, byśmy opróżnili autobus ze zwłok?

– Nie, nie, musimy zawieźć naszych martwych do domu – powiedział ktoś.

– Nigdy nie zostawimy ich na północy!

Gwałtowne porywy harmattanu muskały ziemię, wzniecając tumany kurzu, które gryzły uchodźców w oczy i nozdrza. Opatulili się mocniej, czym tylko mogli, i zebrali na tyłach autobusu w pobliżu uchodzącego z rury wydechowej ciepła.

POLICJANCI PRZENIEŚLI CHOREGO z werandy do luksusowego karawanu. Już nie mamrotał, tylko wymachiwał słabymi rękami. Protestował, kiedy policjanci wrzucali go do środka.

– Nie chcę do tego autokaru! – wołał chory.

– Jesteś już prawie martwy! – krzyknął policjant. – Jak się nie ma, co się lubi...

– Proszę, pozwólcie mi umrzeć na północy! – błagał mężczyzna.

– Nie, musisz jechać do domu!

Potem policjant odwrócił się do uchodźców:

– Widzicie, nic wam nie będzie, jak tam wejdziecie. Nawet choremu się poprawia. Ile w nim energii, że ma siłę tak się wydzierać.

Stopniowo, w milczeniu, ochotnicy zaczęli wsiadać do autobusu i zajmować kilka wolnych miejsc z przodu. Niektórzy, wciąż jeszcze szlochając, usiedli z martwymi. W miarę wsiadania kolejnych pasażerów robił się coraz większy ścisk. Grupa mężczyzn zaproponowała maksymalne wykorzystanie przestrzeni zarówno dla martwych, jak i żywych. Chwycili zwłoki niczym polana drewna na opał i poprzekładali je, spychając w kierunku tyłu autokaru, aż utworzyła się sterta sięgająca zawieszonego pod sufitem telewizora. Niektórzy podarli chusty i koszule na pasy i zawiązali nimi oczy swoim dzieciom, zanim te wsiadły do autobusu. Inni uznali, że podróż będzie trwała zbyt długo, aby odbyć ją z zawiązanymi oczami, i zaczęli zmuszać swoje dzieci do przyglądania się martwym, zanim nie przyzwyczają się do tego widoku.

Przyjechały dwa kolejne autobusy.

CHOCIAŻ UCHODŹCY W AUTOBUSIE Dżibrila wiedzieli, że pułkownik Usenetok miał po swojej stronie policję, nie czuli się jeszcze zupełnie pokonani. Kiedy upewnili się, że żołnierz oraz jego pies śpią już głęboko, zaczęli planować następną linię ataku.

– Jezus nie pozwoli diabłu zwyciężyć! – szepnęła Tega do osób obok niej.

342

Madam Aniema powiedziała:

– Moja córko, a może nie budzić śpiącego lwa, jak to mówią? Jestem przekonana, że żołnierz nie będzie już po drodze sprawiał kłopotów.

– Co też pani mówi? – odezwała się Ijeoma. – Co z Emeką?

– Potrzebujemy go w tym autokarze – powiedziała Monica.

– Gościu zabulił za bilet – powiedziała Ijeoma – i *wetin* ja powiem moim na wiosce, którzy *am* znają?

Madam Aniema umilkła. Ludzie zaczęli dyskutować, jak ponownie sprowadzić Emekę. Pasażerowie znowu zaczęli mieć poczucie wspólnoty, które zakłócone zostało przez tymczasowe zło, nieszczęście. Jak długo jeszcze będzie trwać to zło, nie wiedzieli, ale byli pewni jego porażki.

– Moi drodzy, w obecnym czasie potrzebujemy najbardziej żarliwego Ducha – odezwał się wódz. Wstał, strzelił palcami i poprawił sobie naszyjnik. – Takiego, którego miał Emeka... by oczyścić nasz kraj. Jak to się mówi, jeżeli w domu buszuje duch szczura, trzeba sobie kupić ducha kota, a nie zwykłego kota... Wiem, co trzeba zrobić!

– Wodzu gada z sensem – powiedziała Ijeoma.

– A zatem, wodzu, *wetin* zrobimy? – zapytała Monica.

– Moi drodzy, musimy teraz działać szybko, póki żołnierz jeszcze śpi. Niedawno opodatkowaliśmy się, by przegłosować jego usunięcie, pamiętacie?

– Tak, tak! – odpowiedzieli.

– Dołóżmy więcej, by pozbyć się żołnierza i sprowadzić Emekę. Ja wykonam szybki e-handelek z policją. Znam ich. Jeżeli damy im wystarczająco dużo, zapomną, kto nosi mundur, a kto nie.

Pasażerowie znowu zaczęli się zrzucać. Starzec wysiadł, aby negocjować z policją. Policjanci pozwolili wrócić Emece, ale nie wyrzucili żołnierza. Emeka wsiadł z bardzo posępną miną. Nieprzytomny, uduchowiony wyraz twarzy, który emanował z niego, kiedy modlił się językami, dawno już zniknął. Teraz wyglądał jak źle wyrobiona pasta *akpu* i trząsł się z zimna. Znaleźli mu miejsce, gdzie mógł stanąć z dala od żołnierza. Nieważne, jak bardzo uchodźcy starali się poprawić mu nastrój, tłumacząc, jak pożyteczne będą w podróży jego duchowe moce, Emeka pozostawał niepocieszony. Przez cały czas bełkotał o ciałach, które widział w tamtym autokarze.

POLICJANCI W KOŃCU obudzili kierowcę. Ogromny, umięśniony jegomość wolno podszedł do autokaru. Wyglądał, jakby kanister z paliwem niósł z Lupy na parking na swojej głowie. Na jego widok pasażerowie odczuli ulgę i przywitali go oklaskami niczym pilota, który wylądował bezpiecznie po pełnym turbulencji locie. Kiedy wsiadł do autokaru, uchodźcy pozostawieni na zewnątrz zaczęli krzyczeć bez opamiętania. Kierowca włączył silnik i dodał gazu, budząc echo na sawannie. Dwóch policjantów weszło do autokaru i zajęło swoje miejsca, a kierowca, manewrując w trakcie wyjazdu z parkingu, pogasił światła w kabinie.

Kiedy autobus ruszył, całe jestestwo Dżibrila wydawało się lewitować. Chłopak z radością w sercu powitał półmrok, który zapanował w środku. Gdyby to tylko od niego zależało, pogrążyłby autobus w zupełnym mroku. Wydawało mu się, że w ten sposób, aż do nadejścia dnia, mógłby skryć całą swoją historię. Wyprostował się po raz pierwszy, odkąd zaczął opierać się o zagłówek przed sobą, nadal nie wiedząc, komu może zaufać. Rozejrzał się po autobusie w taki sposób, w jaki chciał to zrobić, kiedy było widno, chociaż teraz nie mógł wyraźnie dostrzec niczyjej twarzy. Przypomniał sobie chwilę, kiedy leżał pod dywanami w domu Mallama Abdullahiego, skrywany przez ciemność, i jak kojąca była owa ciemność, gdy okazało się, że są to dywaniki modlitewne.

Gdy spoglądał na mijaną sawannę, wiatr z otwartego okna smagał go po twarzy. Pomyślał o tym, jak pod osłoną ciemności wysiadł w buszu z auta Mallama Abdullahiego i pobiegł w kierunku wskazanym przez *mallamę*. W ciągu dnia przemykał od jednego drzewa do drugiego, niczym pisklę orła zbyt jeszcze młode, by odbywać długie loty. Wiedział, że na otwartej przestrzeni, między rosnącymi na sawannie rozłożystymi drzewami, łatwo może zostać zaatakowany. Ukrywał się przed grupami uchodźców takich jak on, ponieważ nikomu nie mógł zaufać. Nocami nasłuchiwał odgłosów niebezpieczeństwa niesionych przez porywy wiatru, ale pod osłoną ciemności pokonywał większe odcinki, trzymając się blisko drogi z Khamfi do Lupy. Przypomniał sobie swoje nieustanne błagania wznoszone do Allaha, jego stwórcy:

– Jeżeli ty nie zaakceptujesz mnie oraz moich planów przyjęcia tożsamości południowca i nie doprowadzisz mnie do domu, to kto to zrobi?

KIEDY AUTOKAR NABRAŁ szybkości, policjanci przekazali pasażerom życzenia miłej podróży. Powiedzieli, by nie przejmować się tymi, którzy pozostali na miejscu, i obiecali włączyć telewizję. Kierowca zatrąbił i włączył światła awaryjne, tak jak niedawno przybyłe z północy luksusowe karawany. Wkrótce autokar jechał już z pełną szybkością, sunąc cicho przez sawannę w kierunku lasów deszczowych.

Mimo okoliczności podróży fakt, że znajdował się w tym autokarze, był dla Dżibrila niczym sen – wiatr wiał mu w twarz, mrok przecinały długie światła autobusu, ciemne krzewy, oświetlane migocącymi światłami awaryjnymi, przemykały obok, podczas gdy on pozostawał nieruchomo, a kiedy autokar pokonywał duży skręt albo zjeżdżał w dolinę, przechylał się delikatnie w jedną stronę. Był wdzięczny Tedze, że odstąpiła mu miejsce, i często spoglądał na nią, stojącą obok w ciemnościach. Zanim policja włączyła telewizję, przełączając na lokalny kanał, Dżibril zaczął odczuwać taką radość z bycia pomiędzy tymi ludźmi, że nie mógł się już powstrzymać od oglądania. Chociaż obraz był niewyraźny, mógł rozpoznać niektóre ze scen.

– Pokazują miasta na południu o! – powiedziała Tega, gdy tylko jakość obrazu się poprawiła. Dżibril, który pragnął ujrzeć południe od samego początku swojej ucieczki, teraz patrzył na ekran szeroko otwartymi oczami. Uważał to za przedsmak miejsca, do którego zmierzał.

Magia telewizji zniewalała go i przerażała. Oglądał policjantów i żołnierzy poniewierających uczestnikami zamieszek w różnych miastach na południu. Widział, jak strzelają do tłumu, by zdławić rozruchy wywołane przybyciem z północy luksusowych karawanów. Patrzył na koszary wypełnione po brzegi ludźmi z północy, pilnowane przez policjantów i żołnierzy. Buntownicy nie wycofywali się mimo środków, jakimi dysponowały siły porządkowe. Zauważył, że znaczna liczba ludzi miała na sobie zachodnie ubrania i że kobiety uczestniczyły w zamieszkach razem z mężczyznami. Dżibril widział gęstą roślinność lasów deszczowych, dzieło stworzenia w pełnym rozkwicie, które znacznie się różniło od półpustynnego krajobrazu Khamfi.

Południe, które zobaczył tej nocy w telewizji, nie było takie, jakiego się spodziewał. Drogi były prymitywne, a w niektórych miejscach deszcz zupełnie je rozmył. Wojskowe dżipy nie radziły sobie na nich i żołnierze musieli wysiadać, aby ścigać buntowników pieszo. Niektóre ze szkół podstawowych nie miały dachu i Dżibril mógł zobaczyć szkolne tablice zawieszone na rosnących na polach mangowcach i gmelinach. Wydeptane kręgi wokół drzew dowodziły, że tak samo jak w niektórych częściach Khamfi dzieci uczyły się tam pod gołym niebem.

Telewizja pokazała wojsko skutecznie przepędzające buntowników z miasta, a reporter relacjonował później, że nie wszyscy, którzy znajdowali się w zaszokowanym tłumie uchodźców, byli z północy. Obiektyw kamery został skierowany na grupę południowców, którzy, jak stwierdził, również ukrywali się w koszarach. Powiedział, że zostali tam zapędzeni przez ich rozwścieczonych rodaków – za próbę udzielenia pomocy ludziom z północy. Dodał, że ci z północy nie byli zadowoleni z obecności w obozie południowców, ponieważ nie wszyscy z nich wiedzieli, dlaczego ci z południa do nich dołączyli. Jedyną różnicą, którą Dżibril mógł zauważyć pomiędzy obiema grupami, był styl ubioru.

Reporter kontynuował komentarz, gdy ktoś szepnął mu coś do ucha. Zamilkł na chwilę, a następnie ogłosił: „Z powodu kryzysu w kraju demokratyczny rząd federalny niniejszym zakazuje aż do odwołania przewożenia zwłok z jednej części kraju do drugiej w celu ich pogrzebania. Rząd wydał wojsku rozkaz zatrzymywania każdego autobusu lub ciężarówki, które złamią ten zakaz".

NASTĘPNIE OBIEKTYW KAMERY skupił się na człowieku, którego reporter określił mianem lidera społeczności Hausa-Fulani w Onyera.

Był wysoki i szczupły, a jego skóra była ciemna jak u Tegi. Chociaż na głowie miał bandaż, krew spływała mu po twarzy niczym łzy. Mówił z zamkniętymi oczami, jakby światło kamery sprawiało mu ból. Obraz zaniepokoił Dżibrila. Odwróciłby wzrok, ale uspokoiło go wspomnienie Mallama Abdullahiego, który również należał do ludu Hausa-Fulani.

– Nazywam się Yo… Yohanna Tijani – wyjąkał przywódca do mikrofonu reportera. – Nigdy nie mieszkałem na północy… Mój pradziadek osiedlił się tutaj przed stu laty tak jak niektórzy z was. Urodziłem się w Onyera i tutaj dorastałem. Moja matka pochodziła z południa, z ludu Ibo, i ja także ożeniłem się z kobietą z ludu Ibo, ponieważ Ibo przyjęli nas jak swoich. Apeluję do was, moi dziadkowie i teściowie: oszczędźcie nas. To nie my zaczęliśmy wojnę o szariat w Khamfi. Większość z nas, muzułmanów mieszkających w tym kraju, to ludzie miłujący pokój… My, którzy mieszkamy tutaj z wami, nie zabiliśmy nikogo z tych ludzi, których zwłoki przywożone są teraz luksusowymi autokarami. Ale teraz *zabijamy* waszych… w samoobronie. Jesteśmy winni rozlewu krwi. Wybaczcie nam.

Dźwięk nagrania urwał się i w autokarze rozległy się trzaski. Policjant przyciszył odbiornik, tak że słychać było już tylko łagodny szum jadącego autobusu, świst opon na drodze oraz trzepot okiennych zasłon. Potem obraz rozmył się w duże zygzakowate pasy i zanikł.

– Boże, nie pozwól, żeby żołnierze zatrzymali nasz autokar *o*! – odezwała się Ijeoma. – Nie przewozimy żadnych trupów *o*.

– Co to za kraj? – powiedział jakiś pasażer.

W przerwie ludzie zaczęli analizować możliwe skutki rządowego rozporządzenia. Przeważała opinia, że rząd nie ma prawa zakazywać komukolwiek zabierania zwłok krewnych z powrotem do domu, by je pochować. Oskarżali władzę o to, że nie ochroniła ich w Khamfi. Obwiniali prezydenta, że nie przysłał wojska odpowiednio wcześnie, jak by to zrobił, gdyby zagrożone zostały instalacje wydobywcze w delcie, oraz senatorów o brak wyraźnego sprzeciwu wobec tego, co działo się w kraju – o brak działania wynikający z tego samego podziału religijnego, który stał się przyczyną panującego w kraju rozłamu. Obwiniali system sądowniczy o to, że w przypadkach fanatyzmu religijnego nigdy nie reagował wystarczająco szybko.

– To sytuacja beznadziejna – powiedział Emeka, odzyskując nieco ze swej poprzedniej żywiołowości.

– Znowu zaczynasz – ostrzegli go policjanci.

– Proszę mi wybaczyć – powiedział Emeka błagalnym tonem. – Już się więcej nie odezwę, obiecuję.

– To się po prostu zamknij! – powiedział jeden z policjantów, podkręcając głośność. – Obraz jest już ostry.

– …W imieniu naszego ludu – mówił Yohanna Tijani – chcę wam podziękować, chrześcijanie. Gdyby nie ci z was, którzy zginęli, ukrywając nas, oraz wielu, którzy są tu z nami w koszarach, byłoby gorzej… Chcę szczególnie podziękować rodzinie, która ukryła mnie pod ołtarzem Najświętszego Serca Jezusa i odmawiała różaniec, kiedy Bakassi Boys szturmowali ich dom… Moja żona, należąca do ludu Ibo, członkini Kościoła Zielonoświątkowego, która odwiedzała swoją rodzinę, nie miała tyle szczęścia. Została zabita przez swoich krajanów za ukrywanie muzułmanów, a jednym z nich był nasz syn… Wszyscy uważają, że nasi generałowie z północy, którzy ukradli nasze petrodolary, są odpowiedzialni za zdradę narodowej sprawy, za panującą w kraju skrajną biedę. Prawda jest taka, że większość z nas tutaj nie zna żadnych generałów i nie jest z nimi spokrewniona. Gdyby było inaczej, to my także bylibyśmy bogaci, a nasze dzieci studiowałyby za granicą. Błagamy was, cokolwiek czynią generałowie, cokolwiek mówią politycy, to od naszych serc zależy, czy zlitujemy się nad sobą nawzajem. To nie ich żony i dzieci giną. Tylko nasze. Ich pieniądze są bezpieczne i ulokowane na wysoki procent w Europie, Ameryce, Azji i na Środkowym Wschodzie, ale skąd my mamy wziąć pieniądze na odbudowę naszego życia?

Dźwięk i obraz uległy zakłóceniu, a potem zniknęły.

Serce Dżibrila waliło w ciemnościach pod przemożnym wpływem błagań tamtego człowieka oraz wspaniałości telewizji. Myślał, że udało mu się uciec przed widokiem krwi oraz zabójstwami dokonywanymi w Khamfi. Ale z tego, co właśnie zobaczył i usłyszał z ust Yohanna Tijaniego, wynikało, że szaleństwo rozlało się również na południe. Wrócił myślami do tłumu Lukmana i Musy oraz tłumu, który przyszedł do domu Mallama Abdullahiego. Przycisnął język do zębów, aż poczuł ból, wbrew wszystkiemu mając nadzieję, że pokazywane w telewizji sceny były sfabrykowane.

W panującym półmroku łatwo było zauważyć, że poza szalonym żołnierzem, który spał, uchodźcy są niespokojni. Chociaż to, co powiedział mężczyzna z północy, poruszyło ich, chcieli znać skalę problemu. Czy zdołają dotrzeć na południe? Czy zostaną omyłkowo wzięci za autobus ze zwłokami i zatrzymani przez wojsko? Martwiło ich to, ponieważ od czasu konfliktu Nigerii z Biafrą ich lud nigdy nie brał odwetu za powtarzające się na północy masakry południowców. Wszyscy się bali. Stało się dla nich jasne, że lokalne stacje telewizyjne nie były

przygotowane na pokazywanie rozmiaru zamieszek na południu. Za-
dręczali policjantów, żeby włączyli im kablówkę, bo nikt nie wierzył,
że lokalne kanały mogą pokazać całą prawdę.

– Nie ma się czego bać – powiedzieli policjanci – to nie jeden
z tych luksusowych karawanów, OK? Nas nie zatrzymają.

– Chcemy kablówkę *o*!

– Kiedy Abacha powiesił Saro-Wiwę z powodu naszej ropy, najpierw zobaczyliśmy to w zagranicznej telewizji!

– Kiedy umarł sam Abacha, to zagraniczna prasa pierwsza o tym
pisała.

Policjanci nakazali kierowcy wyłączyć światła awaryjne i zapalić
światło w autobusie, aby nie pomylono go z jednym z tych luksusowych autokarów przewożących zwłoki. Kierowca się nie sprzeciwił.
Strach pasażerów to wznosił się, to opadał. Autokar ścinał zakręty,
a mimo to niektórzy ponaglali kierowcę, by jechał szybciej: śmierć
w wypadku drogowym wydawała się im bardziej pożądana niż śmierć,
którą mogli im zadać bojówkarze z obu krańców ich kraju.

Zanim zaczęli spotykać pojazdy zmierzające w przeciwnym kierunku – głównie ciągniki z naczepą oraz mniejsze ciężarówki jak te, które
z północy na południe transportują bydło – nawet policjanci z niecierpliwością chcieli poznać sytuację na południu. Wszystkie pojazdy
wydawały się zmierzać na północ, nie oszczędzając świateł awaryjnych
i klaksonów. Luksusowe karawany zmierzały także na północ.

PRZEŻYWSZY GEHENNĘ W DOMU Mallama Abdullahiego i po
usłyszeniu świadectwa Yohanna Tijaniego na temat wspaniałomyśl-
ności południowych chrześcijan, Dżibril pomyślał, że z tak bohater-

skimi ludźmi jego naród będzie w stanie wznieść się ponad wszelkie podziały. Wiedziony naturalnym pragnieniem znalezienia pocieszenia, wyobraził sobie różnych mieszkańców swojego kraju połączonych na głębszym, pierwotnym poziomie, kiedy czyjeś życie wiąże się nierozerwalnie z życiem sąsiada, jak w przypadku więzi dziecka z matką.

PRZERAŻENI PASAŻEROWIE w poszukiwaniu siły zwrócili się teraz w głąb siebie. W autobusie, pomiędzy wyznawcami różnych religii, zapanował pokój. Każdy wydawał się mieć już dość wzajemnego obrzucania się imionami swoich bogów. W tym samym czasie policjanci przeskakiwali z jednego zagranicznego kanału na drugi w poszukiwaniu najnowszych doniesień. Wkrótce wszystko stało się jasne:

Wiadomość z ostatniej chwili:
Brutalne działania odwetowe w Onyera i Porcie Harcourt

Centra obu miast spłynęły krwią i pokryte zostały ciałami zabitych. Reporterka informowała, że w innych miastach południa spodziewane są akty zemsty wobec muzułmanów oraz przybyszów z północy. Jak zaznaczała, do Onyera i Portu Harcourt zaczęły przybywać autobusy pełne ciał południowców. Mówiła, że ciężarówki przewożą też w odwrotnym kierunku ciała mieszkańców północy zabitych w zamieszkach na południu i że kraj stanął na krawędzi wojny domowej północy z południem. Powiedziała, że istotą konfliktu jest przynależność plemienna uczestników walk, o ile można ich zidentyfikować na podstawie cech fizycznych, ubioru oraz języka. Potwierdziła, że rząd wydał zakaz przewożenia zwłok, aby zapanować nad falą przemocy.

Autobus wypełniły pokazywane w telewizji sceny zamieszek, a kamera podążała za akcją niczym w czasie transmisji rozgrywek Ligi Mistrzów UEFA. Hordy wyrostków z południa były nie do opanowania. Młodzi ludzie wylewali się na ulice z maczetami, karabinami i pałkami we wszystkich kierunkach, niczym lawa po erupcji wulkanu. Zabijali bez opamiętania, jakby w jednorazowym akcie szału byli w stanie zemścić się za wszystkie masakry popełnione na ich krajanach, którzy zamieszkiwali północ, w przeszłości i w przyszłości. Dźwięk był tak wyraźny, że uchodźcy w autobusie mogli usłyszeć świst maczet tnących ciało i agonalne krzyki ofiar.

Następnie transmisja została podzielona na trzy interaktywne okna. Jedno z nich pokazywało reportera, który był w bezpośrednim kontakcie z prowadzącym program, widocznym w drugim oknie. Dyskutowali na temat rzezi pokazywanej w trzeciej części ekranu. Potem owo trzecie okno zdominowało resztę, kiedy obiektyw kamery skoncentrował się na meczecie i jego obraz wypełnił cały ekran. Złota kopuła lśniła w słońcu niczym biskupia piuska, a rogi świątyni wystrzeliwały ku górze czterema pięknymi minaretami, niczym starannie wyrzeźbione kolumny łoża podtrzymujące wspaniały baldachim błękitnego nieba ozdobionego pierzastymi chmurami. Na tle pogrążającego się w chaosie miasta zielono-biały motyw otoczonego murem terenu świątynnego wyróżniał się swoją świeżością, sprawiającą wrażenie wiecznej. Wkrótce został otoczony przez młodzież z pochodniami rozbijającą drzwi i okna. Minarety zaczęły wydobywać z siebie gęste, czarne kłęby dymu, niczym kominy fabryczne. Ponieważ nie było wiatru, dym spowił złotą kopułę, która zapadła się, zanim meczet zamienił się w kulę ognia.

Reporterska relacja wróciła do Khamfi, zdając sprawę z poprzednich dwóch dni toczących się tam zamieszek. Autobus ponownie ogarnęły emocje. Dżibrilowi nigdy nie przyszło do głowy, że mieszkańcy południa mogą być zdolni do takiego okrucieństwa. I nikt nigdy mu nie powiedział, że na południu mieszkali ludzie pochodzący z północy i że ich życie może znaleźć się w niebezpieczeństwie.

Nagle wszyscy w autokarze podnieśli się i zaczęli wiwatować, nawet policja. Wyglądali jak kibice piłkarscy zagrzewający swoją drużynę do walki.

– Mamy już dość nadstawiana drugiego policzka! – odezwała się Madam Aniema.

– Ci z północy, precz z ziemi Ibo! – powiedział Emeka.

– Ziemia Urhobo dla ludu Urhobo! – powiedziała Tega.

– Muzułmanie cztery razy palili mój kościół w Khamfi! – dodała Ijeoma.

Te okrzyki nie zrobiły jednak na Dżibrilu zbytniego wrażenia. Widok meczetu, który runął w płomieniach, przyprawił go o nagłą gorączkę, chociaż on sam podpalał kiedyś kościoły. Tego było już dla niego za wiele i Dżibril wybuchnął płaczem. Nie płakał, odkąd oczy zalała mu benzyna, gdy leżał pomiędzy chrześcijanami w domu Mallama Abdullahiego. Teraz łzy płynęły nieprzerwanie, a on ocierał je jedną ręką. Jego ciałem wstrząsało łkanie jak wcześniej konwulsje psem pułkownika. Dżibril odwrócił się na siedzeniu, aby zasłonić oczy przed telewizją. W swojej dolinie łez zapomniał się i uniósł w kierunku twarzy prawą rękę.

SPRÓBOWAŁ WŁOŻYĆ JĄ z powrotem do kieszeni, ale było już za późno. Ci, którzy ją zobaczyli, odsunęli się od niego, w tym także

Tega. Patrząc na otaczające go surowe twarze, Dżibril wiedział, że nie ma już sensu dalej się ukrywać. Policjanci kazali mu wstać i wyjść na środek autobusu. Przeszukali go, czy nie ma przy sobie materiałów wybuchowych i broni.

Jego ręka została odcięta tuż ponad nadgarstkiem. Nie zdążyła się jeszcze wygoić i nie dała się całkowicie wyprostować. Owinięta była w luźno zwisający brudny bandaż, który zbił się cały w kieszeni i wyglądał jak owinięta bandażem pięść. Policjant usunął bandaż i wyrzucił go przez okno. Zakończony raną kikut był biały i napięty.

Pasażerowie zaczęli prosić kierowcę, by się zatrzymał i kazał Dżibrilowi wysiąść. Nie zgodził się, mówiąc, że droga jest niebezpieczna. Patrząc na pozostałych, Dżibril wiedział, że zamierzają go zlinczować. Drżąc bardziej z powodu gorączki niż strachu, nie krzyczał ani nie opierał się tym, którzy zaczęli go popychać.

– Stop! Przestańcie! – zainterweniował Wódz Ukongo. – Moi drodzy, kleszcza, który przypiął się nam do skóry, nie usuwa się siłą… Kamień rzucony w gniewie nie zabije ptaka…

– Starcze, my tu nie mamy czasu na przysłowia o! – zwrócili się do niego policjanci.

– Moi drodzy, jak w takiej sytuacji zachowałby się Pan Jezus?

– Ty poganinie… znasz się na chrześcijaństwie *pass* niż my? – zapytała Ijeoma.

Chwycili Dżibrila za koszulę i zdarli ją, przyglądając mu się tak, jak ogląda się schwytane dzikie zwierzę. Działali wolno, z rozmysłem, jakby ich gniew tłumiony był w miejscu, do którego nie mieli dostępu.

– Gabrielu, proszę – powiedziała Madam Aniema – nie mów mi, że jesteś z północy!

– Jest – odezwał się Emeka. – Winny…

– Ciii, cicho! – *madam* uciszyła Emekę i wszyscy pozostali także zamilkli. – Ty nie jesteś muzułmaninem, Gabrielu?

– Aa… aa… ja pochodzę z południa, ale mieszkam na północy – powiedział z akcentem Hausa. – Jestem katolik. Zostałem ochrzczony w dzieciństwie. Mama mówi, że jak się zostało katolikiem, to już zawsze będzie się katolikiem. Ja chcę pozostać katolikiem, *abeg*.

– Jesteś muzułmaninem? – zapytała ponownie Madam Aniema. Pokręcił przecząco głową.

– Już więcej nie będę muzułmaninem.

– Rozumiem – powiedziała i rozpłakała się.

Próbowała zaapelować do pasażerów, by dali jej więcej czasu na rozmowę z nim, ale oni odepchnęli ją na bok. Zrugali ją za to, że płacze, mówiąc, że jest zbyt emocjonalna, by zaakceptować prawdę.

– A teraz na poważnie – powiedział Wódz Ukongo. – Z jakiej północy? Z jakiego południa? Jesteś z Nigru albo z Czadu?

– Nie, wodzu.

– Jesteś najemnikiem? – kontynuował.

– Nie, wodzu.

– Bo widzisz, mój synu – powiedział wódz – wiemy, że niektórzy politycy z północy zatrudnili najemników z Nigru i Czadu, aby prowadzili tę szariacką wojnę za arabskie pieniądze.

– Wodzu, jestem jednym z was – powiedział Dżibril. – Nie biorę pieniędzy od polityków.

Jego szczupłe ciało pochyliło się nieco w lewo, jakby przeważyła je dłoń, która mu pozostała. Kikut wydawał się niespokojny, wibrujący, jakby stanowił źródło gorączki. Jego mięśnie stale drgały, napinały się i rozluźniały w fantomowym zaciskaniu dłoni.

– Umywam ręce w sprawie tego chłopaka – powiedział wódz, kręcąc głową.

– W mojej wiosce… Ukhemehi odkryto ropę! – oznajmił Dżibril. Ponownie podjął próbę opowiedzenia zagmatwanej historii swojej tożsamości religijnej, ale ich mordercze spojrzenia mówiły mu, że to bezcelowe. To nie były oczy ani katolików, ani nowo nawróconych, ani wyznawców religii przodków. Jego nawrócenie nic dla nich nie znaczyło. Ich oczy przypominały mu spojrzenia jego fanatycznych muzułmańskich przyjaciół Musy i Lukmana.

Kiedy znowu zaczęli z niego szydzić, nie tyle chodziło im o jego wyjaśnienia na temat północno-południowego pochodzenia, ile o jego domniemaną chrześcijańsko-muzułmańską tożsamość. Kazali mu unieść jego obciętą rękę, aby Mahomet mógł przybyć mu z pomocą. Nie sprzeciwiał się. Był im posłuszny, unosząc kikut tak prosto i wysoko, jak tylko był w stanie.

Wiedząc, że go nie oszczędzą, powrócił do swojego Boga islamu, jedynego, którego tak naprawdę znał, chociaż ta podróż całkowicie odmieniła jego fanatyczny punkt widzenia. Wyrzucił ze swojej duszy pragnienie bycia chrześcijaninem. Po tym wszystkim, co widział i czego doświadczył, nie mógł zapomnieć źródeł pomocy, którą otrzymał od Allaha podczas swojej ucieczki. Uniósł swój kikut dla Mallama Abdullahiego oraz jego rodziny za ukazanie mu innej drogi. Uniósł go dla uczczenia chrześcijan, którzy przytrzymywali mu muzułmańskie dywaniki modlitewne. Uniósł dla ludzi z północy, którzy całe swoje życie mieszkali na południu, a którzy zmagali się jak on z niepewną perspektywą wyjazdu po raz pierwszy do domu. Wzniósł swoją rękę dla Jusufa, który, gdy nadszedł ten najważniejszy moment, odmówił porzucenia swojej wiary; teraz czuł, że są jednym, chociaż wyznawali różną wiarę i należeli do różnych światów. Dla Dżibrila jego kikut był świadectwem pragnienia podążania za Allahem, dokądkolwiek go zaprowadzi, świadectwem tęsknoty za zjednoczeniem z Bogiem.

– ROZCIĄĆ MU WIĘZY… wy łajdaccy buntownicy z RUF-u! – warknął pułkownik Usenetok, obudzony w końcu z powodu zamieszania.

Widok osoby po amputacji spowodował, że nadwyrężona psychika żołnierza ponownie się załamała. Nie był w stanie rozróżnić pomiędzy amputacją z powodów religijnych a członkami odrąbanymi przez RUF. Postradał zmysły, walcząc właśnie z takim barbarzyństwem w Sierra Leone i Liberii.

– Żołnierzu, chcecie umrzeć za tego muzułmanina? – zaczęli ostrzegać go uchodźcy. – Tu nie Liberia ani Sierra Leone o!

– Uwolnić go, mówię… natychmiast!

Wódz Ukongo starał się przemówić mu do rozsądku:

– Pułkowniku Usenetok, jesteś jednym z nas! Powtarzam ci: uszanuj demokrację, za którą pojechałeś walczyć… Uszanuj nasze zdanie!

Pułkownik nie zamierzał ich błagać o uwolnienie Dżibrila. Postanowił rozpędzić cały ten kapturowy sąd. Był żołnierzem z honorem, walczącym, by ratować obywatela. Walczył, jakby sam jeden mógł oczyścić wizerunek wojska z nieopisanego wstydu i udręk, jakie sprowadziło na kraj.

Kierowca zmuszony został do zatrzymania autokaru. Żołnierz kontynuował walkę, nie czując strachu, ponieważ dużo wcześniej, zanim uchodźcy wywlekli go razem z Dżibrilem na zewnątrz i poderżnęli im gardła, ofiary, jakie ponosił za granicą, przygotowały go na wszystko.

Ciało żołnierza zostałoby przez nich zabrane do domu, gdyby policjanci nie przypomnieli im o rządowym zakazie przewożenia zwłok.

NDUESE STAŁ NAD dwoma ciałami i szczekał nieprzerwanie w niebo. Wciąż drgający oskarżycielsko kikut pies brał za oznakę życia.

Pokój moich rodziców

Skończyłam dziewięć lat i siedem miesięcy. Jestem teraz w domu i bawię się w swoim pokoju z moim małym braciszkiem Jeanem w „a kuku". Jest sobotni wieczór i słońce zaszło już za wzgórzami. Wokół naszego domu panuje cisza, ale od czasu do czasu wieczorny wiatr niesie w naszym kierunku krzyk. Od wczoraj rodzice nie pozwalają nam wychodzić na zewnątrz.

Do pokoju wchodzi Maman i gasi światło, zanim zdążyliśmy ją zobaczyć. Jean płacze w ciemnościach, ale gdy tylko Maman zaczyna go całować, chichocze. Chce, żeby wzięła go na ręce, ale ona się śpieszy.

– Dzisiaj wieczorem nie zapalaj światła – szepcze do mnie.

Kiwam głową:

– *Yego*, Maman.

– Weź brata i chodźcie ze mną. – Zabieram Jeana i idziemy za Maman. – I nikomu nie otwieraj. Twojego papy nie ma w domu, mnie nie ma w domu, nikogo. Słyszysz, co mówię, Monique, hm?

– *Yego*, Maman.

– O nic teraz nie pytaj, moja bystra córeczko. Wasz papa i wujek wszystko wam wytłumaczą, gdy wrócą.

Maman prowadzi nas przez korytarz do swojego pokoju, gdzie zapala świecę, którą zabrała z naszego rodzinnego ołtarzyka w salonie.

363

Zaczyna się rozbierać, rzucając ubrania na podłogę. Mówi nam, że wychodzi na noc i że już jest spóźniona. Oddycha ciężko, jakby biegła; jej skóra błyszczy od potu. Wkłada swoją piękną, czarną, wieczorową sukienkę, która tak podoba się Papie, i rozczesuje miękkie włosy. Pomagam jej zasunąć zamek na plecach. Maluje sobie usta na ciemnoczerwono i zaciska je. Cekiny na jej sukience mienią się w blasku świecy, jakby jej serce ogarnął płomień.

Moja mama to wyjątkowo piękna kobieta z plemienia Tutsi. Ma wystające kości policzkowe, wąski nos, urocze usta, smukłe palce, duże oczy i szczupłą sylwetkę. Skórę ma tak jasną, że na powierzchni jej dłoni widać niebieskie żyłki, tak samo jak na dłoniach Le Père Mertensa, naszego proboszcza, który pochodzi z Belgii. Jestem do niej podobna i kiedy urosnę, będę taka wysoka jak ona. Dlatego Papa i wszyscy jego krewni Hutu mówią na mnie Shenge, co w języku ruanda-rundi znaczy „moja mała".

Papa wygląda jak większość Hutu, ma bardzo ciemną skórę, okrągłą twarz, szeroki nos i brązowe oczy. Usta ma tak mięsiste jak banany. Jest bardzo, bardzo zabawny i potrafi rozśmieszać aż do płaczu. Jean jest do niego podobny.

— Ale Maman, powiedziałaś, że tylko zepsute kobiety wychodzą z domu na noc.

— Monique, mówiłam ci, żadnych pytań.

Przystaje i zaczyna się we mnie wpatrywać. Kiedy mam właśnie otworzyć usta, krzyczy:

— Milcz! Idź i zajmij się bratem!

Maman nigdy na mnie nie krzyczy. Dzisiaj jest jakaś dziwna. W jej oczach błyszczą łzy. Biorę do ręki flakonik Amour Bruxelles, perfum,

które Papa stale kupuje Maman, bo ją kocha. Każdy w sąsiedztwie
zna ją po tym zapachu. Kiedy wkładam jej do rąk buteleczkę, jej ciało przeszywa dreszcz, jakby właśnie odzyskała zmysły. Zamiast sama
spryskać się perfumami, spryskuje nimi Jeana. Jean wącha z zacieka-
wieniem swoje ręce i ubranie. Proszę ją, żeby mnie także troszkę spryskała, ale ona odmawia.

– Kiedy cię zapytają – odzywa się surowym tonem, nie patrząc
w moim kierunku – powiedz, że jesteś jedną z nich, OK?

– Kto zapyta?

– Ktokolwiek. Musisz się nauczyć opiekować Jeanem, Monique.
Po prostu musisz, tak?

– Dobrze, Maman.

– Obiecujesz?

– Obiecuję.

Maman idzie do salonu, a Jean podąża za nią. Marudzi, żeby wziąć
go na ręce. Ja niosę świecę. Siadamy na naszej wielkiej sofie, a Maman zdmuchuje płomień. W naszym salonie nigdy nie jest zupełnie
ciemno z powodu krucyfiksu w rogu, który świeci się na żółtozielono.
Cały półprzezroczysty, jak mawia z upodobaniem Papa. Jean drepcze
w tamtym kierunku, jak zwykle. Kładzie rączki na krzyżu, jakby bawił
się zabawką. Blask przenika przez jego palce, które stają się przez to
zielone. Odwraca się do nas i śmieje. Kilka szybkich kroków i przenoszę Jeana z powrotem na sofę. Nie chcę, żeby przewrócił krucyfiks
oparty o ścianę albo wazon z bugenwillami stojący obok. Opieka nad
ołtarzykiem należy do moich obowiązków. Bardzo podoba mi się nasz
krzyż, jak zresztą wszystkim moim krewnym. Z wyjątkiem Tonton
Nzeyiman – Czarownika.

Czarownik to stryj Papy. Jest poganinem i jest bardzo potężny. Jak kogoś nie lubi, to może rzucić na niego urok i ten ktoś staje się bezużyteczny – chyba że jest dobrym katolikiem. Jego skóra ma kolor mleka z odrobiną kawy. Nigdy się nie ożenił, bo mówi, że nienawidzi swojej skóry i nie chce przekazywać jej dalej. Czasami maluje się węglem drzewnym, ale gdy nadchodzi deszcz, zmywa z niego całą czerń. Nie wiem, skąd u niego ten kolor. Moi rodzice mówią, że to skomplikowana historia mieszanego małżeństwa. Jest taki stary, że chodzi o lasce. Wargi ma długie i obwisłe, ponieważ wydmuchuje nimi na ludzi nieszczęścia i choroby. Lubi straszyć dzieci swoją brzydką twarzą. Zawsze kiedy widzę Czarownika, uciekam. Papa, jego bratanek, nie życzy sobie go w naszym domu, ale Maman go toleruje. „Nieważne, to nasz krewny" – mówi. Tonton André, jedyny brat Papy, nienawidzi go jeszcze bardziej. Nawet nie witają się na ulicy.

Chociaż jestem dziewczynką, Papa mówi, że to ja dostanę krzyż, kiedy on umrze, ponieważ jestem w rodzinie pierworodnym dzieckiem. Będzie należał do mnie, a później przekażę go mojemu dziecku. Niektórzy śmieją się ze słów Papy, że krzyż trafi do mnie, do dziewczyny. Inni wzruszają ramionami i zgadzają się z Papą, bo studiował na uniwersytecie i pracuje w rządowym ministerstwie. Czasami, kiedy Tonton André oraz jego żona, Tantine Annette, odwiedzają nas, chwalą Papę za jego decyzję. Tantine Annette będzie miała dzidziusia i ja wiem, że postąpią tak samo, jeżeli Bóg da im najpierw dziewczynkę.

Gdyby nie dokumenty, to nie dałoby się rozpoznać w Tonton André brata Papy. Wygląda jak ktoś pomiędzy Papą a Maman – wysoki jak ona, ale jego skóra nie jest tak ciemna jak Papy. Nosi małą bródkę. Tantine Annette to najlepsza przyjaciółka Maman. Chociaż jest Tutsi, jak Maman, skórę ma ciemną jak Papa. Czasami na ulicy policja prosi ją o okazanie dokumentów, żeby upewnić się co do jej pochodzenia. Teraz moi rodzice żartują z niej, że urodzi sześcioraczki, taki ma duży brzuch. Za każdym razem jej ciąża kończy się poronieniem i każdy wie, że to z powodu rzuconego przez Czarownika uroku. Ale oni wciąż mocno wierzą. Czasami całują się publicznie, jak Belgowie w telewizji, a nasi raczej tego nie lubią. Ale oni się tym nie przejmują. Tonton André zabiera ją na badania kontrolne do dobrego szpitala w Kigali, a Papa oraz inni krewni zrzucają się, aby ich wesprzeć, ponieważ oboje są tylko biednymi nauczycielami w szkole podstawowej. Czarownik również zaproponował, że da pieniądze, ale nie pozwoliliśmy mu na to. Gdyby przekazał chociażby jednego franka, jego złe pieniądze mogłyby pochłonąć wszystkie dobre datki, tak jak chore, wygłodniałe krowy we śnie faraona pożarły tłuste.

Maman nagle wstaje.

– Monique, nie zapomnij zamknąć za mną drzwi! Wasz papa wkrótce wróci.

Słyszę, jak wchodzi do kuchni. Otwiera tylne drzwi i zatrzymuje się na chwilę. Potem drzwi zatrzaskują się. Już jej nie ma.

PONOWNIE ZAPALAM ŚWIECĘ, wchodzę do kuchni i przekręcam zamek w drzwiach. Jemy rybę z ryżem i wracamy do naszego pokoju. Ubieram Jeana w jego flanelową piżamkę i śpiewam mu do snu. Przebieram się w swoją nocną koszulkę i kładę się obok niego.

We śnie słyszę głos Tonton André. Słychać w nim taki sam niepokój jak wczoraj po południu, kiedy przyszedł, aby wywołać Papę z domu.

– Shenge, Shenge, musisz mi otworzyć! – krzyczy Tonton André.

– Już idę – próbuję się odezwać, ale w moim śnie nie mam głosu, a nogi roztopiły mi się jak masło na słońcu. Panuje wielki zgiełk i słychać strzały, które brzmią jak wybuchy bomb.

– Podejdź do frontowych drzwi, szybko! – krzyczy znowu.

Budzę się. Tonton André naprawdę woła przed naszym domem. Idę do salonu i włączam świetlówki. Bolą mnie oczy. Ludzie łomoczą w nasze drzwi wejściowe. Widzę ostrza maczet i siekier przebijające się przez drzwi, dziurawiące drewno. Szyby w dwóch oknach są roztrzaskane, pojawiają się w nich kolby strzelb i *udufuni*. Nie rozumiem, co się dzieje. Napastnicy nie mogą dostać się przez okna ze swoimi karabinami i małymi motykami, ponieważ znajdują się w nich metalowe kraty. Z przerażenia kulę się na podłodze, zakrywając sobie głowę rękami, aż ludzie na zewnątrz milkną i cofają się.

Znowu słyszę głos Tonton André, ale tym razem jest spokojny i głęboki jak zwykle, a na zewnątrz wszystko cichnie.

– Słodkie biedactwo, nie bój się – mówi, a jego śmiech wydaje się tak szczery jak śmiech Jeana. – Już sobie poszli. Jest tu ze mną twój Papa.

Stąpam pomiędzy potłuczonym szkłem i otwieram drzwi. Ale Tonton André wchodzi z całą grupą. Mężczyźni i kobiety, wszyscy uzbrojeni.

– Gdzie Maman? – pyta mnie.

– Maman wyszła.

Wygląda jak szaleniec. Ma zmierzwione włosy, jakby nie czesał ich od roku. Jego zielona koszula jest rozpięta, a na nogach Tonton André nie ma butów.

– *Yagiye hehe*? – pyta ktoś z tłumu z rozczarowaniem w głosie. – Gdzie poszła?

– Nie powiedziała – odpowiadam.

– Widziałaś dzisiaj wieczorem swojego papę? – pyta Tonton André.

– *Oya*.

– Nie? Zabiję cię – mówi z pełną powagą.

Spoglądam na tłum.

– Mówiłeś, że Papa jest z tobą... Papa! Papa!

– Tchórz się ulotnił – odzywa się ktoś w tłumie.

– *Nta butungane burimo*! – krzyczą inni. – To niehonorowo!

Wyglądają jak zwycięzcy, niczym mistrzowska drużyna piłkarska. Znam niektórych z nich. Nasz kościelny, Monsieur Paschal, ma na sobie bandanę, mruczy coś i nuci. Mademoiselle Angeline, córka mojej pani w szkole, tańczy do jego melodii, jakby to były rytmy reggae. Pokazuje uniesiony kciuk w stronę Monsieur François, pastora z pobliskiego kościoła adwentystów.

Niektórzy wymachują swoimi dowodami tożsamości, jakby uczestniczyli w spisie ludności. Inni przeszukują teraz nasz dom. Węsząc wokoło jak psy, docierają po zapachu Amour Bruxelles Maman do Jeana. Zaczynają go niepokoić i Jean teraz płacze. Wbiegam do naszego pokoju i przenoszę go z powrotem do salonu. Słyszę ich w całym domu, jak przewracają łóżka i rozbijają szafki.

Nagle przy ołtarzyku widzę Czarownika. Obraca się i mruga do mnie. Potem uderza swoją laską w krucyfiks raz, drugi i ciało Chrystusa odpada od krzyża, rozbijając się o podłogę. Bez rąk i nóg toczy się do moich stóp. Na krzyżu wiszą już tylko fragmenty jego kończyn, puste w środku i połamane. Krzyż także zleciał z ołtarzyka. Czarownik uśmiecha się do mnie, cieszy go mój gniew. Kiedy przez chwilę koncentruje się na czymś innym, chwytam połamane ciało Jezusa i chowam je pod bluzę od piżamy Jeana. Siadam na sofie i sadzam sobie Jeana na kolanach. Czarownik z irytacją szuka teraz ciała Jezusa. Wygląda jak przerośnięte dziecko w poszukiwaniu swojej zabawki.

Obraca się w moją stronę.

– Masz to, Shenge?

Odwracam wzrok.

– Nie.

– Spójrz na mnie, dziewczyno.

– Nie mam.

Czarownik wyłącza światło. Jean wybucha śmiechem, ponieważ jego brzuszek świeci się teraz jak Jezus. Czarownik na powrót zapala światło i zmierza w naszym kierunku, uśmiechając się nieprzyjemnie. Jean nie boi się starca. Kiedy Czarownik sięga po Jezusa, Jean stawia mu opór, zginając się niemal wpół, aby chronić swój skarb. Czarownik śmieje się, ale Jean gryzie jego palce swoimi ośmioma ząbkami. Żałuję, że nie są z żelaza, żeby mógł odgryźć Czarownikowi całą dłoń, bo to nie jest śmieszne. Ale starzec droczy się z nami, wymachując językiem i robiąc głupie miny. Kiedy się śmieje, widać mu dziąsła i wszystkie dziury po brakujących zębach. Potem, sapiąc od nadmiaru śmiechu, wyrywa Jeanowi ciało Chrystusa i wkłada je sobie do swojej pogańskiej kieszeni.

Tonton André jest zły i niespokojny. Odkąd powiedziałam mu, że rodziców nie ma w domu, nie odzywa się do mnie. Ja też się na niego gniewam, ponieważ kłamał, żeby dostać się do środka, a teraz Czarownik popsuł mój krzyż i ukradł ciało Chrystusa.

Kiedy słyszę hałas w pokoju moich rodziców, biegnę tam z Jeanem, bo rodzice nigdy nie wpuszczają gości do swojej sypialni. Dwóch mężczyzn grzebie w ich szafie. Jeden z nich jest łysy i ma na sobie poplamione żółte spodnie, z podwiniętymi nogawkami, jest bez koszuli i bez butów. Na piersi sterczy mu kilka kosmyków włosów, a jego brzuch jest wielki i twardy. Drugi jest młody, w wieku licealnym. Ma bardzo schludne włosy i bródkę, jakby właśnie wrócił od fryzjera. Ma wyłupiaste oczy, jest wysoki i nosi dżinsowe ogrodniczki, podkoszulek oraz brudne, niebieskie tenisówki.

Ten z wielkim brzuchem prosi mnie, żebym go uściskała, i patrzy na tego młodszego znacząco. Zanim mogę coś powiedzieć, zrzuca z siebie żółte spodnie i wyciąga ręce w moim kierunku. Udaje mi się jednak umknąć przed nim i wśliznąć z Jeanem pod łóżko. Wyciąga mnie stamtąd za kostki. Przyciskając do podłogi, nagi mężczyzna chwyta mnie lewą ręką za oba nadgarstki. Prawą podciąga mi koszulkę i rozrywa majteczki. Krzyczę wniebogłosy. Wołam Tonton André, który przemierza korytarz. Nie przychodzi. Nie przestaję krzyczeć. Wiję się i zaciskam kolana. W końcu chwytam tego nagiego pana zębami. Bije mnie po buzi, z jednej i z drugiej strony, aż moja ślina staje się słona od krwi. Spluwam mu w twarz. Raz i drugi. Uderza moją głową o podłogę, ściska za szyję, bije pięścią w lewe udo.

– *Oya*! Nie! Shenge jest jedną z nas! – mówi do niego Czarownik, wpadając do pokoju.

– Ee... zostaw ją... mnie – odpowiada wolno nagi pan. Przez krótką chwilę z jego siusiaka płynie na moje uda i koszulkę strumień, ciepły i gęsty jak mleko dla niemowląt. Nie mogę oddychać, bo opadł na mnie całym swoim ciężarem, jakby był martwy. Kiedy w końcu wstaje, zakrywając sobie nagość spodniami, Czarownik pochyla się, patrzy na mnie i oddycha z ulgą.

– Słyszysz mnie, Shenge? – zwraca się do mnie.

– Uhm.

– Pytam, czy nic ci nie jest!

– Nie.

– To zły czas, dziecko, zły czas. Musisz być silna. – Odwraca się do mojego prześladowcy i warczy: – Masz szczęście, że nie otworzyłeś jej łona. Udusiłbym cię własnymi rękami!

– Jean – szepczę. – Gdzie jest mój braciszek?

Chłopak w ogrodniczkach znajduje go pod łóżkiem, zwiniętego niczym pyton, i wyciąga. Jean kładzie swoją dużą główkę na mojej piersi. Ból pulsuje mi w głowie, jak gdyby ten człowiek nadal uderzał nią o podłogę. Moje oczy ukazują mi wielu mężczyzn w żółtych spodniach i w ogrodniczkach, wielu Czarowników. Podłoga unosi się i opada. Próbuję nie zamykać oczu, ale nie potrafię. Jean nie przestaje dotykać moich porozbijanych ust.

Ktoś podnosi mnie i Jeana i zabiera z powrotem do salonu. Tonton André siedzi pomiędzy dwoma panami, którzy go pocieszają. Obejmuje sobie głowę rękami, a Czarownik stoi za nim, poklepując go delikatnie po ramieniu.

Zauważając nas, Tonton André natychmiast zrywa się na równe nogi. Ale oni sadzają go z powrotem, rugają i każą się opanować. On jednak nie słucha.

– Tego bękarta, mojego brata, i jego żony nie ma w domu? – mówi bardzo wolno, jakby budził się z głębokiego snu. – Jest mi to winien. I zabiję te dzieci, jeżeli się z nim nie zobaczę.

– Drogi bratanku – odzywa się Czarownik, uderzając raz laską w podłogę – nie martw się. On też musi zapłacić. Tym razem nikt nie uniknie naszego gniewu. Nikt.

– *Koko, ni impamo tuzabigira* – zgromadzeni zaczynają zgodnie mruczeć.

Nie wiem, co Papa jest winien swojemu młodszemu bratu. Papa jest od niego bogatszy. Cokolwiek to jest, na pewno zwróci mu jutro.

Tłum cichnie. Ludzie stoją w mniejszych grupkach i toczą rozmowy jak kobiety na targu. Wydaje mi się, że są też na zewnątrz. Tylko Monsieur François się niecierpliwi, każąc innym się pospieszyć, żeby mogli pójść gdzie indziej, bo rząd nie kupił im maczet i pistoletów, by czekali bezczynnie.

Po jakimś czasie Czarownik zostawia Tonton André i podchodzi do nas.

– Młoda panno – zwraca się do mnie – mówisz, że nie wiesz, gdzie są twoi rodzice?

– Nie wiem – odpowiadam.

– Gdy wrócą, powiedz im, że wszystkie drogi są zablokowane. Nie ma ucieczki. A ty, bystra dziewczynko – mówi starzec, stukając palcem w moją pierś – jak chcesz przeżyć, za nic nie opuszczaj tego domu. Na naszej ziemi wszędzie są duchy. Złe duchy.

Macha swoją laską i potrząsa głową, jakby rozkazywał duchom, aby się pojawiły. A potem wychodzi, ginąc w tłumie.

Kiedy wszyscy wychodzą, zamykam drzwi na klucz. Kwiaty są połamane, sukno z ołtarzyka podeptane. Wszędzie leżą okruchy szkła. Z biurka wystają szuflady, a regał z książkami leży przewrócony. Telewizor odwrócony jest do ściany, a zimny wiatr potrząsa żaluzjami. Odnajduję krzyż i stawiam go z powrotem na ołtarzyku.

Chcę iść spać, ale strach podąża za mną do mojego pokoju. Drżą mi palce. Ciąży opuchnięta głowa. Na lewym udzie, tam gdzie uderzył mnie ten nagi mężczyzna, widnieje owalny siniec. Moje usta nadal krwawią, plamiąc mi przód koszulki. Źle zrobiłam, że oszukałam Czarownika. Co mogą nam teraz zrobić te duchy, które wezwał? Rzucił też swoje zaklęcie na Tonton André. Jean pokryty jest gęsią skórką. Za bardzo się boję, żeby posprzątać nasz pokój. Wciskamy się w jeden z kątów, przytulając się do siebie na materacu, który rzucono na ziemię. Zaczynam się modlić.

Budzą mnie głosy moich rodziców oraz innych osób kłócących się w salonie. Panuje hałas. Jeszcze nie zaczęło się rozwidniać. Cała jestem obolała. Jedna strona mojej górnej wargi jest opuchnięta, jakbym pomiędzy nią a dziąsłem trzymała toffi. Nie widzę Jeana.

Kuśtykam do salonu, ale widzę tylko moich rodziców i braciszka. Może te inne głosy tylko mi się śniły. Rodzice przerywają rozmowę, gdy tylko mnie zauważają. Maman siedzi na sofie jak posąg Matki Bożej Bolesnej, ze spuszczonym wzrokiem. Papa stoi przy ołtarzyku, trzymając na rękach Jeana i wsuwając mu do buzi łyżeczkę z ciepłą owsianką. Oczy Jeana są nieobecne i szkliste, jakby nie spał od kilku dni. Kręcąc głową, wrzeszczy i odpycha jedzenie.

– Najedz się, dziecko, jedz – mówi Papa z niecierpliwością w głosie. – Będziesz potrzebował energii.

Tego niedzielnego ranka moja rodzina nie przygotowuje się do mszy. Światła w salonie są zgaszone, meble nadal porozrzucane od poprzedniego wieczora. Drzwi i okna są pozamykane, niezmiennie od zeszłego piątku, a stół obiadowy przystawiony do frontowego wejścia. Wydaje się, że nasz dom jest nawiedzony, jakby duchy z laski Czarownika nadal znajdowały się w środku.

Pokój moich rodziców

Biegnę do mojego taty.

– Dzień dobry, Papa!

– Szszsz… tak, dzień dobry – szepcze. Stawia Jeana na podłodze, kuca i bierze w dłonie moje ręce. – Żadnych hałasów. Nie bój się. Już nigdy nikomu nie pozwolę cię dotknąć, OK?

– *Yego*, Papa.

Chcę go objąć, ale powstrzymuje mnie.

– Nie zapalaj żadnych świateł i nie przeszkadzaj teraz Maman.

– Czarownik powiedział, że duchy są…

– Tutaj nie ma żadnych duchów… Posłuchaj, dzisiaj nie będzie mszy. Le Père Mertens pojechał w zeszłym tygodniu do domu na urlop.

Nie patrzy na mnie, tylko spogląda przez okno.

Z kuchni dobiega mnie zduszone kichnięcie, jak u chorego kota. Próbuję wybadać twarze moich rodziców, są jednak bez wyrazu. Wstępuje we mnie nagły strach. Może ja nadal śnię, a może nie. Przytulam się mocniej do Papy i pytam go:

– Tonton André został przyjacielem Czarownika?

– Nigdy więcej nie wspominaj o André w moim domu.

– On przyprowadził tego pana, który podarł mi majteczki.

– Powiedziałem, daj mi spokój!

Podchodzi do okna i chwyta się żelaznych krat tak, że jego ręce pozostają nieruchome, ale reszta ciała drży. Mruga intensywnie, a twarz ma napiętą. Kiedy Papa milczy w ten sposób, może dostać się każdemu.

Idę na sofę i siadam cicho. Gdy przysuwam się do Maman, ona odpycha mnie jedną ręką. Nie daję za wygraną, przechylając się niczym drzewo na wietrze, a potem wracając do poprzedniej pozycji. Nic nie interesuje dzisiaj Maman, nawet Jean, jej ulubieniec. Nie mówi mu żadnych czułych słówek ani go nawet nie dotyka. Wygląda na otępiałą, odurzoną, jak koza, którą dzieci z sąsiedztwa napoiły kiedyś piwem z sorgo.

Stojąc pod oknem, Papa obraca się i spogląda na mnie tak, jakbym nie była już jego słodką Shenge. Kiedy widzi Jeana śpiącego na dywanie u stóp Maman, zaczyna mnie obwiniać:

– Ty niesforna dziewczyno, nie masz oczu, nie widzisz, że twój brat powinien iść do łóżka? Zanieś go do sypialni i przestań zatruwać mi życie.

Ale ja krążę po salonie jak mrówka, której zatkano wejście do mrowiska. Boję się iść do swojego pokoju z powodu duchów. Papa chwyta mnie za nadgarstek i zaciąga tam siłą. Zapala światło. Zabawki leżą porozrzucane na podłodze. Układa z powrotem materac na łóżku i porządkuje pokój. Nadal jednak panuje w nim bałagan. Papa przeklina zabawki, niszcząc prezenty, które razem z Maman przywieźli nam ze swojej podróży do Ameryki. Kopie pluszowego misia, który uderza o ścianę, i depcze Tweety'ego oraz Myszkę Miki. Dłonie Papy są bardzo brudne, rowki wokół jego paznokci pełne błota. Kiedy spostrzega, że mu się przyglądam, odzywa się:

– Na co się tak patrzysz?

– Przepraszam, Papa.

– Mówiłem ci, żeby nie zapalać światła. Kto zapalił to światło? Gaszę światło.

– Idź po swojego głupiego brata i połóż go do łóżka. Masz go kochać.

– *Yego*, Papa.

Idę do salonu z nadzieją, że Maman jakoś na to zareaguje. Nie reaguje, zabieram więc Jeana z powrotem do łóżka.

– I nie wychodź stąd, dziewczyno – mówi Papa. Wraca do salonu, zatrzaskując za sobą drzwi.

KIEDY BYŁAM MŁODSZA, Papa zabierał mnie w góry na swoich szerokich ramionach. Zawsze odwiedzaliśmy miejsce, skąd pochodziła rodzina Maman, w sąsiedniej dolinie. Papa opowiedział mi, że kiedy ją poznał, była w moim wieku, i że bawili się na tych wzgórzach. Poszli do tej samej szkoły i na ten sam uniwersytet.

Pośród wzgórz widać przepływające chmury, niczym dym kadzidła w kościele. W naszym kraju często wieją wiatry, a pośród wzgórz wieją prosto w twarz, aż po policzkach zaczynają płynąć łzy. Ciągną dolinami jak głodne krowy. Ptaki wzlatują, wirują i kołyszą się, ich głosy mieszają się z odgłosami wiatru. Kiedy Papa śmieje się w ten jego radosny sposób, wiatry unoszą również jego głos. Ze szczytów wzgórz widać, że ziemia jest rdzawa. Widać kępy bananowców i platanów, ich środkowe liście wznoszą się pionowo niczym żółto-zielone miecze tnące wiatr. Widzi się pola kawy, przez które brną rolnicy objuczeni koszami. Od wspinania się po wzgórzach w porze suchej stopy pokrywają się kurzem. Kiedy pada deszcz, rdzawa ziemia płynie niczym krew pod zieloną skórą. Wszędzie wiją się pnącza, a z gruntu wychodzą owady.

Po naszej okolicy chodzę wyprostowana i dumna. Wszystkie opryszki wiedzą, że każdy, kto ze mną zadrze, będzie miał do czynienia z moim Papą. Nawet kiedy opije się piwem bananowym, moje łzy powodują, że trzeźwieje. Czasami nawet Maman dostaje burę, że przez nią jego dziewczynka jest smutna. Dostaje się też naszej rodzinie, kiedy ktoś mówi, jakie to ryzyko, że jestem taka podobna do Maman. Papa lubi mi opowiadać, jak to chciał zrobić na przekór rodzinie i poślubić Maman w naszym kościele, kiedy się urodziłam, chociaż nie dała mu jeszcze syna. Maman nie chciała o tym słyszeć, mówi. Chciała dać mu męskiego potomka, zanim przystąpią do sakramentu małżeństwa. Papa mówi mi o wszystkim.

Miłość Maman do mnie jest inna. Czasami patrzy na mnie i robi się smutna. Nigdy nie lubi chodzić ze mną między ludzi, tak jak z Jeanem. Zawsze jest wtedy spięta, jakby miał zaraz wyskoczyć lew i nas pożreć.

– Będę już zawsze piękna, Maman! – powiedziałam jej pewnego dnia, gdy Papa odwoził nas do domu po pikniku nad jeziorem. Maman siedziała z przodu na miejscu dla pasażera, z Jeanem na kolanach. Ja siedziałam z tyłu.

– Możesz być piękna w inny sposób, Monique – odparła.

– Zostaw to biedne dziecko w spokoju – odezwał się do niej Papa.

– Nie rozumiem – powiedziałam.

– Zrozumiesz, gdy dorośniesz – odrzekła.

TYM RAZEM, KIEDY się budzę, promienie żółtego poranka prześwitują przez dziury w drzwiach i porwane żaluzje. Przeszywają szarość i widzę tańczące z nimi drobinki kurzu. Dookoła panuje spokój. Kiedy idę do salonu, widzę, jak Papa chodzi od okna do okna, żeby się upewnić, czy przez żaluzje ktoś z zewnątrz nie mógłby zajrzeć do środka. Maman stoi przy stole i wytężając wzrok, wpatruje się w dwie otoczone ramkami fotografie.

Jedna przedstawia tradycyjny ślub moich rodziców sprzed dziesięciu lat. Byłam wtedy u niej w brzuchu. Wszystkie kobiety wyglądają elegancko, wystrojone w *imyitero*, które przypominają krótki ornat Le Père Mertensa. Mężatki, które urodziły synów, noszą korony *urugoli*. Maman otrzymała swoją dopiero w zeszłym roku, kiedy urodził się Jean. W tle widać uwiązane krowy. Stanowiły część opłaty, którą Papa wniósł za Maman. Ale nieważne, jak bardzo starałabym się koncentrować na czymś innym, mój wzrok biegnie ku uśmiechniętej twarzy Tonton André. Zakrywam ją dłonią, ale Maman odciąga moje palce. Zamiast tego spoglądam na to drugie zdjęcie, które zrobiono w zeszłym roku, po tym jak moi rodzice wzięli ślub kościelny. Z przodu widać Papę, Maman i mnie. Sypię kwiatki na ślubie, więc jestem ubrana w rękawiczki i mam kosz pełen kwiatów, który zwisa mi z szyi na białych wstążkach. Maman trzyma malutkiego Jeana przy sercu, niczym ślubny bukiet.

– Maman, Jean jest sam w sypialni – mówię.

– Mam nadzieję, że prześpi cały dzień – mówi, nie patrząc na mnie.

– A duchy go nie ukradną?

– Przyzwyczai się do nich. Idź i weź sobie coś do jedzenia, Monique.

– *Oya*, Maman, nie chce mi się jeść.

– To idź wziąć prysznic.

– Sama? Nie chcę brać prysznica.

Dotyka mojej koszulki.

– Musisz się umyć.

– Maman, kiedy czarownicy siusiają...

379

– Nie teraz. – Spogląda na Papę. – Musi wziąć prysznic.

Kiedy to słyszę, unoszę koszulkę, żeby pokazać Maman swoje opuchnięte udo, ale ona opuszcza ją gwałtownie, mówiąc:

– Dostaniesz nową parę majtek. Twoja buzia znowu będzie piękna.

Ponownie skupiam uwagę na zdjęciach. Drapię paznokciami twarz Tonton André, żeby wymazać go z mojej rodziny. Ale ratuje go szkło.

Maman nie patrzy już więcej na fotografie; oczy ma zamknięte jak podczas modlitwy. Sięgam po mosiężny otwieracz do listów i zaczynam skrobać nim szkło nad twarzą mojego *tonton*. Dźwięk odwraca uwagę Papy od okna. Teraz patrzy na mnie groźnie. Przestaję.

– Dlaczego tu zeszłaś, to znaczy *wróciłaś*? – mówi do Maman, przyglądając mi się uważnie, czy zrozumiałam pytanie.

Nie zrozumiałam.

Odwraca się do Maman.

– Kobieto, dlaczego? Wracaj tam, gdzie byłaś w nocy. Proszę cię. Idź stąd.

– Cokolwiek zrobisz – mówi Maman – nie pozwól, żeby moja córka się o tym dowiedziała.

– Powinna! – mówi Papa, wzdrygając się na dźwięk swojego własnego głosu.

Moi rodzice coś przede mną ukrywają. Maman robi to uparcie. Wypowiadane przez nich zdania wpadają mi do uszu równie przypadkowo co rzuty kostką podczas gry w chińczyka. Papa sprawia wrażenie winnego, jak dziecko, które nie potrafi utrzymać czegoś w tajemnicy.

– Nie zniosę tego – mówi. – Nie zniosę.

– Gdyby Monique wiedziała, gdzie byłam w nocy – przekonuje go Maman – twoja rodzina zmusiłaby ją do mówienia i polałaby się krew.

Kiedy tak rozmawiają, wszędzie dookoła słychać oddechy nie-widzialnych ludzi – w otaczającym nas powietrzu jest co najmniej z dwadzieścia duchów. Kiedy Maman mówi, duchy wydają z siebie pomruki, że się z nią zgadzają, ale wydaje się, że moi rodzice ich nie słyszą.

Papa kręci głową.

– Naprawdę, nie powinnaś była tu wracać. Potrafiłbym ich prze-konać…

– Musimy być z dziećmi.

Nie rozumiem, dlaczego Maman mówi, że chce być przy mnie, jeżeli nawet nie patrzy w moim kierunku. Widzę, jak po białej ścianie obok mnie ścieka brudna woda. Spływa z sufitu. Początkowo płynie dwiema cienkimi strużkami. Potem strużki powiększają się i łączą w jedną. Zaczynają spływać dwie kolejne, szybko, jak małe pajączki opadające na niciach z gałęzi mangowca w naszym ogrodzie. Muskam je opuszkiem palca. Krew.

– Duch! Duch! – krzyczę, rzucając się w kierunku Papy.

– To nie krew – mówi.

– Kłamiesz! To jest krew! Krew!

Papa próbuje stanąć pomiędzy mną a ścianą, ale wciskam się przed niego i obejmuję go. Przywieram do jego ciała, wspinając się po nim, aż moje ręce obejmują go za szyję, a nogi obejmują biodra. On pró-buje uciszyć moje krzyki dłońmi, ale wiję się i kręcę, aż przechyla się pod moim ciężarem i o mało co się nie przewracamy. Chwieje się, ale odzyskuje równowagę, potem wypuszcza z siebie powietrze i jego sztywne ciało rozluźnia się. Obejmuje mnie i zanosi na sofę. Przytula moją buzię do swojego serca, chroniąc przed widokiem krwi. Przestaję krzyczeć. Maman zaciska zęby, a na jej twarzy widnieje upór – może Czarownik rzucił urok także na nią.

Nadal drżę, nieważne, jak mocno trzyma mnie Papa. Opowiadam mu o zeszłej nocy, a on mnie uspokaja, mówiąc, żebym nie płakała. W jego oczach także pojawiają się łzy, które w końcu szybko spływają na mnie, ciepłymi i dużymi kroplami. Nigdy przedtem nie widziałam, żeby płakał. Teraz i on nie może przestać, tak samo jak ja. Przytulając mnie do swojego ramienia i gładząc moje splecione w warkocze włosy, mówi, że zawsze będzie mnie kochał. Teraz znowu jestem jego Shenge.

– To są dobre duchy – łka, całując mnie w czoło. – Dobrzy ludzie, którzy umarli.

– Papa, oszukałam Czarownika.

– Nie myśl już o zeszłej nocy.

Zanosi mnie na barana do łazienki. Zdejmuje mi koszulkę i wyrzuca ją do kosza na śmieci, potem odkręca kurek, żeby nalać wody do wanny. Rury w ścianach gwiżdżą i wzdychają, ale dzisiaj wydaje mi się, że słyszę krew płynącą w dziwnych żyłach duchów. Znad gorącej kąpieli unosi się mgła, która wypełnia łazienkę. W tej mgle porusza się Papa, nadal łkając i ocierając sobie łzy rękawem koszuli.

Kiedy myje mi buzię, czuję, że jego ręce pachną jakby surowymi jajkami. Sięgam do kontaktu i włączam światło; wydaje się zszokowany widokiem swoich brudnych rąk. Myje je sobie w umywalce. Pocimy się w tym gorącu i parze. Ale kiedy próbuję odsunąć żaluzje, powstrzymuje mnie. W lustrze moje usta wyglądają tak, jakbym na nie upadła. Nie mogę umyć sobie zębów. Papa obmywa mi wargi ciepłą wodą i jodyną.

Zostawia mnie, żebym sama się umyła, mówi, że nie powinnam się bać; będzie zaraz za drzwiami. Po kąpieli idzie ze mną do mojego pokoju. Przebieram się w dżinsy i różowy T-shirt.

Ponownie siedzę razem z nim w salonie, z dala od krwawych ścian, z głową na jego ramieniu. Jestem głodna. Proponuje, że przygotuje mi coś do jedzenia, ale mówię, że nie chcę, ponieważ nie jestem w stanie poruszać buzią, żeby coś zjeść.

— Posłuchaj, nie uda się nam od tego uciec — odzywa się Maman.

Papa wzrusza ramionami.

— Ale ja nie mogę. Jak mam to zrobić?

Znowu rozmawiają o czymś tajemniczym.

— Możesz — mówi Maman. — Tak jak wczoraj z Annette.

— Nie powinienem był wczoraj iść do domu André. To był duży błąd.

— Powinniśmy z nim współpracować, jesteśmy mu to winni. Zachowuje się teraz jak oszalały.

Papa podchodzi do okna i wygląda na zewnątrz.

— Myślę, że powinniśmy uciec do tych żołnierzy z ONZ na rogu ulicy.

— *Ndabyanze*! W żadnym wypadku! Jeżeli twój brat nie dostanie tego, co chce, kiedy tu wróci, wszyscy na tym ucierpimy.

— Ci żołnierze to nasza jedyna nadzieja.

— Oni? To beznadziejny pomysł.

— Nie.

— Cokolwiek postanowisz, mój mężu, pozwól żyć naszym dzieciom, OK?

— Maman, czy my umrzemy? — pytam.

— Nie, nie, kochanie — mówi Maman. — Nie umrzecie. *Uzabaho.* Będziecie żyli.

NA ZEWNĄTRZ PRZEDPOŁUDNIOWE słońce świeci bardzo jasno. Pomimo że żaluzje pozostają opuszczone, wyraźnie widzę teraz ubrania moich rodziców. Jasnobrązowe dżinsy Papy pokryte są ciemnymi plamami. Maman jest cała brudna, jej sukienkę pokrywa kurz, jakby przez całą noc szamotała się z kimś na ziemi. Pachnie potem. Wiedziałam, że to zły pomysł, żeby wychodziła wczoraj w nocy; nigdy nie wychodzi po zmroku. Mówi mi, że jest wiele takich złych kobiet, które to robią, ponieważ Rwanda staje się coraz biedniejsza.

— Maman! Maman! — Jean wydaje z siebie nagły wrzask. Pewnie śni mu się jakiś koszmar. Maman kręci głową z poczuciem winy na twarzy, ale nie idzie do niego, jakby straciła swoje prawo do bycia naszą matką. Idę razem z Papą do naszego pokoju. Jean wspina się na niego, ale chce do Maman. Ciszę ponownie przerywa stłumione kichnięcie. Jakiś duch próbuje chwytać powietrze, jakby ktoś go dławił. Trzymamy się Papy, który przyniósł ze sobą do pokoju wodę święconą.

— OK, OK — mówi Papa, rozglądając się i skrapiając pokój święconą wodą, jakby przyszedł tutaj, aby uspokoić duchy, a nie nas. Razem wsłuchujemy się w rzężący oddech ducha. Oddechy stają się coraz rzadsze. Ustają. Papa oraz inne duchy zaczynają wzdychać, jakby ten cierpiący umarł drugi raz. W oczach Papy pojawiają się łzy, a jego usta poruszają się bezgłośnie. Włada duchami niczym Czarownik, tyle że bez laski.

Ktoś zaczyna łomotać do naszych frontowych drzwi. Papa szybko podaje mi Jeana.

– Nie otwieraj! – syczy do Maman w salonie, potem odwraca się do mnie. – A ty nie wynoś tam brata!

Zostaje z nami, ale myślami jest w salonie. Słyszymy, jak Maman odsuwa stół na bok, otwiera drzwi i szepcze do jakichś ludzi. Słyszymy przesuwane krzesła i stoliki. Potem rozlega się zgrzytliwy odgłos. Na dachu słyszę jakieś duże ptaki, które trzepoczą skrzydłami przed odlotem. Potem zapada cisza. Ludzie pewnie sobie poszli i Maman znowu jest w salonie sama.

W jednym z domów przy naszej ulicy słychać zawodzenie. Jean zaczyna płakać. Poklepuję go po plecach i śpiewam mu szeptem. Oblizuje sobie wargi, bo chce mu się jeść. Papa zabiera nas do salonu i podsuwa Jeanowi resztki owsianki. Jean z apetytem przeżuwa zimne grudki.

– Mówiłem ci, młodzieńcze, rano, żeby zjeść wszystko – odzywa się Papa. – Wy, dzieci, jesteście dla nas tylko ciężarem!

Podaje mi kromki chleba i mleko z lodówki. Moczę sobie kromki w mleku i połykam je bez gryzienia.

W oddali słychać skandujący tłum; chyba kieruje się w stronę naszego domu. Papa podchodzi do okna. Słychać kolejne zawodzenie. Trzecie, czwarte, piąte, krzyk dziecka – brzmi jak głos mojej przyjaciółki Hélène. Zanim mogę coś powiedzieć, odzywa się Papa:

– Shenge, nie myśl o tej Pigmejce Twa.

Hélène i ja siedzimy obok siebie w szkole. Jest najlepszą uczennicą w naszej klasie. Podczas przerw gramy razem w gumę na szkolnym dziedzińcu. Jest drobniutka i kosmata, z czołem płaskim jak u małpy. Większość osób z ludu Twa tak wygląda. Nie ma ich wielu w naszym kraju. Moi rodzice mówią, że Twa są spokojni i kiedy świat mówi o naszym państwie, o nich nigdy się nie wspomina.

Hélène jest sierotą, ponieważ Czarownik zaczarował jej rodziców w zeszłym roku. Mademoiselle Angeline powiedziała, że rzucił na nich klątwę AIDS, wrzucając im na dach talizman *gris-gris*. Teraz Papa opłaca Hélène czesne. Chodzimy również razem na lekcje religii, a Papa obiecał, że zorganizuje nam wspólne przyjęcie komunijne. W zeszłym roku Hélène zdobyła w naszej klasie pierwszą nagrodę za pracę na rzecz lokalnej wspólnoty – przyznawaną przez Le Père Mertensa. Ja zajęłam drugie miejsce. Zaniosłyśmy najwięcej wiaderek wody starszym osobom w naszej okolicy. Le Père Mertens mówi, że jak się jest Hutu, to trzeba pomagać Tutsi albo Twa. Jak się jest Tutsi, to Hutu albo Twa. Jeżeli się jest Twa, to dwóm pozostałym. Ja jestem zarówno Tutsi, jak i Hutu, to zanosiłam wodę wszystkim w swoim małym wiaderku.

– Nie możemy jej przyjąć pod nasz dach – mówi Papa i wzrusza ramionami. – Co ten kryzys ma w ogóle wspólnego z Twa?

Nagle Maman znowu odsuwa stół od drzwi i przekręca zamek. Ale nie otwiera ich, tylko się o nie opiera. Powietrze przeszywają niczym bicz kolejne zdławione krzyki. W oddali słychać strzały. Papa podchodzi do Maman, drżą mu ręce. Z powrotem przekręca zamek i ponownie sadza ją na jej miejsce. Znowu przysuwa stół do drzwi.

Maman podnosi się nagle i wyciąga spod sukienki największy zwitek pieniędzy, jaki w życiu widziałam. Banknoty są sprasowane i wilgotne, jakby trzymała je w dłoni przez całą noc.

– To powinno pomóc na jakiś czas – mówi, podając zwitek Papie. – Mam nadzieję, że niedługo znowu otworzą banki. – Papa nie dotyka pieniędzy. – To, wobec tego, dla naszych dzieci – mówi Maman, kładąc pieniądze na stole.

Mówię do Papy:

– Musimy dać te pieniądze Tonton André, żeby zwrócić mu dług.

– *Ego imana y'Urwanda*! – przeklina Maman, przerywając mi. – Zamknij się, dziecko. Chcesz umrzeć?

Jej wargi drżą, jakby miała malarię. Papa wyciąga z tylnej kieszeni spodni swój dowód i przygląda mu się z odrazą. Potem wyciąga stamtąd również dowód Maman. Składa je razem i drze na większe kawałki, potem na mniejsze, jak konfetti. Zostawia skrawki na stole i wraca na swoje miejsce przy oknie. Następnie podchodzi znowu i składa je razem, ale nie może naprawić szkody. Wkłada skrawki do kieszeni.

ZAPADA WIECZÓR. MAMAN kroczy sztywno przez salon i klęka przy ołtarzyku. Papa mówi do niej, ale ona nie odpowiada. Dotyka jej, a ona zaczyna szlochać.

– Przed tym krzyżem twojej Shenge – odzywa się Maman, wstając – obiecaj mi, że nie wydasz ludzi, którzy przybiegli do nas szukać schronienia.

Papa kiwa głową.

– Obiecuję… *ndakwijeje.*

Powoli Maman zdejmuje z palca złotą obrączkę i podaje ją Papie.

– Sprzedaj to i zatroszcz się o siebie i dzieci.

Papa cofa się z zamkniętymi oczami. Kiedy je otwiera, są zamglone jak deszczowy dzień. Maman podchodzi do mnie i wkłada mi do ręki pieniądze, a na to wszystko obrączkę.

– Nie odchodź, Maman. Papa cię kocha.

– Wiem, Monique, wiem.

– Czy to dlatego, że wyszłaś wczoraj w nocy?

– Nie, nie, ja nigdzie nie wychodziłam! – mówi.

Kładę wszystko na ołtarzyku, klękam przed Papą i powołując się na całą moją miłość, błagam go, żeby jej wybaczył, pomimo że kłamie. Papa odwraca się. Wracam na sofę.

– Twój Papa to dobry człowiek – mówi Maman, obejmując mnie.

Przytulam do niej Jeana, ale ona unika jego oczu. Myślę o Le Père Mertensie. Proszę ją, aby zaczekała na jego powrót z Belgii, to on pogodzi ją z Papą.

– Jeśli się wyspowiadasz Le Père Mertensowi – mówię – Jezus ci wybaczy.

Słychać słabe pukanie do drzwi. Maman prostuje się, odpychając Jeana jak skorpiona. Ktoś płacze cicho przed wejściem do naszego domu. Maman przechodzi obok Papy, żeby odsunąć stół i otworzyć. To Hélène. Leży rozciągnięta na progu. Maman szybko wnosi ją do środka, a Papa zamyka za nią drzwi.

Hélène jest cała we krwi i kurzu. Jej prawa stopa dynda na ścięgnach jak but przywiązany sznurówką do sznura na pranie. Papa owija jej nogę ręcznikiem, ale krew przesiąka przez niego. Trzymam ją za rękę, która jest zimna i lepka.

– Wyzdrowiejesz, Hélène – mówię do niej. Ona mdleje.

– Nie, święty Judo Tadeuszu, nie! – woła Maman, tuląc do siebie bezwładne ciało Hélène. – Monique, twojej przyjaciółce nic nie będzie.

Słyszę zbliżający się tłum, ale rodzice bardziej zajęci są Hélène. Papa wchodzi na krzesło, potem na stół. Otwiera klapę w suficie nad salonem i prosi Maman, żeby podała mu Hélène.

– Pamiętaj, że jest ich tam za dużo – mówi Maman. – Kiedy schodziłam, było pięcioro… a wpuściłam jeszcze dwoje godzinę temu. Sufit może się zawalić.

Zabierają Hélène do mojego pokoju, a Maman otwiera właz. Z sufitu wzbija się chmura drobnego pyłu. Wsuwają ciało Hélène do środka.

Teraz już rozumiem – na naszym strychu ukrywają ludzi. Zeszłej nocy Maman była na strychu. Oszukała mnie. Dzisiaj wszyscy mnie okłamują. Jutro będę im musiała przypomnieć, że kłamstwo to grzech.

KIEDY TŁUM ZBLIŻA SIĘ do naszego domu, skandując, ludzie na strychu zaczynają się modlić. Rozpoznaję głosy naszych sąsiadów i parafian z plemienia Tutsi. Milkną, gdy Papa otwiera frontowe drzwi przed tłumem, który jest liczniejszy niż zeszłej nocy i wdziera się do naszego domu jak woda w czasie powodzi. Ci ludzie wyglądają na zmęczonych, pomimo to śpiewają jak pijani. Ich broń, ręce, buty i odzież pokryte są krwią, ich dłonie są lepkie. Po naszym domu natychmiast roznosi się woń rzeźni. Widzę tego człowieka, który mnie zaatakował; jego żółte spodnie są teraz rdzawe. Wpatruje się we mnie; chwytam się Papy, który opuszcza głowę.

Maman ucieka do swojego pokoju. Czterech ludzi powstrzymuje Tonton André, który wciąż chce nas wszystkich pozabijać. Biegnę do Maman i siadam obok niej na łóżku. Wkrótce w pokoju pojawia się również tłum, prowadząc Papę. Podają mu dużą maczetę. Papa zaczyna się trząść i mrugać. Jakiś mężczyzna odrywa mnie od Maman i popycha w stronę Jeana, który siedzi w kącie. Papa stoi przed Maman, jego palce spoczywają na trzonku maczety.

– Bracia – mówi niewyraźnie – niech ktoś inny to zrobi. Proszę.

– Nie, ty masz to zrobić, zdrajco! – krzyczy Tonton André, szamocąc się z tymi, którzy go trzymają. – Byłeś z nami, kiedy wczoraj zabiłem Annette. Moją ciężarną żonę. To swojej też nie oszczędzisz. Gdzieś się ulotnił, gdy tu przyszliśmy zeszłej nocy? Kochasz swoją rodzinę bardziej, niż ja kochałem swoją? Co?

– Jeżeli to my zabijemy twoją żonę, a nie ty – odzywa się Czarownik – będziemy musieli zabić ciebie. I twoje dzieci też. – Uderza swoją laską o podłogę. – Inaczej po pozbyciu się z naszej ziemi tego tałatajstwa Tutsi twoje dzieci zwrócą się przeciw nam. Musimy pozostać jednością. Nic nie może rozcieńczyć naszej krwi. Ani Bóg. Ani małżeństwo.

Tonton André krzyczy:

– Shenge, ilu Tutsi ukrył papa...

– Mężu, bądź mężczyzną – przerywa mu Maman ze spuszczonym wzrokiem.

– Odpowiadaj, Shenge! – woła ktoś inny.

Tłum Hutu pomrukuje i staje się niecierpliwy.

– *Wowe, subiza.*

– Mężu, pamiętaj o swojej obietnicy.

Papa trafia ją maczetą w głowę. Uderzenie dławi jej głos, Maman spada z łóżka na podłogę i leży na wznak. Wydaje się, że to sen. Wielki nóż wypada Papie z ręki. Jego oczy są zamknięte, twarz spokojna, chociaż ciało drży.

Mama pręży się na podłodze, jakby ziewała. Drgają jej stopy, a pierś unosi się i zastyga, jakby wstrzymywała oddech. Krew jest wszędzie – na wszystkich dookoła. Wpływa jej do oczu. Maman patrzy na nas przez krew. Widzi, jak Papa staje się czarownikiem, widzi, jak inni z jego ludu mówią mu złe rzeczy. Krew zalewa jej powieki i Maman zaczyna płakać czerwonymi łzami. Mój pęcherz rozluźnia się i siki zaczynają spływać mi po nogach, łącząc się z krwią. Krew je zwycięża, zalewając mi stopy. Papa wolno otwiera oczy. Oddycha głęboko i wolno. Pochyla się i drżącymi rękami zamyka Maman powieki.

– Jeżeli pozwolisz jakimś Tutsi przeżyć – mówią mu – już nie żyjesz.

A potem zaczynają wychodzić i niektórzy z nich poklepują go po plecach. Tonton André jest teraz spokojny, gładząc swoją kozią bródkę. Pociąga Papę za rękaw. Papa zakrywa Maman białą narzutą i wychodzi razem z tłumem, nie spoglądając na mnie ani na Jeana. Razem z nimi znika jej obrączka i pieniądze.

Płaczę razem z ludźmi ze strychu, aż głos mi się załamuje i język staje się suchy. Nikt nie nazwie mnie więcej Shenge. Chcę już zawsze siedzieć przy Maman, a jednocześnie chcę stąd uciec. Czasami myślę, że Maman śpi, tuląc Hélène pod narzutą, a ta krew należy do Hélène. Nie chcę ich budzić. Moje myśli nie są już moje; zaczynają żyć po swojemu. Biegną wstecz i widzę krew wpływającą z powrotem do Maman. Widzę, jak podnosi się, tak nagle jak upadła. Widzę maczetę Papy unoszącą się znad jej włosów. Mówi:

– Pamiętaj o obietnicy.

– Właśnie, Maman – krzyczę. – Pamiętam twoją obietnicę!

Jean wzdryga się na mój krzyk. Brodzi we krwi, jakby bawił się w kałuży.

Zaczynam myśleć o Maman jak o jednej z tych osób na strychu. Nie jest jeszcze na tyle bezpiecznie, by mogła zejść. Leży sobie tam cicho, przywierając do krokwi dokładnie tak, jak pewnie ostatniej nocy, kiedy zaatakował mnie człowiek w żółtych spodniach. Czeka na odpowiedni moment, żeby zacząć płakać razem ze mną. Myślę, że Tonton

André ukrywa na strychu Tantine Annette, udając przed wszystkimi, że ją zabił. Widzę ją, jak leży na wznak na drewnianych deskach, z tym swoim ogromnym brzuchem, w ten sam sposób jak ja, kiedy leżę na najniższej gałęzi naszego mangowca i próbuję policzyć owoce. Wkrótce Tonton André sprowadzi ją ostrożnie na dół. Ona urodzi, a mój wujek pokryje jej usta belgijskimi pocałunkami.

JEAN ŚCIĄGA Z MAMAN narzutę i próbuje ją zbudzić. Prostuje jej palec, który wolno kurczy się z powrotem, jakby Maman się z nim bawiła. Próbuje złożyć dwie połówki głowy, ale to mu się nie udaje. Wsuwa palce w jej włosy i miętosi je, umazane gęstą krwią jak czerwonym szamponem. Podczas gdy ludzie na strychu płaczą, wyciera sobie dłonie o jej ubranie i wychodzi, chichocząc.

Błąkam się po pokojach, nasłuchując jej głosu pośród głosów na strychu. Kiedy zalega cisza, jej obecność wypełnia moje serce.

– Wybacz nam, Monique – ze strychu dobiega głos Madame Thérèse.

– Zawsze będziemy wspierać cie-ebie i Je-Jeana – wyjąkuje jej mąż nad moim pokojem. – Twoi rodzice to dobrzy ludzie, Monique. Opłacimy ci czesne w szkole. Teraz będziecie nasze.

– Zdejmijcie ze mnie to martwe ciało – jęczy Grandmaman de Martin nad korytarzem. – Jest martwe, martwe!

– Trochę cierpliwości – odzywa się ktoś obok niej. – Zniesiemy ostrożnie martwych na dół, zanim załamie się pod nimi sufit.

Niektórzy dziękują Bogu, że przeżyli dzięki małżeństwu moich rodziców. Grandmaman de Martin zaczyna histeryzować, zmuszając wszystkich, żeby się poprzesuwali. Rozpoznaję każdy głos, ale nie sły-

chać pośród nich głosu Maman. Dlaczego jeszcze się do mnie nie odezwała? Dlaczego nie każe mi pójść wziąć prysznic?

Wszystko to, co kiedyś mówiła do mnie Maman, naraz przychodzi
mi do głowy, choć jednocześnie w różnych sytuacjach – podczas zabaw, w gniewie, ze strachu. Słyszę polecenie, kołysankę, odgłos jej po-
całunku na moim policzku. Może nadal próbuje chronić mnie przed
tym, co ma nadejść. Wiem, że jest w stanie to zrobić dokładnie tak, jak
powstrzymała Papę, by nie mówił mi, że zamierza rozbić jej głowę.

– Czekam na Maman – mówię ludziom na strychu.

– Ona odeszła, Monique.

– Nie, nie, ja już wiem. Ona jest tam, na górze.

– *Yagiye hehe*? Gdzie?

– Przestańcie kłamać! Powiedzcie mojej matce, żeby się do mnie
odezwała.

Sufit zaczyna pękać i uginać się pośrodku, a Madame Thérèse śmieje się jak pijana.

– Masz rację, Monique. My tylko żartujemy. Bystra dziewczyna,
tak, jest tu twoja *maman*, ale zejdzie tylko wtedy, gdy pójdziesz po
Jeana. Miała ciężki dzień.

– *Yego, madame* – mówię – proszę ją obudzić.

– Ona cię słyszy – odzywa się nagle Monsieur Pierre Nsabimana
znad kuchni. Przez cały ten czas w ogóle się nie odzywał. Jego głos mnie
uspokaja i idę w jego stronę, ze wzrokiem przykutym do sufitu. Ktoś
ochrypłym, przyśpieszonym szeptem zaczyna recytować teksty biblijne.
Ale to nie Maman. Maman nigdy się nie śpieszy, kiedy się modli.

– Czy chcesz, żeby twoja *maman* runęła na ciebie razem z sufitem?
– pyta Monsieur Pierre.

– Nie.

– Wobec tego, dziewczyno, wyjdź z domu i nie wracaj!

Sufit nad ołtarzykiem zaczyna odrywać się od ściany i ludzie ucie-
kają stamtąd na czworakach jak wielkie jaszczurki. Chwytam połama-
ny krucyfiks i wybiegam na zewnątrz.

Wszędzie leżą porozrzucane ciała. Ich ubrania tańczą na wietrze.
Tam, gdzie krew wsiąkła w ziemię, trawa pozostaje nieruchoma. Sępy
szarpią zmarłych swoimi długimi dziobami; Jean je odpędza, tupiąc
i machając rękami. A ręce ma poplamione, ponieważ próbował pod-
nosić leżących. Już się nie śmieje. Oczy ma szeroko otwarte, a jego
dziecięce czoło zaczęło się marszczyć.

Potem idzie w kierunku żołnierzy ONZ, którzy stoją na rogu ulicy,
z błyszczącymi w słońcu karabinami. Oddalają się od niego niczym
miraż. Sępy podążają za Jeanem. Krzyczę na nie, ale one nie przestają
go nękać jak natrętne moskity. Jean nie słyszy. Siada na ziemi, wierz-
gając i płacząc, bo żołnierze nie chcą na niego poczekać. Kucam przed
swoim bratem, prosząc, by wspiął mi się na plecy. Robi to, o co proszę,
i uspokaja się.

Kuśtykając, zanurzamy się w chłodną noc i wchodzimy na kamien-
ną drogę ku wzgórzom. Krew wsiąkła w nasze ubrania i zaschła jak
krochmal. W naszym kierunku zmierza jakaś mniejsza grupa. Pomiędzy nimi widzę Monsieur Henriego. Niesie wielką pochodnię, której
płomień pożera noc łapczywymi, łopoczącymi kęsami. To ludzie z plemienia Maman. Wszyscy mają na sobie wojskowe ubrania. Niczym
kibice przeciwnego klubu piłkarskiego wyśpiewują, jak to pozabijają
pobratymców Papy. Niektórzy z nich mają karabiny. Jeżeli Papa nie

mógł oszczędzić Maman, czy jej rodzina mogłaby oszczędzić mnie? Albo mojego brata?

Wbiegam do buszu z Jeanem na plecach, jedną ręką trzymając krucyfiks, drugą chroniąc oczy przed wysoką trawą oraz gałęziami i kurcząc zmarznięte stopy przed kolcami. Jean przywiera mocno do moich pleców, wtulając w nie buzię.

– Maman mówi, żebyś się nie bał – odzywam się do niego.

Potem kładziemy się na krzyżu, aby zakryć bijące od niego jasne światło. Chcemy żyć; nie chcemy umierać. Muszę być silna.

Kiedy tłum przebiegł już obok nas, wracam na drogę i spoglądam za siebie. Wyciągają Maman za nogi i podpalają dom. Zanim ich pobratymcy Tutsi zaczynają krzyczeć na strychu, ognia nie można już ugasić. Biegną dalej. Ścigają grupę Papy. My idziemy dalej.

Wszędzie dookoła panuje ciemność, wiatr zakrywa niebo całunem z chmur. Mój braciszek bawi się otaczającą krzyż poświatą, gaworząc imię Maman.

Posłowie

Chociaż jego rodzice przez dziesięciolecia odgrywali ważną rolę w życiu i rozwoju naszej diecezji, po raz pierwszy zetknąłem się z ojcem Uwemem Akpanem w 1988 roku, w jego rodzinnej wiosce Ikot Akpan Eda. Był jednym ze stu pięćdziesięciu wiernych parafii Świętego Pawła w Ekparakwa, którzy w słoneczny niedzielny poranek oczekiwali na przyjęcie sakramentu bierzmowania. Tuż przed mszą okazało się, że katecheta, który przygotowywał kandydatów i odbywał z nimi próby przed uroczystościami, nagle zachorował i był tego dnia niedysponowany. Kiedy administracja kościoła zaczęła zmagać się z problemem znalezienia zastępstwa, Uwem wystąpił z szeregu i zgłosił się na ochotnika, aby w tych okolicznościach pełnić rolę mistrza ceremonii. Miał wtedy siedemnaście lat i wyglądał dość poważnie w swoim ciemnym „francuskim garniturze", jak mawiamy w Nigerii. Właśnie ukończył szkołę średnią i skłaniał się ku wstąpieniu do zakonu jezuitów. Nigdy wcześniej nie pełnił roli mistrza ceremonii. Kiedy go zapytałem, jak zamierza przeprowadzić kandydatów oraz wiernych przez wydarzenia tego dnia, szybko odpowiedział, że będzie podchodził do ołtarza, by konsultować z biskupem, co ma mówić ludziom. Wiele razy podczas mszy Uwem rozśmieszał zgromadzonych do łez, gdy prowadząc komentarz z poważnym wyrazem twarzy, używał prostego języka, by powiedzieć, co oznacza sakrament bierzmowania. Mówił w swoim ojczystym języku annang i biegle po angielsku.

Dopiero kiedy zaprosiłem Uwema, by mieszkał i pracował ze mną w siedzibie biskupstwa, tak naprawdę przekonałem się o jego głębi, pasji i odwadze. Zawsze mówił prosto z serca. Nie miał cierpliwości do, jak to nazywał, teologii abstrakcyjnej. Był oczytany i bombardował mnie pytaniami na temat wiary katolickiej. Czasami jego skupienie i zaangażowanie można było znieść jedynie dzięki jego humorowi charakterystycznemu dla ludu Annang oraz dźwięcznemu, radosnemu śmiechowi. Śledząc jego postępy w jezuickiej formacji zakonnej i kapłańskiej w Nigerii, Stanach Zjednoczonych, Kenii, Beninie i Tanzanii – oraz dzięki rozmowom na temat jego pisarskich zmagań w seminarium, które odbywaliśmy, kiedy odwiedzał nasz dom – zacząłem zdawać sobie sprawę, że nie ma takiej możliwości, by ten mężczyzna z Ikot Akpan Eda mógł być księdzem, nie wykorzystując przy tym potocznego języka do eksploracji obszarów, na których współcześni Afrykanie przeżywają swoją wiarę. Dlatego nie byłem zbyt zaskoczony, kiedy poprzez swoje pisarstwo zaczął udzielać głosu afrykańskim dzieciom.

Jestem przekonany, że publikacja *Powiedz, że jesteś jedną z nich* to odważna próba zapoznania czytelników z życiem dzieci w Afryce, motywowana żarliwym pragnieniem zapewnienia większego bezpieczeństwa dzieciom na całym świecie. Ojcze Uwemie, my tutaj, w twojej rodzinnej diecezji Ikot Ekpene, jesteśmy z ciebie dumni. Niech Bóg nadal utwierdza twoją wiarę i błogosławi twoim talentom oraz odwadze jako księdzu i poecie.

Jego Ekscelencja Ksiądz Camillus Etokudoh
Biskup Ikot Ekpene

Podziękowania

Książka ta powstała dzięki obecności w moim życiu wielu osób.

W imieniu wszystkich krewnych z rodziny Jumbo Akpan-Ituno oraz Titusa Ekanema dziękuję wam, moi bracia i bratowe – Emem i Joy, Aniekan i Nkoyo, Mfon i Ekaete – oraz waszym dzieciom; i wam, Johnie Uko oraz Biskupie Camillusie Etokudohu. Zawsze powtarzaliście, że to możliwe.

Jestem również winien wdzięczność wam, moi przyjaciele – są wśród nich jezuici – którzy nigdy nie męczyli się słuchaniem o moich wielkich marzeniach ani czytaniem moich szkiców: Jude Odiaka, Ubong Attai, Mary Ifezime, Edie Nguyen, Itoro Etokakpan, Ndi Nukuna, Isidore Bonabom, Comfort Udoudo-Ukpong, Emma Ugwejeh, Ehi Omoragbon, Lynette Lashley, Emma Orobator, Caitlin Ukpong, Chuks Afiawari, David Toolan, Bob Hamm, Iniobong Ukpoudom, Vic EttaMessi, James Fitzgerald, Peter Chidolue, Bob Reiser, Larry Searles, Abam Mambo, Bill Scanlon, Rose Ngacha, Gabriel Udolisa, Tyolumun Upaa, Barbara Magoha, Christine Escobar, Wes Harris, Matilda Alisigwe, John Stacer, Aitua Iriogbe, Peter Byrne, Amayo Bassey, Funto Okuboyejo, Gozzy Ukairo, Peter Ho Davies, Nick Delbanco, Laura Kasischke, Nancy Reisman, Dennis Glasgow, Fabian Udoh, Greg Carslon, Mark Obu, Prema Bennett, Bob Egan, Arac de Nyeko, John Ofei,

Podziękowania

Gina Zoot, James Martin, Madonna Braun, Ray Salomone, Jim Stehr, Wale Solaja, Sam Okwuidegbe, Tom Ebong, Pat Ryan, CC Akpan, Rachel Suhm, Tom Smith, Mike Flecky, Kpanie Addie, Shade Adebayo, Gabriel Massi, Nick Iduwe, Peter Otieno, Dan Mai, Greg Zacharias, Anne Njuguna, Edie Murphy, Alex Irochukwu, Fidelis Divine, Jan Burgess, Jackie Johnson, Chika Eze, Marian Krzyzowski, Eugene Niyonzima, Jeanne Levi-Hinte, Marissa Perry, Celeste Ng, Preeta Samarasan, Peter Mayshle, Anne Stameshkin, Jenni Ferrari-Adler, Phoebe Nobles, Joe Kilduff, Ariel Djanikian, Jasper Caarls, Taemi Lim, Maaza Mengiste, Marjorie Horton, Taiyaba Husain, Rosie i Jerry Matzucek, Ufuoma i Rich Okorigba, Emiy i Paul Utulu, Eunice i Dele Ogunmekan, Olive i Thomas Beka, Monica i Cletus Imahe, Mary Ellen i Leslie Guinn, Justina i Raphael Eshiet, rodzina Okuboyejo, Daniel Herwitz i Mary Price z Instytutu Humanistyki Uniwersytetu Michigan oraz księża i osoby duchowne z Akwa Ibom posługujące w Michigan.

Chcę również podziękować Cressidzie Leyshon z „The New Yorkera"; Pat Strachan, Marii Salter i Heather Fain — odpowiednio redaktorce, administratorce i specjalistce od reklamy w Little, Brown and Company; Elise Dillsworth z Little, Brown Book Group oraz Eileen Pollack, Gerry'emu McIntyre i Ekaete Ekop, przyjaciołom i redaktorom jednocześnie. Marii Massie, mojej agentce — jesteś najlepsza.

Na koniec niech Pan wam błogosławi, parafianie kościoła pod wezwaniem Świętego Patryka w Ikot Akpan Eda; kościoła pod wezwaniem Świętego Pawła w Ekparakwa oraz z katolickiej diecezji Ikot Ekpene za waszą miłość i szczodrość dla mnie oraz dla mojej rodziny od czasów mojego dzieciństwa. To dzięki waszej inspiracji mam o czym opowiadać.

Nota o autorze

Uwem Akpan urodził się w Ikot Akpan Eda, na południu Nigerii. Po ukończeniu studiów filozoficznych oraz filologii angielskiej na uniwersytetach Creighton i Gonzaga przez trzy lata studiował teologię na Katolickim Uniwersytecie Wschodniej Afryki. Święcenia kapłańskie przyjął jako jezuita w 2003 roku. W 2006 roku uzyskał tytuł magistra sztuk pięknych w zakresie kreatywnego pisarstwa na Uniwersytecie Michigan. Książka *Powiedz, że jesteś jedną z nich* została finalistką konkursu *Art Seidenbaum Award* czasopisma „Los Angeles Times" dla debiutu literackiego w dziedzinie literatury pięknej. Zbiór ten został także nominowany do Guardian First Book Award, Caine Prize for African Writing oraz Story Prize. Książka zdobyła pierwszą nagrodę Commonwealth Writers' Prize dla najlepszego debiutu literackiego na kontynencie afrykańskim.

Z Uwemem Akpanem
rozmawia Cressida Leyshon
z „The New Yorkera"

Twoje opowiadanie „Świąteczna uczta" opisuje rodzinę mieszkającą na ulicy w stolicy Kenii – Nairobi. Kiedy po raz pierwszy zacząłeś myśleć o jego bohaterach oraz świecie, który zamieszkują?

Kiedy wyjechałem na studia teologiczne do Nairobi w 2000 roku, poruszyła mnie sytuacja bezdomnych dzieci. Nigdy wcześniej czegoś takiego nie widziałem… Zacząłem rozmawiać z grupą takich dzieciaków przy Adams Arcade, w pobliżu mojego uniwersytetu. Te dzieci nie były jeszcze zupełnie zdziczałe, ponieważ na noc wracały do swoich domów w slumsach. Był wśród nich chłopak, Richard, który pełnił rolę ich przywódcy. Zacząłem zwracać się do niego Dick. Mówił trochę po angielsku i cieszył się ogromnym szacunkiem pozostałych. Gdy chciałem dać im trochę pieniędzy, cała grupa poprosiła mnie, abym przekazał je Dickowi, ponieważ wiedzieli, że on ich nie oszuka. Rozmawiał ze mną i wypytywał mnie o Nigerię. Nie mam pojęcia, jak zdołał zachować w sobie tak miłe obycie, w przeciwieństwie do swoich przyjaciół. Po przerwie bożonarodzeniowej w roku 2000 zniknął. Zacząłem o niego wypytywać. Dzieci powiedziały mi, że może wyruszył do miasta, by zostać prawdziwym dzieckiem ulicy. Naprawdę myślałem, że może pewnego dnia wpadnę na niego gdzieś w mieście. Ale tak się nie stało. Pozostała mi nadzieja, że zachowa swoją wrażliwość pośród bardzo brutalnych gangów centrum Nairobi.

Pracujesz teraz nad zbiorem opowiadań o dzieciach z różnych krajów Afryki. Czy możesz powiedzieć coś o pozostałych historiach? Dlaczego chcesz pisać o kilku państwach afrykańskich zamiast o jednym lub dwóch – na przykład Nigerii, gdzie dorastałeś, lub Kenii, gdzie przez trzy lata studiowałeś?

Chciałbym zobaczyć książkę o tym, co dzieje się z afrykańskimi dziećmi w trakcie trwających tam nieprzerwanie konfliktów. Świat na to nie patrzy. Myślę, że beletrystyka pozwala nam usiąść na chwilę razem z ludźmi, których raczej byśmy nie spotkali. Ja dostałem szansę studiowania i podróżowania. Naprawdę mam nadzieję, że będę mógł odwiedzić różne miejsca i zebrać odpowiedni materiał, dzięki któremu opowiadania te będą faktycznie o ludziach, o których staram się pisać. Chcę, aby usłyszano ich głos, aby ujrzano ich twarze.

Czy nie masz problemów z poruszaniem się pomiędzy dwoma kontynentami: Afryką i Ameryką? Czy nie wymaga to czasu, aby ponownie przywyknąć do życia w każdym z tych miejsc?

Rytm życia w Stanach Zjednoczonych jest różny od tego w Nigerii. Naprawdę podoba mi się w Ameryce efektywność i dostępność tylu rzeczy, możliwości edukacyjne. Ujęło mnie piękno oraz tolerancja, która stanowi o obliczu Ameryki. Jednak na przykład sytuacja osób starszych przebywających w domach opieki z dala od domu jest dla mnie niepojęta. Podobnie fakt, jak niewiele Amerykanie wiedzą lub chcą wiedzieć o życiu gdzie indziej.

To wspaniałe móc podróżować w obie strony. Spotykam się z przyjaciółmi. Wyzwaniem jest także pozostanie wiernym swoim korzeniom. Obecnie za każdym razem, kiedy wracam do Ikot Akpan Eda, mojego domu, zadaję swoim rodzicom i starszyźnie mnóstwo pytań. Jestem teraz bardziej zainteresowany kulturą ludu Annang niż wcześniej, zanim zacząłem przyjeżdżać do Ameryki. Zawsze ciekawią mnie rozmowy ze starszymi ludźmi w mojej wiosce. Wszyscy się znają i ludzie opowiadają niewiarygodne historie. Po niedzielnej mszy siadają razem wokół kościoła i dzielą się młodym winem palmowym. Jeden z kuzynów mojej matki zwykł przychodzić do naszego domu i opowiadać historie, które wymyślał o różnych ludziach w wiosce. Wydawało się, że ma prawo zmieniać każdą historię, jak tylko mu się podobało. Mój dziadek, który pomagał sprowadzać do wioski katolicyzm, został w pewnym momencie poligamistą, a później powrócił do monogamii. A zatem mam wielu wujków i wiele cioć. Mój ojciec i wszyscy jego bracia mieszkają na jednym wielkim osiedlu. Miejscowość mojej matki nie jest zbytnio oddalona.

Jak wiele z twojej prozy osadzasz w Stanach Zjednoczonych?

Nic, co do tej pory napisałem, nie dzieje się w Stanach Zjednoczonych... na razie. Wydaje mi się, że macie tutaj całe rzesze pisarzy ukazujących wam amerykańskie doświadczenie. Myślę, że sytuacja w Afryce jest bardzo nagląca i potrzebujemy więcej ludzi, którzy pomogą nam dostrzec złożoność naszego życia. Ben Okri powiedział, że bogactwo literatury afrykańskiej oznacza bogactwo literatury światowej. Byłoby wspaniale umieścić część mojej prozy w waszym kraju. Do Ameryki przybywa obecnie mnóstwo afrykańskich uchodźców. Można by więc zacząć od tego.

Co najczęściej czytasz?

Stale zaskakują mnie opowieści, które znajduję w Biblii. Wszystkie rodzaje przestępstw zostały już popełnione w Księdze Rodzaju, a mimo to Bóg trwa przy tych, którzy je popełnili. Czytam dużo, choć odkąd zacząłem pisać, tempo mojego czytania znacząco spadło.

Czy twoja wiara jest dla ciebie ważna, kiedy piszesz? Jaką rolę według ciebie powinna pełnić w twoim pisarstwie?

Wiara nie jest czymś, co mogę odstawić na bok, więc jest dla mnie ważna. Mam nadzieję, że udaje mi się ukazać oblicze Bożego współczucia w twarzach ludzi, o których piszę. Myślę, że literatura piękna daje taką możliwość bez popadania w doktrynerstwo.

W opowiadaniu „Świąteczna uczta" dwójka głównych bohaterów, Jigana i jego siostra Maisha, żyją w brutalnym świecie. Myślisz, że uda im się przetrwać?

Mój kontynent dręczony jest niepokojami i dzieje się tak nieprzerwanie od początku ery niewolnictwa. Wielkim problemem jest przywództwo. Mam nadzieję, że sytuacja w Afryce ulegnie zmianie. W minionych stuleciach Europa bez końca ze sobą walczyła; obecnie ma Unię Europejską, nie tylko z nazwy, jak Unia Afrykańska. Mam nadzieję, że pewnego dnia wszystkie te głupie wojny w Afryce się zakończą. Jestem zdumiony wytrzymałością ludzi, zarówno w Azji, w Ameryce Łacińskiej, jak i w Afryce, którzy znajdują się w tak trudnych warunkach.

Co robisz, kiedy chcesz zapomnieć o całym świecie?

[Śmiech] Ksiądz nie ma możliwości, by zapomnieć o całym świecie! Lubię obejrzeć w telewizji dobry mecz. Długie, nieśpieszne przejażdżki samochodem. Czytanie. Wyjście gdzieś z ludźmi.

Wywiad Cressidy Leyshon z Uwemem Akpanem ukazał się w 2005 roku na www.newyorker.com. Przedruk za zgodą wydawcy.

Pytania i tematy do dyskusji

1. Każda z historii zawartych w książce *Powiedz, że jesteś jedną z nich* opowiedziana jest z perspektywy dziecka. Czy uważasz, że to wpłynęło na twoją reakcję? Gdyby narratorami były osoby dorosłe, czy mogłoby to zmienić twój odbiór emocjonalny? Dlaczego, według ciebie, Akpan zdecydował się przedstawić wydarzenia widziane oczami dzieci? W jaki sposób dziecięcy bohaterowie Akpana zachowują swoją niewinności w obliczu nieprawości i cierpienia?

2. W opowiadaniu *Świąteczna uczta* Maisha porzuca swoją rodzinę, aby zostać prostytutką „na pełny etat". Czy uważasz, że zdecydowała się odejść z własnej woli, czy też bieda jej rodziny zmusiły ją do ucieczki? Czy w takiej sytuacji można zachować w pełni wolną wolę? Czy jest sens oceniać działania osoby, gdy wybory, które podejmuje, nie zależą całkowicie od niej?

3. W *Gabonie obiecanym* wuj dzieci oraz ich opiekun Fofo Kpee sprzedaje je w niewolę. Jaki wpływ mają bieda i próżność Fofo na jego działania, których nie sposób sobie wręcz wyobrazić? Czy jego wyrzuty sumienia rehabilitują go w twoich oczach? Uzasadnij swoją odpowiedź.

4. W *Co to za język?* Hadiya i Selam zostają od siebie oddzielone przez rodziców po nasileniu się konfliktu religijnego. Czy kiedykolwiek do-

świadczyłaś/doświadczyłeś sytuacji, w której twoi przyjaciele lub rodzina odrzucali kogoś ważnego w twoim życiu z powodów dla ciebie niezrozumiałych? Co wtedy zrobiłaś/zrobiłeś? Jak się czułaś/czułeś?

5. Autobus w *Luksusowych karawanach* stanowi mikrokosmos nie tylko afrykańskiej hierarchii społecznej oraz świata religijnego, ale także wielu używanych na kontynencie języków i dialektów. Rozważ związek mowy z przynależnością klasową, kulturową, religijną oraz z tradycją. Jaką rolę pełni dialog w pozostałych opowiadaniach? Czy wykazujemy podobną postawę wobec języka w naszej kulturze? Podaj jakieś przykłady.

6. Tytuł tej książki pochodzi od słów przekazanych ruandyjskiej dziewczynce przez jej matkę w opowiadaniu *Pokój moich rodziców*. Czy pojawiające się w historii znajome szczegóły z domowej codzienności – perfumy Maman, flanelowa piżamka małego Jeana, znajdujące się w pokoju dziecinnym zabawki, takie jak Myszka Miki – potęgują u ciebie doświadczenie grozy wywołanej tym, co ma nastąpić? Czy w pozostałych opowiadaniach można odnaleźć porównywalne szczegóły, które pomogły ci identyfikować się z bohaterami Akpana?

7. Chociaż opowiadania zawarte w książce *Powiedz, że jesteś jedną z nich* to fikcja literacka, historie te oparte są na sytuacjach rzeczywistych. Czym różnią się emocje, których doświadczasz, czytając te historie, od tych, które przeżywamy, czytając relacje o podobnych okrucieństwach w mediach? Czy lektura *Powiedz, że jesteś jedną z nich* zmieniła twój sposób myślenia o takich sprawach?

8. Uwem Akpan w jednym z wywiadów odniósł się do drugiego ze swoich powołań, mówiąc: „Kluczowy dokument Soboru Watykań-

skiego II bardzo wyraźnie stwierdza, że radości i cierpienia świata są radościami i cierpieniami Kościoła". Czy czytając te opowiadania, kiedykolwiek uświadamiałaś/uświadamiałeś sobie, że ich autor jest również księdzem jezuitą? Czy tematyka, jaką podejmuje Akpan, wydaje ci się przepojona wartościami religijnymi? W jaki sposób? Czy dramatyzm i siła pisarstwa Akpana przywołują ci na myśl jakieś historie biblijne? Jeżeli tak, to jakie?

9. Niektóre dzieci w *Powiedz, że jesteś jedną z nich* nie są biedne. Z jakimi konkretnie trudnościami, nieznanymi w twoim kraju, borykają się te dzieci? Czy jesteś w stanie zidentyfikować się z jakimiś innymi wyzwaniami poza biedą? Czy przedstawione tam kwestie rodzinne wydają ci się znajome?

10. Poetka i pamiętnikarka Mary Karr napisała, że Uwem Akpan „tworzy nowy język – zarówno dla oddania grozy, jak i nieprzerwanego strumienia światła w targanych wojną krajach". Czy odnalazłaś/odnalazłeś jakieś piękno lub dobro w tych tragicznych opowieściach? Jeżeli tak, podaj przykłady.